FOLIO SCIENCE-FICTION

Mary Robinette Kowal

L'HOMME SUPERFLU

Traduit de l'anglais (États-Unis)
par Patrick Imbert

Denoël

Cet ouvrage a été précédemment publié
dans la collection Lunes d'encre aux Éditions Denoël.

Titre original :

THE SPARE MAN

Mary Robinette Kowal est l'autrice de nombreuses nouvelles et d'une dizaine de romans, dont la série *The Glamourist Histories* et celle de la Lady Astronaute. Cette dernière a été récompensée par le prix Hugo à deux reprises : en 2014 pour la nouvelle « La Lady Astronaute de Mars » et en 2019 pour *Vers les étoiles*, paru dans la collection Lunes d'encre des Éditions Denoël. Ce roman a réussi l'exploit d'obtenir également les prix Nebula, Locus et Sidewise. Mary Robinette Kowal, par ailleurs marionnettiste professionnelle, vit à Nashville.

Pour les Whiskey Chicks,
Crystal, Eileen, Elizabeth,
Liza, Karthy, Nephele et Susanna,
vous avez très nettement enrichi mon existence.

VAISSEAU INTERPLANÉTAIRE LINDGREN

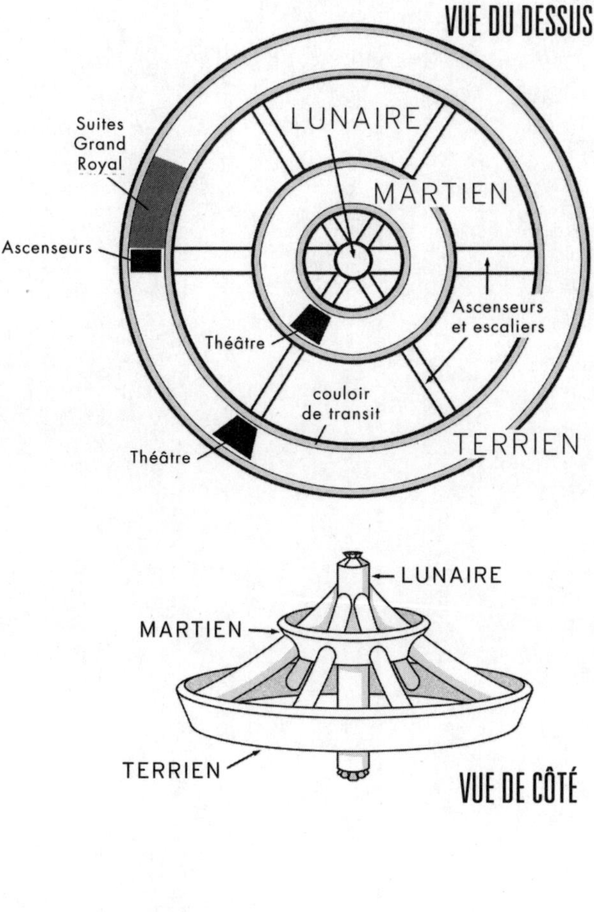

Martini

75 ML DE GIN
20 ML DE VERMOUTH
1 TRAIT D'AMER À L'ORANGE
1 ZESTE DE CITRON OU 1 OLIVE

Remuez à la cuillère avec des glaçons pendant quarante secondes. Versez. Décorez d'un zeste de citron en torsade ou d'une olive.

Agenouillée sur le sol de sa suite, Tesla Crane percevait distraitement les vibrations de l'anneau centrifuge qui pivotait autour du *Lindgren*, le navire de croisière interplanétaire. Ou probablement s'agissait-il plutôt du ronron de l'air conditionné. L'anneau du niveau terrien était suffisamment vaste pour qu'on ne perçoive même pas la force de Coriolis, à moins qu'on propulse un objet.

« Gimlet, va chercher. » Tesla lança un jouet à sa westie, qui fonça dans la direction prise par le paresseux en peluche. Ce dernier suivit une trajectoire courbe dans l'air, laissant brièvement la petite chienne blanche dans la plus totale confusion, avant qu'elle le repère et bondisse avec une impressionnante férocité.

Tesla en profita pour reprendre ses étirements. Elle posa ses mains au sol, et l'éclat de sa nouvelle alliance attira son attention. Un alliage de platine et d'iridium – comme l'étalon historique du kilogramme, car son conjoint connaissait bien son côté nerd. Sourire aux lèvres, elle creusa le dos dans la position de la vache, et des élancements se firent sentir quand elle redressa la tête.

Le plafond affichait un ciel numérique dont l'intensité correspondait à un coucher de soleil terrien. Des nuages simulés changeaient discrètement de forme et de position, soumis à un vent artificiel. Pas mal, comme lune de miel.

Sur le canapé, son cop… fianc… époux ! l'observa par-dessus sa broderie. Shal était trapu, avait la peau brun chaud et une chevelure bouclée terriblement brillante. « Qu'est-ce qui te fait sourire ?

— Toi. » Tesla baissa la tête, arrondissant le dos autant que possible dans la position du chat. Elle se retrouva alors nez à nez avec la petite chienne blanche. Tout en se tortillant de plaisir, la westie enchaîna les léchouilles sur la joue de Tesla. Cette dernière tenta d'esquiver en gloussant. « Gimlet ! Tu ne m'aides pas vraiment, là. »

Gimlet n'était pas d'accord, elle repassa sa langue sur le nez de Tesla.

Dans son canapé, Shal repoussa le motif noir qu'il brodait sur la manche d'un tee-shirt. Il tapota le coussin à côté de lui. « Gimlet, viens ici. »

La chienne abandonna Tesla pour bondir sur le canapé. Elle posa sa truffe sur le cercle à broder de Shal, l'observant avec adoration.

« Il faut que je récupère ce truc, ma fille. »

Gimlet soupira et se rapprocha en remuant sa petite queue.

« Que se passe-t-il ? » Shal lui gratta les oreilles, tout sourire. « Oui, Gimlet, je suis entièrement d'accord avec toi. On ferait beaucoup mieux de rester ici, ce soir.

— Mais le karaoké, c'est aujourd'hui. » Tesla reprit la position de la vache, très loin de se sentir correctement alignée.

Ou plutôt, très loin de se sentir alignée tout court. Sa colonne vertébrale suivait ses règles propres concernant son état « normal ». Tesla avait calé son Régulateur Cérébral Profond de la Douleur au plus bas, parce que pratiquer ses exercices avec le RCPD activé la ferait souffrir encore plus par la suite.

« Et hier, on a eu droit à la soirée du transfert orbital. » Shal tentait d'ôter le cerceau à broderie coincé sous le ventre de Gimlet, mais la chienne donnait parfois l'impression de générer son propre petit champ de gravité canin. Elle ne voulait pas abîmer l'ouvrage de Shal, mais même quand elle n'était pas en service, elle restait une westie. On le leur avait bien précisé au centre de formation : « C'est une chienne, pas un robot. »

« Sois honnête, voir la Lune rétrograde, c'était plutôt un beau spectacle. Même si tous ces scintillements étaient discutables…

— Discutables, c'est un peu trop gentil, comme adjectif. » Shal souleva la patte de Gimlet pour la faire rouler sur le dos. « Hé, ma fille. Allez, viens.

— Gimlet, lâche. »

Face à l'ordre formel de Tesla, Gimlet réagit selon son entraînement de chien d'assistance et s'écarta de la broderie, mais elle continua à fixer Shal comme s'il n'existait que pour la caresser. En toute honnêteté, elle agissait ainsi avec tous ceux qu'elle rencontrait, et pas seulement avec le cop… fianc… époux !!!

de Tesla. Après cinq jours de lune de miel, tout cela ne lui paraissait toujours pas réel.

« Merci. » Shal saisit son ouvrage et y passa le doigt en surface pour y déceler d'éventuels dégâts. « Je suis juste… Tant pis, pas grave.

— Quoi ? » Tesla s'interrompit, retrouvant lentement la position du chat – autant que possible, compte tenu des tiges logées dans sa colonne vertébrale. « Je connais ce genre de "tant pis, pas grave".

— D'accord, d'accord… » Il prit le temps de faire un nœud, puis coupa le fil avec la paire de ciseaux qu'elle lui avait offerte en cadeau de mariage. Les blaireaux ouvragés sur les deux poignées semblaient se poursuivre quand la lumière jouait sur le métal forgé à la main. Il les posa, puis baissa sa broderie. « Je ne me plains pas, hein, c'est juste qu'avec le transfert en orbite lunaire basse, puis vers le vaisseau, puis les… le fait est que… je me disais… comme nous sommes en lune de miel, nous pourrions peut-être… passer un peu de temps rien que tous les deux. »

Tesla se débattit avec les cinq différentes réponses qu'elle avait sur le bout de la langue. D'un côté, elle trouvait tous les petits moments d'intimité avec son nouvel époux attrayants. De l'autre, elle avait rarement eu l'occasion d'échapper à la célébrité et d'être simplement une personne comme une autre.

Quand Shal lui avait proposé cette croisière vers Mars pour leur lune de miel, elle s'était montrée pour le moins dubitative. Il lui avait expliqué que la plupart des passagers n'auraient accès qu'au réseau local du vaisseau, les communications avec les bases de données terriennes ou martiennes étant extrêmement coûteuses. Cela signifiait qu'il pouvait payer la compagnie de croisière pour rediriger les demandes d'identification vers une fausse identité. Son bien-aimé avait eu raison. Personne n'avait encore reconnu Tesla comme la riche héritière de la famille Crane. Rester à l'intérieur avait son charme, mais sortir tranquillement était une offre à durée limitée. Quand ils seraient sur Mars, tous ces trucs ne fonctionneraient plus.

Mais là, il s'agissait d'une demande de Shal lui-même. Elle reprit la position de la vache. « Bien sûr. Si tu veux. On peut rester ici. »

Il soupira, avec une pointe de tension. « Bon, d'accord. On y va. »

Tesla cessa de s'étirer et le regarda. « Je viens de te dire que j'acceptais de rester ici.

— Oui. Avec cette inflexion qui signifie "je ne veux pas, mais j'accepte pour te faire plaisir". » Il ébouriffa le pelage de Gimlet, sans regarder Tesla.

Celle-ci redressa la tête. « Tout d'abord, ça ne me dérange pas de rester ici. Promis. C'est juste que… le fait de pouvoir aller quelque part sans garde du corps, sans avoir à tout prévoir, sans… Mais ce n'est pas comme si rester avec mon tout nouvel époux était quelque chose de terrible.

— De terrible ? J'espère bien que je suis terrible. » Il sourit, puis haussa les sourcils d'une manière suggestive.

Elle grogna et reprit ses étirements. « Sale nerd.

— Exactement. » Il rangea sa broderie dans son sac. « Par ailleurs, maintenant que tu en parles, c'est tout aussi inédit pour moi de sortir avec ma nouvelle épouse sans personne pour nous embêter. Alors, oui, sortons en ville.

— Ensuite, on reviendra et on passera un très bon moment ensemble. » Elle se mit à genoux, puis attrapa l'accoudoir d'un fauteuil pour s'aider à se relever.

Il eut ce sourire en coin un peu loufoque qui lui illuminait parfois le visage et donnait immédiatement envie à Tesla de lui arracher son pantalon. « Parée pour le karaoké, Gimlet ?

— Oh, je préfère ne pas l'emmener.

— Vraiment ? » Shal haussa un sourcil. « Et je ne demande pas ça parce qu'on est mieux placés quand elle nous accompagne. D'habitude, ton assistante vérifie les nouveaux endroits pour éviter que…

— C'est un simple karaoké. » Quand elle avait eu Gimlet, son thérapeute lui avait assuré qu'elle gagnerait en indépendance parce que la chienne était avant tout un outil – un équipement médical emballé dans un adorable paquet en peluche. Mais comment Tesla pouvait-elle savoir si son état s'améliorait si elle ne tentait pas sa chance de temps en temps ? Elle traversa la pièce pour rejoindre Shal et repoussa délicatement le cerceau à broderie. Après avoir posé un genou sur le canapé près de la cuisse de son époux, elle le chevaucha avec précaution. L'élancement du côté droit de sa colonne vertébrale était tolérable. Elle sourit, puis se pencha pour l'embrasser. « Personne ne m'a encore reconnue. »

Les lèvres de Shal étaient chaudes et douces quand il lui rendit son baiser. Il fit descendre une main le long de son dos, lui assurant une certaine stabilité, sans que ce soit trop ostentatoire. Elle laissa ses doigts s'attarder sur sa clavicule, sentant son cœur battre sous sa paume. La voix de Shal se fit plus rauque. « Dis-moi que tu as prévu une chanson courte, au moins.

— Hum… » Elle lui mordilla le lobe de son oreille pour l'empêcher de s'inquiéter des crises de flash-back qui se déclenchaient parfois. Mais c'était un karaoké. Sur un navire de croisière interplanétaire, pour l'amour du ciel ! Il n'y aurait pas le moindre feu d'artifice. Elle lui souffla dans l'oreille : « Tu préfères peut-être un duo ?

— Un duo, tu dis… »

Gimlet se mit soudain à aboyer à tout-va, en mode un-livreur-un-livreur-il-va-tous-nous-tuer-un-livreur, juste avant qu'un coup à la porte ne refroidisse l'ambiance. Le dresseur ne serait pas ravi de voir Gimlet aboyer comme ça, mais Tesla appréciait beaucoup, beaucoup la dissuasion incarnée par les jappements d'un petit chien à la porte. C'était préférable à n'importe quelle alarme anti-intrusion. Shal soupira, puis aida Tesla à se lever.

Il lui donna un dernier baiser langoureux, avant de regarder la porte où la westie les protégeait du Mal Incarné. « Je m'en occupe. »

Tesla l'avait laissé traverser la pièce jusqu'à la porte d'entrée avant de se souvenir que, avec les bots de Shal, elle aurait pu ouvrir elle-même sans se soucier des paparazzis. La perruque prune et le remodelage de ses sourcils suffisaient à égarer tout œil inquisiteur.

« Gimlet, viens ! » Tesla se dirigea vers la chambre pour distraire la petite chienne.

Gimlet se précipita dans la pièce derrière elle, sans cesser de gémir d'indignation parce qu'on avait osé frapper à la porte. Dans l'autre pièce, la voix de Shal s'éleva, puis redescendit dans une conversation indistincte avec le méchant, quel qu'il soit. Tesla sourit à sa chienne. « Frapper à la porte. Quelle impudence ! »

La westie gronda son approbation.

« Mais tu leur as montré qui tu étais. Nous voilà en sécurité, maintenant. » Tesla envoya un ping à Shal sur son Afficheur Tête Haute. *::Qui est-ce?::*

L'instant d'après, son propre ATH affichait un message dans son champ de vision inférieur gauche. *::Le drone du room-service. Il s'est trompé de chambre.::*

Tesla fouilla dans les bijoux qu'elle avait laissés sur la commode, puis opta pour un bracelet de cheville en diamant. Il était plutôt démodé et ne valait pas grand-chose, mais elle aimait la façon dont il scintillait.

Assise sur le lit, elle tenta de passer la jambe sur son genou pour mieux atteindre sa cheville. Mais même en tirant sur son pied, elle ne parvint pas à approcher suffisamment le talon. Au-dessus de son bassin, une bande se serrait à mesure qu'elle essayait.

« Je n'ai pas pu le congédier, soit j'acceptais, soit il détruisait la commande. » Shal entra dans la pièce en portant un plateau couvert d'un dôme argenté. « Je ne voulais pas gâcher ça. *Steak à la Lune**[1].

— Ah, ah ! Je constate que ta façade de vertu commence à s'effriter. » Tesla plissa le nez, toujours occupée à mettre son bracelet en place.

« Un, les steaks sélénites sont quasi végétaux, dans la mesure où on les cultive entièrement en cuve. Deux, Gimlet aime les steaks. »

1. Les mots en italique suivis d'un astérisque sont en français dans le texte. *(Toutes les notes sont du traducteur.)*

La chienne s'assit sous le plateau, l'observant comme si elle venait de rencontrer l'amour. Tesla rigola. « Gimlet ne mange pas la même chose que les humains.

— En effet. Mais trois… » Il ôta le couvercle d'un geste théâtral. « Le plat s'accompagne de *frites à la truffe**. »

Le monticule de frites dégageait une odeur d'amidon grillé et de sel, soulignée par les délices terreux des truffes.

« L'argument est convaincant. »

Tout sourire, Shal posa le plateau sur la table voisine, puis s'empara d'une frite.

Il la fourra lentement dans sa bouche, fermant ses lèvres pleines autour du petit morceau brun et croustillant. Il cilla, puis son regard erra le long de la jambe de Tesla, jusqu'au bracelet de cheville. Il ne proposa pas son aide, et elle l'aima encore plus de la laisser mener ses propres batailles. « Alors, quelle chanson as-tu choisie ?

— Tu ne préfères pas que je te réserve la surprise ? » Elle lui adressa un clin d'œil. « Ou employer tes talents de détective pour deviner ?

— Je passe. » Il lui fit un signe de la main. « Mais vu ce que tu chantes sous la douche, je parie que ce sera soit Mad Guinevere, soit un truc de HLX-1.

— Hum… » D'assez bonnes suppositions, en effet. Tesla grimaça en essayant d'attraper l'extrémité du bracelet, avant d'abandonner. Elle pouvait utiliser son RCPD ou accepter l'aide de son compagnon. Elle lui tendit le bracelet de cheville en soupirant. « Tu m'aides ?

— Avec grand plaisir. » Shal posa un genou à terre et tapota l'autre.

Tesla y appuya son pied pendant qu'il prenait le bracelet de cheville. Il lui fallut quelques secondes pour attacher l'anneau d'or et de diamants. Toujours agenouillé, il fit courir ses mains le long du mollet de Tesla, décrivant un cercle à l'arrière de son genou. Il s'humecta les lèvres, puis leva les yeux vers elle. « Je plaide une dernière fois pour emmener Gimlet avec nous, et après je laisse tomber.

— Je sais ce que tu vas dire. » Tesla posa les mains sur le lit et s'appuya dessus. « OK, oui, tu as raison. Il y aura potentiellement un peu de pyrotechnie ou un truc qui risque de déclencher un flash-back. Mais si on emmène Gimlet, les gens vont nous regarder. Je… j'aimerais juste passer une soirée où personne ne me scrute. »

Shal lui sourit, puis se pencha en avant pour lui embrasser le genou. « Très bien, alors.

— C'est tout ? Pas la moindre résistance ? » Tesla fit la moue. « Et moi qui avais hâte qu'on fasse l'amour pour se réconcilier. »

Il s'esclaffa en se frappant la poitrine. « Épouse ! Obéis, car nous sommes mariés, maintenant, et tu n'as aucune indépendance. Grrrr ! »

Gimlet lui aboya dessus.

En riant, Tesla ôta son pied, puis se pencha en avant pour embrasser Shal sur le front. « Tu vois ? On ne peut pas l'emmener. Elle te mangerait tout cru. »

*

L'anonymat avait quelque chose de magique. Alors que le karaoké battait son plein, Tesla s'installa dans un box au fond du R-Bar tout en cherchant leur serveur du regard. Après avoir repéré sa longue chevelure bleue si caractéristique, elle agita la main – le geste universel signifiant : « Je suis prête à commander » –, puis vit que le serveur vaquait à ses occupations sans même lui accorder un regard. La scène se répéta deux fois. L'anonymat était merveilleux, oui, mais Tesla aurait bien aimé boire un verre.

Sur son afficheur tête haute, un message de son conjoint attira son attention : *::Tu vas rire, mais j'avais oublié que tes cheveux étaient violets…::* Elle subvocalisa une réponse à envoyer via son ATH. *::Tu ne sais plus où est notre table?::*

Shal avait abandonné l'idée d'appeler le serveur avant elle, optant pour une autre approche. *::Absolument pas. Je suis au bar, où l'on nous considère déjà comme des habitués, manifestement.::*

::Après seulement deux jours de croisière.:: Tesla faillit ouvrir son agenda sur son ATH, mais elle était en vacances. L'envie de se connecter au bureau la démangeait encore, alors elle sortit la broderie de Shal et vérifia son motif sur son ATH. *::Bien joué, on est trop forts!::*

::Le barman complimente tes cheveux.::

::Que toi, tu avais oubliés.::

::J'espère que tu apprécies l'attachante et profonde vulnérabilité dont je fais preuve en admettant ce terrible moment d'égarement.::

Assise seule dans son box, Tesla s'esclaffa, ignorée par ceux qui l'entouraient. Par habitude, elle avait choisi une table dans l'une des cabines rondes situées à l'arrière de la salle, dos au mur, pour faire tampon entre le monde et elle. Elle chercha Gimlet du pied, la peau hérissée comme à chaque fois qu'elle ne trouvait pas la petite chienne, avant de se rappeler qu'elle avait décidé elle-même de ne pas l'emmener. Grâce aux bots de Shal, Tesla n'avait pas besoin de se dissimuler derrière des lunettes de soleil ou un masque de courtoisie ; elle aurait pu s'asseoir n'importe où, ici. Les caméras et l'attention générale étaient tournées vers la scène, où une personne entonnait la chanson qu'elle avait choisie avec plus d'enthousiasme que de talent.

Il y avait tout de même une certaine joie contagieuse à observer cet individu d'âge mûr et bien roulé – dont le pantalon chartreuse ceignait les hanches généreuses dans un style qui remontait à son adolescence – se lancer dans une chanson que Tesla n'avait jamais entendue. Tout le monde regardait la scène. Personne n'essayait de la prendre discrètement en photo, pour mieux vendre son rire à la presse people.

::Je t'ai entendue::, lui envoya Shal.

::Je suis de l'autre côté du bar!::

::Je reconnaîtrai toujours le son de ta voix dans la masse. Même si… j'ai VRAIMENT l'habitude de te repérer derrière une foule d'admirateurs… Oh, et voici les boissons. Je te rejoins.::

Tesla se rapprocha du bord de la banquette pour avoir une meilleure vue sur la scène. Personne ne passa « par hasard » devant son box pour lui proposer d'investir dans sa start-up, personne ne lui demanda des explications quant à la façon dont elle concevait ses robots. Personne n'exigea qu'elle révèle ses petits défauts. Elle était libre de tenter le karaoké, tout le monde s'en ficherait si elle était mauvaise.

Soudain, son radar interne s'alluma. Elle n'avait nul besoin d'un traceur connecté pour s'orienter vers Shalmaneser Steward.

Ou plutôt Mishal Husband[1], son pseudonyme pour cette croisière. Quel que soit son nom, son époux.

Tesla croisa les jambes, son bracelet de cheville en diamant scintilla sous les projecteurs, en émergeant du box.

La brève étincelle attira l'attention de Shal qui revenait vers leur table avec deux cocktails. Ses yeux se posèrent sur sa cheville, puis remontèrent le long de ses jambes, la réchauffant au plus profond d'elle-même, tandis que son regard poursuivait son ascension pour croiser le sien.

Ses traits acérés s'adoucirent lorsqu'il se glissa dans le box, aux côtés de Tesla. « On pourrait retourner dans notre cabine… »

Elle se pencha vers lui, ignorant la pointe de douleur au bas de son dos, puis l'embrassa sur la joue. « Ne dis pas de bêtises. C'est bientôt mon tour, et on attend depuis longtemps.

— J'aurais pu discuter avec le DJ du karaoké. » Shal lui tendit son manhattan – avec une vraie cerise, s'il vous plaît ! – et lui adressa un clin d'œil. Tesla changea presque d'avis concernant le karaoké.

« Tu veux dire "soudoyer", je crois. » Elle s'empara du manhattan. Ces enquêteurs. Ils ne perdaient jamais vraiment leurs habitudes. « Qu'est-ce que tu bois ?

1. *Husband* signifie « mari » en anglais.

— Mais soudoyer quelqu'un, c'est aussi une façon de discuter. » Shal jeta un coup d'œil derrière elle et chassa le magicien qui les suivait partout sur le vaisseau depuis que Tesla lui avait donné un pourboire un peu trop élevé. « Martini. À la cuillère. Gin New Prussian. Dolin Blanc pour le vermouth. Deux olives. »

Tesla posa la main sur sa cuisse, redevable au-delà des mots pour la petite bulle de sécurité qu'il installait partout autour d'eux. « Deux olives ? J'aime quand tu développes des goûts de luxe.

— C'est assorti à mon épouse de luxe ? » gloussa Shal, avant de se pencher pour l'embrasser sur la joue. « Oh ! Je viens de prendre conscience qu'on ferait mieux de raccourcir "Mishal" en "Mi", au lieu de "Shal", pendant cette croisière.

— Je croyais que l'intérêt d'un pseudonyme compatible avec "Shal" était justement d'éviter que ma langue fourche sur ton prénom ? » Voilà pourquoi ils avaient choisi « Mishal Husband » pour la croisière.

« Bien sûr. » Il lui adressa un sourire. « Mais comme ça, tu pourras me présenter aux gens comme "Mi Husband[1]".

— Mon Mari ? Vraiment ? » Elle se mit à rire. « Tu es décidément un vieux ner... »

Dans le box voisin, une voix cinglante ouvrit une brèche dans la chanson.

« Ce n'est pas ce dont nous étions convenus ! »

Un passager blanc et chauve dont le ventre de gamer arrondissait un pull à sequins et une petite

1. Jeu de mots intraduisible. En anglais, « Mi » se prononcerait *my*, *My husband* donnerait donc « Mon Mari ».

cape assortie se tenait devant le magicien, au bout de la table du box.

Shal inclina la tête, à l'affût. Quand il se concentrait, il avait une vraie figure de détective, avec cette intensité lumineuse, comme s'il extrayait du sens à partir de rien.

Tesla fit glisser sa main sur sa cuisse. *::Tu écoutes aux portes, maintenant?::*

La bouche de Shal se tordit en sourire. *::Absolument.::*

Le magicien haussa les épaules. Sa réponse se noya dans la musique ambiante, seul le rythme de sa voix trahit son agacement. Le passager chauve pointa le doigt vers le magicien, qui recula d'un pas en levant les mains. L'instant d'après, il fit apparaître une carte et la montra au passager.

Quelque chose fit rougir le visage du passager.

::À ton avis, pourquoi se disputent-ils?::

::Je ne sais pas, mais ces trois-là ne se connaissent pas assez bien pour mener leur conversation en ping.:: Shal posa la main sur celle de Tesla et passa le doigt sur sa nouvelle alliance.

::Ces trois-là?:: De sa position, Tesla ne voyait que deux personnes. *::Qui d'autre est…::*

« Dites, vous deux. » Une troisième voix, dans le registre rauque de l'alto, retentit du fond du box voisin. « Nous avons tous… »

Les applaudissements engloutirent ce qui se passait à côté et la personne sur scène s'inclina profondément. Après quoi, l'animateur de karaoké bondit sur l'estrade, tout sourire. « Applaudissons à nouveau Annie Smith et sa fascinante interprétation de

« Who's Laughing Now ». Candidat suivant, Artesia Zuraw ! »

Shal donna un coup de coude à Tesla et glissa au bout de la banquette. « C'est toi.

— Oh ! C'est vrai. » Elle n'avait pas reconnu son propre pseudonyme. Tesla s'extirpa du box, puis se tordit pour se redresser. Son dos fut secoué de spasmes. Son régulateur cérébral profond de la douleur compensa automatiquement, activant ses sécurités internes pour que les traits vifs de douleur soient présents, mais atténués.

Tesla se cala au bord de la table, profitant de l'occasion pour jeter un coup d'œil dans le box voisin. Dans le fond, un élégant passager aux cheveux blonds décolorés, au menton délicat et incurvé, observait les deux autres avec un déplaisir évident.

« Artesia Zuraw ? Vous êtes là ? »

Tesla leva le bras. « J'arrive ! »

Elle tendit la main vers la laisse de Gimlet, mais elle n'avait pas amené sa chienne. Tout allait bien. Elle allait réussir. Tesla se précipita vers la scène, regrettant d'avoir laissé sa canne derrière elle, car son dos se contracta à chaque pas. Bon sang ! Elle savait bien qu'il ne fallait pas qu'elle pivote trop quand elle était debout. Elle dut s'agripper à la rampe pour grimper l'escalier.

Le KJ l'accueillit avec un sourire éclatant derrière son micro. « Bonjour, heureuse personne ! Nous sommes ravis de vous recevoir sur scène ! Qu'allez-vous chanter pour nous, Mx Zuraw ? »

Tesla prit le micro tendu, sa nervosité l'emportant sur la douleur. « Tess. Appelez-moi Tess, Elle… » Elle n'était pas si nerveuse, en général. « Je vais chanter « Somewhere to Love » des Isolationists.

— Très bien, tout le monde ! Applaudissez-la, envoyez-lui de l'amour ! » Le KJ quitta la scène tandis que les premiers battements syncopés de la mélodie swingpunk commençaient.

Tesla regarda les paroles s'afficher sur son ATH alors que la boule lumineuse s'approchait du premier couplet. Le public l'observait et l'encourageait avec le même enthousiasme que pour la personne précédente.

Woouh-ouh, ouh-wouh
Je reconnais cet endroit…

Un plateau de verres se brisa à l'arrière de la salle. Dans le box à côté du leur, l'individu assis dans le fond s'était levé. Shal se tenait près de lui, la main tendue comme pour l'empêcher de tomber. Une traînée rouge salissait sa veste blanche.

Un court instant, Tesla crut qu'on l'avait poignardé, mais son regard était fixé sur le serveur aux longs cheveux bleus. Des éclats de verre constellaient le sol autour d'eux. La tache n'était que du vin rouge, ou un apéritif. Pendant que Tesla observait la scène, le tissu s'autonettoya, éliminant le liquide rouge, avant de retrouver son blanc éclatant. Après avoir rajusté sa veste, le passager blond quitta le R-Bar.

Tout le monde le regarda partir. C'était tout aussi bien d'ailleurs, parce que Tesla s'était totalement plantée dans sa chanson. L'anonymat était décidément très, très agréable.

Boulevardier

45 ML DE BOURBON
30 ML DE VERMOUTH DOUX
30 ML DE CAMPARI
1 ÉCORCE D'ORANGE
1 CERISE

Remuez à la cuillère avec des glaçons pendant quarante secondes. Versez. Décorez d'une écorce d'orange en torsade et d'une cerise.

Les portes du très exclusif Yacht-Club du vaisseau s'ouvrirent en sifflant sur le hall de réception. Shal agita son doigt sous le nez de Tesla, son petit sac d'ouvrage suivant le mouvement. « Je refuse d'être traité de personne partiale. Tu blesses ma fierté professionnelle.

— Un, tu es à la retraite. Deux, être détective n'a rien à voir avec le karaoké. Trois, tu es partial par définition. Tu m'as épousée.

— Pshiiiit ! Nawak ! Tut-tut ! » Il enchaîna les bruits scandalisés. « Madame la juge, je note que tu es la seule personne à avoir eu droit à un rappel. »

Elle lui rit au nez. « Ce n'était pas un rappel. J'ai été interrompue, on m'a laissée reprendre depuis le début. »

Derrière le comptoir de la réception, Auberi se redressa d'un bond, sa queue-de-pie battant derrière son séant, avec une telle vivacité qu'on en oubliait qu'il était 2 heures du matin, heure du vaisseau.

Sa mèche aubergine de surfeur s'arqua sur la gauche de son front, telle une vague. « Mx Zuraw ! Mx Husband ! Oh, pardonnez-moi. » Iel désigna le comptoir, et la cadence de son accent français sélénite s'intensifia de détresse. « J'ai votre petite chienne avec moi. »

Tesla s'alarma aussitôt. « Elle va bien ?

— *Oui* !* Oui ! Oh, ça oui, elle va bien, mais elle s'est échappée de votre cabine, en quelque sorte. Je l'ai trouvée ici, dans le hall. »

Shal serra le bras de Tesla. « Je vais vérifier la chambre. » Il hésita, puis lui tendit son sac d'ouvrage. « Tu peux ?

— Ce n'est pas… d'accord, pas de problème. » Elle accepta le sac, parce qu'elle ne pouvait pas honnêtement affirmer que cette histoire de porte ouverte ne lui posait aucun souci. Elle avait déjà vu des stalkers pénétrer dans ses chambres d'hôtel. Même en voyageant incognito, même ici, sur le pont le plus cher et le plus exclusif du vaisseau, on parvenait toujours à entrer en soudoyant la bonne personne. « Merci ! »

Elle lança un sourire dans le dos de son conjoint alors qu'il empruntait la ridicule « promenade dorée » jusqu'au couloir desservant leur cabine. Encastrées dans un sol en résine ambrée, des LED jaunes scintillaient sur des cristaux évoquant les rebuts d'un lustre de New Vegas. Le genre de choses qu'on installait pour impressionner les nouveaux riches.

Tesla traversa le hall en soupirant, jusqu'au bureau d'Auberi. « J'espère que Gimlet ne s'est pas trop mal comportée.

— Au contraire ! J'ai utilisé l'imprimante à matière pour faire une laisse, par sécurité. Elle est tout à fait adorable. » Iel pirouetta vers la porte du bureau et l'ouvrit. « Oh ! »

Tesla reçut un simple aboiement en guise d'avertissement, puis la chienne jaillit du bureau et contourna le comptoir en traînant une laisse derrière elle. L'arrière-train de la westie remuait alors qu'elle se précipitait vers son humaine.

Gimlet se hissa sur ses pattes arrière, posant ses deux pattes avant sur les cuisses de Tesla. Tout, de ses yeux écarquillés à ses demi-tours frénétiques, évoquait l'anxiété.

« Ne vous inquiétez pas. Je m'en occupe. » Tesla s'accroupit en gardant le dos droit, avant de prendre la petite chienne blanche dans ses bras. « Oh, bonjour beauté. Bonjour Gimlet. Oui, oui… » Les frétillements et les baisers de la westie firent regretter à Tesla de l'avoir laissée. Gimlet était entraînée à l'accompagner partout. Être enfermée dans la chambre lui avait probablement donné l'impression d'avoir fait quelque chose de mal. Tesla posa Gimlet au sol en frottant ses oreilles des deux mains. « Bonjour, fille parfaite. Maman est bête, très bête. Ce n'est pas ta faute.

— Il doit s'agir d'une erreur de notre personnel de ménage. » Auberi réapparut derrière le comptoir, à sa place habituelle. « Je vais… »

Un cri.

Ce n'était pas Shal, mais ça provenait de la promenade dorée. « Demandez de l'aide. » Tesla resserra sa prise sur la laisse de Gimlet. « Gimlet, viens. »

La chienne sur les talons, elle s'élança vers la promenade dorée, manquant s'effondrer quand une pointe acérée de douleur lui cisailla le dos et la jambe droite. Gimlet la dépassa et posa une patte sur son mollet, lui indiquant de s'arrêter et de prendre le temps de récupérer. Impossible. Pas tant que Tesla ignorait si Shal allait bien.

« Gimlet, lâche. » Elle contourna la sécurité de son RCPD pour le pousser au-delà des standards, puis se releva en s'aidant du mur. « Gimlet, viens. » Le RCPD lui transmit l'alerte habituelle concernant l'engourdissement et les autres effets secondaires d'un usage trop intensif. Tesla avait depuis longtemps pris l'habitude d'ignorer cet avertissement.

Au-dessus de sa tête, les haut-parleurs du vaisseau annoncèrent : « Delta, gamma, cinq cinq neuf. Je répète. Delta, gamma, cinq cinq neuf. »

Sous ses pieds, la promenade dorée tournait pour compenser la courbure du vaisseau et elle s'appuya contre le mur en franchissant l'angle du corridor. Le sol étincelant fit place à de la moquette et à un couloir plus sobre, orné d'œuvres d'art étranges de style… croisière. Une fois au bout, Tesla prit à nouveau sur sa gauche, puis s'engagea dans le corridor bordé d'arbres des suites Grand Royal.

Et là, au milieu du couloir, Shal déposait quelqu'un au sol.

Une flaque de sang inondait la veste de soirée blanche de l'individu. Même à cette distance, la différence entre le sang et le vin rouge sautait douloureusement aux yeux.

Shal leva la tête quand Tesla s'agenouilla à ses côtés. « Reste avec iel. J'ai vu quelqu'un. »

C'était le passager blond du karaoké. Un couteau saillait de sa poitrine, planté jusqu'au manche en bois.

Shal se releva sans tarder, Tesla n'eut même pas le temps de lui demander qui il avait vu. Elle devait se concentrer sur la victime. Shal ouvrit une porte de service et elle lui envoya un *::Fais attention à toi!::*, tout en sachant qu'il n'en tiendrait pas compte.

« Gimlet, couchée. Gimlet, pas bouger. » Du peu dont elle se souvenait de ses cours de secourisme, elle savait qu'ôter le couteau aggraverait l'hémorragie. Elle ne pouvait pas dire à la victime que tout irait bien, aussi se contenta-t-elle de raconter ce qu'elle faisait pour tenter de la rassurer. « Bon, je vais tâcher d'arrêter l'hémorragie, d'accord ? »

Tesla vida le contenu du sac à broderie de Shal, dont le tissu incluait une couche hydrophobe autonettoyante. Elle espérait qu'il serait aussi imperméable au sang. Elle enveloppa le linge bleu autour de la blessure, en s'efforçant de ne pas toucher le couteau. Ce faisant, sa peau effleura celle de l'autre – et, grâce à ce contact intime, leurs systèmes personnels échangèrent une poignée de main virtuelle, offrant une identification qu'elle accepta en échange de sa fausse carte d'identité. *::George Saikawa, Elle.::*

Les yeux de Saikawa se révulsèrent. Sa bouche béait comme celle d'un poisson.

Tesla grimaça et se pencha vers Saikawa. « Ohé ? George ? George, regardez-moi. Regardez-moi bien. On a fait mieux, comme rencontre, mais je reste avec vous jusqu'à l'arrivée des médecins. Hé… ohé, regardez-moi. Allez… les secours ne vont pas tarder. »

Le long du couloir, les portes s'ouvrirent. Du coin de l'œil, Tesla aperçut des gens émerger pour mieux observer la scène. Le sang imprégnait le tissu fleuri du sac à broderie. Il collait aux mains de Tesla et dégoulinait entre ses doigts. Elle leva la tête, scrutant ces riches imbéciles qui encombraient la zone pour repérer quelqu'un d'utile. Certaines personnes la fixaient, d'autres regardaient la passagère allongée au sol, l'une d'elles n'avait d'yeux que pour Gimlet.

« Bon sang, vous tous ! Qu'on aille me chercher une serviette, n'importe quoi. » Tesla baissa les yeux vers la victime poignardée, dont les paupières s'étaient abaissées. « Non, non, non… Hé, ne vous avisez pas de mourir. Je ne vous le permets pas.

— Laissez passer ! » Une porte de service à double battant s'ouvrit d'un coup, une équipe médicale fit irruption dans le couloir, masquée et gantée, avec un kit complet et une civière mobile.

Tesla leva les yeux en criant : « Par ici ! »

La personne en tête la repéra – ou plus exactement le sang – et s'agenouilla à côté d'elle. « Que s'est-il passé ?

— Je n'ai rien vu… juste qu'on l'a poignardée. C'est tout ce que je sais.

— Candy, préparez un protocole X-14. » Le médecin décolla le sac à broderie avec ses gants bleu vif et le jeta dans un sachet pour déchets biologiques, tandis que son collègue positionnait le medkit orange sur la blessure au couteau. « Ami, famille ?

— Simple passante. Jamais rencontrée.

— Bon travail… » Iel regarda Gimlet d'un œil sombre. « Qu'est-ce que ce chien fait ici ?

— C'est ma chienne d'assistance. » Tesla voulut poser la main sur le dos de Gimlet, mais ses doigts étaient poisseux de sang.

Le médecin grogna, il était difficile de lire son expression derrière le masque. Alors que le medkit orange étendait ses sondes arachnéennes, iel sortit une paire de ciseaux et découpa la chemise de smoking. La machine obéit à une commande et s'installa au-dessus de Saikawa, les diodes clignotant. « Il va falloir que vous reculiez. »

Tesla hocha la tête, mais plus aucun médecin ne lui prêtait attention. « Gimlet, au pied. » Elle se leva, Gimlet la suivit aussitôt, comme si l'animal était une extension de son propre corps. Tesla rajusta sa jupe avant de se souvenir du sang qui recouvrait ses mains. Bon, tant pis. De toute façon, elle ne s'était pas vraiment préoccupée du sang sur ses vêtements jusqu'à maintenant. Naturellement, sa jupe était bien trop chère pour contenir la moindre fibre autonettoyante. Il lui faudrait la faire laver.

Tout en s'appuyant contre le mur, Tesla scruta le couloir au cas où elle apercevrait Shal, mais elle savait qu'il n'était pas là. À ses pieds, Gimlet posa une patte sur son mollet, et elle hocha la tête pour la remercier de ce rappel. Une crise de panique ne l'aiderait en rien. Elle inspira en comptant jusqu'à quatre, retint sa respiration, puis expira en comptant jusqu'à quatre. Elle maintint une respiration lente, puis examina de nouveau le couloir. Environ une douzaine de personnes se tenaient un peu plus loin, pas tout à fait prêtes à quitter le spectacle et à retourner se coucher. Trois d'entre elles portaient des masques de courtoisie, soit à cause des germes, soit par coquetterie, soit pour se protéger des caméras. Tesla prit des photos de leurs visages avec son système personnel au cas où Shal aurait besoin de leur poser des questions plus tard. Un passager blond très élégant, avec une imposante barbe et une incroyable robe hawaïenne violette. La personne d'âge mûr et bien fichue du karaoké. Des jumeaux aux crânes assortis, sombres et rasés.

Elle envoya un ping à Shal. *::Des nouvelles?::*

::Mishal Husband est hors connexion.::

Et merde!

La moitié du temps, le vaisseau agissait comme une cage de Faraday, avec des connexions défaillantes. Shal allait bien. Il poursuivait juste un meurtrier dans les entrailles d'un vaisseau spatial. Qu'est-ce qui pouvait bien lui arriver? Tesla désactiva son ATH. Si elle s'inquiétait vraiment, elle le contacterait à nouveau par ping sous-cutané.

Une personne plutôt ronde avec un bob bleu qui frôlait son masque de courtoisie s'approcha de Tesla. «Puis-je… puis-je caresser votre chien?

— Non.» Gimlet ne portait pas son gilet de service, la question était donc plutôt normale. Tesla adoucit sa réponse. «C'est une chienne d'assistance. La toucher la distraira de son travail.» Parfois, Tesla le supportait, mais pas maintenant. Là, tout de suite, ça lui donnerait l'impression qu'un étranger la touchait, elle.

Avant même qu'elle n'ait à gérer cette interaction, la porte de service s'ouvrit à nouveau : un agent de sécurité noir à la forte carrure apparut. «Honorables passagers. Je suis l'agente Maria Piper, Elle, sécurité du vaisseau. Je vous demande à toutes et tous de bien vouloir suivre notre équipe dans le hall de la réception. »

Pendant qu'elle parlait, une demi-douzaine d'autres membres d'équipage arborant un gilet de sécurité orange vif sur leur uniforme émergèrent à leur tour dans le couloir. L'agente Piper fit un geste vers le hall, et deux d'entre eux se détachèrent pour commencer à frapper aux portes encore fermées.

« Quelqu'un a été poignardé ! » s'exclama le passager en robe hawaïenne.

Comme si Saikawa n'était pas allongée à même le sol, avec un médecin à son chevet.

« Voilà pourquoi nous devons dégager cette zone. »

Piper se retourna, repéra Tesla, le sang sur ses mains et ses vêtements, puis Gimlet, avant de reporter son attention sur Tesla. « Tout ça… ce n'est pas votre sang, n'est-ce pas ? »

Les lèvres serrées, Tesla secoua la tête. Malgré l'apparente désinvolture de l'agente, tout le monde était un suspect potentiel, ici.

« En ce cas, rejoignez les autres. » Elle fit signe à un membre de l'équipage, un maigrichon aux cheveux blond filasse. Il y eut un bref moment de flottement pendant qu'elle regardait en haut à gauche en clignant des yeux, sans doute une demande d'identification à l'ATH de son système sous-cutané. « Accompagnez Mx… Zuraw dans le hall de la réception avec nos autres invités. Auberi vous y retrouvera et vous indiquera un endroit tranquille pour vous nettoyer. »

Tesla fit un geste vers la porte de sa cabine, qui… devant laquelle Saikawa gisait directement. « C'est… c'est ma cabine. Je pourrais m'y changer. »

Piper secoua la tête. « Je ne peux vous y autoriser tout de suite. Je demanderai à quelqu'un de vous apporter des vêtements propres. Pour le moment, la meilleure chose à faire pour nous aider consiste à suivre nos instructions et à nous laisser la place pour qu'on travaille. »

Tesla hocha la tête. « Mon conjoint dit qu'il a vu quelqu'un, il est parti à sa poursuite. »

Après un soupir qui contenait tout un traité sur les passagers soi-disant « utiles », Piper pinça les lèvres. « Par où est-il parti ?

— La porte de service, là. »

Piper hocha la tête en fronçant les sourcils, et ses lèvres bougèrent légèrement, comme si elle subvocalisait quelque chose. Elle pointa du doigt le hall. « La réception. S'il vous plaît. »

Tesla et Gimlet suivirent le membre d'équipage et les autres passagers jusqu'au hall, où d'autres agents en uniforme les accueillirent avec des plateaux chargés de cocktails et de café, comme s'il s'agissait d'une soirée et non d'une enquête pour tentative de meurtre. La musique d'ambiance diffusait une version acoustique de « Lost in Flower » par Bad Sazerac, un groupe de blues de Kingston. L'équipage du navire rassembla gentiment les passagers endormis et grognons vers les petites tables basses dans le salon du hall. Des ficus parsemaient la zone, effleurant de grandes « fenêtres » qui prétendaient donner sur le champ d'étoiles qu'ils traversaient. Sauf que, bien sûr, si on pouvait vraiment voir les étoiles, la vitesse de rotation du vaisseau donnerait la nausée à tout le monde. Et Tesla n'avait pas besoin d'aide pour se sentir nauséeuse.

Gimlet aboya, détournant le regard de Tesla du champ d'étoiles. Bon chien. Son cœur battait déjà trop vite, un flash-back serait… inutile.

Quelques instants plus tard, Auberi arriva, autorisant une brève grimace à traverser son visage. « De la bouillie ! Pardon, mais les toilettes publiques ne sont pas en état pour le moment. On me signale que vous pouvez utiliser les toilettes des employés.

— C'est parfait. Merci. » Tesla suivit Auberi derrière le comptoir, attendant qu'iel se serve de son pass de poignet pour actionner le loquet.

« Par ici, s'il vous plaît. » Auberi maintint la porte ouverte, les yeux balayant le hall d'entrée à la recherche de tout ce qui nécessitait son attention. « Les toilettes se situent à votre droite. Je dois…

— Bien sûr. » Tesla se glissa dans la petite pièce derrière la réception. C'était un espace austère avec un plafond plus bas que celui du hall, entouré de casiers de rangement. Elle lâcha la laisse de Gimlet, dont l'autonettoyage fit disparaître les taches de sang qu'elle avait laissées.

« Gimlet, viens. »

Au lieu de bondir pour explorer la pièce, Gimlet se hissa sur ses pattes arrière pour mieux s'appuyer sur le genou de Tesla. Ses yeux sombres en forme de boutons examinèrent l'humaine pour voir s'il y avait une blessure. La chienne flaira le sang sur sa jupe. Tesla ne pouvait pas la caresser pour la rassurer, car elle avait encore du sang sur les mains.

La porte à droite donnait sur des toilettes grandes comme un cercueil, avec un lavabo minuscule encastré dans le mur. Tesla déclencha le distributeur de savon, puis agita les mains sous le robinet pour activer l'eau. Alors qu'elle se frottait les doigts, la mousse devint rougeâtre. Tesla sentit la pression de ses paumes l'une contre l'autre, mais pas le froid du savon ni l'humidité. Avec son RCPD en mode manuel, elle avait perdu la réception sensorielle fine.

À l'extérieur des toilettes, Auberi lança : « Mx Zuraw ? Je vous apporte des vêtements propres. L'agente Piper me demande de récupérer votre jupe. »

Traduction : vous êtes couverte de sang, et ceci constitue une pièce à conviction.

« Merci. J'arrive tout de suite. »

De la vapeur s'éleva de l'eau, Tesla retira vivement ses mains. À quel point était-ce chaud ?

Il lui fallait vraiment réactiver toutes les sécurités de son RCPD. C'était trop facile de se blesser plus gravement quand elle désactivait complètement les signaux de douleur. Il lui avait fallu beaucoup de temps après son accident pour faire la différence entre une douleur chronique et une douleur inédite.

Grimaçant en prévision de la souffrance, elle baissa son RCPD d'un cran. Derrière un mur en velours, une toile d'araignée de fil rouge vif l'attendait le long de sa colonne vertébrale.

Au moins, elle ressemblait moins à une folle furieuse après un meurtre à la hache. La pièce parut reculer autour d'elle, s'assombrissant dans les angles. On avait failli assassiner quelqu'un. Tesla posa la main contre le mur pour se stabiliser en attendant que son vertige passe. Mur. Toilette. Miroir. Post-it avec : « On se salue à trois mètres, c'est beaucoup mieux. » Affiche motivante représentant des chatons endormis au-dessus du slogan « D'accord pour donner le meilleur de toi-même aujourd'hui ? ».

::Qu'est-ce que les chatons ont à voir avec le meilleur de soi-même?:: envoya-t-elle à Shal.

::Mishal Husband est hors connexion.::

Tesla leva les yeux au ciel, puis ouvrit la porte des minuscules toilettes. Gimlet était assise, le nez contre la porte; Tesla dut la pousser pour ouvrir entièrement le battant. Le corps tout entier de la chienne ne fut plus que déhanchements de joie et de soulagement. Gimlet contourna son humaine en remuant furieusement la queue, inquiète à l'idée de ne plus jamais la revoir.

« Idiote. J'allais revenir, tu sais bien. » Tesla s'agenouilla pour prodiguer les caresses nécessaires, et Gimlet se lova frénétiquement contre elle.

Auberi l'attendait, un cintre à la main, avec un discret numéro violet. De l'autre main, il portait un plateau où trônait un verre contenant un genre de manhattan. « Je vous ai imprimé cette jupe portefeuille, la jugeant des plus confortables. Et voici un boulevardier. Josie, du R-Bar, m'assure que c'est votre boisson préférée. J'espère ne pas avoir mal fait?

— Vous êtes extraordinaire. » Agenouillée sur le sol du minuscule bureau un peu crasseux, Tesla se concentra sur ses priorités. Elle s'empara du cocktail, en prit une gorgée, savourant sa douceur acidulée. Les muscles tendus de son dos se détendirent un peu, ses épaules s'abaissèrent au contact des arômes d'agrumes et de céréales au miel.

Elle avait des vêtements propres. Elle avait un cocktail. Ce qu'il lui fallait à présent, c'était un plan.

« J'ai du mal à me connecter à mon conjoint… Mishal Husband. Pourriez-vous m'aider à le trouver? Je voudrais lui faire savoir où je suis. »

Le masque de considération attentive affiché par Auberi se décomposa, puis se figea. Iel s'essuya les mains sur son pantalon et s'humecta les lèvres. « *Pardon**… Mx Husband a été arrêté. »

Whiskey Sour

60 ML DE BOURBON
20 ML DE JUS DE CITRON
15 ML DE SIROP SIMPLE
1 CERISE

Secouez au shaker avec des glaçons pendant treize secondes. Décorez d'une cerise.

S'il y avait bien une chose que le père de Tesla lui avait enseignée, c'était de toujours avoir le numéro de son avocat sous la main, en numérotation automatique.

Quant à sa grand-mère, elle lui avait appris que si sa colère baignait toute une pièce de rouge incandescent, la meilleure chose à faire consistait à rester très, très immobile. En primaire, la fois où sa prof de sciences avait réfuté sa bonne réponse concernant la plus récente supernova «parce que ce n'était pas dans le manuel» avait fait comprendre à Tesla combien l'immobilité se révélait efficace. Ça avait aussi été la première fois qu'elle avait employé l'expression «Je veux parler au directeur». Elle avait demandé à se rendre dans son bureau d'une voix qui, rétrospectivement, paraissait beaucoup trop froide et blanche pour une enfant de dix ans.

Tesla caressa donc Gimlet en attendant qu'Auberi

sorte du bureau, malgré sa terrible, terrible envie de casser des trucs.

Elle n'attendit pas que la pièce perde sa teinte rouge pour appeler son avocate, car le temps de communication aller-retour lui donnerait dans les deux minutes de plus pour refroidir. Elle n'attendit pas non plus de savoir si Fantine répondrait à l'appel pour commencer à tout lui expliquer. Évidemment qu'elle répondrait !

C'était Tesla Crane qui l'appelait. Fantine aurait décroché même si elles n'avaient pas été amies. Tesla commença donc à parler pendant qu'elle se changeait, pour tout mettre à plat en gardant son calme, parce que l'intérêt d'un coup de fil à son avocate consiste à suivre ses conseils. Et pas question de les sabrer, quels qu'ils soient, en hurlant si fort que tout le Yacht-Club en profiterait.

« Qu'est-ce que tu as enco… » Fantine portait un masque occultant remonté sur son front et des packs de gel collés sous les yeux. Elle s'arrêta net en scrutant l'écran, le temps de rattraper les plaintes de Tesla. « Par le père de sainte Dymphne. Ils ont arrêté Shal ? Pourquoi… OK. Tu réponds… »

Sans cesser d'écouter, Fantine quitta son lit et l'arrière-plan se flouta discrètement, mais Tesla connaissait suffisamment bien son intérieur pour savoir qu'elle filait vers son dressing. « D'accord. J'enfile mon armure de combat. Il va falloir quitter le mode sous-cutané, pas question d'utiliser ta cornée pour ça. Emprunte un ordi de poche pour que ces têtes de palourdes purulentes me voient, le temps que je leur explique à quel point ils se sont mis dedans. »

Ce qui, connaissant Fantine, signifiait qu'elle traverserait l'univers entier pour leur arracher le gros intestin avant d'en faire du macramé.

« Bien reçu. » Tesla rangea sa jupe tachée de sang dans le sac en polyamide qu'Auberi lui avait fourni, puis se leva. « Je vais m'efforcer de trouver un ordi, puisqu'ils refusent de me laisser retourner dans ma cabine. Et… »

Fantine continua à parler par-dessus Tesla pendant les deux minutes de retard. « Le premier qui moufte, tu cites la Convention de Titan, chapitre cinq, paragraphe vingt-trois, et s'ils rechignent, je boufferais leurs parties intimes sur des toasts. Et maintenant, va retrouver ton époux. »

Tesla tenta d'envoyer un message à Shal, élargissant sa recherche pour localiser son traceur n'importe où sur le vaisseau.

::Mishal Husband est hors connexion. Dernière position connue…::

Le réseau le montrait dans la promenade dorée, mais il s'agissait sans doute d'un artefact. Après avoir saisi la laisse de Gimlet, Tesla ouvrit la porte du bureau et passa la tête à l'extérieur, jetant un coup d'œil à cette ridicule promenade « dorée », dans le vain espoir de voir Shal apparaître par magie. La zone était vide sur toute sa déprimante longueur, conséquence probable du ruban jaune d'interdiction d'accès tendu tout au bout. « Auberi ? »

Le concierge sursauta, pivotant si vite que sa mèche de surfeur aubergine passa de l'autre côté de son visage. « Mx Zuraw ! » Ses mains voltigèrent jusqu'à sa poitrine impeccable. « Vous m'avez fait peur. »

Tesla serra les mâchoires et prit une inspiration tremblante. Ce n'était pas la faute d'Auberi. « Désolée. Pourrais-je vous emprunter un ordinateur ?

— Mais bien sûr ! » Avoir quelque chose à faire parut vraiment soulager Auberi. Iel fouilla dans sa poche, puis en sortit un cylindre compact.

« Merci. » Tesla enroula la laisse de Gimlet autour de son poignet, puis ouvrit le cylindre pour dérouler l'écran de l'ordi en configuration tablette standard. « Je passe un appel sur Terre, vous le mettrez sur la note de ma chambre, bien évidemment. »

Les yeux d'Auberi s'écarquillèrent un bref instant. « Bien évidemment. » Iel se racla la gorge. « Je dois néanmoins vous rappeler, selon le règlement du bord, que le tarif d'un tel appel s'élève à…

— Je sais. » Tesla leva la main. Son père avait conçu le réseau grâce auquel le système solaire entier communiquait, et même si, dans d'autres circonstances, elle aurait pu culpabiliser d'être une privilégiée, ces connards avaient arrêté son conjoint ! « Ajoutez simplement les frais supplémentaires à ma note.

— Très bien. »

Après avoir accordé un signe de tête à Auberi, Tesla connecta son système sous-cutané à l'ordinateur de poche. Armée de ses connaissances et d'une avocate, elle examina la pièce pour repérer l'agente Piper. Cette dernière se tenait de l'autre côté du salon du Yacht-Club, elle prenait des notes tout en écoutant le grand passager barbu vêtu de la fantastique robe hawaïenne violette.

Tesla prit le temps de récupérer le sac avec sa jupe ensanglantée dans le minuscule bureau, avant de ressortir. Le fait d'avoir une excuse bien utile pour approcher l'agente de sécurité faciliterait les choses et, avec un peu de chance, elle obtiendrait ce qu'elle voulait sans faire tout un esclandre.

« C'est parti. » Tesla pilota Gimlet à travers le hall. La westie s'agitait parfois un peu trop quand elle n'était pas en service, mais elle avait dû comprendre qu'il ne s'agissait pas d'une plaisanterie, parce qu'elle se mit tout de suite aux côtés de Tesla sans commande directe de sa part. Celle-ci redressa la tête, recula les épaules et allongea sa foulée. Sa jupe portefeuille aurait fait des émules à Paris comme accessoire de mode.

L'agente de sécurité grimaça en la voyant arriver. Elle leva la main pour ralentir son approche. Très bien. Tesla serait assez polie pour laisser l'agente clore son entretien avec l'autre passager, mais ça n'irait pas au-delà.

Gimlet colla sa truffe à la jambe de son humaine, lui rappelant de reprendre son souffle. Tesla visualisa la lumière dorée du soleil l'inonder depuis le sommet de son crâne, mais tout scintillait comme cette fichue promenade. Plus elle attendait, plus il lui était difficile de garder son calme.

La porte du Yacht-Club s'ouvrit en sifflant derrière elle. Elle se retourna, espérant voir Shal. Hélas non. Une personne à la vive chevelure sarcelle s'avança dans le hall. Elle n'était pas particulièrement grande, mais toute sa stature résidait dans ses jambes et son style classique de pantalon taille haute la faisait ressembler à deux larges épaules montées sur échasses.

Gimlet lança son « bonjour » habituel, un jappement aux airs de « wouhouh ».

La personne fronça les sourcils, baissant les yeux sur la queue très agitée de la petite chienne, et Tesla sut d'instinct qu'elle ne l'apprécierait pas. Iel grogna.

Derrière elle, Piper souffla : « Merde. Il arrive. » L'instant d'après, elle contournait rapidement Tesla, droit vers les épaules sur échasses. « Mx Kuznetsova, je suis l'agente Maria Piper, Elle, sécurité du vaisseau. Puis-je vous demander de m'accompagner ?

— Ma chère, je suis sûr que ça peut attendre demain, quelle que soit l'urgence. » Mx Kuznetsova était vraisemblablement le « il » en question, mais Tesla ignorait pourquoi Piper l'attendait. Ses mots étaient excessivement précis, comme s'il dissimulait son ivresse. « Je reviens tout juste du casino, la soirée s'est remarquablement bien déroulée, je dois dire. »

Piper l'empêcha de la contourner en levant les mains dans un geste d'apaisement. « J'ai bien peur que cela ne puisse pas attendre, justement. Veuillez me suivre, s'il vous plaît.

— Pourquoi ? » Il fronça les sourcils, observant le reste de la salle, et parut enfin remarquer tout le remue-ménage.

Les passagers en peignoir et en pyjama. Le ruban jaune d'interdiction. Son regard se posa sur Tesla – qui prit douloureusement conscience du fait qu'elle tenait un sac translucide contenant une jupe tachée de sang. Maudite soit la mode et sa fascination pour les « vêtements naturels ».

Piper hésita. « Je m'apprête à vous annoncer une mauvaise nouvelle, et je crois préférable de vous trouver un endroit plus calme. »

Il fixait toujours le sac que Tesla portait et parut presque s'adresser à elle. « Dites-moi ce qui se p… » Il prit une brève inspiration, reportant à nouveau son regard sur la pièce. « Oh mon Dieu. Oh. Oh, non.

— Mx Kuz…

— Non. » Il leva un doigt tremblant. Ses yeux étaient bordés de rouge, on aurait dit qu'il avait du mal à reprendre son souffle. « Non. Je ne préfère pas un endroit plus calme. Et ne vous avisez pas de me mentir. Vous avez une mauvaise nouvelle et George est hors ligne ! Pourquoi ? »

Il cria sur la fin. Dans le hall, toutes les conversations s'arrêtèrent. Auberi avait fait le tour de la réception et se tenait sur la pointe des pieds, une boîte de mouchoirs en papier à la main.

Piper garda un ton doux et calme. « Je suis vraiment désolée. Elle est morte.

— Morte ? Morte, comment ? » La voix de Kuznetsova tremblait.

Sur la promenade dorée, deux personnes blanches en uniforme s'approchaient d'eux. L'une était une véritable montagne de muscles au cou épais, l'autre – à peine en tête – devait avoir dans les soixante-dix ans, exhibant la minceur ferme de quelqu'un n'ayant jamais manqué la moindre séance d'entraînement. Iel se glissa sous la bande d'avertissement, la maintenant en l'air pour laisser passer la montagne.

« Le chef de la sécurité Wisor vient d'arriver. S'il vous plaît, laissez-nous vous emmener au calme, nous répondrons à toutes vos questions. »

Kuznetsova contourna Piper et se dirigea vers Tesla. « Qu'est-ce qu'elle ne me dit pas ? »

Derrière eux, l'agente secoua la tête, passant une main sur sa gorge alors qu'elle se concentrait sur

Tesla. S'il s'agissait d'une enquête de Shal, lui aussi aurait voulu qu'elle se taise, pour éviter d'influencer un témoin. Mais ils avaient arrêté son conjoint. Tant pis pour eux. « George a été poignardée – j'ignore par qui, mais mon époux et moi étions les premiers sur les lieux. »

Le visage de Piper se figea, affichant une colère sourde et réprimée qui rappelait sa grand-mère à Tesla. Cette dernière redressa les épaules et pinça légèrement les lèvres en guise de bouclier.

L'officier le plus mince s'approcha de Kuznetsova, ignorant complètement Tesla. « Mx Kuznetsova. Je m'appelle Wisor, Il, chef de la sécurité. Je vous présente mes sincères condoléances.

— Allez vous faire foutre ! Comment peut-on assassiner quelqu'un sur un putain de vaisseau de croisière ? »

Le chef Wisor encaissa l'insulte, puis hocha lentement la tête. « Nous nous posons tous la même question. Mais nous avons arrêté le responsable… »

Tesla fit un pas en avant. « Vous n'avez pas… »

Il se retourna, et sans la présence de témoins, il aurait sans doute giflé Tesla. « Vous, silence. »

En tant que chef de la sécurité, Wisor devait savoir qui elle était vraiment, et même si elle détestait profiter des privilèges qui accompagnaient le nom de Crane, elle s'en servirait sur-le-champ si cet homme continuait à mentir à l'ami de cette passagère assassinée. Tesla pointa l'écran, qui montrait Fantine occupée à faire du crochet en attendant. « Voici mon avocate, en orbite terrestre basse, où se trouve votre société mère, et dans deux minutes, elle vous expliquera comment ça va se passer, ce matin. »

Le chef Wisor semblait souffrir d'une rage de dents, comme s'il connaissait très exactement la véritable identité de Tesla. Il se retourna vers Kuznetsova. « Monsieur, je suis vraiment navré. Sachez que même si nous ne pouvons rien faire pour compenser cette perte, nous ferons en sorte que justice soit rendue.

— La justice ? » Kuznetsova se mit à rire ou à pleurer, puis il se couvrit le visage, laissant échapper quelques sanglots.

Wisor se tourna vers la montagne de muscles. « Bob. Auberi. Emmenez Mx Kuznetsova dans le bureau du concierge pour qu'il puisse avoir un peu d'intimité. »

Tremblant, Kuznetsova voulut se redresser, mais ses yeux étaient rouges et gonflés. Il hocha la tête, acceptant un mouchoir d'Auberi tandis qu'il les suivait jusqu'au minuscule bureau. Quel endroit lugubre pour faire son deuil.

Tesla déglutit, puis se tourna vers Wisor. Elle lui tendit le sac contenant sa jupe ensanglantée. « Voici la jupe que je portais. Je suppose que vous tenez à garder toutes les pièces à conviction. Elle n'a pas quitté mes mains. »

Wisor se renfrogna en s'emparant du sac. « La prochaine fois, tâchez de ne pas nous aider.

— Je vous dirais bien que je suis désolée, mais vous avez arrêté mon conjoint. » Tesla se transformait en « cette personne », celle dont Shal se plaignait, celle qui se présentait partout comme si l'endroit lui appartenait et que le système solaire tournait autour d'elle. Ce n'était jamais beau à voir. Et tant qu'elle ne retrouverait pas Shal, ils pouvaient abandonner tout espoir. Elle ne leur ferait aucun cadeau.

L'air se refroidit entre eux alors que Wisor regardait à la fois Tesla et Fantine sur l'écran. « Très bien. Qu'est-ce que vous voulez, vous et votre avocate ?

— Merci de comprendre l'urgence de la situation. »

Wisor renâcla. Autour d'eux, les autres passagers continuaient à siroter leurs cocktails, bavardant comme si le meurtre faisait partie des activités habituelles de la croisière.

« Mon avocate aurait besoin d'une explication claire quant à l'arrestation de mon conjoint. Ensuite, vous me conduirez à lui.

— M'dame, je crains de ne pas pouvoir faire ça.

— Un, vous venez de m'appeler "m'dame" ? Vraiment ? Vous comptez agir avec ce niveau de condescendance sexiste ? Deux, si mon époux est à bord de ce vaisseau, alors oui, vous allez me conduire à lui. »

Tesla avait déjà rencontré ce genre de type. De « vrais hommes » qui se sentaient obligés de faire leurs preuves à la moindre opposition. « Vous pouvez aussi avertir son avocat, sauf si vous comptez violer la loi interplanétaire, notamment la Convention de Titan, chapitre cinq, paragraphe vingt-trois. »

En toute honnêteté, elle ne savait pas du tout ce dont il s'agissait, mais si Fantine avait inclus ces mots magiques dans ses instructions pour gérer les mollassons réticents, Tesla n'allait pas se priver.

« Écoutez, m'da... » Wisor s'éclaircit la gorge. « Il n'est pas nécessaire de faire ce genre de dépense, nous pouvons simplement...

— Vous savez certainement qui je suis. » Malgré les efforts de Shal pour protéger Tesla du regard des autres, dissimuler sa véritable identité au vaisseau était impensable pour la police des frontières, en plus d'être illégal. Mieux valait garder les trucs illégaux pour les cas vraiment nécessaires. Pas pendant une lune de miel, en l'occurrence.

« Je… en effet. » Son visage disait qu'il n'était pas impressionné. « Mais ça reste une dépen…

— Alors, je vous remercie de ne pas prétendre que le coût d'un appel sur Terre constitue un obstacle. » Face à quelqu'un qui insistait pour lui donner du m'dame – quelqu'un qui se tenait entre son conjoint et elle –, Tesla n'hésiterait pas à utiliser sa richesse comme une matraque. « Le seul obstacle, c'est le fait que vous bloquez mes appels à mon conjoint. »

Wisor rentra le menton, laissant les lustres du hall faire étinceler sa chevelure. « Très bien. Allons dans mon bureau, vous et moi. Nous pourrons y parler plus tranquillement. »

Arc-boutée sur ses talons, Tesla afficha un sourire aussi glacial que la face cachée d'un astéroïde. « J'ai été claire, je crois. Nous allons voir mon époux, et notre conversation, quelle qu'elle soit, se déroulera là-bas. »

Wisor échangea un regard avec son collègue. « Non. Vous n'êtes ni témoin ni complice de meurtre. Je ne vous accompagnerai pas jusqu'à votre mari. Et maintenant, soit vous vous rendez volontairement à mon bureau, soit je vous passe les menottes.

— Je vois. » Tesla dut refréner son envie de se transformer en supernova.

Gimlet poussa un gémissement, pas même un aboiement complet, juste un bref avertissement pour qu'on laisse son humaine tranquille. L'homme tressaillit, comme si une boule de poils de sept kilos constituait une plus grande menace que Tesla.

« Gimlet ! Calme. »

Elle avait déjà croisé des gens comme ce chef de la sécurité, seule une démonstration de force lui ferait comprendre la situation. Parfait. Elle avait tenté d'être à la fois claire et directe. Si c'était une question de pouvoir, Tesla comptait bien s'en servir. Elle tendit les deux mains vers lui. « Je suis sûre que tous ces braves gens adoreraient vous voir me passer les menottes. Cela fera de si belles images. Mon avocate se réjouira de les montrer à votre patron.

— Faites comme bon vous semble. Je vous poserai mes questions ici, alors. » Wisor croisa les bras et la regarda fixement. « Connaissiez-vous George Saikawa ? »

Impoli, d'omettre les pronoms de la personne. Il était inconcevable que le chef de la sécurité n'ait pas accès à cette information. Vu son âge, il avait probablement grandi avant que ça devienne l'étiquette standard.

Tesla voulut lui demander si George avait de la famille à bord. Au lieu de cela, elle inclina la tête et attendit.

Wisor rentra de nouveau son menton, d'une manière qu'il espérait sans doute intimidante. « M'dame ?

— Oh ! Vous pensiez que j'allais vous répondre, là, maintenant ? » Elle agita le doigt sous son nez. « C'est mal, Mx Wisor. Vous me posez des questions sans la présence de mon avocate.

— Votre avocate est juste là, m'dame.

— Par pitié, ce “m’dame”… » Elle soupira. « Mon avocate est en orbite terrestre basse, alors voilà ce que nous allons faire. Vous allez me poser toutes vos questions, et quand elle les aura entendues, elle me conseillera. Vous avez d’autres questions, n’est-ce pas ?

— Je pourrais vous accuser d’obstruction.

— Ce serait tout à fait recevable si je refusais de répondre… »

Sur l’ordinateur emprunté, Fantine hoqueta.

« Oh, pour l’amour de saint Yves. J’ai deux bonnes minutes de retard, mais je devine à ce stade, sur la base de la bouillie que vous avez à la place du cerveau, que vous avez tenté de passer les menottes à ma cliente sans raison valable. Sans parler du fait que vous avez arbitrairement arrêté mon autre client sans prendre le temps – environ le temps qu’il faudrait à un chien pour lâcher un pet – de visionner les vidéos de surveillance ni d’interroger les témoins. Si vous croyez une seule seconde que je compte laisser passer cette incompétence crasse, illégale et négligente, il va falloir installer une caméra dans vos parties intimes pour mieux voir où je vais caler votre tête. »

La mâchoire de Wisor béa un court instant.

Tesla lui sourit. « Allez-y, posez vos questions. Elle y répondra dès qu’elles lui parviendront. »

Fantine poursuivit sa diatribe : « Vous avez déclaré que ma cliente était témoin d’un meurtre, vous savez donc que mon autre client avait du sang sur les mains parce qu’il était le premier sur les lieux. J’ai fait une demande concernant la vidéosurveillance auprès de votre…

— Il n'y a pas de vidéosurveillance. » Les joues pâles de Wisor devinrent rouge vif.

« … société mère. Le temps d'attendre cet…

— Quelqu'un s'est servi d'un brouilleur. Donc, voici une première question pour votre cliente. Pourquoi son époux et elle possèdent-ils un appareil de la même marque et du même modèle dans leur cabine ? »

Tesla garda la bouche fermée pour s'empêcher de répondre. C'était leur lune de miel. Shal avait installé un dispositif montrant aux caméras de surveillance un enregistrement en boucle pour mieux la protéger. Être l'héritière de la fortune des Crane signifiait aussi que les tabloïds paieraient très cher des vidéos intimes d'elle. Ils ne s'en étaient jamais privés.

« … enregistrement, vous allez m'autoriser à voir mon autre client…

— Pourquoi a-t-on retrouvé ses empreintes digitales sur l'arme du crime ?

— … pour que je puisse déterminer qu'on l'a traité conformément à…

— Et pourquoi un témoin a-t-il formellement identifié votre mari comme étant l'assassin ? »

1 DEMI-POIVRON JAUNE, ÉPÉPINÉ ET RÉDUIT EN PURÉE
180 ML DE TONIC
30 ML DE JUS DE CITRON VERT
1 TRAIT D'AMER À LA CARDAMOME
1 PINCÉE DE POIVRE FRAÎCHEMENT MOULU

Pilez le poivre au fond d'un verre à whisky. Ajoutez un gros glaçon, le tonic, le jus de citron vert et l'amer. Remuez à la cuillère jusqu'à ce que le mélange soit froid. Saupoudrez de poivre noir en guise de décoration.

La cellule où ils détenaient Shal était minuscule, un vrai placard, dénuée de tout meuble à l'exception d'une couchette en métal et d'un coin toilette. Voir son époux dans cette véritable geôle fit à nouveau bouillir Tesla. Elle resserra sa prise sur la laisse de Gimlet, tout en gardant la bride sur sa propre fureur, parce qu'elle n'allait pas contrarier tous les efforts de Fantine pour la faire entrer ici en se retournant et en hurlant sur le chef de la sécurité.

La porte se referma derrière elle, suivie du second bourdonnement d'une serrure électronique verrouillée. Elle renifla, tâchant d'évacuer un peu de sa colère.

Allongé sur la couchette, Shal avait roulé sur son coude. Son œil droit était violacé, gonflé, mais il souriait. « Salut beauté.

— C'est à moi ou à Gimlet que tu parles ? » Tesla lâcha la laisse. La westie leva les yeux vers elle pour demander la permission. « Allez. »

D'un bond, la chienne fut sur le lit de camp, tout à sa joie de retrouver Shal.

Ce dernier s'allongea en riant. Il laissa Gimlet lui inonder le visage de son enthousiasme débordant. « Elle, c'est ma beauté. Toi, mon cœur. »

Non, pas question de pleurer. « J'ai amené Fantine. »

Shal écarquilla les yeux. « Tu l'as appelée ? Grand Dieu. Le tarif à la minute est...

— Ça en vaut la peine.

— Non, non poupée, ce n'est pas...

— Ça ne fait même pas cinq jours que nous sommes mariés, on ne va pas commencer à se disputer pour des questions d'argent. » Elle secoua le doigt. Son époux ne s'était pas tout à fait adapté à l'idée d'être riche. « Reconnais que je maîtrise un peu mieux que toi mon empire financier, et tais-toi. Remercie Fantine. »

Shal ouvrit la bouche, puis soupira en hochant la tête. « J'apprécie votre aide, Mx Brandt. J'ai hâte d'entendre ce que vous avez à dire. »

Vu la vitesse à laquelle ils s'éloignaient de la Terre, Tesla disposait désormais de trois minutes entières pour profiter de Shal avant que Fantine ne commence à parler. Il portait toujours son pantalon de soirée, mais avec un tee-shirt beaucoup trop large, un souvenir du vaisseau interplanétaire *Lindgren*. Shal s'assit en grimaçant et balança ses jambes par-dessus le bord de la couchette métallique. Il posa la main sur ses côtes quelques instants, puis fixa le sol, la mâchoire serrée.

Gimlet gémit et lui lécha la main. Toujours en train d'étudier le sol, Shal caressa les oreilles de la chienne avant de lever les yeux vers Tesla avec un sourire forcé. Dieu, qu'elle connaissait cette expression.

« Qu'est-ce qu'ils t'ont fait ? » Elle traversa la pièce exiguë, écartant Gimlet pour pouvoir s'asseoir à côté de lui. S'il lui avait été possible de partager son régulateur cérébral profond de la douleur, elle l'aurait fait sans hésiter.

Il haussa les épaules – une seule, en réalité. « Eh bien, je courais dans un couloir de service avec du sang sur les mains, alors ils se sont montrés plutôt… enthousiastes à l'idée de m'arrêter. » Il lui tapota le genou. « Ne t'inquiète pas, poupée. J'ai survécu à pire.

— Si tu crois que ça me rassure, tu te trompes. »

Il rit, grimaça à nouveau. « Désolé de te faire subir ça.

— Ce n'est pas ta faute ! » Tesla posa l'ordinateur de poche contre le mur pour offrir à Fantine une vue complète sur la pièce, puis s'appuya prudemment contre son conjoint en attendant que leur avocate rattrape le retard. Elle réduisit le réglage de son RCPD, acceptant la douleur dorsale, pour mieux sentir la chaleur de son époux alors qu'elle calait sa joue contre son épaule.

Ils avaient privé Shal de son système sous-cutané – pas seulement en lui interdisant l'accès au réseau du vaisseau, mais en le désactivant complètement, de sorte qu'elle ne pouvait même pas créer un lien local pour leurs discussions subvocales. Bordel ! Tant pis, elle discuterait quand même avec son conjoint, peu importe à quoi ça ressemblerait pour un observateur extérieur.

Elle inclina la tête, embrassa le musc salé de son cou. Si près de lui, elle était en mesure de garder sa voix quasi inaudible. « Bon, qu'est-ce que je peux faire ? »

Shal passa un bras autour de sa taille. Il la serra contre lui, chassant toute prudence. « Eh bien… ça dépend de la durée de ton séjour ici.

— Une demi-heure. » Tesla joua avec le bouton de son pantalon. « Fantine ne va pas tarder à parler.

— Hum… » Shal se lova contre elle, projetant d'agréables étincelles lumineuses le long de tous ses membres. « Et je suppose que vous avez un plan, toutes les deux, non ?

— J'espère… oh. » Elle haleta lorsqu'il laissa dériver sa main le long de sa jambe, loin de son genou, sous les replis de sa jupe. Tesla était très, très heureuse d'avoir diminué son RCPD. « Houla. »

Entre deux baisers sur sa joue, le chuchotement de Shal chatouilla la courbe de son oreille. « Ils ont installé une caméra de surveillance dans la chambre.

— Oui… » Tesla soupira, espérant lui montrer clairement qu'elle avait compris que toutes leurs interactions seraient scrutées de près. Fantine l'avait mentionné, elle aussi. Tesla enroula les doigts de son autre main dans le col du tee-shirt de Shal et l'attira vers elle. « Un témoin prétend t'avoir vu.

— On m'a dit, oui. Et il semble qu'on ait volé ce couteau à steak dans notre chambre, justement. » Il mordilla la peau tendre, derrière la mâchoire de Tesla. « Mais pas d'inquiétude. Fantine me fera sortir. » Une ligne de baisers suivit la courbe du cou de son épouse, puis remonta jusqu'à son oreille. « Mais celui qui a fait ça… »

Soudain chaude jusqu'aux orteils, Tesla tourna la tête, puis souffla dans son oreille. « Cours toujours, oui. » Elle passa la langue le long de la ligne de sa mâchoire et fut récompensée quand sa main se resserra sur sa hanche.

Shal s'écarta un peu et croisa son regard, son œil au beurre noir plissé de malice. « J'aime à quel point tu me connais bien. » Puis il baissa la tête pour s'intéresser à la peau près de son col. « Tu sais qui… »

Une truffe humide s'immisça dans l'espace qui les séparait. Shal grogna et relâcha Tesla.

« Gimlet ! » Tesla repoussa la chienne en ravalant une grimace. Quand elle se retourna, le visage de Shal avait un peu perdu son bronzage olive. « Tu as…

— Ça va. » Il hocha la tête. « Honnêtement, ce n'est pas pire qu'au bon vieux temps de la boxe.

— À l'université. Avec vingt ans de moins. » Elle posa la main sur son dos. « Ils ont fait venir un médecin pour regarder…

— Shalmaneser Steward ! » Le grondement de Fantine fit crépiter l'ordinateur de poche. « Vous avez vraiment osé remettre en question l'idée de m'appeler ?

— Hum…

— Je vais partir du principe que vous êtes en train de vous excuser auprès de votre épouse et passer à autre chose. Voici la liste de ce dont j'ai besoin. Quand j'aurai terminé, vous commencerez à répondre. Un, puisqu'il nous faudra évidemment faire le boulot à la place de ce gros tas de caca flamboyant de chef de la sécurité, j'aurai besoin de tout autre témoin oculaire qui aurait assisté au meurtre. Deux, si vous connaissez la victime, je dois le savoir, je ne veux pas l'apprendre plus tard... » Elle plissa les yeux en fixant son écran. « Qu'est-ce que... Ils vous ont battu ? Oh, pour l'amour de sainte Jeanne au bûcher, je vais leur rôtir les génitoires au barbecue.

— Nous t'aimons beaucoup, Fantine. » Tesla sourit en tapotant le genou de Shal, même si son avocate n'aurait pas vent de sa gratitude avant trois minutes.

« Et maintenant, racontez-moi ce qui s'est passé, et oui, je sais que tous ces cerveaux de grenouille de mouille-slips surveillent la pièce, mais ils ne peuvent en faire sortir le moindre pet tant que la règle avocat-client est en vigueur. Alors, commence à parler et – par le maillot de bain sacré de Josaphat. Je n'ai absolument pas besoin de vous voir roucouler tous les deux, jeunes mariés ou non, alors arrêtez ça tout de suite et dites-moi ce qui s'est passé.

— C'est ta faute, c'est toi qui nous as présentés ! »

Shal s'esclaffa, puis grimaça en se frottant le flanc. « Soyons justes, elle n'avait pas anticipé qu'on se marierait.

— Objection ! Tu ne me convaincras jamais que Fantine fait quoi que ce soit sans arrière-pensées.

— Objection retenue, même si Fantine critiquera notre mauvais usage des termes juridiques. Donc, pour en revenir à sa question, avant qu'elle se remette à hurler... Gimlet s'était enfuie de la cabine, je suis revenu pour empêcher que... tu vois de quoi je parle. » Il jeta un coup d'œil à Tesla et fit la grimace en se rappelant sa femme qui frappait un intrus avec une queue de billard. « Bref, le couloir fait un coude, là, et j'étais à peu près à mi-chemin quand quelqu'un a crié. J'ai couru et je suis arrivé juste à temps pour voir la porte de service se refermer… et le passager poignardé. Note complémentaire : le passager s'appelle George Saikawa, Elle, membre de Kuznetsova International…

— Attends. Tu la connaissais ? » Le cœur de Tesla glissa latéralement dans sa poitrine. Elle était pourtant persuadée qu'aucun d'entre eux n'avait jamais rencontré la victime.

« Non, non… J'ai enquêté sur son patron il y a quoi, dix, douze ans, une plainte pour fraude. » Shal agita la main en l'air, comme si ça ne comptait pas. « Je l'ai aperçue – Saikawa, je veux dire – avec Kuznetsova plusieurs fois. Kuznetsova faisait le truc classique du quinquagénaire, il trompait sa conjointe avec son assistante. Mais je ne les ai vus que de loin, via le téléobjectif d'un drone.

— Et tu n'as rien dit ? Elle était à côté de nous, au bar.

— Au bar, ça ne m'a pas paru important. Ensuite, j'étais un peu occupé à pourchasser celui ou celle qui l'avait poignardée dans le couloir. Dès ton arrivée, j'ai cessé de m'inquiéter pour elle. » Shal pressa la main de Tesla qui reposait toujours sur son genou. « Je savais que tu la gérerais bien. Bref, quand j'ai déboulé dans le couloir de service, quelqu'un filait vers l'escalier. Sa carrure l'oriente du côté masculin du spectre, dans les un mètre quatre-vingts, soixante-dix kilos, coupe au bol, cheveux noirs et raides. De derrière, le peu que j'ai aperçu de sa peau m'a paru assez pâle. Quelque part entre l'Européen sélénite et le Japonais terrien, avec – détail intéressant – des gants. Des gants chirurgicaux bleus, dont un taché de sang. »

Quand ils avaient commencé à se fréquenter, elle l'avait suffisamment entendu parler de son travail pour deviner ce que cela impliquait. « Prémédité, donc.

— Je suis prêt à prendre les paris, oui. » Shal se retourna vers Fantine sur l'ordi. « Nous avons grimpé quelques étages, vers le centre du vaisseau, mais iel m'a semé quand la gravité centrifuge s'est affaiblie. Iel savait se servir de la force de Coriolis. J'ai dépassé la porte par laquelle iel avait filé. Le temps que je fasse demi-tour, il n'y avait plus personne. Je pense qu'iel avait un brouilleur. »

Tesla hocha la tête. « Le chef de la sécurité dit qu'il est de la même marque et du même modèle que le nôtre.

— Ah. » Shal se frotta les yeux et grimaça, avant d'éloigner la main de son orbite enflée. « J'imagine qu'ils ne t'ont pas révélé à quel nom il était enregistré ? Non… je me disais aussi. »

Leur brouilleur était un modèle extrêmement coûteux, même selon les normes de Tesla. Il était assez compact pour tenir dans une poche. Les brouilleurs laissaient une signature, ce qui permettait aux forces de l'ordre d'identifier l'appareil utilisé, en principe dûment enregistré. Bien sûr, on pouvait contourner tout ça. Celui de Tesla était enregistré au nom de son pseudonyme, Artesia Zuraw, et non Tesla Crane.

Elle jeta un coup d'œil à Fantine. « Donc, quelqu'un qui a les moyens, vraisemblablement. »

Shal secoua la tête. « On ne va pas tenter de résoudre cette affaire.

— Un témoin oculaire t'a identifié comme le tueur. Tes empreintes digitales étaient sur le couteau !

— Parce que j'étais le premier sur les lieux. » Shal hésita, puis fit la grimace.

« Même si je te concède que le steak livré par erreur dans notre chambre me préoccupe.

— Tu vois ! C'était donc quelqu'un qui avait accès à notre cabine. »

Shal secoua de nouveau la tête, et elle n'aurait su dire s'il n'était pas d'accord avec elle ou s'il essayait de s'empêcher d'enquêter sur cette affaire. « Donne juste à Fantine ce dont elle a besoin pour me faire sortir de là et reprenons notre lune de miel. Donc, pour en revenir à l'assassin avec couteau et brouilleur… quand iel m'a semé, la sécurité a pu me voir, les mains en sang et tout.

— Et ton passage à tabac ? »

Shal fit une grimace et détourna les yeux de Tesla. « Ce n'était pas un passage à tabac.

— Tu as une côte cassée !

— Contusionnée. »

Gimlet aboya et posa sa patte sur son genou.

« Tu vois ! Même notre chienne sait que tu mens. Dis à Fantine ce qui s'est passé, ou elle te bouffera tout cru. » Tesla se pencha vers lui et l'embrassa sur la joue. « Et je t'aime bien. Je ne veux pas qu'elle te bouffe. »

Il s'esclaffa, grimaça, et sa main s'approcha brièvement de ses côtes. « Écoute… » Shal reporta son attention sur Gimlet, frottant ses oreilles jusqu'à ce qu'elle pose sa tête sur son genou. « Écoute… le brouilleur n'était pas actif à ce moment-là, donc le vaisseau aura des images de tout ça. Fantine verra les vidéos, toi tu n'auras pas à t'en mêler.

— Je ne suis pas une fleur flétrie, fragile et délicate. »

Même si, franchement, elle aurait tout donné pour flétrir dans un bain thérapeutique, avec un verre de single malt, idéalement du Glenfarclas dix-sept ans d'âge. Et tout aussi idéalement, avec Shal. « Tu peux me raconter, je te promets de ne pas m'évanouir. »

Il aboya un rire et fit une nouvelle grimace. « Ce n'est pas ça qui m'inquiète. Je m'inquiète de déclencher ton courroux.

— Mon courroux. » Elle l'embrassa sur la joue. « Est déjà déchaîné. »

*

Exactement une demi-heure après l'arrivée de Tesla, le chef de la sécurité Wisor ouvrit la porte de la cellule de Shal. « Le temps est é… »

Gimlet aboya, lui coupant la parole.

Dans le silence qui s'ensuivit, Fantine continua à parler. « … président de la société mère en ligne dès qu'on en aura terminé ici. Si cet appât à furet ne vous a pas réintégrés dans votre cabine d'ici là, ce qu'il ne fera pas sans qu'on insiste, je réglerai ça personnellement.

— Chef Wisor ! Nous étions justement en train de parler de vous. » Tesla frotta le crâne de la petite chienne et se pencha pour embrasser Shal sur la joue. « Vous avez terminé l'inspection de notre cabine ? »

Il secoua la tête. « Elle restera sous scellés jusqu'à notre arrivée sur Mars, dans le cadre de l'enquête sur le meurtre qui… »

Sur l'écran, Fantine regarda la montre suisse qu'elle portait pour rappeler ostensiblement aux gens qu'ils lui faisaient perdre son temps. « Si je l'ai bien cerné, cet assommant chef de la sécurité ne vous laissera pas une minute de plus que la demi-heure convenue, il devrait déjà être de retour dans la pièce à l'heure qu'il est. Je ne peux donc pas trop le qualifier de raclure coprophage avec autant d'enthousiasme que je le souhaiterais. Si je me trompe, et qu'il n'est pas avec vous, je me répéterai quand j'aurai confirmation qu'il est bien de retour et je ne vous facturerai pas ces minutes supplémentaires. »

Tesla glissa hors du lit, tenant l'ordinateur de poche pour que la caméra centre le chef de la sécurité. Gimlet sauta à terre et s'assit nonchalamment devant elle pour créer une barrière – le signe clair que sa chienne de service considérait Wisor comme un facteur de stress. Elle n'avait pas tort.

Wisor baissa les yeux sur Gimlet – Tesla en profita pour inspirer calmement – avant de froncer les sourcils en reportant son attention sur l'ordi. « Vous êtes restée connectée depuis tout à l'heure ? Est-ce que vous savez combien…

— Oui. Je sais combien ça coûte. » Sa société possédait les satellites sur lesquels transitait le signal. Tesla plaça le doigt sur ses lèvres, puis désigna l'écran. « Chut. Ne parlez pas.

— Chef de la sécurité Wisor. Vous retenez mon client sans raison valable et l'empêchez, lui et ma cliente Artesia Zuraw, de profiter de leur lune de miel qui leur coûte suffisamment cher. Prouver son innocence ne m'inquiète pas beaucoup. Le non-respect de ses droits m'inquiète nettement plus. La Convention de Titan stipule que si un vaisseau en transit est souverain pour maintenir l'ordre à son bord, cette autorité ne s'étend en aucun cas à la conduite d'un procès ou à l'application de mesures punitives. Dès lors, vous pouvez placer n'importe qui en cellule s'il représente un danger pour lui-même ou pour les autres, mais en emprisonnant arbitrairement mon client dans cette oubliette, vous violez la Convention de Titan.

— Je ne peux pas maintenir l'ordre si… »

Fantine poursuivit sa plaidoirie – elle ne pouvait pas encore l'entendre. « Il vous reste plusieurs options pour éviter un procès qui vous enterrera sous un tas de gésiers pourris. Un : vous libérez mon client immédiatement et vous lui présentez vos excuses pour le désagrément. Deux : vous le confinez dans sa cabine, tout en garantissant à Mx Zuraw un accès libre à son conjoint, et vous leur proposez un remboursement complet plus une compensation financière pour le préjudice subi. Trois : vous le confinez dans une cabine de valeur égale ou supérieure, tout en garantissant à Mx Zuraw un accès libre à son conjoint, et vous leur proposez un remboursement complet plus une compensation financière plus importante pour le préjudice subi. Si vous choisissez la première option, mes clients sont prêts à renoncer à leurs droits à une compensation supplémentaire. » Elle s'approcha de la caméra et sourit comme le requin qu'elle était. « Mieux vaut éviter d'aller un peu plus loin que ces trois options, sinon la compensation exigée risque fort de déplaire à votre entreprise. J'attends votre réponse. »

Sur ce, Fantine posa une pelote de laine carmin sur son bureau et se mit à faire du crochet, face caméra.

Le visage du chef Wisor avait viré au rouge vif. « Vous ne pouvez pas demander cela. Une femme a été assassinée, j'ai un témoin qui désigne cet homme comme le meurtrier. »

Du lit, Shal leva la main. « Juste pour clarifier les choses… quelqu'un vous a spécifiquement assuré "Mi Husband est l'assassin" ? »

Le chef soupira, son regard passa de Shal à l'ordinateur de poche. « La formulation n'est pas la même – votre avocate appréciera – mais oui, iel a désigné Mi Husband après une séance d'identification virtuelle.

— Votre mari[1] ? » Les yeux de Shal s'écarquillèrent dans une parodie d'étonnement. « N'y a-t-il pas conflit d'intérêts ?

— Quoi ? »

Tesla fit beaucoup d'efforts pour ne pas éclater de rire. « Vous avez dit qu'iel avait identifié votre mari dans une séance d'identification virtuelle. — Non, j'ai dit qu'iel avait choisi Mi Hus… d'accord. Très drôle. » Le visage du chef se durcit. « En plus du témoin, l'arme du crime portait ses empreintes digitales et mon équipe l'a appréhendé avec le sang de la victime sur les mains. Il n'a pas le droit de tuer quelqu'un, puis de se prélasser chez lui en commandant des verres de vodka à son majordome.

— Je n'aime pas la vodka. » Shal se redressa sur le lit. « Du gin, d'accord. Ou du bourbon, du single malt. Mais de la vodka ? Franchement. »

Tesla sourit à Wisor. « Je crois que vous devriez faire ce que Fantine propose et vérifier tout ça avec votre service juridique. Elle est très douée dans son travail. Ou vous pourriez simplement restaurer le

1. Voir note page 25.

système sous-cutané de Shal et nous escorter jusqu'à notre cabine. C'est notre lune de miel, je vous promets que je l'assignerai à résidence dans la chambre à coucher.

— Seulement la chambre ?» Shal soupira et secoua la tête. « Mais nous avons une baignoire à débordement.

— Hum. Et moi je m'inquiète pour tes côtes. »

Elle se retourna vers Wisor et laissa sa voix se durcir, en accord avec les vis en titane insérées dans sa colonne vertébrale. « Par ailleurs, je note que non seulement vous le retenez ici sans motif, mais que votre personnel l'a battu, et que vous ne lui avez proposé aucun soin médical.

— Il a refusé. De plus, personne ne l'a battu… »

Sur l'écran, Fantine baissa son crochet pour vérifier sa montre-bracelet. « À ce stade, je devine que vous tergiversez sur les preuves, peut-être sur les témoins oculaires ou tout autre point inopportun qui viole la Convention de Titan. Votre vaisseau dispose d'une personne chargée des affaires juridiques. Je vous suggère de vérifier avec iel avant de continuer à vous enfoncer davantage… oh. » Elle jeta un coup d'œil à l'écran. « Vous êtes là. Bien. Je n'aurai donc pas à me répéter. "Vous ne pouvez pas maintenir l'ordre si…" C'est ça qui vous inquiète ? Le confiner dans sa cabine pendant qu'on règle ça avec vos représentants légaux va "maintenir l'ordre". »

Wison pointa le doigt sur l'écran. « Bon sang, pas question de… » Ses pupilles s'orientèrent vers le bas et vers la gauche, comme s'il consultait un message via son sous-cutané. « Merde ! Personne ne bouge. Restez tous ici. »

Quand il quitta la pièce en claquant la porte, les sourcils de Tesla se haussèrent. « Quoi, encore ? »

Sur l'écran, Fantine continuait à parler, ignorant que l'objet de sa conversation avait quitté la pièce. « … la prochaine objection que vous allez probablement me sortir, parce que votre cerveau est à peu près aussi efficace qu'un sac en polyamide plein de jaunes d'œufs crus, c'est que mon client n'a pas le droit de vivre dans le luxe alors qu'il est soupçonné d'un crime atroce. Peut-être, mais ils ont payé pour cette cabine. Cependant, vous l'empêchez de prendre part à toutes les autres activités qu'ils ont également réglées tout en restreignant sa liberté pour un crime qu'il… » Elle jeta un coup d'œil en biais sur un autre écran et sourit. « Ah. Voilà. Ce qui est bien quand on a l'âge de Mathusalem, c'est qu'on a le temps de connaître beaucoup de gens. L'un de mes vieux partenaires de golf travaille pour votre service juridique, il est à bord et, croyez-moi, ce type est tout sauf un distributeur automatique de pets de crapauds. Attendez-vous à un appel sous peu. »

Voilà pourquoi on doit toujours avoir le numéro de son avocate sous la main.

Manhattan

60 ML DE BOURBON
30 ML DE VERMOUTH SUCRÉ
2 TRAITS D'AMER
1 CERISE

Remuez à la cuillère avec des glaçons pendant quarante secondes. Décorez d'une cerise.

La cabine que Wisor leur avait arrangée était une chambre simple surplombant la promenade qui faisait beaucoup d'efforts pour recréer l'ambiance pittoresque d'une ville anglaise. L'enseigne au néon du glacier éclairait d'un rose sinistre les rideaux de velours bleu. Tesla traversa le tapis aux motifs agressifs beiges et fuchsia jusqu'à la fenêtre, avant de se retourner. Pas d'autre porte. « J'espérais au moins une suite.

— C'est une suite junior. » L'agente Piper accompagna Shal dans la pièce, laissant un collègue à l'extérieur pour surveiller le couloir.

Tesla désigna la chambre individuelle. Elle disposait d'une salle de bains et d'un rideau que l'on pouvait tirer à travers le « salon » pour en faire une « chambre à coucher. » Elle était tapissée, plus grande que la cellule de Shal, mais restait plus petite que le bureau de Tesla. Sur la liste de leurs problèmes, la superficie de leur chambre n'arrivait pas en tête, et pourtant… Elle s'efforça de ravaler sa déception, car tout cela n'était vraiment, vraiment pas grave, lune de miel ou pas.

On avait assassiné quelqu'un.

Elle refoula une soudaine envie de pleurer ou de crier, et dut lutter pour garder son calme. Après avoir pris une inspiration mesurée, elle sentit ses muscles intercostaux se relâcher un tout petit peu. La taille de cette pièce n'avait pas d'importance. C'était surtout pour le principe – et le fait que Shal ne méritait pas d'être puni pour un crime qu'il n'avait pas commis.
« Une suite possède généralement plusieurs pièces.

— Il y a une salle de bains. »

Shal observa la chambre en pinçant les lèvres. Il fronça les sourcils en voyant la fenêtre, puis tendit ses poignets menottés à l'agente Piper. « Si vous voulez bien me faire l'honneur. »

Gimlet renifla le coin sous le bureau, sa petite queue s'agitant avec plaisir devant la saleté qu'elle y dénicha. Et puis merde ! Fantine avait plaidé pour qu'ils récupèrent un minimum leur lune de miel pendant qu'elle œuvrait à expliquer à la compagnie de croisière que Shal était manifestement innocent.

Tesla n'avait qu'une chose à faire, lui montrer la cabine, et Fantine réglerait ça. Elle sortit son ordinateur de poche pour s'adresser à l'avocate. « Si tu pouvais avoir l'amabilité de… »

Sur l'écran, l'image de Fantine s'était figée, un œil à moitié fermé, le crochet dressé entre ses ongles immaculés. Quel merveilleux timing pour perdre la connexion. Tesla serra les dents. D'accord. Elle gérerait ça toute seule, jusqu'à ce qu'on rétablisse le réseau.

Elle se redressa, puis se tourna vers l'agente Piper. « Notre accord portait sur une cabine de valeur égale à la nôtre. »

Piper haussa les épaules en détachant Shal. « Je n'ai rien à voir là-dedans. Si ces aménagements ne vous conviennent pas, adressez-vous au service clientèle ou demandez à votre avocate de s'en occuper.

— Je n'y manquerai pas. » Si elle parvenait à se reconnecter. Elle effleura le bouton « Rafraîchir » en fronçant les sourcils, et dut s'écarter pour laisser passer l'agente Piper. La pièce était si petite que ses tibias heurtèrent la causeuse. Tesla trébucha. À peine.

Mais suffisamment pour que Shal se retourne et tende le bras vers elle.

Il suffoqua, le sang désertant son visage, laissant son œil noir encore plus furieux. Recroquevillé sur ses côtes, il s'immobilisa. Les yeux fermés, il enchaîna les respirations brèves, peu profondes.

Tesla jeta l'ordinateur sur le lit, réglant son RCPD pour ne pas être distraite par son dos. « Ça va ? » Ça n'allait visiblement pas. Elle glissa une main sous le coude de son conjoint, en prenant soin de rester à l'écart de ses côtes. Gimlet délaissa son inspection et vint s'asseoir aux pieds de son humaine. Ses yeux noirs luisaient d'inquiétude.

Shal s'agrippa au bras de Tesla, assez fort pour que ses ongles blanchissent. Sa respiration tressauta, et il se tourna pour caler sa tête contre l'épaule de sa conjointe. Sa voix ne fut plus qu'un souffle chaud contre sa peau. « Surveillance. Fenêtre. Attention. »

Tesla lui caressa les cheveux et l'embrassa sur le front, profitant du mouvement pour observer la fenêtre. De l'autre côté de la promenade, un robot de maintenance escaladait le mur, telle une araignée étincelante, ses huit pattes compensant les forces centrifuges fluctuantes alors qu'il se déplaçait sur le flanc du vaisseau. Mais il ne nettoyait rien. Pas grand-chose, en tout cas. Elle avait passé assez de temps à se faire traquer par des photographes pour reconnaître un objectif pointé sur elle.

Dans l'embrasure de la porte de leur cabine, Piper hésita, les yeux braqués sur eux. Avait-elle compris qu'ils avaient repéré la caméra en face ? Tesla se redressa, se grandit autant que possible. « Il lui faut un médecin. »

Piper se mordilla la lèvre inférieure, avant de hocher la tête. « Je vais voir ce que je peux faire.

— Vous lui avez cassé les côtes !

— Ce n'était pas elle. » La voix de Shal était rauque et tendue. « Des contusions, rien d'autre.

— Je ne te crois pas. » Elle ne croyait pas non plus un seul instant qu'il jouait la comédie. Il en avait peut-être un peu abusé, mais il souffrait, ça ne faisait aucun doute.

Gimlet gémit, la queue basse, les oreilles tombantes de détresse. Shal rit, ce qui lui coupa à nouveau le souffle. Il agita la main qui n'était pas agrippée au bras de Tesla, comme pour effacer ce moment. « Donnez-moi juste une seconde.

— Allonge-toi. » Avantage de cette minuscule pièce, le lit n'était qu'à quatre pas. Tesla s'efforça d'y diriger Shal sans lui faire mal. Elle jeta un bref regard à l'agente Piper. « Je comprends que vous n'êtes pas responsable de l'état de mon conjoint, mais quand mon ordinateur se reconnectera et que notre avocate constatera ses blessures, il serait préférable qu'un médecin soit dans cette pièce.

— Agente Piper, j'apprécie votre sollicitude. » Shal se redressa lentement. Sa peau avait la couleur du veau trop cuit. « Je n'ai pas besoin d'un médecin, mais nos vêtements ne seraient pas de trop. Ainsi qu'un martini. »

Tesla grimaça et activa son ATH d'un battement de cils. À défaut d'autre chose, elle pouvait toujours filmer l'état de Shal en attendant le rétablissement de la connexion. Puisque son époux était trop bête pour se reposer après avoir été battu. « Veux-tu bien t'allonger, s'il te plaît, sinon je lâche Fantine sur toi.

— Je m'allonge si tu t'allonges avec moi. » Shal haussa les sourcils en la regardant, mais ses mouvements restaient excessivement prudents alors qu'il s'installait sur le lit. Gimlet sauta à côté de lui et s'étendit de tout son long, posant la tête sur son genou. « Je suis surpris que Fantine ne m'ait pas encore engueulé.

— Hum… ouais. » Tesla fit tourner un peu l'ordi pour qu'il puisse voir l'écran gelé sans en informer Piper.

Shal comprit tout de suite et fronça le nez un court instant en signe de frustration. « Heureusement, grâce au décalage temporel, elle ne m'a pas encore vu grimacer. »

L'agente Piper s'arrêta avant de quitter la pièce. « Je vais essayer de vous trouver un médecin.

— Essayer ? » Tesla sentait toute une meute de chiens enragés prêts à jaillir d'elle. Elle inspira profondément, tâchant d'imaginer une boule lumineuse lévitant au milieu de sa poitrine. Ses habitudes de méditation ne donnèrent pas grand-chose. « Essayez, oui.

— Bébé.

— Mon conjoint a été blessé par des agents employés par…

— Tess… » Depuis son lit, Shal leva les yeux vers elle, puis adressa un signe du menton à l'agente de sécurité. « Laissez tomber. »

Piper hocha la tête, puis sortit dans le couloir. « Je suis juste là. » Elle ferma la porte.

Tesla la regarda fixement, bouche bée. « C'est scandaleux.

— Ouais… » Shal gigota en grimaçant, pour s'allonger sur le dos à même le couvre-lit. « Mais j'ai décliné le médecin. Essaie de ne pas trop contrarier les gens qui nous aident.

— Qui nous aident ? » D'une main tremblante, Tesla pointa le doigt vers la porte. « Elle t'a traîné jusqu'ici avec des menottes.

— Oui, mais elle m'a menotté les mains devant, pour éviter de faire pression sur mes côtes, ce qu'elle n'avait pas à…

— Ah ! Donc, tu as bien des côtes cassées.

— Les contusions me font mal, oui. » La bouche de Shal se tordit sur le côté, une ébauche de sourire. « Elle m'a aussi apporté une poche de glace quand j'étais en cellule. Ne faisons pas d'elle une ennemie. »

Tesla ferma les yeux et prit une profonde inspiration pour tenter de se débarrasser de sa colère. Shal avait raison. L'agente Piper faisait son travail, ce n'était pas sa faute si son patron était un connard fini. Elle ouvrit les yeux et sourit. « Fantine arrangera tout ça.

— En partie, oui. » Shal tapota le lit, à côté de lui. « Viens.

— Je suis encore… » Tesla laissa sa tête retomber vers l'avant. C'était le vrai problème. Quelqu'un avait été assassiné, et Fantine ne pourrait rien faire pour démasquer le véritable meurtrier. Tesla faisait une petite fixation sur la cabine de luxe parce que c'était un problème qu'elle pouvait résoudre avec ses propres outils. Ou résoudrait… quand elle arriverait à se reconnecter à Fantine. La mine renfrognée, elle leva son ordinateur, appuyant à nouveau sur le bouton « Rafraîchir ». « Pour l'amour de… il faut identifier l'assassin de cette pauvre femme.

— Bébé. Laisse tomber. Viens t'allonger avec moi et fais une pause, d'accord ? Nous sommes toujours en lune de miel, malgré toute cette merde. » Shal éleva la voix. « Hé, *Lindgren*. Mets du jazz. Tamise les lumières. Ferme les rideaux. Du romantique. »

Sélectionné par l'assistant virtuel du vaisseau spatial *Lindgren*, le son aigu d'un saxophone en cinq-quatre se réverbéra dans la pièce. Les rideaux se refermèrent en silence tandis que les lumières baissaient, jusqu'à émettre une douce lueur ambrée. De fausses bougies s'animèrent au-dessus de la tête de lit.

« Chéri, je ne suis pas sûre d'être d'humeur…

— Aïe. » Il serra la main contre son cœur. « Ça ne fait que cinq jours et voilà, tu en as déjà assez de moi. »

Malgré elle, Tesla s'esclaffa. Elle posa l'ordinateur de poche sur la table basse, puis secoua la tête. « Ah, tu crois que je suis fatiguée de toi ? »

Elle s'assit sur le lit, à côté de lui, et s'appuya sur une main pour l'embrasser. La bouche de Shal était chaude et sa langue taquina les bords de ses lèvres. Il posa sa main sur la courbe de sa hanche, puis l'attira vers lui, l'encourageant à s'allonger complètement.

« Dieu merci. Je commençais à croire que j'avais perdu la main. » Shal tourna la tête, puis déposa une série de baisers le long de la joue de Tesla. Son souffle lui chatouilla délicatement la peau. « Il y a d'autres caméras. À droite, sur le cadre de la fenêtre. Au-dessus de la porte de la salle de bains. Ah… »

Derrière la mince paroi de sa gorge, son pouls s'accéléra très nettement, alors que Tesla déplaçait la main de sa hanche vers ses genoux.

Gimlet leva la tête et pressa sa truffe contre la joue de son humaine. Tesla ébouriffa la fourrure de la westie. « Dégage, il est à moi.

— Désolé, madame – il regarda la petite chienne d'un air renfrogné –, je crains de ne pas avoir voix au chapitre. »

Avec un grognement, Gimlet trotta jusqu'au bout du lit, où elle s'affala, la tête sur le pied de Shal.

« Au moins, quelqu'un s'inquiète pour toi.

— Hum. » Shal ferma les yeux, inclinant la tête en arrière sur l'oreiller, les lèvres entrouvertes.

Elle trouva la fermeture de son pantalon et découvrit qu'il ne simulait pas entièrement son excitation. « Je commence à comprendre pourquoi tu tenais tant à ce que je te rejoigne dans le lit.

— Il y a tant de raisons. » Ses doigts caressèrent les cheveux sur sa nuque et l'attirèrent vers lui. « Je m'interroge sur ce couteau. »

Elle hocha la tête, glissa la langue le long de son cou. « C'était celui du steak livré par erreur, non ?

— Peut-être. Même modèle. » Il lui mordilla l'oreille. « Je l'ai pris, dans le couloir. Les empreintes digitales doivent venir de là.

— Quand même. Ça réduit les possibilités. Ménage. Concierge. Room-service… » Elle s'écarta, remontant le bas de son affreux tee-shirt jusqu'à sa tête, puis s'arrêta. Même dans cette lumière tamisée, les marbrures sur son flanc droit étaient clairement visibles. Tesla posa une main aussi légère que possible sur la pire d'entre elles. La peau était anormalement chaude. « Shal, tu dois…

— Chut. » Il attira sa main jusqu'à ses lèvres, embrassant l'alliance toute neuve qu'elle portait. « Viens. »

Elle se rapprocha en secouant la tête, pour qu'il puisse chuchoter à son oreille. « Fais attention, si tu commences à poser des questions. Tout le monde a un secret et tout le monde ment.

— Tout le monde ? » Elle traça un cercle autour de son mamelon.

« Oui. » Il se tordit pour lui faire face, grimaça, puis glissa son genou entre ses cuisses.

« Donc, quand tu dis que tes côtes ne sont pas cassées…

— Si je te demandais comment va ton dos, tu me répondrais quoi ? »

Que tout allait bien, que c'était un jour sans canne, que l'assortiment de vis et de tiges qui lui tenaient le dos n'était qu'une faible lueur rouge dans les recoins de sa conscience.

Il scella son mensonge d'un baiser. Un court instant, Tesla se laissa distraire. C'était leur lune de miel et Shal était habile de ses mains.

L'électricité qu'il alluma la réchauffa, jusqu'à ce que ses lèvres approchent son oreille. « Je mens. Oui. Mais… avec le dispositif médical standard sur les vaisseaux de ce type, jamais cette blessure n'aurait dû être fatale. Saikawa était encore vivante à l'arrivée des secours ? »

Un froid soudain envahit Tesla. Elle s'écarta de Shal pour hocher la tête.

Il lui sourit tristement, avant de se pencher pour l'embrasser sur le front et murmurer contre sa peau. « Pas de médecin pour moi, alors. »

*

Tesla était allongée dans la semi-obscurité de la cabine, mais son cerveau persistait à lui rappeler la courbe de la mâchoire de Saikawa dont la bouche béante tentait vainement de respirer. Son ATH lui indiquait qu'il était onze heures du matin, mais le stress lui assurait qu'il était minuit. Elle ne parvenait pas à s'endormir à cause de tout ça, même après avoir essayé toutes les techniques que son thérapeute lui avait enseignées depuis son accident, sept ans plus tôt.

Elle pouvait voir cinq choses : Shal endormi dans son lit. Le drap enroulé sur sa poitrine. Ses cheveux bouclés retombant sur son front. Son œil tuméfié. Gimlet recroquevillée près de son genou, boule blanche duveteuse dont la tête reposait sur son tibia.

Tesla parcourut son ATH, pour vérifier ses messages.

Connexion indisponible.

Charmant. Elle jeta un coup d'œil à la caméra au plafond et lui tira la langue, geste d'une grande maturité. Ils avaient fermé les rideaux de la fenêtre donnant sur la promenade, mais toute tentative d'aveugler le bulbe de la caméra IA de la pièce serait aussitôt décelée. Même si tout était censé rester privé et crypté, il n'y avait aucune chance que la sécurité du vaisseau ne les surveille pas.

Tesla soupira en attrapant l'ordinateur emprunté qui traînait sur la table de chevet, elle le déroula pour voir si le réseau était revenu. La lueur de l'écran fit redresser la tête de Gimlet, qui observa Tesla. La lumière risquait sans doute de réveiller Shal. Tesla laissa l'ordi se réenrouler en cylindre compact, puis entreprit de quitter le lit. Elle s'agrippa au bord du matelas pendant que son dos se réalignait.

Elle se leva, une main contre le mur de la cabine pour se stabiliser. Gimlet se leva à son tour et s'étira, sa langue rose recourbée dans un bâillement. La petite chienne bondit du lit pour suivre son humaine dans la salle de bains. Le système détecta sa présence, éclairant la pièce minuscule d'une lumière tamisée. Tesla plissa les yeux, ses mains lui semblaient encore humides du sang de George Saikawa. Elle grimaça, passa les doigts sous le robinet, puis se rinça le visage.

Un problème à la fois. Commencer par vérifier les messages, puis s'occuper des questions plus délicates.

Pourquoi utiliser un couteau à steak pour tuer Saikawa, par exemple ?

Tesla déroula l'ordinateur de poche à sa taille maximale et repéra immédiatement l'icône «Hors connexion». «Oh, bordel de merde…»

Elle attrapa la jupe portefeuille qu'Auberi lui avait fournie. La texture du tissu imprimé différait presque imperceptiblement du véritable jersey, à la fois trop lisse et trop grossier. Mais c'était aussi le seul vêtement propre qu'elle avait à disposition. Elle l'enfila, nouant la ceinture comme pour y passer une épée.

À ses pieds, Gimlet inclina la tête, remuant sa queue trapue d'un air hésitant.

«Maman doit aller parler à quelqu'un. On va se promener?»

Gimlet frétilla sur place, sa queue s'accélérant en guise de réponse. Ils disposaient d'alèses absorbantes pour les besoins de Gimlet, mais la chienne préférait la zone prévue pour les animaux de compagnie plutôt que d'empester la cabine. Surtout une aussi petite.

Tesla enroula l'ordinateur et… la jupe n'avait pas de poches. Merveilleux. La laisse était accrochée à la poignée de la porte de la salle de bains. Elle s'en empara, puis s'agenouilla pour passer le harnais par-dessus la tête de Gimlet. Un spasme fit naître des flammèches jaunes et rouges à gauche de sa colonne vertébrale. Elle posa la main contre le mur, concentrée sur la paroi glacée sous ses doigts. Elle visualisa une froide lumière bleue qui dégoulinait d'en haut, emportant les flammes avec elle.

Lentement, Tesla expira, puis fixa le harnais de la chienne. Quand elle n'était pas en service, la westie pouvait se montrer… opiniâtre, mais quand Tesla avait mal… la chienne était adorable et se glissait dans son harnais aussi sagement que si son dresseur s'était trouvé dans la pièce.

Tesla conduisit Gimlet à la porte de leur chambre et…

Verrouillée.

Elle appuya sa clé magnétique sur le boîtier qui clignota en rouge. Refusé. Bien sûr, on ne l'autorisait pas à sortir. Tesla inclina la tête en serrant les dents. Respiration lente. Tirant un sourire des recoins de son âme, elle redressa la tête et frappa légèrement à la porte. Une pause, pendant laquelle quelqu'un vérifiait certainement la caméra pour s'assurer que Tesla ne dissimulait pas un couteau.

La porte s'ouvrit, répandant la lumière du couloir dans la pièce. L'agente Piper haussa les sourcils en apparaissant dans l'embrasure. « Oui ?

— Puis-je sortir ? »

Piper acquiesça et recula d'un pas.

Dans la chambre, Shal s'agita sur le lit. « Tess ?

— Je sors Gimlet. » Tesla s'accrocha à la porte un instant, puis se pencha en arrière. Elle l'avait trop entendu parler de ses enquêtes pour ne pas lui dire où elle se rendait vraiment. « Ensuite, je passerai par la réception pour voir si je peux récupérer nos vêtements. »

Elle sortit rapidement dans le couloir et referma la porte derrière elle avant que Shal lui pose d'autres questions. Même dans des circonstances normales, il avait besoin de plus de sommeil qu'elle – et il avait tendance à ne jamais en tenir compte. Avec un peu de chance, il se rendormirait après son départ.

Piper vérifia la porte, s'assurant qu'elle était bien verrouillée. Elle avait apporté un fauteuil à côté de l'entrée, sur lequel traînait un ordinateur de poche, comme si elle avait été en train de lire. Ou de les observer.

Tesla tenta un sourire. « Je n'ai pas de réseau.

— Ce n'est pas de mon ressort. » Piper récupéra son ordi et se réinstalla sur son siège.

Même le couloir semblait exigu, ici. Il était plus étroit que ceux des suites Grand Royal. En lieu et place du personnel humain, un drone de service parcourait la longue courbe du corridor. Tesla persista à sourire. « Je comprends. Puis-je vous demander de m'indiquer où se trouve le concierge de ce niveau ?

— Adressez-vous au service clientèle. » Piper baissa les yeux et tendit la main vers Gimlet qui la flaira. « Salut toi ! Tu es beaucoup trop mignonne pour être vraie.

— Ne la touchez pas. » Tesla vit Piper se raidir à nouveau. Elle secoua la tête, tâchant d'amadouer l'agente, car Shal avait précisé qu'il ne fallait pas se mettre à dos le personnel de sécurité. « Pardon. C'est une chienne d'assistance. Son gilet se trouve dans notre ancienne… »

Les épaules de Piper s'affaissèrent, elle leva les mains. « Non, non. C'est ma faute. Je savais que nous avions un chien d'assistance à bord. C'est juste… qu'elle est beaucoup trop mignonne.

— C'est pour ça qu'elle est encore en vie. » Alors que les mots quittaient sa bouche, Tesla souhaita les ravaler. « Je veux dire… C'est juste qu'elle est… Gimlet, dis bonjour.

— Vous êtes sûre ?

— Oui. C'est un ordre et… »

Trois tonalités joyeuses retentirent. « Chers passagers, bonjour ! Avez-vous décidé de votre soirée ? Pourquoi pas le spectacle de magie de l'Incroyable Nile Silver au Théââââtre Starlit ? Et je vous rappelle que les œuvres de Patrick Windlass sont exposées le long de la promenaaaaaade ! »

Piper ignora l'annonce de bord, comme si elle était trop habituée à cette emphase joviale pour y prêter attention. Elle se pencha en avant pour gratter simultanément les deux oreilles de Gimlet. Avec son visage enfin détendu et souriant, elle ressemblait à une passante lambda confrontée à l'irrésistible mignonnerie de Gimlet. « Oh, oui tu es très malheureuse, hein ? Oui, c'est bien ça ? C'est ça. Je vois bien que tu es très malheureuse.

— Oui. La chienne la plus malheureuse du système solaire. » Ce qui expliquait en partie pourquoi Gimlet avait besoin de porter son gilet d'assistance. Elle était trop mignonne, sinon. « Pourquoi le service clientèle ? C'est aussi à cause de notre incarcération illégale ? »

L'agente Piper grogna, puis donna une dernière tape à Gimlet avant de se redresser sur son siège. « Non. Il n'y a pas de concierge pour cette classe. Si vous avez besoin d'aide pour quoi que ce soit, il faut contacter le service clientèle.

— Mais nous sommes… » Tesla coupa court à sa protestation. Cette classe n'était pas comparable à leur classe d'origine et Piper n'y pouvait rien du tout. Elle ne pouvait pas faire apparaître un concierge par magie. Bien. Tesla pouvait toujours demander de l'aide à Auberi. « Merci. Ce n'est pas très agréable de l'apprendre, mais j'apprécie votre franchise. »

Piper grogna vaguement en guise de réponse. Elle jeta un coup d'œil à la porte de la cabine, puis reporta son attention sur Gimlet. « J'ai relayé votre demande d'assistance médicale. Comment va-t-il ? »

Sa voix n'avait rien de menaçant, mais le cœur de Tesla s'emballa. « Oh, il va bien. » Avant d'aller se coucher, Tesla aurait considéré la déclaration de Piper comme une victoire triomphale. « De simples contusions, on dirait bien. »

L'autre femme haussa un sourcil. « Vu comme il se comportait, ce n'est pas qu'un bleu.

— Oh, il est parfois très douillet. » Tesla déglutit, consciente que son mensonge ne valait rien. « Mais merci de votre sollicitude. Et je suis désolée d'avoir été si… impérieuse, tout à l'heure.

— Je ne dirais jamais ça d'un de nos passagers. » Les coins de sa bouche laissèrent entrevoir un sourire quand l'agente Piper reprit son ordinateur.

Tesla se mordilla la lèvre inférieure en triturant la laisse de la chienne. Si un médecin passait les voir, ce ne serait pas forcément un de ceux qui s'étaient occupés de Saikawa, la veille. À moins, bien sûr, que l'équipe médicale soit vraiment impliquée, auquel cas un docteur tiendrait absolument à rendre visite à Shal.

« Vous savez quand le médecin passera ?

— Quand elle passera. » L'agente de sécurité haussa les épaules. « Bon courage avec le service clientèle. »

*

La clé magnétique de Tesla ne fonctionna pas non plus sur la porte du Yacht-Club qui occupait une partie de l'anneau. L'entrée se trouvait derrière la rangée d'ascenseurs la plus proche du R-Bar, bordée de ficus en jardinières qui tentaient vainement de créer une impression de terre ferme. Gimlet flaira le pot à côté de la porte tandis que Tesla agitait sa clé devant le lecteur, sans succès.

Il existait plusieurs méthodes pour pirater ces appareils, mais l'idée paraissait extraordinairement peu judicieuse dans la mesure où la sécurité persistait à croire que Shal avait assassiné quelqu'un.

Trois tonalités retentirent alors que les haut-parleurs du vaisseau diffusaient à nouveau la douloureuse jovialité du responsable des animations. « Chers passagers, bonjour ! Qui veut retrouver la forme, la forme, la FORME ? Rendez-vous à la piscine martienne pour un après-midi d'exercices aquatiques avec notre coach fitness, Mpenzi Okeke ! Il faisait partie de l'équipe d'aqua-polo médaillée d'or aux championnats aquatiques de Calisto, mais il nous a promis d'y aller tout en douceur ! »

Sur un coup de tête, Tesla tenta encore de se connecter au système du vaisseau. Son ATH lui fournissait le même message d'erreur depuis leur arrivée dans leur nouvelle cabine. Il ne paraissait guère crédible que l'intranet du vaisseau reste hors service pendant plus de six heures.

« Et maintenant, voici la personne que nous connaissons tous et toutes, que nous aimons, en qui nous avons confiance, la commandante Valdísardottir, qui vous livre quelques petites informations sur notre croisière ! Merci de lui accorder toute votre attentioooon ! »

Tesla connaissait, aimait et faisait confiance à exactement une seule personne sur cette croisière. Et une seule chienne.

« Passagers, bonjour. Nous naviguons actuellement à 298 kilomètres par seconde vers Mars, notre destination. »

Tesla soupira, puis se décida à sonner à la porte du Yacht-Club.

« Cette vitesse va augmenter tranquillement, jusqu'à son maximum, 785 kilomètres par seconde, à mi-parcours de notre voyage, où nous effectuerons ensuite ce que nous appelons le "bidule-truc". Enfin, un terme hautement technique, quoi. »

Tesla se dandina d'un pied sur l'autre en attendant qu'on lui ouvre. Elle agita les orteils sur l'épais tapis d'accueil devant la porte. Plusieurs passagers passèrent devant elle en lui jetant un bref coup d'œil. À elle ou à Gimlet. Aucun d'entre eux ne reconnut Tesla.

« Mais si nous faisons correctement notre travail, vous ne devriez rien remarquer quand nous manœuvrerons pour entamer notre décélération. Cette poussée constante nous permet non seulement de vous proposer un transfert en douze jours vers Mars, mais aussi de maintenir une gravité lunaire dans notre noyau central, complétée par des anneaux centrifuges pour maximiser le confort de tous nos passagers. »

Maximiser le confort, ah, ah. Maximiser le confort, ça commencerait par ne pas laisser Tesla poireauter sur la promenade principale après l'avoir virée de sa cabine.

Le petit écran s'activa, affichant le visage inquiet d'Auberi. Sa mèche de surfeur sembla s'affaisser avec son humeur. « Ah ! Mx Zuraw, votre problème de chambre me navre tellement.

— Vous n'y êtes pour rien. » Même si Tesla avait bien noté que la porte du Yacht-Club restait fermée. « J'espérais pouvoir récupérer mes vêtements, ainsi qu'un peu de nourriture pour Gimlet. Et son gilet. »

La voix de la commandante combla le vide laissé par l'hésitation d'Auberi. « Si vous vous demandez comment ça fonctionne, inscrivez-vous pour visiter la passerelle. Commandante Valdísardottir, terminé. »

Sur l'écran, le visage du concierge s'assombrit, et son accent français sélénite s'épaissit jusqu'au découragement. « Tout cela me désole tellement… J'ai, hélas, de bien malheureuses instructions, et je ne peux vous laisser accéder à votre cabine. Je vais tout de même vous arranger un crédit pour que vous acquériez quelques vêtements en attendant. Puis-je vous être utile à autre chose ?

— Je comprends. » Tesla brandit l'ordinateur de poche d'Auberi. Elle n'avait pu le connecter à son compte depuis qu'ils avaient sorti Shal de la cellule. « Bon, je dois aussi vous rendre ceci.

— Merci. » Après un moment d'hésitation, le concierge déverrouilla la porte. « S'il vous plaît, entrez. »

Tesla lâcha la laisse de Gimlet. « Gimlet. Viens. Dis bonjour. » L'ordre exauçait le vœu le plus cher de la petite chienne d'assistance. Elle bondit par la porte entrebâillée, se dressa sur les pattes arrière, puis posa ses deux pattes avant sur le pantalon rouge chiné du concierge en remuant la queue pour mieux le saluer.

« Bonjour ! Bonjour, ma douce ! » Auberi quitta Gimlet des yeux. « Une fois de plus, je vous prie d'accepter mes excuses concernant l'inconfort de votre situation.

— Merci. » Et comme Gimlet n'avait de toute façon pas son gilet, autant la laisser arrondir les angles pour son humaine. Alors qu'Auberi succombait aux charmes de la westie, Tesla évoqua le meurtre. « Vous avez pu vous reposer ? Ou vous ont-ils fait travailler depuis… »

Une expression fugace rétrécit les yeux d'Auberi avant de disparaître sous une neutralité délibérée, parfaitement réalisée. « Ce n'est pas un problème.

— Perdre Mx Saikawa doit être si dur pour Mx Kuznetsova. »

Les lèvres d'Auberi se pincèrent un bref instant pendant qu'iel grattait le ventre de Gimlet. « Eh bien, vous nous manquez beaucoup, ici.

— Je n'arrive pas à croire que c'était nos voisins. Dire que je ne les ai jamais croisés ni l'un ni l'autre avant… ça.

— Hum… »

L'un des inconvénients d'un pouvoir démesuré, c'est que les gens ne disent presque jamais « non ». Tesla avait donc dû apprendre à interpréter des réponses un peu vagues comme un refus. Kuznetsova était presque aussi riche – et là, tout de suite, elle aurait parié qu'Auberi ne l'appréciait pas beaucoup, sans toutefois pouvoir l'exprimer.

« Et maintenant, le savoir seul dans cette immense suite… » Du coin de l'œil, Tesla examina le salon privé du niveau terrien du Yacht-Club, espérant apercevoir un ou deux passagers présents dans le couloir, la nuit dernière.

« Puis-je vous être utile à autre chose ? »

Au temps pour l'espionnage subtil. Tesla posa l'ordinateur qu'elle avait emprunté sur le comptoir. « Eh bien... j'espérais que vous pourriez m'aider à faire en sorte que mon système sous-cutané se connecte au réseau. Il refuse, pour une raison que j'ignore.

— Ah ! Merci et bien sûr ! Je vous aiderai avec plaisir. » Auberi se leva et prit l'ordinateur, le glissant à nouveau dans sa poche. Iel griffonna quelques mots sur une feuille de papier – c'était l'une des façons dont les établissements haut de gamme signalaient qu'ils prenaient les choses au sérieux. « La carte a probablement dû se désengager quand vous avez changé de cabine.

— Hum... hmm. » Le bar exclusif n'était pas encore ouvert, et les seules personnes dans le salon étaient deux enfants penchés sur un damier à l'ancienne. Leurs visages paraissaient absolument sidérés à chaque fois qu'ils s'emparaient d'une pièce physique pour la déplacer.

Les doigts d'Auberi hésitèrent au-dessus de son ordi. « Oh. Oh, je... »

Tesla s'inclina vers le comptoir, hissée sur la pointe des pieds pour tenter de mieux voir l'écran. « Alors ?

— C'est seulement que... » Auberi effleura quelques touches, et son froncement de sourcils s'accentua. « Il semble que la sécurité ait décidé de verrouiller votre compte.

— Je vois... » Cette petite fouine de Wisor avait eu l'audace de bloquer leur compte ? Sans doute pour les empêcher de parler à Fantine. Tesla pianota sur le comptoir. « Pourriez-vous m'organiser une petite visite de la passerelle ? »

C'était l'euphémisme le plus poli qu'elle ait trouvé pour dire « je veux parler au directeur ».

Corpse Reviver n° 2

20 ML DE LILLET BLANC
20 ML DE JUS DE CITRON
20 ML DE GIN
20 ML DE COINTREAU
1 TRAIT D'ABSINTHE

Secouez au shaker avec des glaçons pendant quinze secondes. Servez sans les glaçons.

La passerelle du *Lindgren* était une salle d'un beige fade, avec une moquette beige fade et des consoles beige fade soulignées de rampes bleues brillantes. Les écrans de contrôle ne cessaient d'attirer l'attention de Tesla, titillant une partie de son cerveau qu'elle gardait en sommeil depuis l'Accident.

Aucune importance. Tesla n'avait pas besoin d'analyser les données qui arrivaient sur la passerelle. Ce n'était pas son vaisseau, et même si ça l'avait été, elle n'avait rien fait de concret depuis l'Accident. Tesla garda ses pieds repliés sous un rail, pour une fois reconnaissante de la saison qu'elle avait passée à *Danse avec les stars en apesanteur*. Le noyau central du vaisseau était sous gravité, mais elle restait un peu en dessous de celle de la Lune, et il fallait très peu d'effort pour se propulser n'importe où par accident. Tesla se sentait raisonnablement à l'aise en gardant ses mains le long du corps pour contrôler sa jupe, décidément pas conçue pour cet environnement.

La commandante Valdísardottir occupait le milieu de la pièce, soutenant Gimlet d'une main, tout en la caressant. Cela faisait cinq bonnes minutes qu'elle s'adressait à la chienne en islandais – et Tesla était exaspérée par le fonctionnement erratique de son ATH qui persistait à lui signaler que la commandante traitait sa chienne de connasse.

« *Þú ert svo mikið rassgat.* » Elle était petite, d'une pâleur spatiale avec une calotte de fins cheveux gris sur son grand visage aux admirables pommettes. L'uniforme du vaisseau, blanc et propre, indiquait son grade grâce aux dorures qui lui ceignaient les manches. Abandonnant à contrecœur la si mignonne Gimlet, la commandante adressa un signe de tête à Tesla. « Cela doit être difficile pour vous, vous profitez d'une lune de miel et puis… ça.

— Merci. » Tesla écarta les mains pour souligner son impuissance, mais le mouvement souleva sa jupe, et elle remit aussitôt le tissu en place.

« Wisor… » La commandante se tourna vers le chef de la sécurité, dont le visage exhibait une inquiétante nuance de rouge. « Assurez-vous que Mx Zuraw ait accès à ses vêtements, à ses médicaments, et bien sûr à tout ce dont sa petite chienne a besoin. *Elsku litla greyið mitt.*

— Merci. Puis-je la reprendre ? » Tesla n'avait pas envie de courir après Gimlet en faible gravité. À chaque fois qu'ils devaient prendre une navette, le petit chien amusait la galerie avec ses mouvements désordonnés, mais ce serait catastrophique sur la passerelle.

La commandante soupira et rendit Gimlet à son humaine. « Merci de l'avoir fait monter jusqu'ici.

— Avec plaisir. » Gimlet ne pesait pas beaucoup plus qu'une tasse à café, Tesla la glissa donc facilement sous son bras. Sa jupe se releva immédiatement. Elle la rabattit de sa main libre. « Juste une question… Suite au verrouillage de mon compte, nous n'avons plus accès au réseau, ce qui m'empêche de contacter notre avocate. »

La commandante se retourna vers Wisor, qui secoua la tête. « Ah… oui. Je crains que ce soit compliqué… votre conjoint est détenu pour tentative de meurtre.

— Voilà pourquoi il a besoin de son avocate.

— Nous ne le jugerons pas ici. » La commandante s'esclaffa. « Ce serait une violation de la Convention de Titan. Nous nous assurons simplement que le vaisseau est sécurisé et que les informations que nous présentons à Mars sont aussi propres que possible. Compte tenu de la profession de votre époux…

— Il a cessé ses activités. » Sur l'une des consoles, un voyant ambre clignotait sans arrêt, et Tesla détourna son attention du technicien qui passait en revue toutes les notifications.

Le chef de la sécurité s'avança, la poitrine visiblement gonflée. « Vos comptes sont liés. Avec vos antécédents, vous ne pouvez pas prétendre qu'il ne serait pas en mesure d'utiliser votre accès.

— En ce cas, dissociez-les. »

Il renifla, puis regarda la commandante. « Leurs comptes fourmillaient de databots. Je n'ai pas encore trouvé la moitié de ce que…

— Vous avez accédé à nos comptes ? Nos comptes personnels ? » Tesla entendit sa voix se crisper. « Vous avez un mandat ? »

La commandante secoua la tête. « Cela fait partie de la sécurisation du vaisseau. Nous ne transmettrons pas ces éléments au tribunal ; il s'agit simplement de s'assurer que rien ne puisse nuire à qui que ce soit. »

Tesla dut beaucoup prendre sur elle pour ne pas admettre que Shal avait implémenté un logiciel espion – car oui, il l'avait bel et bien installé sur leurs comptes. Mais seulement pour surveiller quiconque mentionnait Tesla sur les réseaux sociaux ou partageait des comptes-rendus de leurs activités pendant leur lune de miel. « Le problème, c'est que je sais avec certitude que Shal n'était pas avec George Saikawa au moment du meurtre. Ce qui signifie que l'assassin court toujours.

— Vraiment ? Parce que le concierge nous assure que Mx Husband a quitté la réception et qu'il était hors de vue avant qu'iel entende le cri. » La commandante jeta un bref coup d'œil à Wisor, puis reporta son attention sur Tesla. Elle pinça les lèvres un court instant. « Mx Zuraw… à quel point connaissez-vous votre époux ? »

Tesla redressa la tête. « Qu'est-ce que vous sous-entendez ?

— Que vous êtes jeunes mariés, rien d'autre. Nous avons un témoin qui l'a formellement identifié. L'arme du crime porte ses empreintes digitales – et uniquement les siennes. Quand nous l'avons appréhendé, il avait encore le sang de la victime sur les mains. » La commandante Valdísardottir haussa les épaules. « Tout cela ne me paraît pas très mystérieux. »

Le sang battait aux oreilles de Tesla. Elle avait la bouche très sèche. Gimlet lui donna un léger coup de tête sur le bras en guise d'avertissement. Plusieurs années d'âpres négociations dans des salles de réunion combinées à ses nombreuses séances de thérapie lui avaient donné l'habitude de paraître calme alors qu'elle ne l'était pas. Tesla inclina la tête. « Je croyais qu'il n'était pas question de le juger. Vous étiez en train de m'expliquer pourquoi mon compte a été verrouillé, et puis…

— Commandante ? » L'officier à la console qui clignotait se leva et se posta près de sa supérieure. « Désolé, mais BeClear exige une réponse. »

La commandante Valdísardottir soupira, puis sortit son ordinateur de poche. Au-dessus de la console ponctuée de notifications, les lettres BECLR étaient gravées dans une police sans sérif plutôt fade.

L'esprit de Tesla s'ouvrit un peu plus et l'acronyme se transforma en Bioengineering Closed Loop Recycling[1]. Elle s'éclaircit la gorge. « Qu'est-ce qui se passe ?

— Vous n'avez pas à vous inquiéter. » La commandante ne regarda même pas Tesla, elle fronça juste les sourcils devant son ordi. « Soixante-treize kilos ? Ce n'est pas possible.

— En trop ou en moins ? » Tesla s'approcha un peu plus – pas tout à fait capable de laisser tomber – et put jeter un coup d'œil sur l'écran. Tous les chiffres étaient excédentaires, ce qui n'avait aucun sens. Les vaisseaux interplanétaires disposaient d'un recyclage en circuit fermé. Une diminution de la masse trahissait une fuite. Mais une *augmentation* de la masse ? Cette dernière était soigneusement enregistrée dans

1. Recyclage bio-ingéniérique en circuit fermé.

un vaisseau comme celui-ci. Soixante-treize kilos n'apparaissaient pas comme ça, par magie. « Je vous ai vu vérifier les purges, mais je n'ai pas vu si vous aviez jeté un œil sur les valves Hinkley. »

La commandante pivota vers le chef de la sécurité Wisor. « Escortez Mx Zuraw jusqu'à sa cabine – sa cabine d'origine – et laissez-la rassembler ses affaires.

— Je vous le déconseille fortement. » Wisor croisa les bras sur sa poitrine et rentra le menton. « Nous n'avons pas encore fait d'inventaire complet.

— En ce cas, laissez-la prendre les vêtements que vous avez inventoriés. » Occupée à consulter les données, la commandante Valdísardottir leva à peine les yeux de son ordinateur. « Et pour l'amour de Dieu, laissez-la prendre la nourriture de la chienne. »

*

Le cliquetis des glaçons contre les parois du shaker leur donnait l'impression d'être chez eux dans cette minuscule cabine. Treize heures trente, était-ce trop tôt pour un cocktail ? Pas le lendemain d'un meurtre. Par ailleurs, Tesla appréciait d'avoir quelque chose de tangible à faire. Les parois du shaker se refroidirent entre ses mains, alors qu'elle égrenait les secondes.

« Comment Gimlet a-t-elle pu perdre autant de poids ? » Shal leva la tête du lit sans lâcher la petite boule de fourrure blanche. « Rien à voir : mes affaires de broderie sont-elles ici ?

— Désolée. » Tesla reposa le shaker en grimaçant, puis ôta le couvercle. « Je m'en suis servie pour tenter d'arrêter l'hémorragie et…

— Et c'est sans doute une pièce à conviction, désormais. » Il haussa les épaules en soupirant. « Bon, je suis déjà content que tu les aies convaincus que l'ensemble à cocktail était une nécessité médicale.

— Après ce qui s'est passé hier ? Rien de bien compliqué. »

Il s'esclaffa, les coins de ses yeux se plissèrent. Toujours à genoux, il s'approcha de la goulotte de recyclage et se retrouva immédiatement livré aux léchouilles enthousiastes de Gimlet. « Doucement, ma fille ! Je suis marié, maintenant. »

Tesla versa le negroni dans l'épais gobelet de la salle de bains. Elle posa le shaker, saisie par une pensée soudaine. Saikawa s'était disputée avec quelqu'un au karaoké. « En fait… je devrais peut-être essayer de repasser au R-Bar ce soir. Voir si Josie peut nous préparer des cocktails en room-service.

— Et par là, tu veux dire l'interroger. Elle a sans doute reçu l'ordre de garder le silence. » Shal s'appuya contre le mur, près de la fenêtre de la chambre. Le mouvement le fit grogner. Il adressa un signe de tête à l'une des caméras, puis porta un faux toast à celui ou celle qui le surveillait. Gimlet se blottit sur ses genoux et s'effondra d'épuisement total.

« Oui, mais je lui donne de bons pourboires. » Tesla s'empara de son boulevardier et tendit le negroni rouge vif à Shal.

« Et toi qui me réprimandais pour mes tentatives de corruption !

— Ce n'est pas la même chose.

— Si, absolument. Hum. » Il sirota son negroni. « Parfait.

— Non, absolument pas. Le pourboire, je veux dire. Ça n'a rien à voir avec de la corruption. » Tesla prit place sur le lit, installant les oreillers pour lui soutenir le dos. « C'est une façon de la remercier pour un travail supérieur à nos attentes.

— C'est bien de la corr… »

Trois tonalités retentirent, puis la voix joviale du responsable de la croisière envahit la cabine. « Excellent après-midi, chers passagers ! J'espère que vous passez une merveilleuse journée à bord du *Lindgren*. Dans quelques instants, vous entendrez une série de sons, trois courts et un long, qui font partie d'un exercice de routine. Dès que vous les entendrez, rendez-vous immédiatement à votre poste de rassemblement. »

Shal fronça les sourcils, l'œil rivé sur le plafond, où se trouvait le haut-parleur. « On ne l'a pas déjà fait, l'exercice de rassemblement ?

— Inutile d'apporter votre bonbonne d'oxygène d'urgence, il ne s'agit que d'un exercice, mais s'il vous plaît, ne perdez pas de temps ! Les membres d'équipage se tiennent prêts à vous diriger et, avant que vous ne posiez la question, oui, c'est obligatoire ! Amusez-vous bien !

— Amusez-vous… nous avons eu cet exercice de rassemblement juste après avoir embarqué. » Tesla fit tourner son verre dans sa main. « Je veux bien qu'on en fasse un autre à mi-distance, mais si tôt ? »

Shal soupira, passa la main sur son visage, puis ferma les yeux. Il les rouvrit en secouant la tête, avant de s'offrir une autre rasade de cocktail.

« Quoi ? » Tesla inclina la tête en l'observant.

« Ce système de recyclage dont tu m'as parlé… »

Il grimaça et fixa son verre. « Je réfléchissais à la raison pour laquelle la masse avait augmenté de… »

La porte de la cabine s'ouvrit et l'agente Piper passa la tête à l'intérieur.

« Salut, agente Piper ! » Shal la salua en levant son negroni. « Vous en voulez un ? Mon épouse est la reine des cocktails.

— Quand l'exercice de rassemblement commencera, restez ici. Je signalerai aux responsables que votre emplacement est connu.

— Splendide ! Gimlet, attends… » Shal tendit la main, mais trop tard.

La petite chienne bondit de ses genoux et traversa la pièce comme un jouet monté sur ressort, toute vibrante de salutations ravies. Tesla descendit du lit pour tenter d'attraper la westie avant qu'elle ne puisse s'échapper dans le couloir, mais l'agente Piper stoppa Gimlet du pied. « Désolé, ma douce. Tu restes avec maman, d'accord ? »

Gimlet chouina.

« Je sais. Moi aussi, ça me rend triste. » Piper jeta un œil attendri à Gimlet, puis recula dans le couloir, avant de refermer la porte derrière elle. Le loquet de la serrure résonna douloureusement.

Une main sur la hanche, Tesla fixa la porte verrouillée. « Ce serait plus facile de lui en vouloir si elle n'aimait pas Gimlet. »

Derrière elle, Shal grogna sans s'engager plus que ça.

Tesla se retourna et plissa les yeux en observant son conjoint. Il fixait son verre, le tournant lentement, comme si les gouttes d'alcool accrochées au rebord étaient les choses les plus importantes de l'univers. Sa bouche se crispait, puis se détendait, mais il continuait à faire tourner son verre.

« Tu comptes me dire ce qui te tracasse, ou pas ? » Elle prit une gorgée de son propre cocktail, savourant sa douce amertume.

Shal laissa échapper un soupir qui le fit grimacer à nouveau. Il posa la main sur son flanc, puis remit le cocktail sur la table de nuit, avant de s'aider du petit meuble pour se relever. « Je me trompe peut-être », lança-t-il après avoir jeté un œil à la caméra.

Bien, cela concernait le meurtre, donc. Tesla contourna le bout du lit. « Mon pauvre, tes côtes te gênent encore. *Lindgren*, passe-nous un peu de musique méditative. » Alors que les flûtes de Titan commençaient à jouer par-dessus un paysage sonore d'eau vive, Tesla glissa son bras autour de la taille de Shal et l'embrassa dans le cou, là où la barbe le rendait un peu rugueux. Elle murmura : « Dis-le-moi tout de suite, comme ça, plus tard, je te taquinerai sur le fait que tu t'es trompé. »

Il fit courir ses mains le long de son dos, laissant un sillon de chaleur derrière lui, puis traça une ligne de baisers de son front à son oreille. Sa voix était à peine audible, dans l'ambiance musicale. « Je crois que la citerne de recyclage contenait un cadavre. Et pour moi, cet exercice de rassemblement prouve qu'ils ne savent pas de qui il s'agit. »

Preakness

45 ML DE WHISKY RYE
20 ML DE VERMOUTH
7 ML DE BÉNÉDICTINE
2 TRAITS D'ANGOSTURA
1 CERISE

Remuez à la cuillère avec des glaçons pendant quarante secondes. Filtrez dans une coupe, puis décorez d'une cerise.

La salle de bains de la cabine n'offrait pas suffisamment d'espace pour une étagère. Tesla posa délicatement sa crème pour les yeux sur sa crème de nuit, puis agita le flacon de brume astringente dans sa main, tout en essayant de lui trouver un emplacement.

Dehors, Gimlet se mit à aboyer frénétiquement, en mode le-livreur-va-tous-nous-tuer. Tesla sursauta, le flacon tomba sur le plan de toilette, entraînant dans sa chute tous les articles s'y trouvant, qui finirent par terre.

La porte de leur cabine s'ouvrit. « La ferme ! »

Ce n'était pas Shal. Le minuscule « couloir » entre la penderie et la salle de bains était entièrement occupé par Bob, dont la masse trahissait une forte fréquentation de la salle de musculation du vaisseau. La circonférence de son poignet – alors qu'il bloquait l'entrée – était soulignée par une montre en teck poli dont le bracelet en cuir aurait pu servir de ceinture à n'importe qui d'autre. Tout ce dont il avait besoin, désormais, c'était d'une paire de lunettes de soleil, d'un costume bon marché, et on obtenait un gorille classique de la mafia – mais cette montagne de muscles portait la veste bleue des membres d'équipage.

Tesla activa son système sous-cutané; l'icône « Hors connexion » était toujours aussi inutilement présente. Le système était conçu pour fonctionner sur stockage externe, ce qui signifiait qu'elle pouvait enregistrer de petites séquences, rien de très long.

Dans la cabine, Shal lança : « Chef de la sécurité Wisor, vous arrivez pile à l'heure pour un cocktail. Negroni?

— Asseyez-vous.

— Excusez-moi, Bob… » Tesla se dirigea vers la porte, mais l'agent de sécurité semblait penser que son rôle dans la vie était d'être un mur. Gimlet se tortilla entre ses jambes, le faisant vaciller en arrière un court instant, avant de remplir à nouveau la porte. Tesla se mit sur la pointe des pieds, essayant de voir au-delà de la masse. Un petit enregistrement, ce serait mieux que rien. « Chéri! Dois-je commander des amuse-bouches pour nos invités?

— Ce serait formidable. Un assortiment pour deux, et pour nous, bien sûr. À moins que vous conviez d'autres collègues à… » Un coup sourd coupa net la voix de Shal, vite remplacée par un sifflement douloureux.

« Laissez-moi passer! » Tesla s'avança vers l'idiot qui bloquait la porte, mais elle aurait beaucoup de mal à le faire bouger. Elle recula, puis empoigna le brumisateur astringent sur le plan de toilette.

« Dégagez, maintenant, sinon je vous jure que ce spray haut de gamme va finir dans vos yeux.

— Bébé. Reste calme, d'accord ? » La voix de Shal était rauque. Du tissu se froissa dans l'autre pièce, puis il marmonna tout bas : « Ce n'était pas nécessaire.

— Je vous avais dit de vous asseoir. » La réponse de Wisor fut brève et brusque.

« Bon… je m'assieds, là.

— J'ai quelques questions.

— Bien sûr. Le martini classique, c'est un ratio de deux pour un, mais je préfère un ratio de cinq pour un pour… d'accord. D'accord… Que voulez-vous savoir ? »

Tesla éleva la voix. « Ne réponds pas à leurs questions. Shal ? Est-ce que tu m'entends ? Ne réponds à aucune question sauf si on te laisse parler à Fantine d'abord. Et sachez que j'enregistre tout ça.

— Faites-vous plaisir. » Le chef de la sécurité aux cheveux argentés s'avança derrière le mur humain. « M'dame, pourquoi ne pas vous joindre à nous ? »

Bob jeta un coup d'œil à son chef, puis recula pour se coller à la porte du placard. Malgré ça, Tesla dut pivoter sur elle-même pour sortir de la salle de bains sans le toucher. Gimlet la suivit de près, comme si elle utilisait des données de positionnement. Le chef Wisor revint dans la pièce principale et fit signe à Tesla de se diriger vers le minuscule canapé.

Shal était affalé à son extrémité, tête basse, les yeux rivés au sol. Les deux bras serrés autour de sa poitrine, il inclina la tête pour regarder son épouse. « Je t'offrirais bien un verre, mais… »

Tesla prit place sur le canapé à côté de son conjoint. « Qu'est-ce qu'il t'a fait ?

— Il m'a juste forcé à m'asseoir. » Shal se redressa, comme si on venait de lui éplucher les entrailles. « J'ai heurté l'accoudoir du canapé, c'est tout. N'est-ce pas, chef Wisor ?

— Exact. » Le chef s'autorisa à sourire, Tesla eut envie de lui planter un fer à souder dans la bouche. *Tout le monde ment et tout le monde a des secrets.* « Voulez-vous que j'appelle le service médical ?

— Non. » Shal se renfonça lentement. « Merci. »

Le chef pouvait se permettre de montrer sa sollicitude, sachant que Shal avait refusé des soins médicaux un peu plus tôt. À quel point Wisor était-il impliqué, exactement ? Tesla posa délicatement la main sur le dos de Shal, puis lança : « Je crains de devoir insister pour contacter notre avocate si vous espérez notre coopération. »

Wisor s'installa à l'extrémité du lit, comme s'il s'agissait d'une discussion informelle. « Quelle est l'identité du corps, dans mon composteur ? »

Le dos de Tesla se crispa, une vague glaciale lui traversa les nerfs, mais pas question de mordre à l'hameçon. Gimlet posa sa patte sur le pied de son humaine. Elle inspira lentement, puis jeta un coup d'œil à Shal, qui observa le chef, avant de secouer la tête. « Aucune idée. »

Wisor pinça les lèvres, sans les quitter des yeux. « On dirait que ça ne vous surprend pas. Et quand j'ai posé la question, elle vous a regardé juste après. Pour moi, vous en savez plus que vous ne l'avouez. »

Tesla leva les yeux, et découvrit que oui, elle pouvait parfaitement mordre à l'hameçon. « Pour l'amour du ciel. J'étais sur le pont avec vous quand la commandante a constaté une masse excédentaire de soixante-treize kilos dans le système de recyclage.

— Et vous lancez un exercice de rassemblement trois jours après le premier.» Shal s'adossa au canapé. «Quel piètre détective je serais si je n'avais pas fait le lien entre les deux. Et troisièmement… Vous m'avez demandé "l'identité du corps", ce qui signifie que malgré votre exercice de rassemblement vous ne savez toujours pas de qui il s'agit… Donc, soit il vous manque plusieurs personnes, soit il ne vous manque personne.»

Wisor cilla. Sa bouche se crispa.

Shal se pencha en avant assez brusquement pour grimacer. «Putain de merde! Il ne vous manque personne?

— Et comment le savez-vous?» Wisor regarda Shal de près.

«Parce que vous n'avez pas enchaîné en demandant où étaient les autres disparus.» Il siffla. «Donc, le corps est en bouillie, pas vrai? Vous êtes sûr de ne pas vouloir prendre un verre?»

Tesla reposa ses mains sur ses genoux. «Si quelqu'un d'autre a été assassiné, Shal ne peut pas être coupable. Si vous l'autorisez à sortir, il vous aidera à trouver le véritable meurtrier.»

Wisor secoua la tête. «Ce corps est bien antérieur au meurtre d'hier soir. Je dois donc vous poser la question, Mx Steward, où étiez-vous le jour de l'embarquement?»

Tesla leva la main. «Stop. Je veux qu'il soit bien clair que nous ne répondrons à aucune question sans la présence de mon avocate. Si vous débloquez mon compte, je l'appelle tout de suite et nous coopérerons. Dans le cas contraire, nous n'avons rien à vous dire. »

Le chef hocha la tête, puis se leva. « Très bien. Vous m'en avez assez dit. » D'un geste, il ordonna à Bob de quitter la pièce, puis s'arrêta à la porte. « Une dernière chose…

— Sérieusement ? » Shal haussa un sourcil vers lui. « Écoutez, ne le prenez pas mal, mais je collectionne les romans policiers et ça, c'est certainement l'une des techniques d'interrogatoire les plus éculées. »

Avec un sourire en coin, le chef haussa les épaules. « Peu importe. Une dernière chose… Vos préférences alimentaires vous listent tous les deux comme végétariens. Pourquoi commander un steak ? »

Tesla faillit lui répondre. Sa langue était déjà en train de composer une réponse quand Shal leva son negroni pour en prendre une gorgée avec désinvolture. Il soupira. « Vous êtes sûr de ne pas en vouloir un ? Nous avons du gin Lunacy. Un truc délicieux.

— Merci infiniment, mais je ne bois pas pendant le service. Savourez vos cocktails. » Le chef referma la porte.

Gimlet se leva et aboya devant la porte close.

« Oui, c'est toi la plus féroce. » Shal laissa échapper un soupir, puis ferma les yeux en posant sa tête contre le dossier du canapé.

« Si serviable. » Tesla fixa la porte, compatissant profondément avec l'envie de Gimlet d'aboyer dessus. « Quelle incompétence… par tous les homards mammaliens…

— Les "homards mammaliens" ? Tu tiens ça de Fantine ? »

Elle croisa les bras, puis s'affala à son tour sur le canapé. « Peut-être. Sans doute. Je ne sais même pas ce que veut dire "mammaliens". "Inepte", j'espère.

— En tout cas, il n'est pas si incompétent. Plutôt de la vieille école. » Shal ouvrit les yeux, puis scruta la porte sans lever la tête. « Mais son interrogatoire n'a rien d'inepte. Quelqu'un bosse très dur pour me coller tout ça sur le dos. »

*

Tesla se hissa sur l'un des tabourets du R-Bar et attendit que Josie la remarque. Elle avait laissé Gimlet à Shal et se sentait toute nue sans sa chienne, mais pour ce petit interrogatoire, elle tenait à passer aussi inaperçue que possible. À l'avant de la pièce, sur l'estrade, l'un des animateurs occupait un tabouret de bar, observant les tables autour desquelles s'agglutinaient les clients.

« Très bien ! Tout le monde s'amuse bien ? » Le sourire de l'animateur était légitimement aveuglant. « Prochaine question, quelle série médicale de téléréalité a reçu le prix Sanhauser avec ce que le comité Sanhauser appelle un "docteur peu orthodoxe", un "praticien plutôt terrifiant" et "un suspense digne d'un Sherlock Holmes à l'hôpital" ?

— *Hospital Mod 50931* », marmonna-t-elle, ayant visionné tous les épisodes avec Shal.

Une table remplie de têtes blondes se retourna et la dévisagea. « Ne dites pas les réponses à voix haute.

— Désolée. » Tesla leur adressa un sourire.

Josie se tenait à l'autre extrémité du bar, occupée à émincer d'authentiques citrons verts. Un court instant, un froncement de sourcils crispa son visage, avant de se transformer en sourire de bienvenue presque convaincant. L'air était saturé d'une fragrance acidulée. La barmaid s'approcha de Tesla en s'essuyant les mains.

« Mx Zuraw ! Bonsoir. » Elle posa une serviette à cocktail devant elle. « Vous désirez ?

— Hum… Je suis d'humeur pour un preakness. » Tesla plia la serviette en regardant Josie attraper la bouteille de whisky rye.

« Et maintenant, la question suivante. Quel terme relatif à un groupe de personnes formellement rassemblées dans un but bien précis désigne aussi une portée d'aigles ? »

Josie se concentra pour verser une mesure de whisky dans un pichet à cocktail. « Comment se porte votre conjoint ?

— Agacé d'être enfermé, mais sinon, ça va plutôt bien. » Perdue dans ses pensées, Tesla pianota sur la serviette, puis l'abandonna pour examiner la salle. Elle perçut légèrement la force de Coriolis en pivotant, ce qui l'obligea à s'accrocher au tabouret pour rester en place. Les participants du quizz étaient tous regroupés près de la scène.

Il s'agissait principalement de vacanciers d'âge moyen et, bizarrement, d'un petit groupe dans un coin. On aurait dit des écrivains. Tesla s'efforça d'imaginer la salle telle qu'elle était la veille, pendant la dispute avec George Saikawa. Plus sombre, les lumières concentrées sur la scène. Avec cet éclairage un peu plus fort pour le quiz, on distinguait mieux le décor. La scène était peu profonde, avec trois contremarches qui descendaient jusqu'au sol, en plus d'une longue rampe y conduisant côté gauche. Une porte de service emplissait l'espace entre la scène et le bar, avec un dock pour les robots de service à l'extrémité.

Au-dessus de la scène, un lustre en fer forgé pendait du plafond, procurant à la salle une certaine ambiance de mystère. Derrière le bar, des étagères murales contenaient des bouteilles d'amer, des verres fantaisie et toute une variété de ryes. Une frise de miroirs faisait le tour de la pièce, brisant légèrement la confortable obscurité.

D'ici, Tesla voyait clairement le compartiment dans lequel Saikawa se trouvait la veille. Il faisait partie d'une rangée de boxes ceinturant le fond de la pièce. Le magicien devait tourner le dos au bar, d'après la disposition de la salle, et le passager chauve devait lui faire face. Il se pourrait que Josie ait vu leur visage.

Tesla tenta d'orienter la conversation dans ce sens. « Hier soir, j'étais tellement décontenancée, quand j'ai chanté. Ce plateau m'a complètement déstabilisée, quand il est tombé.

— Vous avez été soldat pourtant. »

Tesla haussa les épaules. « J'aurais dû m'y attendre, je suppose ; ils se disputaient avant même que je monte sur scène. Vous les avez vus ? »

Josie baissa les yeux en attrapant la bouteille de Bénédictine. « J'étais plutôt occupée. Désolée.

— Oh. » Tesla laissa ses orteils effleurer la rampe. Il y avait des limites à ce qu'elle pouvait exiger sans passer pour une connasse privilégiée. Pour Josie, en tout cas. Tesla ne s'était pas gênée avec Wisor, mais il ne l'avait pas volé. Avec Josie… On oubliait si facilement à quel point il était difficile de dire « non » à Tesla, même si on ignorait sa véritable identité. Peut-être qu'en l'abordant par la bande, elle obtiendrait ses réponses sans la mettre mal à l'aise.

« Voici la question suivante : quel genre musical né sur la station New Jamaica en 2066 partage son nom avec un méchant de *Space Nine-Nine* ? »

Tesla laissa Josie travailler quelques instants de plus, le temps qu'elle ajoute la Bénédictine dans le pichet. « Oh, d'ailleurs, vous pouvez me rappeler le nom de notre serveur, hier soir ? On a oublié son pourboire. Quels idiots ! »

Josie lui adressa une grimace de sympathie. Le verre cliqueta alors qu'elle changeait de bouteille pour s'emparer du vermouth. Elle devait se sentir mal pour Tesla, car elle prit le Carpano Antica en lieu et place du vermouth approprié. « Yuki, Lui, il travaillait avec moi, hier soir.

— Ah oui, parfait. Merci. » Tesla reposa le coude sur le bar en appuyant la tête sur sa paume. « Comment lui faire passer le pourboire ?

— Il est… » Josie tripota la bouteille en la rangeant. « Il est en train de travailler.

— Et la question suivante : quel est le nom de famille de l'acteur qui a joué dans un film sorti en 2034 adapté d'un roman de Sarah Pinsker, nom que porte également cette inventrice bien connue d'un certain robot géant ?

— Ce n'était pas un robot. » Un système personnel d'assistance à la mobilité. Le prototype de SPAM évoquait effectivement un robot géant, et les médias l'avaient baptisé ainsi après l'Accident. Tesla se détourna du jeu en baissant la tête. Elle se servit de l'amer tiraillement de la tension musculaire pour se concentrer sur le moment présent. Comptoir en bois. Serviettes à cocktail blanches. Alliance en platine-iridium. Revêtement vert. Pantalon bleu.

« Voilà un visage bien renfrogné. » Josie fit une pause, la bouteille d'amer suspendue au-dessus du pichet. « Ça ne va pas ?

— Oh. Si, si. » Tesla secoua la tête pour s'éclaircir les idées. Autour d'elle, les gens ne cessaient de répéter son nom, mais personne ne l'avait repérée, tout le monde était concentré sur le quiz. « Je pensais juste à mon avocate qui doit cracher des procès au kilomètre, depuis qu'on nous refuse l'accès au réseau et qu'elle essaie de prendre contact avec nous.

— Hum… » Josie remua le cocktail avec une longue cuillère en argent, et toutes deux contemplèrent la glace et le liquide rougeâtre tourbillonner dans le verre.

« Question suivante : sur quelle station orbitale êtes-vous si vous dégustez un flatkaka au parc Kolaportið ? »

Tesla se tortilla sur son tabouret pour mieux observer le reste du salon qui bruissait d'activité avant le dîner. Elle ne reconnut personne de la veille.

Mais le magicien était là, lui. Un couple occupait une table à sa gauche, observant le prestidigitateur avec une perplexité ravie tandis qu'il faisait disparaître des pièces de monnaie souvenir sous leurs yeux. Tesla pouvait-elle lui demander directement pourquoi il s'était disputé avec George ? Pas vraiment idéal, comme scénario, songea-t-elle.

« Et voici la question suivante : quelle actrice du thriller d'espionnage oscarisé *Ganymede Night* a été castée en raison de sa précédente carrière de contorsionniste ? »

Une jeune personne aux cheveux noirs, dont les piercings argentés ornaient très discrètement la courbe de l'oreille, se tenait devant la cabine où George Saikawa s'était installée la veille. De dos, impossible de deviner son origine, de l'Européen sélénite au Japonais terrien.

Tesla prit un cliché, puis l'attacha à un nouveau message. *::Hé, Shal. Est-ce que ça ressemble à la personne que tu as poursuivie ?::*

Connexion indisponible.

Exact. Ils ne les laissaient toujours pas accéder au réseau. Ni Shal ni elle. Tesla soupira si fort qu'elle sentit ses narines s'enflammer, puis elle ferma la messagerie de son ATH. Elle enregistra l'image en local pour la partager quand elle serait de nouveau connectée.

En attendant, il lui faudrait évoquer ce suspect potentiel à Shal. Un pantalon bleu. Un haut bien ajusté… Hum. Un membre d'équipage, donc. La personne se retourna, avec un plateau sur lequel trônait une bouteille de pilsner. Tesla balaya la pièce du regard. Personne d'autre au service, à part Josie. Le serveur aux cheveux bleus restait introuvable. « C'est Yuki, là ?

— Hum ? Oh. Oui. » Josie posa la boisson prête sur une nouvelle serviette à cocktail. Le liquide roux semblait briller dans la coupe délicate. Un minuscule pic en bambou oscillait sur le bord, planté dans une authentique cerise confite. « Et voilà. Un preakness.

— Prochaine question : quel sport le pilote originaire de Calisto, triple champion de formule 1 du système lunaire, a-t-il pratiqué après son ultime victoire ?

— Merci. » Tesla agita sa clé magnétique au-dessus du boîtier fixé au poignet de Josie, et la boisson fut soustraite de la somme qu'Auberi avait virée sur son compte. « Je ne me rappelle pas l'avoir vu, hier soir. »

Mais le système ne la laissa pas donner un pourboire.

« C'était très chargé, comme soirée. Mais il était là, aucun doute. »

Elle réessaya, sans parvenir à transférer les fonds dans le champ approprié. « Et le serveur aux cheveux bleus ?

— Qui ça ? »

Tesla s'immobilisa, puis leva les yeux vers Josie. « Des mèches bleues. Bien coupées au milieu du dos. Brun moyen, avec des taches de rousseur ?

— Il n'y avait que Yuki, hier soir.

— Ah. » *Tout le monde a un secret, tout le monde ment.* Tesla baissa les yeux sur le lecteur, essayant à nouveau de donner un pourboire. Le boîtier persistait à refuser le transfert. Elle serra les dents si fort que sa mâchoire lui fit mal. Merveilleux. Un sujet de plus à confier à Fantine, si on lui débloquait son compte un jour. « Je suis vraiment, vraiment désolée. Je n'arrive pas à vous laisser de pourboire. »

Josie écarta son poignet avec un sourire. « Ne vous en faites pas pour ça. Vous m'avez déjà pas mal gâtée, tous les deux.

— Je me rattraperai dès qu'on aura débloqué notre compte.

— Ça ira, vraiment. »

Ça avait beau aller, ne pas laisser de pourboire mettait Tesla terriblement mal à l'aise. Elle disposait d'une incroyable quantité d'argent, et l'une des façons dont elle avait toujours atténué ce fait consistait justement à laisser d'importants pourboires… dans les lieux où elle ne contrôlait pas la rémunération, en tout cas. Dans ses propres entreprises, les gens étaient payés à des salaires décents, ce qui était tout simplement plus facile. Outre son éthique générale, le problème d'un système basé sur le pourboire est qu'il favorise la loyauté du serveur envers le client, et non envers son employeur réel.

Shal avait peut-être raison, c'était bel et bien une sorte de corruption.

« Dernière question pour ce tour : citez les sept lunes de Saturne suffisamment grandes pour être en équilibre hydrostatique. »

Tesla fit pivoter son cocktail sur la serviette et prit une gorgée de cette complexe variation du manhattan, avec ses couches douces-amères. Elle s'accorda un moment pour en apprécier simplement les saveurs, puis poussa un petit soupir d'appréciation. « Beau travail, vraiment.

— Merci. » Josie jeta un coup d'œil derrière Tesla en fronçant un peu les sourcils.

Tesla se retourna, constatant que le magicien s'était arrêté à côté de Yuki. Il mélangeait les cartes d'une seule main avec ostentation. Il venait aussi, Tesla en était quasi certaine, de la quitter des yeux.

Elle pivota vers Josie. « J'ai entendu l'annonce d'un spectacle de magie. C'est la même personne ?

— Ouais. L'Incroyable Nile Silver, Lui. Vous voulez que je lui fasse signe ?

— Non, non, simple curiosité. Il est là tous les soirs ?

— Hum-hmm. Mais l'annonce concerne son spectacle scénique. » Josie sortit une pochette en aluminium étiquetée « JO » et la fixa au réhydrateur. Elle fronça les sourcils en scrutant le sachet avec plus d'attention que la réhydratation du jus d'orange n'en nécessitait vraiment.

« Ça facilite l'organisation, j'imagine, fit Tesla. Alors… la routine, ce soir ?

— Ouais. » Josie ferma le robinet du réhydrateur avant d'ôter le sachet en aluminium de JO.

« Et voilà vos questions ! Des points bonus pour celles et ceux qui devineront le thème de cette catégorie, alors serrez-vous les coudes et voyez ce que vous pouvez trouver. N'oubliez pas de faire un tour au bar, où notre talentueuse Josie vous confectionnera de ses blanches mains la boisson de vos rêves.

— Écoutez, je déteste me comporter comme ça, mais je vais avoir pas mal de travail. » Josie hocha la tête, toujours concentrée sur la pochette d'aluminium.

« Pas de problème. J'allais partir de toute façon. » Mais d'abord, Tesla voulait échanger quelques mots avec l'Incroyable Nile Silver. Et aussi avec Yuki. Elle ne se rappelait pas l'avoir vu la veille, mais les lumières étaient tamisées, et elle avait eu autre chose à penser.

Mais c'était peut-être l'individu que Shal avait aperçu. Environ soixante-dix kilos. Ça colle. Européen sélénite ou Japonais terrien. Ça colle. Cheveux noirs coupés au bol. Ça colle, une fois de plus. Tesla se retourna sur son tabouret, cocktail en main. Yuki et le magicien avaient disparu.

Moonpool

40 ML DE GIN OLD TOM
30 ML DE VERMOUTH BLANC
15 ML DE RAMAZZOTTI
1 ÉCORCE DE CITRON

Remuez à la cuillère avec des glaçons. Filtrez dans une coupe. Pressez l'écorce de citron pour en exprimer l'essence dans la boisson, puis jetez l'écorce.

Une débauche de néons ondulait au plafond, dans le long couloir de transit qui ceinturait le niveau terrien, affichant progressivement les couleurs de l'arc-en-ciel. En principe, c'était censé indiquer où l'on se trouvait sur l'anneau. Les tubes les plus proches étaient d'un jaune ensoleillé, et à droite de Tesla, au-dessus du tapis roulant qui avançait dans le sens des aiguilles d'une montre, ils passaient au vert gazon. À gauche de Tesla, sur le tapis roulant en sens inverse des aiguilles d'une montre, les néons passaient à l'orange et, plus loin encore, au rouge, à peine visibles alors que l'anneau s'incurvait et disparaissait.

Plus important, il y avait un guichet d'information au point de transfert entre les tapis roulants. Tesla n'était peut-être pas capable de connecter son ATH au réseau, elle savait quand même se servir d'un ordinateur.

Elle effleura le guichet, puis ouvrit la page bio des

employés. Clairement, ce truc existait pour donner un peu plus de charme au voyage et pour faciliter les pourboires aux barmans et barmaids. Mais elle espérait s'en servir pour identifier le serveur aux mèches bleues.

Le plus simplement du monde, elle lança d'abord une recherche « serveur aux cheveux bleus », mais il se trouvait que tous les serveurs portaient du bleu, ce qui rendait la recherche… problématique. Mâchant pensivement l'intérieur de sa lèvre, Tesla jeta un regard à la machine. Bien. Les humains sont plutôt doués pour la reconnaissance des formes, alors elle s'appuierait sur ses points forts.

Elle réinitialisa le répertoire pour n'afficher que les photos, puis le régla sur deux cents par page. À cette taille, les images n'étaient plus que des icônes minuscules, impossibles à examiner en détail. Mais Tesla se passerait très bien des détails. Elle laissa ses yeux favoriser d'eux-mêmes tous ceux dont les cheveux étaient bleus, et tous ceux qui se situaient dans la bonne partie du spectre de couleur de peau. Les variations pouvaient être des artefacts de la caméra, elle s'autorisa donc une grande latitude sur ce point.

Bien sûr, le serveur mystère pouvait aussi changer régulièrement de couleur de cheveux, auquel cas Tesla serait obligée de tout vérifier page par page. Peut-être qu'elle laisserait Shal s'en charger. D'ailleurs, à ce sujet, elle devait signaler sa position.

Elle avait trop souvent vu râler son conjoint devant des films policiers quand des détectives se lançaient dans une mission secrète, après moult vociférations sur le nombre de cas de disparition qui seraient facilement résolus si lesdits disparus avaient simplement signalé aux autres où ils allaient. Tesla… décevrait Shal si elle agissait aussi bêtement. Vraiment bêtement.

Elle pouvait pourtant faire deux choses à la fois.

Tout en se frayant un chemin dans le répertoire du vaisseau, elle se servit du kiosque pour appeler sa chambre. Le téléphone sonna. Tesla appuya les pouces à la base de sa colonne vertébrale et se tortilla sur sa chaise. Le téléphone sonna à nouveau. Tesla grimaça, habituée à une connexion instantanée.

Elle réduisit la recherche à cinq serveurs, dont elle redimensionna les images pour examiner leurs visages de plus près.

« A… allô ? » Shal paraissait endormi.

« Je t'ai réveillé ? Ah ! » Elle ouvrit le dossier d'Immanuel Rudawski, Lui.

« Hum… non. » Shal se racla la gorge. Tesla l'avait bel et bien réveillé. « Non. Ah, ah ? »

Elle consulta la photo d'Immanuel Rudawski, serveur. Elle savait maintenant qu'Immanuel était affecté à la piscine. Il était kényan, son père était polonais. Il avait vingt-trois ans, était bouddhiste pratiquant, il faisait de l'escalade pendant son temps libre… et tout ce qu'elle raconterait à Shal serait attentivement écouté par la sécurité.

« Je vais m'imprimer un maillot de bain et faire un tour à la piscine. » Tesla lui expliquerait pourquoi après coup, quand elle lui parlerait du magicien et de Yuki. « Tu veux quelque chose du monde extérieur ?

— Non, merci. » Shal soupira, on entendit un drap qui se froissait, comme s'il était allongé sur le lit. « Je peux toujours commander un truc au room-service. »

Tesla hésita, l'œil rivé sur l'annuaire. « Si tu t'ennuies, tâche de lire le *Lindgren's Daily Bulletin*. Tu sais qu'il y a une vente aux enchères dans la galerie d'art et qu'on peut gagner une authentique reproduction de Windlass ?

— C'est vrai ?

— Et il y a aussi une liste complète de l'équipage, des détails biographiques absolument fascinants. Josie ? Notre barmaid préférée est apparemment originaire de l'Orbiteur terrestre des Réfugiés Jamaïcains. Elle était membre de la Société géorgienne de Jamaïque, études de danse folklorique à l'université.

— Fascinant. »

Ses réponses étaient si courtes qu'il savait forcément qu'on les écoutait. Ou alors il était plus mal en point qu'elle ne le pensait. « Je dois revenir ? »

Il bâilla de façon audible. « Non, non. Je crois que je vais faire une sieste. »

Elle ferma le kiosque, observant le mouvement des tapis roulants. Celui dans le sens des aiguilles d'une montre l'emmènerait à la piscine et celui dans le sens inverse la ramènerait à Shal. « Tu es sûr ?

— Je vivrai par procuration grâce à toi. » Sa voix se réchauffa un peu. « Vas-y. Profite de la piscine. »

*

Juste au-dessus, le plafond s'illuminait plus ou moins comme un ciel terrien au coucher du soleil, tout en nuances de bleu foncé strié de volutes orangées impeccablement simulées. Les passagers flottaient dans la piscine d'eau salée, certains lisaient, d'autres bavardaient. Au-delà d'une verrière peinte évoquant Mondrian, une zone réservée aux enfants débordait d'activité, mais ici, tout était calme.

En voyant cet agréable espace de loisir, qui aurait pu imaginer qu'on avait assassiné quelqu'un ?

Deux quelqu'un.

Au bord de la piscine, Tesla aperçut Immanuel qui portait plusieurs cocktails sur un plateau. Plutôt jeune, la peau d'un brun chaud, avec des mèches bleues. Il avait manifestement les épaules tendues, ce que contredisait son sourire aussi impeccable que son uniforme. Tesla l'aurait reconnu même sans consulter l'annuaire des employés.

Elle s'immergea dans la piscine et s'installa sur l'une des chaises longues et basses posées juste sous la surface. L'eau clapota autour des épaules de Tesla, et son dos cessa de lui faire mal pendant quelques secondes. Elle poussa un long soupir, soudain démotivée à l'idée de bouger.

Mais elle avait une enquête à mener. Elle attendit qu'Immanuel se tourne dans sa direction, puis leva doucement la main, geste universel pour passer commande.

Contrairement à hier soir, cette fois-ci, il la repéra aussitôt. Avec un signe de tête, Immanuel se dirigea vers elle, puis s'accroupit à ses côtés. « Bonjour. » Ses joues étaient rondes, ponctuées d'un soupçon de taches de rousseur qui lui effleuraient le nez. D'aussi près, son anticerne avait plutôt tendance à souligner sa fatigue. « Vous désirez ? »

Tesla s'assit, sa peau se refroidissant tandis que le maillot imprimé évacuait l'eau instantanément. Elle se tortilla sur la chaise longue pour faciliter leur contact visuel. « Dites-moi franchement… Sur une échelle allant de “à peine capable de servir une bière” à “Dieu de la mixologie”, où se situe le barman, ici ? »

Le sourire d'Immanuel lui parut soudain plus authentique. Il jeta un coup d'œil vers le bar qui séparait la verrière. « Je ne prends pas trop de risques en vous suggérant de choisir n'importe quelle boisson qui vous ferait plaisir.

— Hum… compétent, mais pas inspiré ? »

La bouche d'Immanuel se pinça un peu, comme s'il essayait de retenir un rire. « Ce n'est peut-être pas le bar le plus indiqué pour l'inspiration. Pour la détente, oui. Je crois quand même que la margarita vous paraîtra irréprochable.

— Je vous fais confiance sur ce point. » Tesla tenta sa chance. « J'ai bien peur que Josie, au R-Bar, ne m'ait pourri-gâtée. »

La tension se réinstalla dans les épaules d'Immanuel, et son sourire se figea comme du plâtre. « Ah… Oui, elle est plutôt du côté des dieux de la mixologie, sur votre échelle.

— En effet. » Tesla laissa tomber le sujet du R-Bar pour le moment. Elle voulait s'informer sur ce qu'Immanuel savait de la dispute, sans toutefois l'effrayer. « Puis-je vous demander du véritable jus de citron, ainsi qu'une authentique tranche ? »

Immanuel inclina la tête, les doigts dansant déjà sur le bord de son plateau pour saisir la commande. « Avec plaisir. Je reviens dans quelques instants.

— Rien ne presse… J'ai un milliard de nœuds à faire disparaître. » Tesla se réinstalla sur la chaise longue tandis qu'Immanuel regagnait le bar.

Si elle s'était préparée à une fusion d'entreprises, ou à rencontrer une jeune inventrice brillante désireuse de vendre sa start-up à Crane Industries, elle aurait effectué d'abondantes recherches et emmagasiné de nombreuses informations pour mieux travailler. Mais ici, quel était donc leur point commun, à Immanuel et à elle ? La méditation. Les deux sans doute végétariens, même si franchement, avec les aliments imprimés ça concernait presque tout le monde. Tesla avait les moyens de s'offrir de la véritable viande de bœuf si elle le souhaitait, mais choisissait intentionnellement de ne pas le faire. Un bouddhiste pratiquant ferait le même genre de choix conscient.

Tesla apaisa sa respiration et ferma les yeux. Elle laissa sa conscience s'étendre aux sons qui l'entouraient. Le clapotis de l'eau au bord de la piscine. Le staccato d'un rire masculin. Le tintement de la glace contre le polyamide. Au loin, le cri de joie d'un enfant. Plus près, le claquement des semelles en caoutchouc sur le sol.

« Et voici. » Immanuel s'accroupit sur le carrelage, à côté de la chaise longue de Tesla. « Une margarita irréprochable, avec du véritable jus de citron et une vraie rondelle de citron vert.

— Merci. » Elle saisit le gobelet en polyamide, puis sourit au serveur. « Oh. À ce propos… »

Immanuel affichait cette amabilité de façade incroyablement patiente que les employés affectent quand ils ne s'intéressent pas vraiment à ce qu'on leur raconte, mais qu'ils tiennent à leur pourboire.

« Oh, et puis merde. » Elle ne pouvait pas lui donner de pourboire, de toute façon. Tesla posa le gobelet en polyamide sur les dalles en pivotant sur sa chaise longue pour faire face à Immanuel. « J'étais au R-Bar hier soir, quand vous avez fait tomber ce plateau. »

Immanuel se figea. Sa poitrine se contracta, comme s'il avait du mal à respirer. « Je ne suis pas cen…

— Pas censé en parler ? » Tesla fit la grimace. « Écoutez, j'ai échafaudé tout un plan pour vous amadouer avec une conversation légère, pour vous amener à me dire… »

Immanuel laissa tomber son plateau, se levant si vite qu'il renversa la margarita.

« Mais il se trouve qu'on accuse mon conjoint de meurtre, et je sais qu'il n'a rien fait, alors je veux juste que vous me disiez si vous avez entendu la dispute qui…

— Je n'ai pas le droit de vous parler.

— Je comprends. J'ai seulement besoin que vous parliez au chef de la sécurité des personnes avec lesquelles Mx Saikawa se disputait…

— Je ne peux pas. » Immanuel regarda le badge de com sur sa poitrine, puis répéta, comme s'il s'adressait directement à l'appareil. « Je n'ai pas le droit de vous parler. » En titubant, il se retourna, puis se dirigea vers une porte de service.

Bon. Tout s'était vraiment déroulé à merveille. Tesla soupira, redressa le verre en polyamide. Un drone de service était déjà sorti d'un mur et rampait vers le cocktail renversé. Tesla s'extirpa de la piscine, elle ramassa le plateau et le verre vide. Après tout, elle pouvait tout aussi bien commander un martini pour Shal avant de redescendre. D'accord, il y avait du gin et du vermouth dans le minibar, mais pas d'olives.

Elle rapporta le plateau abandonné par Immanuel au bar, où un barman vêtu d'un crop top soulignant ses larges épaules et ses abdominaux en acier se tourna vers elle dans un sourire. Une mèche de cloud surfeur vénusien retombait sur son front. « Je vous sers un verre ?

— Une margarita. Du vrai citron vert, du vrai jus de citron. Et un martini, aussi. » Tesla posa le plateau et le verre vide sur le bar, puis jeta un coup d'œil au badge du serveur. Steve. Iel.

« Vous voulez de la vodka ou du gin dans votre martini ?

— Un martini, j'ai dit. » C'était sarcastique, mais on en apprenait beaucoup sur les barmen en fonction de leurs réponses. Ceux dont les goûts s'alignaient sur les siens se réjouissaient, en général. Les autres, comme iel, là, affichaient un regard vide. « Anecdote amusante : un martini-vodka s'appelle un kangourou.

— Sérieux ? »

Elle ferait mieux de descendre de sa très haute et très inutile tour d'ivoire et de cesser de perdre du temps à fulminer au lieu d'enquêter sur le meurtre. En plus, elle ne pouvait même pas donner de pourboire à cette personne pour se faire pardonner d'avoir été insupportable, bon sang. Les pourboires étaient bel et bien des pots-de-vin.

D'accord. Elle emploierait d'autres outils. Un excellent truc, dans les négociations commerciales, c'est de prétendre qu'on en sait plus que l'autre.

« Oh, d'ailleurs, Steve. Immanuel a dû partir. Vous savez, après la nuit dernière…

— Nan, vraiment ? » Iel fit tournoyer le shaker. « Genre, vous y croyez ? C'est tellement bizarre. Genre. Voir la personne qui, genre, a totalement niqué vos grands-parents et puis quelqu'un d'autre lui règle son compte avant vous, quoi… »

Tesla cilla. Immanuel connaissait Saikawa ? Elle tenta sa chance. « C'est vrai. Et puis l'avoir comme cliente dans sa propre salle ?

— Mais grave ! Ouais ! Je veux dire, ça craint et tout. » Tout en parlant, iel balançait les ingrédients dans le shaker depuis une distance étonnante. « Genre, Immanuel dit que ses grands-parents ont été totalement rincés. Des investissements, je sais pas, un truc comme ça, quoi. Des machins avec des banques.

— Une start-up ?

— C'est ça ! Ouais, genre. »

C'est drôle, iel n'avait pas vraiment l'air d'être encore au lycée, et pourtant… « Très, très genre, ouais, rincé, quoi, convint Tesla, notant qu'iel s'apprêtait à secouer son martini. Vous pourriez… »

Iel agita son shaker.

« Je savais déjà un peu tout ça, parce que, genre, on discute, ici, on parle de ce qu'on fout sur ce vaisseau, pas vrai ? Genre, sa famille, quoi… ils ont tout perdu, il a dû laisser tomber l'université, je veux dire, ils étaient vraiment, vraiment rincés. »

Le martini fut secoué beaucoup, beaucoup trop longtemps, même si les mouvements soulignèrent agréablement les biceps de Steve. « Il était, genre, frénétique de ouf quand je l'ai vu, pourtant c'est vraiment un type hyperdoux. Il l'a reconnue quand elle s'est assise. Il avait toute une diatribe dans la tête qu'il comptait bien lui servir, et puis… »

Iel fit claquer le shaker sur le comptoir, fixant Tesla d'un regard plein d'espoir.

« Et puis… le meurtre ?

— Boum ! Ouais ! Ça rince trop, quoi. » Iel fit sauter le couvercle du shaker, puis le vida dans un verre à martini en polyamide. « Oh, on n'a pas de vraies olives, ici. Des imprimées, ça ira ? »

Tesla avait beaucoup d'autres choses à penser, c'était vraiment le moindre de ses soucis. « Aucun problème. »

Iel fit glisser le martini devant elle avec une certaine emphase. « Alors, vous en dites quoi ? »

Elle s'empara du verre et sirota une gorgée : du diluant pour peinture beaucoup trop aqueux. « Hum… » Elle humecta ses lèvres, puis leva son verre pour porter un toast. « Aux grands-parents d'Immanuel… »

La musique s'interrompit. « Passagère Artesia Zuraw, vous êtes priée de vous présenter à l'infirmerie. Passagère Artesia Zuraw, vous êtes priée de vous rendre à l'infirmerie. »

Tesla mit bien trop de temps à reconnaître sa fausse identité. Et soudain, elle courait avant même que son martini touche le sol.

Blood and Sand

45 ML DE SCOTCH
20 ML DE VERMOUTH DOUX
20 ML DE JUS D'ORANGE
20 ML DE HEERING
1 ZESTE D'ORANGE

Secouez au shaker avec des glaçons pendant quinze secondes et filtrez dans une coupe. Décorez d'un zeste d'orange.

L'infirmerie se trouvait dans l'anneau du vaisseau où régnait la gravité martienne. Tesla s'élança dans le couloir sinueux, le cœur au bord des lèvres. Elle avait réglé son RCPD bien au-delà des marges de sécurité pour ne pas avoir à se soucier de la douleur pendant sa course. Elle envisageait deux possibilités. Un, le médecin avait découvert un indice en autopsiant George Saikawa et devait poser des questions à Tesla.

Deux, il était arrivé quelque chose à Shal.

Tesla l'avait contacté dès qu'on lui avait demandé de gagner l'infirmerie. L'instinct l'avait poussée à lui parler via cet espace virtuel, même si on l'avait coupée du réseau. Elle comptait bien demander à Fantine de crocheter leurs âmes en un jouet pour chien destiné à Gimlet si jamais ils avaient…

Elle négocia la courbe du couloir en polyamide dépourvu de toute fioriture, mais elle heurta un mur après avoir mal jaugé la force de Coriolis. Elle ne sentit rien, mais resta immobile un moment, comme pour deviner si elle avait desserré l'une des vis de sa colonne vertébrale, avec son RCPD réglé aussi haut. Quand elle se remit à courir, cela n'avait plus d'importance, car l'agente Piper apparut devant la porte de l'infirmerie. Elle tenait Gimlet en laisse.

Tesla posa la main contre le mur alors que le sol persistait à se dérober sous elle. La petite chienne l'aperçut la première et aboya aussitôt. Les oreilles basses, elle tirait sur la laisse jusqu'à son extension maximale. L'agente Piper vit enfin Tesla et s'approcha d'elle.

« Il est inconscient. » Elle se pencha, ramassa Gimlet et la tendit à son humaine. « Ils sont en train de l'examiner. »

Elle serra son chien d'une main engourdie. Gimlet lova son museau au creux du coude de Tesla en frissonnant.

Piper se retourna, puis entraîna Tesla vers l'entrée de l'infirmerie. « Gimlet aboyait et grattait à la porte. Ça n'avait pas l'air normal. Mx Husband était par terre. La Dre Fish est de garde, elle doit vous interroger sur ses antécédents médicaux.

— Bien sûr. » Tesla suivit Piper dans une petite salle d'attente, puis dans une salle d'examen.

Shal était allongé sur un lit d'hôpital, une perfusion dans le bras. Sous son œil au beurre noir, sa peau était grise et sa bouche entrouverte. Des patchs parsemaient son corps, au niveau des tempes et de la poitrine – et les signes vitaux correspondants traçaient des lignes irrégulières sur le moniteur mural. Tesla l'avait très souvent vu sans sa chemise, mais il y avait une grande différence entre inconscience et sommeil. Ses membres paraissaient flasques et cireux. Sur son torse, les ecchymoses semblaient plus pâles qu'un peu plus tôt, dans leur chambre.

Bob la Montagne se tenait dans un coin. Les bras croisés, il surveillait Shal comme si ce dernier s'apprêtait à jaillir de la table comme un diable de sa boîte.

Une docteure aux cheveux bruns décolorés parsemés de mèches grises maintenait un medscan au-dessus de la poitrine de Shal. Elle leva les yeux à l'arrivée de Tesla. Puis elle la regarda de nouveau, les yeux écarquillés. « Vous... »

Tesla se réjouit d'être reconnue. Les astuces utilisées par le vaisseau de croisière pour dissimuler son identité ne servaient qu'à rediriger les requêtes d'identification. Si quelqu'un la reconnaissait malgré sa perruque, elle n'y pouvait rien. Et le fait d'être une Crane lui permettrait d'obtenir de meilleurs soins médicaux pour Shal.

« Vous étiez la première sur les lieux, hier soir. »

Tesla cligna des yeux, rétablit le contexte autour d'elle, chassant la morgue du médecin et remarquant un assistant robotisé. La même docteure qu'hier soir. Toutes ses priorités basculèrent en un instant. « Éloignez-vous de lui.

— Pardon ? » La Dre Fish cilla devant Tesla, puis baissa les yeux sur l'appareil qu'elle tenait dans sa main. « Son état est stable, j'imagine que c'est la première chose que vous voulez savoir, mais j'ai plusieurs questions à vous poser. »

George Saikawa était en vie jusqu'à l'arrivée de la Dre Fish, qui l'avait fait évacuer. « Pourrais-je m'entretenir avec un autre médecin ? » Il y avait cette assistante… Candy, elle s'appelait Candy. « Pas Candy non plus. »

Comme si Tesla ne s'était pas montrée parfaitement claire, la Dre Fish poursuivit : « Il va s'en sortir. Les signes vitaux sont très bons, mais pour l'instant, je soupçonne une overdose d'analgésiques et d'alcool. Pourquoi m'a-t-on avertie si tard ? Avec ce qu'il a bu, il n'avait vraiment pas besoin du coup qu'il a reçu sur le crâne… »

Tesla secoua la tête avant que la femme termine sa phrase. « Premièrement, il ne prend rien de plus fort que de l'aspirine. » Gimlet se tortilla dans les bras de Tesla, qui caressa la petite chienne blanche, profitant du contact pour s'ancrer dans le présent. « Deuxièmement, il a un traumatisme crânien et plusieurs côtes cassées parce que vos employés l'ont battu.

— Il est tombé dans l'escalier », lança Bob, dans son coin.

« Vous vous foutez de moi ? » Dans ses bras, Gimlet poussa un jappement aigu. « Tombé dans l'escalier. C'est tout ce que vous avez trouvé ? »

À côté d'elle, l'agente Piper se racla la gorge. « Nous avons découvert votre oxyfeldone dans la cabine. »

Tesla en resta bouche bée. « Je n'en prends pas. Nous n'avons pas d'oxyfeldone. » À un certain moment, elle en avait pris, oui, dans des quantités bien supérieures à la prescription de son médecin, mais cet opioïde synthétique n'était plus qu'un filet de sécurité, elle s'en passait depuis des lustres. « J'ai subi une opération de la colonne vertébrale il y a plusieurs années, on m'a installé un régulateur cérébral profond de la douleur.

— Oh ?» La Dre Fish repositionna l'un des patchs. « Pardonnez ma curiosité professionnelle, mais…

— Le fait est que nous n'avons pas d'oxyfeldone. »

L'agente Piper l'examina de près. « D'après l'étiquette, c'est la sienne.

— Alors, quelqu'un l'a placé là. » Tesla essaya à nouveau de contacter Fantine, sans succès. « Voilà ce qui va se passer maintenant. Je veux mon avocate et je veux un autre médecin. »

La Dre Fish n'interrompit même pas son travail. « Puis-je vous demander pourquoi ?

— Non, vous ne pouvez pas. » Tesla ravala l'envie de lui avouer que Shal pensait qu'elle avait peut-être quelque chose à voir avec le meurtre. Elle n'avait aucune envie que la personne chargée de soigner son mari sache que Tesla la soupçonnait. Une idée qu'elle aurait sans doute dû avoir plus tôt. Elle grimaça. « Combien de temps allez-vous m'empêcher de parler à mon avocate ? »

La Dre Fish souleva le scanner, puis regarda en haut à gauche, comme si elle accédait à un ATH. « Désolée, on dirait bien que mon intuition était la bonne. Il a de l'oxyfeldone dans l'organisme, ainsi qu'une importante quantité d'alcool. »

Tesla regarda fixement le médecin. « Ce n'est pas possible. À chaque fois, je dois me battre pour qu'il prenne quelque chose contre la douleur.

— Vous en êtes sûre ?» La docteure consulta à nouveau le medscan en fronçant les sourcils. Elle s'humecta les lèvres. « Je veux dire par là… en général, les personnes dépendantes sont très douées pour le dissimuler.

— Pourquoi serait-il accro aux analgésiques? Il n'a jamais été… » Mais Shal faisait de la boxe. Gimlet gémit entre les bras de Tesla, puis enfouit sa truffe sous son aisselle. Tesla déglutit, puis baissa les yeux vers la chienne, dont elle gratta le ventre. « Je ne sais pas d'où ça sort, mais cet oxyfeldone ne nous appartient pas. Maintenant, passez-moi mon avocate, sinon je vous jure que j'achète ce vaisseau sur-le-champ, juste pour le plaisir de le désorbiter. »

*

La musique d'attente possédait cette qualité particulière qui, en général, donnait à Tesla l'envie d'assassiner quelqu'un. Même si elle ne formulait pas cette pensée à voix haute, cette métaphore n'était sans doute pas une bonne idée. Elle s'agrippa au téléphone mural du vaisseau, puis tourna en rond dans la petite chambre où Shal dormait.

Il dormait, tout simplement. Maintenant. Sa poitrine se soulevait et s'abaissait avec la régularité d'une orbite. Gimlet suivit Tesla qui faisait les cent pas, ses griffes tintant sur le sol dur, et l'inquiétude trahie par ses yeux brillants comme des boutons était presque palpable. Tesla se mordilla les lèvres, puis s'appuya contre le mur en s'efforçant de calmer sa respiration, mais elle ne pouvait se résoudre à fermer les yeux. La porte de la pièce était ouverte, et Bob la Montagne montait la garde à l'extérieur. C'était trop espérer que l'agente Piper leur soit attachée.

Tesla se pencha en avant pour tenter d'étirer les muscles tendus de son dos. La musique s'interrompit et le sympathique individu qui l'avait aidée revint au bout du fil. Son agréable voix de ténor la crispait encore. « Je suis navré, Mx Zuraw, j'ai interrogé l'ensemble du service juridique et nous ignorons qui vous essayez de contacter. »

Combien de juristes pouvaient-ils avoir à bord de ce vaisseau ? Deux ? Trois au mieux. Tesla avait l'impression qu'on la balayait d'un revers de main. Elle s'adressa au sol, fixant les antiques éraflures grises du carrelage. « Je suis désolée, je ne connais pas non plus le nom de vos juristes. » Elle se souvenait de certains détails évoqués par Fantine quand elle avait mentionné cet ami avocat qui travaillait à bord du vaisseau, mais dans ce contexte, rien de tout cela ne lui serait utile.

« Iel joue au golf ?

— J'aimerais pouvoir vous aider, vraiment.

— Le chef de la sécurité Wisor a reçu un message de sa part ce matin. » Tesla n'appréciait pas l'idée d'invoquer Wisor, mais elle était plus que désespérée. Elle se redressa, lentement et prudemment. « Y a-t-il quelqu'un qui… »

À l'extérieur de la chambre de Shal, le chef de la sécurité Wisor pénétra dans l'étroit couloir de l'infirmerie, s'arrêtant pour tenir la porte qui donnait sur la coursive. « … vous de l'identifier. »

Tesla baissa le téléphone et se pencha dans le couloir. « Chef Wisor ! Désolée de vous déran… »

Haldan Kuznetsova, tête basse, comme écrasé par un poids, s'arrêta juste devant la porte d'entrée. Il releva la tête et se retourna pour dévisager Tesla, puis la dépassa pour se rendre à l'endroit où Shal était allongé sur le lit. « C'est une blague ? »

Eh bien, merde. Les doigts de Tesla se crispèrent sur le téléphone. « Mx Kuznetsova, je suis vraiment déso…

— N'essayez même pas. Ne vous avisez pas de me parler. »

Elle recula, les narines dilatées. Elle eut toutes les peines du monde à ne pas s'emporter. Il venait de perdre quelqu'un. Et il la croyait impliquée.

Wisor se tourna vers Bob. « Pourquoi la porte est-elle ouverte ? »

Avant que Bob ne réponde, Kuznetsova s'adressa à Wisor. « La vraie question, c'est pourquoi il n'est pas en prison. Comment peut-on se sentir en sécurité avec un meurtrier en liberté ? Et s'il s'en prend à moi ensuite ? »

Le dos de Tesla se crispa, elle augmenta le RCPD jusqu'à ne plus sentir que la pression de la laisse de Gimlet dans sa main. « Mx Kuznetsova. Je comprends que vous soyez bouleversé, mais mon époux était le premier sur les lieux, on l'accuse à tort. Nous coopérons avec…

— Je vous ai dit de ne pas me parler. »

Wisor s'interposa entre Tesla et Kuznetsova. « Je suis vraiment désolé pour ce désagrément supplémentaire, monsieur. Vous ne la reverrez plus. »

Tesla se retint de répliquer, de justesse. Même si Kuznetsova avait tort, Shal et elle étaient les dernières personnes qu'il souhaitait voir en ce moment.

Shal allait s'en sortir. Et même si Fantine laissait les choses aller jusqu'au procès, Shal ne serait jamais condamné.

Oh, elle ne se faisait aucune illusion sur le fait que son innocence lui éviterait la prison.

Non, l'argent s'en chargerait très bien.

L'argent laissait libres les coupables, l'argent assurerait certainement la sécurité de son époux.

Wisor se renfrogna et pointa son doigt sur Bob. « Ferme cette porte ! »

Alors que Bob tendait la main vers la porte de la chambre de Shal, la Dre Fish fit irruption depuis une autre salle d'examen. « C'est quoi tous ces cris ? J'ai… Oh mon Dieu. Hal ? Qu'est-ce que vous… »

La porte se referma en claquant. Tremblante de rage, Tesla appuya le front contre le battant. Elle avait très envie de l'ouvrir d'un coup sec, mais cela ne servirait à rien. Lorsqu'elle serait à nouveau en contact avec Fantine, par contre…

Une petite voix étincelante l'interrompit : « Mx Zuraw ? Mx Zuraw ? Tout va bien ? »

Tesla tenait toujours le téléphone d'une main, elle le porta à son oreille en fermant les yeux. « Essayons encore une fois. Pouvez-vous ouvrir mon compte, ouvrir mes contacts d'urgence et entrer le mot de passe "Mécanisme de contrôle Fettig" ?

— Hum… » L'infortuné n'avait probablement jamais eu à répondre à ce genre de question. « Donnez-moi quelques instants.

— Bien sûr. » Tesla resta debout, les yeux fermés, une main agrippée au téléphone, l'autre à la poignée de la porte. À travers, elle entendait des voix, juste assez pour comprendre que la conversation était encore très animée dans le petit couloir. Derrière elle, Shal avait dormi tout ce temps.

« Nous y voilà et… oh mon Dieu ! Vous êtes Tesla Crane ! Désolé, désolé. Je veux dire… que puis-je faire pour vous, Mx Crane ? »

*

Tesla avait posé Gimlet sur le lit de Shal, comme si la chienne possédait une énergie magique de guérisseuse qui le remettrait soudain sur pied. Elle était recroquevillée à ses pieds, sans quitter Tesla des yeux. Elle leva brusquement la tête vers la porte. Premier avertissement.

La voix caverneuse de Bob fut le deuxième avertissement, juste avant que la porte s'ouvre. La montagne humaine s'écarta pour laisser place à un petit individu bleu-noir à la moustache impeccable, fine comme un crayon.

« Mx Crane, je suis vraiment, vraiment désolé – bien qu'il ne s'agisse évidemment pas d'une culpabilité feinte au nom de ma société, mais simplement l'expression de mes regrets personnels pour la détresse que vous avez endurée. » L'incarnation de l'élégance entra dans la pièce et tendit une main admirablement manucurée, avec un seul ongle en or à l'annulaire. « Leigh Osbourne de Monchaux, Lui, à votre service. Fantine, cette chère Fantine, plantera ma tête au bout d'une pique si je ne m'occupe pas de vous au mieux. Et maintenant, dites-moi, comment se porte ce pauvre Mx Steward ? Docteure Fish ? Docteure Fish, venez ici tout de suite, s'il vous plaît, et racontez-moi tout. »

Il avait employé le vrai nom de Tesla, et elle s'en réjouissait, grâce au vaste pouvoir social et aux privilèges qu'il impliquait. Elle aurait dû tomber les masques bien plus tôt. De l'autre côté du petit couloir, la Dre Fish sortit d'une pièce. Ses yeux étaient rouges, comme si elle venait de pleurer, et elle cligna plusieurs fois des paupières avant de répondre. « Bien sûr.

— Bob, j'ai besoin que vous… Oh mon Dieu ! Mais quelle est cette précieuse, précieuse créature ? Bonjour, chérie, bonjour. » Leigh Osbourne de Monchaux contourna Tesla pour offrir ses doigts à Gimlet, qui les flaira, puis les recouvrit de minuscules léchouilles. « Tu prends bien soin de ton humain, j'espère ? Oui, bien sûr. Oui, je vois ça. Merveilleuse infirmière. Un chaperon parfait. Et maintenant, Mx Crane, que puis-je faire pour vous ? »

Ce qu'elle voulait, c'était que Shal se réveille. « J'aimerais consulter un autre médecin pour mon époux. Sur un vaisseau de cette taille, vous devriez en avoir plusieurs. »

La Dre Fish s'arrêta au milieu de la pièce, les joues soudain enflammées. « Pour quelles raisons ?

— Je ne suis pas tenue de justifier mes demandes. » Tesla avait bien conscience d'être odieuse, mais Saikawa n'aurait pas dû mourir et son époux n'aurait pas dû sombrer dans l'inconscience.

La Dre Fish jeta un bref coup d'œil vers la pièce d'où elle venait de sortir, avant de se reprendre. « Je dois m'opposer à cette idée. Si vous tenez à me congédier, très bien, mais pour désigner mon remplaçant, j'ai besoin de savoir pourquoi on me congédie. »

En apparence, cette déclaration n'avait rien de déraisonnable, mais dans un monde où la Dre Fish était complice de la mort de Saikawa, lui laisser la moindre initiative était – au mieux – douteux. Tesla leva le menton. Parfois, il suffit de laisser les autres croire que l'on est un authentique connard, ça fait avancer les choses. « J'ai pour habitude de choisir mes propres médecins. »

La Dre Fish inspira profondément, le visage rougissant davantage. Elle ouvrit la bouche, mais Leigh Osbourne de Monchaux leva ses jolies mains comme pour créer une barrière entre eux deux.

« Allons, allons, allons… Prenons le temps de réfléchir à nos choix.

— Je n'ai pas vraiment eu le choix, justement. Mon époux est inconscient. On m'empêche de contacter mon avo…

— Je suis réveillé. » La voix de Shal était rauque.

Tesla se retourna plus vite qu'elle n'aurait dû, sans se soucier des dégâts qu'elle s'infligeait. Gimlet se leva et jappa, sa queue trapue remuant comme s'il s'agissait d'une nouvelle source d'énergie pour l'univers. L'œil gauche de Shal n'était qu'à peine entrouvert. Le droit était trop enflé pour savoir s'il voyait à travers.

« Shal… » Tesla lui prit la main. « Comment tu te sens ?

— Qui m'a frappé ?

— Le sol, apparemment. » Elle écarta les mèches sur son front, son sens du toucher réduit à la simple pression. Elle ramena le RCPD au niveau où elle pouvait percevoir la chaleur de la peau de Shal, l'enchevêtrement soyeux de ses cheveux qui s'enroulaient entre ses doigts. Sa douleur dorsale lui coupa-t-elle le souffle ? Oui. Cela en valait-il la peine ? Oui, aussi. « Shal, ils prétendent que tu as pris de l'oxyfeldone. »

Il avait de nouveau les yeux fermés, et sa respiration était lente et régulière.

« Shal ?

— Hum ? » Il cligna des paupières, l'œil gauche s'ouvrant un peu trop, alors qu'il semblait se réveiller. « Où est Gimlet ? »

Avant que Tesla ne puisse parler, Gimlet s'était avancée pour lécher le menton de Shal, les oreilles rabattues par l'inquiétude. « Gimlet, doucement. »

Trop tard. Shal grogna lorsque le petit chien lui enfonça une patte dans les côtes.

Tesla écarta Gimlet du lit, la mâchoire serrée à cause de sa colonne vertébrale. Elle coinça la westie sous son bras.

« Il faudrait dégager la pièce, s'il vous plaît. » La Dre Fish tenait un medscan dans une main alors que Bob s'écartait pour la laisser entrer. « Mx Crane, faites sortir le chien, je dois examiner Mx Steward. »

Non seulement Tesla ne s'écarta pas du chemin, mais elle pivota vers Leigh Osbourne de Monchaux. « Dois-je être encore plus claire ? »

La fine moustache de l'avocat se retroussa, alors qu'il fronçait les sourcils. « Compte tenu des circonstances, pourriez-vous laisser la Dre Fish examiner votre époux, jusqu'à ce qu'un de ses collègues la remplace ?

— Est-il dangereux d'attendre ?

— Il a un traumatisme crânien et il a fait une overdose. Oui, c'est dangereux ! » La Dre Fish s'approcha trop près de Tesla. « Ma question est la suivante : pourquoi ne souhaitez-vous pas que je l'examine ? Y a-t-il quelque chose que vous ne voulez pas qu'il me dise ? »

Tesla inspira pour crier, mais une odeur de bourbon lui emplit ses narines. Elle s'arrêta net, inclina la tête et se pencha vers la docteure. Le bourbon lui collait à la peau. Les joues de la femme étaient trop rouges. « Docteure Fish, vous avez bu ? »

Celle-ci parut brièvement choquée, puis furieuse. « Absolument pas. »

Derrière Tesla, Shal protesta : « Est-ce qu'on va enfin me dire ce qui se passe ? Qu'est-ce que je fais ici ?

— La Dre Fish s'est occupée de George Saikawa hier soir. » Tesla observa attentivement la médecin. « J'ai donc demandé que quelqu'un d'autre te soigne. »

Fish recula d'un pas, la tête droite. Elle rougit de plus en plus. « Qu'insinuez-vous ? »

Tesla avait un jour accompagné son père au travail. Il l'avait prise à part, juste avant une réunion concernant un vaisseau spatial défectueux. Il lui avait dit qu'il y avait trois choses importantes à faire quand l'avocat de quelqu'un d'autre se trouvait dans la pièce. Ne jamais s'excuser pour quoi que ce soit, sinon ce serait considéré comme un aveu de culpabilité. Ne jamais jouer cartes sur table. Et ne jamais discuter lorsque votre propre avocat peut se charger du combat. « Elle sent le bourbon. » Tesla s'autorisa un sourire en posant la main sur le lit de Shal, devant Leigh Osbourne de Monchaux. « Dois-je répéter que je veux un autre médecin pour mon époux, ou préférez-vous que Fantine s'en charge ? »

White Lady

45 ML DE GIN
20 ML DE TRIPLE SEC
20 ML DE JUS DE CITRON
1 BLANC D'ŒUF
1 ZESTE DE CITRON

Mettez le blanc d'œuf et le jus de citron dans un shaker. Secouez sans glace pendant dix secondes. Ajoutez le gin, le triple sec et les glaçons. Secouez pendant douze secondes. Filtrez dans un verre à martini. Décorez d'un zeste de citron.

Leigh Osbourne de Monchaux s'était entretenu avec Fantine, cette dernière avait consulté la liste des passagers et en avait déniché un tout prêt à devenir le médecin traitant de Tesla Crane, même à une heure du matin. Le nouveau médecin était un Terrien de petite taille et d'un blanc très anglo-saxon, avec des boucles absurdes et un foulard turquoise flamboyant autour du cou, à mi-chemin entre la cravate et la lavallière.

Leigh Osbourne de Monchaux entra en trombe dans la petite pièce. « Mx Crane ! J'ai parlé au concierge, je vous ai réservé une suite Grand Royal au Yacht-Club.

— Pardon ? On m'avait assuré que le Yacht-Club était complet.

— Dans la section à gravité terrestre, malheureusement, oui. Mais nous avons de la place pour vous dans les sections martienne ou sélénite. »

Tesla échangea un bref regard avec Shal, toute

une conversation silencieuse sur l'immense connerie que cette volte-face révélait. En privé, elle n'avait pas hâte d'être au niveau martien. La gravité était un peu plus douce pour son dos, oui, mais la force de Coriolis qui régnait sur le petit anneau martien était plus prononcée qu'au niveau terrien. Tesla n'aimait pas le mal de l'espace, mais un temps prolongé sous gravité lunaire provoquerait l'allongement de son dos et ce n'était… pas idéal. Cependant, pas question de céder le terrain gagné par Fantine.

« Le niveau martien serait… acceptable. » Tesla quitta son époux des yeux pour se tourner vers l'avocat. « Vous comprenez que cela ne réduira en rien l'ampleur du procès que nous intenterons contre la compagnie de croisière. »

L'homme s'humecta les lèvres et baissa les yeux avec un petit soupir. « Fantine et moi nous connaissons depuis longtemps. Je m'estime heureux de ne pas être avocat d'assises.

— Je l'adore.

— J'imagine, oui. »

Le médecin que Fantine leur avait trouvé ajusta le badge d'identification sur le revers de sa veste. « Il est assez en forme pour quitter l'infirmerie. Mais pas d'alcool pour toute la semaine à venir. C'est clair ? »

Shal s'agrippa à la barre du lit pour se hisser à la verticale en grimaçant. « Compris. » Son autre bras entoura sa poitrine comme s'il essayait de la maintenir.

« Et ses côtes ? Que peut-on faire ? » Tesla posa la main sur le dos de Shal, là où sa blouse d'hôpital s'était ouverte.

« À part des antidouleurs, c'est surtout une affaire de temps, j'en ai peur. Et je ne peux pas tout contrôler. » Le médecin se retourna et gagna l'armoire à pharmacie fixée au mur, mais il hésita, puis jeta un coup d'œil à la Dre Fish. « Désolé, vous avez des bandages nanogènes ? »

Elle croisa les bras et le regarda fixement.

« C'est juste que l'électricité générée par les bandages devrait accélérer la guérison…

— Je sais comment fonctionnent les bandages nanogènes. » Elle se tourna vers l'extérieur de la pièce, où Leigh Osbourne de Monchaux battait ses longs cils luxuriants, comme s'il était le plus grand des dragueurs ou qu'il consultait une centaine de menus virtuels différents. Vu la forme de sa mâchoire, c'était sans doute la deuxième option. « Leigh, vous préférez qu'on nous poursuive pour avoir refusé un traitement médical ou pour ne pas avoir empêché un suraccident en libérant le patient trop tôt ? »

L'avocat du vaisseau cligna des paupières une fois, puis la fixa de ses yeux clairs. « Ni l'un ni l'autre. Ma collègue a accepté de signer une décharge confiant Mx Steward aux soins de son médecin personnel.

— Non. » La Dre Fish renifla. « Même si l'overdose est traitée, il reste encore de l'oxyfeldone dans son organisme. Je ne consens absolument pas à ce qu'il soit remis à son "médecin personnel". »

Tesla pinça les lèvres. « Votre consentement n'est pas nécessaire. » Elle déposa Gimlet au sol, le dos droit, puis caressa la laisse de la chienne comme s'il s'agissait d'un document juridique.

La docteure Fish tapota le badge de communication fixé sur sa poitrine. « Sécurité, Fish.

— Ici le chef de la sécurité Wisor. » Sa réponse fut si rapide qu'on aurait dit qu'il avait attendu l'appel… ou qu'il avait écouté toute la conversation.

« Chef Wisor, je crains que Mx Steward ne soit suicidaire et…

— Oh, pitié…

— … on ne devrait pas le laisser sans surveillance…

— Mon époux n'est pas…

— … et encore moins le renvoyer dans une chambre avec un accès facile à… »

Gimlet aboya sur la Dre Fish, donnant de la voix en signe de protestation, tout comme Tesla et Shal.

« Pas question que je…

— Silence ! » La voix de Leigh Osbourne de Monchaux domina le vacarme avec une force impressionnante. Sa grâce flamboyante dissimulait une couche d'acier trempé. Il lança à Tesla un regard apaisant qui montrait clairement pourquoi Fantine l'appréciait. « Docteure Fish, dois-je comprendre que vous suggérez que Mx Steward a délibérément tenté de mettre fin à ses jours ?

— C'est exact. » Elle avait le menton haut, le visage empourpré par le triomphe.

« Docteur… » Tesla se tourna vers le médecin que Fantine avait engagé pour eux.

Il paraissait peiné. « Je veux dire, à mon avis, il est en parfaite santé, mais…

— Mais vous n'avez aucune autorité sur ce vaisseau. » Les narines de la Dre Fish s'enflammèrent alors qu'elle lui coupait la parole. « Si j'estime qu'un passager représente un risque pour lui-même ou pour les autres, la compagnie de croisière prend ça très, très au sérieux. Alors oui, mon consentement est nécessaire. »

La voix de Wisor, diffusée par le haut-parleur sur sa poitrine, dégoulina d'une satisfaction arrogante. « Le suicide n'est pas rare chez les personnes soupçonnées de meurtre. Eh bien, dans ce cas… Il semble que nous n'ayons pas d'autre choix que de le retenir à l'infirmerie. Pour son propre bien, évidemment. »

*

Les heures passées à essayer de dormir sur une chaise au chevet de Shal avaient mis le dos de Tesla dans un tel état qu'elle avait à nouveau contourné les sécurités. Il l'avait chassée, et ce foutu « médecin personnel » l'avait soutenu. Même Gimlet semblait avoir choisi son camp, tirant presque son humaine hors de la pièce. Le temps d'atteindre sa nouvelle cabine, Tesla était entourée d'une foule de membres de l'équipage du vaisseau qui essayaient tous « d'arranger les choses ».

Ce qui arrangerait les choses, c'était de rester avec Shal. La rage lui secouait encore les veines et faisait vibrer ses articulations.

Derrière elle, Leigh Osbourne de Monchaux se contenta de mots vides de sens. « Bien évidemment, j'en parlerai à mes supérieurs quand je rentrerai au siège, mais je ne peux pas faire grand-chose. S'il a identifié un risque de suicide, le chef Wisor a l'obligation morale de retenir votre époux pour évaluation. »

Avec un éclat de rire amer, Tesla s'arrêta devant la nouvelle cabine, manquant perdre l'équilibre entre la gravité réduite de cet anneau centrifuge et le fait qu'elle ne sente plus ses pieds. Gimlet la regarda avec une inquiétude de chien. Tesla accepta le conseil, puis inspira tranquillement, imaginant la lumière dorée du soleil l'inonder. Face à l'avocat, elle feignit le calme. « L'"obligation morale" désigne bien des choses, mais enfermer mon époux contre son gré n'en fait pas partie. Pourquoi ne pas demander à Fantine son opinion sur cette obligation morale ? »

La peau sombre de Leigh Osbourne de Monchaux devint cendreuse, et il battit des cils. « Je vous assure que j'ai informé Fantine de tous ces nouveaux développements.

— Et pourtant, je n'ai toujours pas de connexion au réseau. Je suppose que Fantine vous en a parlé. Voilà ce qui va se passer maintenant. Je vais rentrer dans cette cabine. Je vais me préparer un cocktail. Quand j'aurai fini de le boire, si je n'ai toujours pas accès au réseau, je demanderai à Fantine d'ajouter ça à la liste des plaintes dès notre arrivée sur Mars. » Tesla n'avait pu leur arracher qu'une seule concession : le médecin personnel de Shal s'occuperait de lui. Mais le vaisseau insistait toujours sur une période d'observation d'au moins vingt-quatre heures. « Bonne journée. »

Tesla tourna le dos à la horde qui s'agitait, sentant le vaisseau tourbillonner autour d'elle, puis découvrit sa nouvelle suite. Elle faillit fermer la porte par habitude, mais se rattrapa avant de le faire. Derrière le voile de colère, une petite voix dans son crâne protesta soudain. Elle n'avait aucune garantie qu'on ne l'enfermerait pas dans sa cabine.

Elle tourna le verrou pour empêcher la porte de se refermer complètement, puis la laissa pivoter doucement, entrouverte d'un demi-centimètre. Elle soupira, puis s'agenouilla pour détacher Gimlet. À ce niveau, le sol était légèrement – mais visiblement – incurvé, de sorte que les forces centrifuges tiraient « vers le bas », où que l'on se trouve. Dans la section terrienne, l'anneau était plus grand et les architectes parvenaient à masquer la courbure au niveau des portes.

Une fois la chienne libérée, elle s'élança à l'intérieur, bondissant sur le sol comme une gazelle pour mieux explorer la suite. La première pièce. Le salon, avec ses canapés, ses chaises, son bar et son plafond voûté éclairé par la Voie lactée. Au-delà, il y avait d'autres pièces, une baignoire bassin et de véritables draps en coton égyptien, cultivés dans des champs irrigués, puis importés d'un puits de gravité pour le plus grand plaisir de Tesla. Elle laissa Gimlet flairer à peu près tout, puis ôta ses chaussures, plongeant ses orteils dans l'épaisse moquette crème. De la pression, aucune texture. Les yeux fermés, elle soupira, puis vérifia les paramètres de son RCPD.

Elle ne voulait pas le descendre dans la plage de performance standard. Gémissant d'effroi, Tesla baissa le RCPD d'un cran. Une douleur sourde, comme une ancienne ecchymose, parut colorer la pièce de violet et de vert. Cela correspondait à son état général. Il était six heures du matin et la fatigue lui meurtrissait le cerveau.

Derrière le bar, sur le mur, une icône de messagerie apparut en carillonnant doucement. L'ATH clignota simultanément dans son champ de vision.

Connexion en cours…

Tout en s'ébrouant, Tesla attrapa le gin Lunacy Botanical qu'ils avaient acheté sur la Lune et versa 6 ml dans le pichet à cocktail. On ne l'aurait toujours pas reconnectée si de coûteuses menaces n'avaient accompagné ses demandes. Bordel de merde ! En vérité, elle ferait mieux d'appeler Fantine avant de finir de préparer son cocktail, mais peut-être fallait-il d'abord écouter ses messages, au cas où ils contiendraient quelque chose d'important. Heureusement, avec un délai de trois minutes pour les appels – non, une seconde.

Voyager sous poussée constante signifiait que dans les presque vingt-quatre heures écoulées depuis leur dernier appel, le délai aller-retour était maintenant d'environ six minutes. C'était parfait. Cela signifiait qu'elle pouvait appeler Fantine, se préparer un cocktail et écouter ses messages. Tesla activa le numéro d'urgence de Fantine en s'humectant les lèvres.

« *Lindgren*, passe-moi les messages. »

::Nouveau message.:: Le visage de Fantine apparut sur l'écran mural, au-dessus d'un morceau de tissu crocheté rouge vif. « On a été coupés. Rappelle-moi dès que tu seras reconnectée et je finirai de remplacer les parties honteuses de ce bouffon par le contenu de mon recycleur. »

Dans la catégorie utile, mais ennuyeux, et malgré l'insistance de Shal pour qu'on le laisse remballer ses propres affaires, l'équipage avait déménagé leurs bagages pour eux. La compagnie de croisière se montrait réactive alors que Tesla ne le souhaitait plus. Voilà ce qui ressortait de leur soudaine prise de conscience qu'ils n'avaient pas simplement cogné un passager lambda, mais le tout récent conjoint de Tesla Crane.

Ils semblaient tout de même avoir pris soin de tout ranger dans la même configuration qu'à l'étage inférieur. Le vermouth Dolin Blanc était dans la glacière, ce qu'ils n'avaient fait que dans la suite junior, parce que le minibar était trop petit pour accueillir plusieurs bouteilles.

::Nouveau message.:: « Ça fait une heure. J'attends toujours. Si ce n'est pas un soudain pic d'activité des taches solaires ou un problème technique quelconque, je vais frapper quelqu'un avec un aiglefin. »

Tesla ajouta 3 ml de vermouth.

::Nouveau message.:: Le crochet était abandonné, poussé sur le côté du bureau dans une débauche de fils emmêlés, et Fantine consultait un tas de vrai papier avec ses lunettes de lecture. « Jésus, Marie, Joseph ! Encore cette saloperie de messagerie… »

::Nouveau message.:: Sur l'écran mural, le tissu crocheté semblait plus long. « Bon Dieu de merde… et voilà, encore un juron à ajouter à ma longue liste de péchés. Tu cherches à m'embrouiller avec mon prêtre ? Je commence à m'inquiéter, et ce n'est jamais très bon signe, chez moi. Zéro contact depuis trois heures ? D'après le vaisseau, le système est en parfait état, alors pourquoi diable ne puis-je joindre aucun d'entre vous ? Le standard dit que vos applis sont programmées pour rediriger tous les appels sur la messagerie vocale. Sérieusement ? Appelle-moi quand vous aurez fini de baiser.

— Si seulement… » Tesla ajouta un trait d'amer à l'orange dans le shaker, alors que l'image se modifiait encore.

::Nouveau message.:: Le crochet occupait désormais la majeure partie de la table, comme si Fantine l'avait inondée de sang. « Si cette vessie ambulante à tête de scarabée m'empêche de vous parler, elle peut déjà se considérer comme morte, poignardée, plantée dans l'oreille par une hampe de flèche émoussée. Et si tu ne me rappelles pas, je ressuscite ton père et il sera très, très déçu par toi. Appelle. Moi. »

Tesla mit des glaçons dans le pichet.

::Nouveau message.:: Pendant toute sa diatribe, Fantine fit les cent pas en enchaînant les jurons pendant les quarante secondes qu'il fallut pour remuer le martini. Très impressionnant. Même pour Tesla, qui la connaissait depuis plusieurs décennies. Oui, elle aurait clairement des embrouilles avec son prêtre.

::Nouveau message.:: Fantine occupait à nouveau son bureau, penchée en avant. « Écoute-moi, si tu reçois ces messages, mais que ce fumier de chef de la sécurité t'empêche d'appeler, contacte Leigh Osbourne de Monchaux, du service juridique. Ne fais pas trop confiance à cette tête de pine vaniteuse pour t'accompagner plus loin que le sas le plus proche, mais il saura au moins ce qui se passe si on vous tient à l'écart de votre avocate. De plus, je suis à court de fil, et il en faut beaucoup pour crocheter tout un système circulatoire. » Ses dents de requin disparurent un instant et Fantine se pencha vers la caméra. « Sérieusement, je suis inquiète. Je suis très inquiète. »

Au cours de toutes ses années de collaboration avec Fantine, Tesla avait vu cette expression d'inquiétude sincère exactement trois fois : à neuf ans, quand elle s'était accidentellement blessée avec un fer à souder ; quand Fantine avait dû lui lire le testament de son père ; et quand Tesla s'était réveillée à l'hôpital après l'Accident et que Fantine avait été la seule à pouvoir lui dire que toutes les personnes qui se trouvaient avec elle dans le labo du SPAM étaient mortes. Après s'être emparée du verre, Tesla écouta à moitié le message suivant.

.:Nouveau message.:. « Bien. J'ai appelé directement Leigh, je te le facture, on l'inclura dans les frais généraux quand on poursuivra ces bâtards. Voilà le deal : il dit que mes messages sont tous renvoyés dans votre cabine et qu'il n'y a aucun blocage de réseau. Je vous ai trouvé un médecin de luxe et pas un merci ? Leigh me jure que vous n'êtes pas enfermés ailleurs, alors… où en sommes-nous ? Je dois…

« TESLA MACKINSEY CRANE, AS-TU LA MOINDRE IDÉE DU STRESS QUE TU M'AS FAIT SUBIR ?! Et en plus tu t'envoies un putain de cocktail alors que je me suis tellement rongé les sangs que je pourrais le vendre comme technique de rajeunissement cutané pour les plus cons des super-riches ? »

Tesla leva les yeux vers l'écran. Fantine était debout, penchée au-dessus de son bureau, un crochet à la main, brandi comme une arme. Après avoir levé son verre, Tesla s'efforça d'afficher un air guilleret. « Désolée, très chère, mais tous ces affreux nous ont bel et bien déconnectés à cause de la soi-disant implication de Shal. »

Six minutes plus tard, Fantine s'effondra dans son fauteuil. « Bon, tu connais la chanson, alors parle en même temps que moi. J'ai fait quelques recherches en t'attendant. Voici ce que j'ai appris d'intéressant.

Premièrement, Haldan Kuznetsova ne part pas en vacances sur Mars. Il déménage…

— Ça me fait plaisir de te voir, aussi. » Tesla salua l'écran avec son verre. « Il y a pas mal de nouvelles. Ils ont placé Shal sous surveillance, parce qu'ils prétendent qu'il a tenté de se suicider à l'oxyfeldone, un médicament pour lequel aucun de nous n'a d'ordonnance, je précise. Du moins… moi, je n'en ai pas.

— Deuxièmement. George Saikawa a liquidé tous ses biens avant d'embarquer.

— Intéressant, pour Saikawa. J'ai découvert qu'un serveur avait peut-être une dent contre elle. » Tesla but une gorgée de son martini… et la recracha, le souffle court. « Oh merde ! »

Gimlet arriva en courant. De son pied nu, Tesla l'empêcha de flairer les éclaboussures.

« Elle a tout réinvesti dans plusieurs sociétés martiennes, dont je soupçonne la plupart d'être des sociétés écrans appartenant à Kuznetsova.

— Fantine, nous avons un problème. » Tesla pivota pour saisir la bouteille de gin Lunacy ; la combinaison du mouvement et de la force de Coriolis manqua la faire basculer. Des éclairs de souffrance crépitèrent le long de sa colonne vertébrale, elle dut s'arc-bouter sur le plan de travail, le temps que la douleur s'estompe. Lentement, elle se redressa, puis renifla la bouteille. Le bouquet du gin n'était pas du tout le bon. « Fantine. Ce n'est pas notre gin. »

Choke Artist

2 CUILLÈRES À CAFÉ (ENVIRON) D'AMER À L'ORANGE
30 ML DE TEQUILA ANEJO
30 ML DE CYNAR
15 ML DE SHERRY SEC
1 ZESTE D'ORANGE

Rincez un verre à pied avec l'amer à l'orange. Remuez les autres ingrédients à la cuillère avec des glaçons pendant quarante secondes. Filtrez dans le verre. Décorez d'un zeste d'orange.

Debout devant l'imprimante de la suite, Tesla dansait d'un pied sur l'autre. Quelle dérision. Les personnes les moins enclines à manger de la nourriture imprimée occupaient généralement le seul type de cabine équipé d'une imprimante. L'ironie de la situation ne lui échappait pas. Mais la compagnie de croisière ne pouvait pas faire confiance aux masses, bien sûr, elles risquaient de trop imprimer. Tesla soupira. Elle tenait une pince multiple dans sa paume moite. Elle avait dû enfermer Gimlet dans la chambre, parce que la petite chienne ne cessait de lancer des alertes de type «crise de panique imminente». Mais Tesla allait très bien.

Elle jeta un coup d'œil à Fantine. «Quand on en aura terminé, j'enverrai un message à Leigh Osbourne de Monchaux pour lui réclamer la liste des personnes qui ont eu accès à notre cabine. Oh, à ce propos, peux-tu leur demander de débloquer mon compte? Il m'est impossible de laisser un pourboire aux employés, c'est très impoli.»

La partie technique de son cerveau s'était réveillée. Le reste souffrait d'un violent manque de sommeil, ce qui n'aidait pas la partie paresseuse de son cerveau, celle qui avait sept ans de retard. Tesla savait – en théorie – qu'une imprimante à matière devait également être équipée d'un scanner pour fonctionner. On pouvait – en théorie, toujours – le trafiquer pour le faire restituer une numérisation détaillée de n'importe quel objet placé dans le tiroir, même si elle n'était pas techniquement censée le faire.

« Oui, je vais t'envoyer la liste complète des passagers. » Fantine semblait prête à passer à travers la caméra. « Je me demande bien pourquoi ils ne vous ont toujours pas convoqués pour identifier celui avec lequel Saikawa se disputait, mais ces crétins binaires se contentent de Shal et jamais ils n'iront chercher plus loin. D'accord. Ce qu'il me faut, c'est le nom des personnes qui ont eu accès à votre cabine. Et garde-moi cette bouteille. Tu es certaine que ce n'est pas ton gin habituel ? »

Tesla sourit face au décalage de la conversation, tout en faisant tourner la pince entre ses doigts. « Je pense qu'on l'a remplacé par un gin de base. Mais peut-être la drogue fausse-t-elle son goût. Peux-tu continuer à enregistrer pendant que je travaille là-dessus ? Je suis presque sûre qu'on nous observe, et je veux qu'un enregistrement contradictoire soit stocké hors du vaisseau. » Tesla saurait effectuer cette modification. Il n'y avait aucun danger, ici. Elle ne commettrait aucune erreur susceptible de tuer quelqu'un. Sauf elle, bien sûr, mais ça ne comptait pas. Son cœur semblait s'être enroulé autour de ses poumons, lui brisant le souffle à chaque battement.

Tesla déglutit, puis tira une chaise devant l'imprimante et s'installa.

« Et maintenant, parlons de ta sécurité physique, car ta sécurité juridique ne me préoccupe pas le moins du monde. Nous écrabouillerons ces misérables cendriers dans un procès qui comprimera tellement ces résidus de charbon qu'on en fera des diamants, toute une parure de joyaux de la couronne, et ça, c'est seulement un amuse-gueule. Je veux que vous restiez dans votre cabine jusqu'à la fin de la croisière – toi et ton "c'est ma lune de miel, je peux y aller toute seule". Je t'avais dit que c'était une très mauvaise idée, oui ou non ?

— Tu l'as dit, oui… Mais mon problème, ce n'était pas qu'on me reconnaisse. Et puis… tu veux me confiner, c'est ça ? » Tesla serra les dents, puis activa le bouton d'alimentation sans fil pour déconnecter la machine de l'arrivée d'air. Rien de tout cela n'était compliqué. « Je veux être avec Shal. Je ne leur fais pas confiance. Puisque tu as mis la main sur la liste qui nous a permis d'obtenir ce médecin, peux-tu voir s'il y a des roboticiens ? Je me dis que ce n'est pas forcément quelqu'un qui aurait un accès direct à la cabine.

— Et puis il y a ta promesse de demander à Leigh de… » Fantine prit note et fronça les sourcils. « En fait, je lui demanderai moi aussi la liste des personnes qui ont l'accès. Il nous fournira probablement le même document copié-collé, mais je solliciterai un enquêteur de l'Agence Commerciale du Système Solaire que je connais. On verra si ça modifie sa réponse. Qu'est-ce que tu veux dire par "je ne peux pas laisser de pourboire" ? Pourquoi, au nom des strings sales de saint Jérôme, ton compte est-il bloqué ? Bon, je m'en occupe. À ce propos... tu es allée assez loin dans l'écoute de mes messages pour entendre que j'avais saisi le procureur et déposé une plainte formelle en ton nom ?

— Ça a dû m'échapper. » Tesla avait pratiquement oublié que Fantine était parfaitement capable de faire ce tour de passe-passe si elle ne parvenait pas à la joindre pendant trop longtemps. « Et qu'est-ce qu'on t'a dit ? »

En saisissant la pince multiple, elle savait qu'elle cherchait à gagner du temps. Ravalant l'acide amer qui montait du fond de sa gorge, Tesla arracha le couvercle de l'imprimante.

« Dernier point de l'ordre du jour – que j'ai eu tout le loisir de rédiger le temps que ces fainéants cessent d'entraver nos communications –, je ne veux pas, je répète, je ne veux pas ! que toi ou Shal enquêtiez sur cette affaire de votre côté. Je sais que ce sera très tentant pour vous deux, mais vous allez tout embrouiller et je n'ai pas besoin de ça.

— Alors, tu vas adorer ce que je fais quand le signal t'atteindra. » Tesla jeta un coup d'œil dans les entrailles de la machine en grimaçant. Avant, elle était capable de comprendre la conception d'un objet rien qu'en le regardant. Oh, bien sûr, elle reconnaissait encore quelques pièces, comme ce processeur Serum 509v, dont ils se servaient aussi chez Crane Industries. Mais il y a une différence entre valider des pièces pendant une réunion et se salir les mains. « *Lindgren*, ouvre-moi les schémas d'un... Matter-Master série 630 ?

— Enregistrer pendant que tu travailles sur quoi ? » Fantine jeta un coup d'œil à l'écran, puis à sa mare sanglante en crochet. « Écoute, j'ai juste assez de fil au bureau pour le dos de cette robe, parce que je n'avais pas l'intention d'y passer la nuit, et je ne m'attendais pas à ce que cette bande de homards mammaliens soit aussi incompétente – et mes exigences n'étaient pas très élevées, franchement.

— Ah ! Donc les “homards mammaliens”, ça vient bien de toi ! Qu'est-ce que ça veut dire ? »

Sur un autre mur, les schémas s'estompaient derrière des couches actives, prêtes à être retirées virtuellement. C'était plus compréhensible ainsi et ça aidait Tesla à faire correspondre les composants physiques et sa compréhension conceptuelle. Cela faisait sept ans qu'elle n'avait rien conçu. Elle gardait ses connaissances suffisamment à jour pour pouvoir procéder aux validations finales, mais… ce n'était pas la même chose.

« Et même si ton déguisement fonctionne depuis quatre jours, ce n'est pas une bonne idée de voyager sans garde du corps. Il s'agit d'un transit de douze jours. Un vaisseau qui tomberait en panne quatre jours après le début d'un transit de douze jours, ce serait catastrophique et ça ferait tache d'huile. Et même avec un taux de réussite de quatre-vingt-dix-neuf pour cent, on peut toujours s'écraser à l'atteri… » Elle s'interrompit, soudain très pâle. « Désolée, je n'aurais pas dû. »

Tesla n'aurait pas associé son accident à cette analogie, mais sinon oui, techniquement un laboratoire qui se désorbite, c'est bien un atterrissage en catastrophe.

Fantine se racla la gorge. « Ce que je veux dire, c'est que tu as raison, notre priorité absolue reste de faire sortir Shal et de le garder avec toi. Ensuite, je souhaite que vous acceptiez tous les deux votre assignation à résidence – et oui, je sais, mais je pense que c'est plus sûr. Attends, un roboticien ? Qu'est-ce que tu ne comprends pas quand je te dis de ne pas enquêter ? »

Tesla grimaça, examinant les couches pour repérer le scanner. D'habitude, elle était douée pour ça.

« Qu'est-ce qu'ils ont dit… par la peau ensanglantée de Bartholomé, j'ai perdu le fil de la conversation. Redis-moi ça, mais avec plus de détails cette fois… Et sur quoi tu travailles, bon sang ? » Fantine se pencha vers l'écran, puis fit un mouvement comme pour agrandir l'image de son côté. « Je te dirais bien d'essayer de ne rien casser, mais saccager ta cabine, voilà au moins un problème dont tu peux te tirer en rachetant les… Oh, bordel de calculs rénaux infectés. MatterMaster. Tesla, attends, c'est l'une des entreprises de Kuznetsova… »

En pliant les doigts, Tesla fixa le MatterMaster. La société appartenait à Kuznetsova, et alors, quelle différence ? Elle-même possédait beaucoup d'entreprises, mais elle ne s'impliquait pas au quotidien dans leur fonctionnement, à part quelques-unes.

« Qu'on cogne ma vieille tête vérolée à coups de tablette et qu'on me poignarde avec des stylets émoussés… » Fantine se pencha en avant, puis se prit le visage entre les mains. « Les sociétés écrans de Kuznetsova dans lesquelles Saikawa a investi avant de quitter la Lune… J'aurais dû recouper ça. MatterMaster fait partie de Universal Mechanics qui appartient à Kuznetsova, qui possède également Imperial System Ships… qui possède le *Lindgren.* »

Ad Lib

75 ML D'EAU PÉTILLANTE
30 ML DE SIROP SIMPLE
30 ML DE JUS DE CITRON
4 BRINS DE CORIANDRE

Mettez la coriandre dans un shaker. Ajoutez le jus de citron et le sirop. Secouez. Filtrez dans une coupe. Complétez avec l'eau gazeuse bien fraîche.

Le mode étalonnage de l'imprimante à matière était enclenché pour activer la numérisation. Tesla avait aligné les scanners hémisoïdaux. Elle avait confectionné un câble de fortune pour se brancher sur le port de programmation de son ordinateur de poche afin de mettre à jour le firmware. Son alliance ferait un excellent objet d'étalonnage. Et Tesla avait aussi modifié toutes les têtes de capteur qu'elle avait pu trouver.

Il ne lui restait plus qu'à appuyer sur « Marche ».

Elle avait les paumes moites, et des picotements lui obstruaient la gorge. Les muscles qui reliaient sa colonne vertébrale à sa nuque étaient tendus. Ils crépitèrent quand elle tourna la tête.

Appuyer sur « Marche ». Voilà tout ce qu'elle avait à faire.

Elle avait dû maintenir le RCPD à un niveau assez bas pour avoir une bonne sensation dans les mains pendant qu'elle bricolait. Et la posture pénible qu'elle avait adoptée pour câbler dans des conditions à peine correctes n'avait pas fait plaisir à son dos.

Il ne lui restait plus qu'à appuyer sur « Marche ».

Fantine découvrirait tout cela dans environ six minutes, et elle aurait une très bonne idée de la raison pour laquelle Tesla prenait son temps. Peut-être n'aurait-elle pas dû enfermer Gimlet dans l'autre pièce. Tout en se frottant les mains sur les cuisses, Tesla regarda le plafond. « *Lindgren*, libère la chienne. »

La serrure électronique de la porte de la chambre se déverrouilla et Gimlet en sortit d'un bond. Elle fit toute une série de petits sauts vers Tesla, avant d'atterrir à ses pieds dans un gémissement. Gimlet ajouta un léger coup de museau dans le mollet de son humaine. Ses yeux brillants se levèrent et la chienne se pencha en avant pour appuyer la tête contre la jambe de Tesla.

Cette dernière s'humecta les lèvres, puis leva la main et la replaça sur ses genoux.

Gimlet posa sa patte sur la main de Tesla, avant de se blottir un peu plus fort contre elle. Sa petite tête fit comme une tache de chaleur sur le tibia de Tesla. Elle respira lentement, luttant pour se calmer. Sur l'écran, Fantine fronçait les sourcils en faisant du crochet. De temps en temps, elle levait les yeux pour regarder Tesla.

Tesla déglutit à nouveau, puis se tourna vers Gimlet. « Je crois que c'est la première chose que je modifie depuis l'Accident. »

Gimlet se blottit contre elle, tâchant de faire son travail et de maintenir la concentration de Tesla.

« D'accord… » Elle posa une main sur la tête de la petite chienne. De l'autre, elle appuya sur le bouton « Marche ».

La machine vrombit. Ni étincelles ni fumée. Elle fit simplement ce qu'elle était censée faire, déplaçant une paire de bras autour de l'objet à calibrer. Quand les bras cessèrent de bouger, l'ordinateur de Tesla émit un signal sonore et s'alluma.

Elle déchiffra le résultat et manqua s'effondrer sur la table en pleurant de soulagement. Le système avait fonctionné comme prévu. Tesla avait craint en partie que tout explose, même si la machine ne contenait pas le moindre explosif.

La pièce était trop chaude. Elle s'essuya les paumes sur les cuisses, puis remplaça son alliance par le gin. « Montre-moi ce que tu sais faire… » Sur l'écran, Fantine parlait depuis le passé. « Hé… ça va aller. Si tu as besoin que je t'engueule, dis-le-moi, mais ça va aller.

— Je sais. » Elle enfila l'alliance, son poids lui rappelant la présence de Shal, puis démarra la machine.

« Hacker une imprimante à matière est à peu près aussi éloigné de l'Accident que… »

Tesla se leva trop vite de sa chaise et la force de Coriolis du petit niveau martien la fit chanceler un court instant. En grimaçant, elle se rattrapa au plan de travail, puis poussa sur ses mains pour gagner l'autre pièce, laissant Fantine parler derrière elle. Gimlet la suivit en trottinant. Elle scrutait son humaine comme si la regarder était la tâche la plus importante de l'univers. Tesla entra dans la salle de bains et s'offrit un verre d'eau. Elle s'aspergea le visage, puis s'appuya sur le lavabo, prête à vomir.

Dans l'autre pièce, son ordinateur émit un bip.

Elle s'agrippa encore un moment au rebord de l'évier, puis retourna dans la pièce principale. À ses côtés, Gimlet se hâtait du pas rapide et décidé d'un chien qui n'en fait qu'à sa tête.

« … déclenche pas mal de trucs, mais j'ai les moyens de trouver un psy ou quelque chose comme ça, si tu as besoin de parler à quelqu'un… Oh. Oui. Bravo, tu as réussi à faire fonctionner ce truc. Où vas-tu ?

— Je me rafraîchissais le visage. » Tesla regarda l'écran, avec un absurde sentiment de triomphe. « Le profil correspond au gin Beefeater, que le vaisseau utilise pour les cocktails à bas prix. Un gin parfaitement sain, mais sans commune mesure avec le Lunacy. Shal va être furieux. »

*

Allongée sur le flanc, dans le grand lit martien, Tesla laissait son acubot ramper sur elle. À ses pieds, Gimlet formait un paquet chaud, sa sieste à peine troublée par de petits soupirs de contentement. Tesla avait réglé le RCPD au minimum pour mieux suivre ce que faisait l'acubot. Les crampes qui lui ceinturaient le torse la forçaient à serrer les dents. Elle ouvrit la bouche, fit jouer sa mâchoire pour tenter de la détendre. Et malgré la douleur, elle respira lentement, imaginant la lumière dorée du soleil lui baigner le corps.

Ce serait temporaire. Et ça en vaudrait la peine. L'acubot était une merveille octopoïde compacte utilisant l'élasticité de huit petits esprits indépendants pour guider chaque patte-aiguille, tout en coordonnant le traitement avec un noyau central.

Lorsque la légère piqûre des aiguilles se fit sentir, Tesla fléchit les doigts sur le drap en coton, respira profondément, puis ignora la douleur en attendant que l'acupuncture fasse effet. La plupart du temps, cette pratique était l'occasion de faire une sieste.

Ce matin, les images du couloir ne cessaient de lui trotter dans la tête. Tesla soupira, puis ouvrit le registre des passagers que Fantine lui avait obtenu, avant d'afficher sur son ATH des photos de personnes originaires de la Terre, de plateformes en orbite terrestre basse, de Mars, de plateformes en orbite lunaire basse et de cités des nuages vénusiens.

Shal devrait faire la même chose. Il disait toujours que la plupart des victimes d'assassinat étaient tuées par quelqu'un de leur entourage immédiat. Alors, qui connaissait Saikawa ? Haldan Kuznetsova, clairement. Le magicien, Nile Silver. Le passager chauve.

Haldan avait mentionné qu'il ne connaissait personne à bord, mais George semblait avoir au moins rencontré d'autres personnes. Tesla parcourut le registre jusqu'à l'entrée George Saikawa.

Apparemment, Saikawa logeait aux suites Grand Royal, dans la cabine voisine de la leur. Détail intéressant… George avait un code « groupe », signalant qu'elle voyageait avec un groupe plus important – mais pas Haldan. Intéressant, oui, mais Tesla ignorait ce que ça impliquait.

« Les données ne valent pas plus que nos questions… » Elle contempla le code du groupe. « Très bien, Gimlet. Qui d'autre fait partie de ce groupe ? Parce que tous ces gens connaissent George. »

Tesla lança ensuite une recherche sur le code du groupe associé au compte de George, ce qui lui donna sept autres passagers.

– Mahjabin Burke-Gafney (Elle);
– Annie Smith (Elle);
– Jalna Smith (Elle);
– Thersilochus Pilger (Iel);
– Barry Fagin (Lui);
– Michele Berdinis (Elle);
– Deston Koeben (Iel).

Huit personnes au total. Les suites Grand Royal du niveau terrien proposaient huit cabines, Shal et Tesla en occupaient une. Elle recoupa le groupe d'individus avec les cabines, et dans cette nouvelle liste, seuls George, Annie Smith et Jalna Smith séjournaient dans les suites Grand Royal.

Leurs cabines se trouvaient en enfilade après celles de Kuznetsova et de Tesla.

Elle ouvrit le dossier d'Annie Smith, Elle, et reconnut aussitôt la photo. C'était la passagère – courbes arrondies, pantalon chartreuse taille basse – qui l'avait précédée au karaoké. Une femme blanche d'un certain âge, au visage trop lisse, comme si elle s'était lancée dans d'excessifs traitements cutanés microdermiques collegoïdaux.

Et le même soir, cette femme s'était également trouvée dans le couloir, après le meurtre de George Saikawa.

Tesla congédia l'acubot pour sortir du lit. Alors que les aiguilles se retiraient de sa peau, comme autant de petites piques, elle passa en revue toutes les informations contenues dans le registre.

Jalna, la compagne d'Annie Smith, était très mince, avec tout un réseau de rides bordant une peau sombre sous une chevelure rose vif, rappelant un coucher de soleil. Si Tesla l'avait vue près de Saikawa l'avant-veille, elle s'en serait souvenu. Elle était peut-être au bar karaoké, mais certainement pas dans le couloir.

Était-ce pour elles, ce fameux steak livré par erreur?

Tesla réactiva son RCPD et se redressa avec précaution. Gimlet leva la tête, observant l'acubot qui se rangeait tout seul dans son logement. Tesla avait toujours envie de se relever d'un coup quand elle se sentait mieux, mais c'était le meilleur moyen de s'assurer que ce soudain bien-être n'allait pas durer. Après avoir enfilé un débardeur en soie vert foncé et un pantalon souple en coton marron, elle se dirigea vers le bureau de la suite, Gimlet sur les talons.

Elle s'installa dans le fauteuil, puis sortit une feuille du nécessaire à écriture d'un luxe imbécile. La plume de son stylo glissa sur le papier alors qu'elle inscrivait les noms d'Annie et de Jalna.

C'était très vieille école. Très, très vieille école. Archaïque, même. Voilà pourquoi Tesla écrivait sur du vrai papier. Sa grand-mère lui avait toujours dit que la seule chose que personne ne pouvait pirater, c'était un simple bout de papier. Certes, on pouvait le voler, mais seulement si on le conservait dans un endroit accessible.

Et puis il fallait pouvoir le lire, voilà pourquoi elle écrivait en cursive.

Ce ne serait pas une véritable enquête sur un assassinat si elle se contentait de faire des listes, n'est-ce pas?

– Corps dans le recycleur.
– George Saikawa dans le couloir.

Elle tapota son stylo sur la page. Impossible de savoir qui avait balancé le corps, mais elle avait croisé des gens dans le couloir, le soir de la mort de George Saikawa.

– La Dre Fish ;
– Candy, infirmière ;
– Annie Smith, passagère.

Et puis il y avait ces personnes que George semblait connaître :

– Haldan Kuznetsova ;
– Nile Silver, magicien ;
– passager chauve ;
– Immanuel Rudawski, serveur ?

Et d'autres personnes intéressantes :

– Josie, barmaid ;
– Yuki, serveur correspondant également à la description de Shal.

Dans cette liste, les deux à qui Tesla n'avait jamais parlé et qui semblaient les plus faciles à trouver étaient les Smith. Elle tapota ses ongles sur le bureau, puis regarda Gimlet. « Rendre visite à Annie et Jalna Smith de mon propre chef serait d'une absolue bêtise, n'est-ce pas ? »

Gimlet inclina la tête.

« Tu as raison. Ils ne laisseront pas sortir ton papa de sitôt. » Gimlet inclina la tête dans l'autre sens.

« D'accord. Mais si je leur rends visite, je devrais le signaler à quelqu'un. Des suggestions ? »

La petite chienne se mit debout, la queue frétillante, puis ouvrit la gueule pour haleter joyeusement vers Tesla. Elle rebondit sur ses pattes avant, le signal pour dire qu'elle voulait aller se promener.

« Parfait ! La chienne la plus intelligente du monde. » Tesla reboucha son stylo et décrocha le téléphone de bord qui trônait sur le bureau avec le charme d'une antiquité. Elle composa le numéro de la chambre de Shal, à l'infirmerie.

« Ici Bob.

— Bob ! Quel plaisir ! » Elle plia le papier en deux et le glissa dans sa poche. « Vous surveillez mon conjoint pour le protéger du véritable meurtrier qui court toujours ?

— Le chef Wisor m'a demandé de rester ici.

— Meeeerveilleux. » Tesla quitta sa chaise pour prendre l'équipement de Gimlet. « Puis-je parler à Shal ?

— Non. »

Tesla s'arrêta net. « Non ? Non, non ? Allons, nous pouvons sûrement trouver un arrangement.

— Voyez ça avec le chef Wisor. »

Même physiquement absent, Bob était une montagne d'agacement. Tesla fronça le nez, puis s'empara du harnais et du gilet. « D'accord… s'il vous a dit que je n'étais pas censée parler à Shal, je lui en toucherai deux mots. Mais s'il a juste dit que Shal n'est pas censé avoir de conversations sans surveillance, pouvez-vous me mettre sur haut-parleur ? Comme ça, vous entendrez tout et… »

En arrière-plan, elle perçut la voix de Shal. Le logiciel de suppression du bruit l'avait transformée en baryton indiscernable, mais elle reconnut les inflexions de sa voix. Bob soupira, la tonalité de la ligne changea.

« … la fois où Fantine a poursuivi quelqu'un pour avoir porté son propre pantalon et…

— Shal ?

— Salut, poupée. Tout va bien ?

— Oui. » Elle s'agenouilla, tenant le harnais, le récepteur coincé entre l'oreille et l'épaule. Face à ses accessoires de promenade, Gimlet passa la tête dans le harnais en remuant férocement la queue. « Je vais promener Gimlet. Je me disais qu'on irait vers les suites Grand Royal, au niveau terrien, et qu'ensuite, je te la ramènerais.

— Les suites Grand Royal, hein ? Pas la zone réservée aux animaux ? » Son ton s'affûta, la chose l'intéressait visiblement.

« Oui, elle adore Auberi. » Tesla pianota sur le combiné du téléphone, espérant que Shal reconnaîtrait le morse qu'elle utilisait pour lui communiquer le numéro de la cabine d'Annie. Il ne saurait pas pourquoi elle lui disait cela, mais elle ne cessait de répéter les mêmes chiffres, encore et encore.

« D'accord… d'accord. Tu ferais mieux d'y aller. Amène-la quand tu auras fini, si tu veux bien ? Mes deux meilleures copines me manquent.

— Bien sûr. » Elle cessa de tapoter, puis enfila le gilet de service rouge de Gimlet. La petite chienne s'installa, désormais tout à fait professionnelle. Tesla reprit d'un ton léger. « Appelle les secours si nous ne sommes pas rentrées à temps pour le dîner. »

Il s'esclaffa. « Le dîner ? J'espère vous voir avant le déjeuner.

— C'est d'accord. » Tesla attrapa le dossier d'une chaise et s'en servit pour se relever. « Merci de votre aide, Bob ! »

*

Le fait d'être de retour au niveau terrien améliora l'équilibre de Tesla, mais elle sentit le choc de chacun de ses pas aux tréfonds de ses os. L'œil rivé sur Gimlet, elle passa devant la réception d'Auberi, au Yacht-Club, tâchant de donner l'impression qu'elle se dirigeait vers un lieu où elle avait parfaitement le droit d'aller. Gimlet l'aida en se déplaçant avec l'attitude professionnelle d'un chien en promenade. Ses petites pattes trottaient sur le sol dans un but précis.

« Ah, bonjour. » Auberi lui fit signe de s'approcher du comptoir.

Raté. « Bonjour, Auberi.

— Je crains que votre ancienne cabine ne soit toujours pas accessible.

— Ce n'est pas grave. On va juste se promener un peu, pour détendre Gimlet. » Tesla fit tomber la laisse. La westie comprit l'ordre implicite, puis s'élança, la queue frétillante, dans le couloir conduisant à l'ancienne cabine de Tesla – à deux portes de celle d'Annie et de Jalna. « Oh, c'est pas vrai ! Je ferais mieux d'aller la chercher. »

Avant qu'Auberi ne trouve une autre raison de l'en empêcher, Tesla se précipita derrière Gimlet. La promenade dorée, avec son sol étincelant, s'éloignait pour masquer la courbure du navire, et elle dépassa l'immense peinture d'une femme vêtue d'une robe de soirée bleu cristal dans une baignoire pleine d'arbres.

La décoration des vaisseaux de croisière était parfois très, très étrange.

Après avoir jeté un coup d'œil par-dessus son épaule pour s'assurer qu'Auberi restait hors de vue, Tesla lança un ordre formel. « Gimlet, Gimlet, viens. »

La chienne flaira l'encadrement d'une porte, puis trottina vers son humaine en traînant la laisse derrière elle. Tesla s'appuya au mur alors qu'elle se penchait pour la ramasser. La force de Coriolis était tellement plus facile à gérer au niveau terrien. Bon. Ne restait plus qu'à visiter la cabine des Smith.

Son ancienne cabine portait l'affichette « Ne pas déranger », sans doute la version de croisière du ruban jaune d'avertissement. Tesla craignait qu'Haldan Kuznetsova émerge de sa cabine, mais la porte resta heureusement fermée. À côté de la chambre des Smith, un tableau magnétique collé au mur présentait des messages imprimés en caractères maladroits.

> Joyeux anniversaire, les oiseaux de l'amour !
> N'oubliez pas la séance de méditation collective,
> ce soir !

Tesla observa le couloir de droite à gauche, notant tout ce qui lui avait semblé négligeable avant l'assassinat.

On comptait huit cabines dans cette zone du vaisseau, dont toutes les entrées s'alignaient sur le côté droit du couloir, à l'exception d'une porte de service à mi-chemin. Cela signifiait que la disposition du couloir créait plus d'espace pour les cabines, deux fois plus profondes que les autres suites.

La porte d'Annie et de Jalna se trouvait juste en face de l'entrée de service.

Tesla toqua en s'humectant les lèvres. Gimlet flaira le cadre de la porte. Elles attendirent. Tesla frappa à nouveau.

Elle envisagea de laisser un message sur le tableau magnétique, mais que dire ? *Salut, et si on discutait du meurtre ?*

La porte de service s'ouvrit, leur ancienne hôtesse de cabine poussa un chariot dans le couloir. Jenny était petite et large d'épaules, avec d'énormes yeux gris, et elle aurait reconnu Tesla même si Auberi n'avait pas signalé sa présence.

« Mx Zuraw ! » Jenny se figea au milieu du couloir, se déplaçant pour maintenir le chariot entre Tesla et elle. « Je pensais qu'on vous avait installée dans une autre partie du vaisseau.

— En effet. La laisse de Gimlet m'a échappé, elle a cru qu'elle habitait toujours ici. Ça fait plaisir de vous voir. » Il ne semblait pas que le sentiment soit réciproque. Était-ce parce que Jenny avait appris que Shal était un meurtrier ou parce qu'elle était de mèche avec le coupable ? Tesla devait changer d'air. Elle jeta un coup d'œil à Gimlet, calmement assise à ses pieds, observant la conversation. Peut-être devrait-elle laisser la chienne faire son petit numéro. Tesla s'accroupit, libéra l'attache rapide du gilet de Gimlet. « Gimlet, va dire bonjour. »

Radoucie, Jenny s'agenouilla à l'extrémité du chariot, encore un peu hésitante. « Oh, oh, vous êtes sûre ?

— Absolument. Elle vous aime bien. »

Jenny laissa Gimlet lui léchouiller le visage. « Pauvre petite. Ça doit être si déroutant pour toi.

— Pour nous tous. »

Shal avait envisagé que l'assassin fasse partie de l'équipage. Jenny avait accès à leur chambre, mais ne correspondait pas à la description de la personne que Shal avait poursuivie. Elle portait également un badge de com. En théorie, le vaisseau savait où elle se trouvait à tout moment, et toute question posée par Tesla pouvait être entendue par quelqu'un d'autre à bord.

Comment demander à quelqu'un s'il a sorti l'arme du crime d'une chambre ? « J'espère que vous n'avez pas eu d'ennuis à cause de… » Tesla agita la main en l'air pour englober le couloir. « Tout ça… »

Jenny gratta les oreilles de Gimlet. « Comment ça ?

— Eh bien. Je veux dire… avec le meurtre, la sécurité a dû être renforcée, j'imagine. Ça doit vous compliquer la vie.

— Non, pas du tout. Il faut que je reprenne le travail. » Jenny se leva, brossant les poils de Gimlet sur son pantalon bleu foncé.

« Bien sûr. » Il n'y avait apparemment pas de dispositif particulier, du moins rien à proximité. Si Tesla avait pu donner des pourboires, elle aurait tenté de soudoyer Jenny, même si cela aurait souligné le fait qu'elle fouinait. « Bon, je ferais mieux de vous laisser tranquille. »

Jenny lui sourit, puis retourna à son chariot.

Tesla remit le gilet en serrant les dents, puis raccompagna Gimlet jusqu'au salon.

Le concierge était en pleine conversation avec un autre passager et se contenta de hocher la tête en souriant. Les Smith reviendraient un jour ou l'autre. Le salon était assez agréable et Tesla avait d'autres registres de passagers à examiner. Elle emmena Gimlet vers l'une des tables du café, nichée dans un coin derrière un ficus, au cas où Kuznetsova passerait, puis s'installa pour attendre.

Elle consulta son ATH. Il lui restait encore deux heures avant que l'on puisse raisonnablement dire que l'heure du déjeuner était passée – et que Shal s'inquiète. S'inquiète officiellement.

Frisky Business

5 MÛRES
3 TRANCHES DE JALAPEÑO
3 RONDELLES DE CONCOMBRE
30 ML DE JUS DE CITRON VERT
1 CUILLÈRE À SOUPE DE SIROP DE MIEL
2 CUILLÈRES À CAFÉ D'ANGOSTURA
120 ML D'EAU PÉTILLANTE

Mettez les mûres, le jalapeño et 2 rondelles de concombre dans un shaker. Ajoutez le jus de citron vert, le sirop de miel et l'Angostura. Secouez sans glace pour émulsionner, puis filtrez dans un verre à whisky sur un seul gros glaçon. Complétez avec l'eau pétillante. Décorez avec la rondelle de concombre restante.

Tesla ne tarderait pas à manquer de temps et menaçait de s'endormir sur place. Elle avait essayé de retrouver le passager chauve dans le registre, pour toujours revenir aux mêmes lignes tant son attention faiblissait. Il y avait un nombre impressionnant de passagers blancs chauves… et ils se ressemblaient tous.

Les portes du salon du Yacht-Club s'ouvrirent et ses deux cibles arrivèrent enfin. Le couple entre deux âges était pour le moins contrasté. Jalna était mince, de taille sélénite, mais se déplaçait comme si elle se sentait parfaitement à l'aise sous la gravité quasi terrienne de cette section. Annie était ronde et petite, comme une terrienne, elle portait un pantalon lamé or autour de ses hanches généreuses, avec au moins trente ans de retard.

Tesla avait eu le temps de réfléchir à son approche. Elle n'avait qu'une arme efficace dans son arsenal, et cette arme n'avait plus de gilet, désormais. Tesla se tenait debout, aussi décontractée que possible. Tranquillement, elle ordonna : « Gimlet, viens. Gimlet, va dire bonjour. »

La petite chienne se dirigea vers les deux nouvelles venues qui pouvaient potentiellement, si le monde se montrait juste et correct, lui offrir des friandises et devenir ses meilleures amies. Gimlet était une chienne, pas un robot, et elle se croyait momentanément libérée de son service. Gimlet s'approcha des deux femmes en bondissant, la queue remuant si fort que tout son dos se tordait d'un côté et de l'autre. Oreilles dressées et pointées vers elles, la chienne était si mignonne qu'elle aurait pu passer pour une peluche.

« *Oh! Oh! Mais tu es magnifique**. » Jalna s'agenouilla et Gimlet répondit en se dressant sur ses pattes arrière. La grande femme s'exprimait dans un élégant français sélénite, au timbre étonnamment bas. « *Tes parents sont des voleurs, tu sais? Ils ont volé toutes les étoiles du ciel pour te les mettre dans les yeux**.

— J'espère qu'elle ne vous dérange pas ! » Tesla se hâta de rejoindre sa chienne en souriant aux deux passagères. Son pouls s'accéléra quand elle arriva à leur niveau. Annie, la plus petite et la plus ronde, avait indubitablement fait partie de l'attroupement autour de George Saikawa, ce fameux soir.

« Pas du tout. Quelle mignonne petite chose. » La voix d'Annie trahissait une nuance d'accent du Midwest américain. « Un designer ?

— Westie. C'est une ancienne race. » Tesla tendit la main vers la laisse de Gimlet, s'efforçant de faire comme si elle venait juste de reconnaître la femme.

« Vous étiez… vous étiez au karaoké, avant-hier soir ? Et puis… après.

— Oh ! Oui. Terrible, n'est-ce pas ? Cette pauvre Jalna a raté tout le… bon. » Elle tendit la main vers sa compagne tandis que la grande femme se relevait. « Et vous, comment vous tenez le coup ? Je ne voudrais pas me montrer indiscrète, mais je n'ai pu m'empêcher d'entendre… enfin, je crois qu'aucun d'entre nous n'a pu s'empêcher d'entendre la façon dont Mx Kuznetsova gémissait, le pauvre. Vous allez bien ?

— Hum. » Tesla n'aurait pu produire une réponse plus neutre. « Vous occupez une suite, vous aussi ?

— Oui. » Jalna sourit à sa compagne. « Mon épouse et moi… c'est notre vingt-cinquième anniversaire de mariage, nous nous laissons un peu aller.

— Juste un peu ! » La femme aux formes arrondies tapota le bras de Jalna. « Le yoga, c'est très spirituel !

— Comme tu dis, Annie. » Jalna l'embrassa sur le sommet de la tête.

« Le yoga, hein ? » Tesla leur emboîta le pas. Jalna et Annie se dirigeaient vers l'horrible promenade dorée, juste derrière Gimlet. « Quel type de yoga ?

— De l'Anusara-revival. » Annie lui adressa un clin d'œil. « Ne vous laissez pas abuser par mon vieux corps, j'arrive encore à mettre les pieds derrière la tête. »

Jalna glissa sa main sous le bras de son épouse. « Demandez-lui ce qu'elle faisait avant.

— Hum… » Tesla les suivit dans le hall de réception comme si elle avait parfaitement le droit d'emprunter à nouveau le couloir, se fiant à sa chienne et à son sens inné du privilège pour gérer le reste. « Vous faisiez quoi, avant ?

— Contorsionniste ! » Annie sourit. « Une sacrée contorsionniste, même. Je ne pourrais plus rentrer dans une boîte, maintenant, mais…

— Mx Crane ? » Auberi l'appelait depuis le comptoir. « Votre époux… »

Elle abandonna les deux femmes et se dirigea droit vers iel.

« Tout va bien ?

— Oui, oui ! » Iel fit glisser une feuille de papier sur le comptoir. « Voici son message, il espère que vous vous joindrez à lui pour déjeuner.

— Merveilleux. Oui. Nous en avions parlé. Oui. » Du coin de l'œil, elle vit les deux femmes disparaître dans le couloir. Tesla n'avait aucune raison de les poursuivre. Bon sang. Elle avait tant d'autres questions à poser. Elle s'humecta les lèvres. « Jalna et Annie me parlaient justement du cours de yoga qu'elles suivent. Vous connaissez les horaires ? J'ai désespérément besoin de me recentrer, après tout ce qui s'est passé.

— Ah, oui… » Auberi ouvrit l'écran et fit défiler les pages. « Nous y sommes ; un tour du système solaire par le yoga avec Mahjabin Burke-Gafney, les séances se déroulent au studio de yoga du niveau sélénite et… oh ! Pardon. Mea culpa. Il s'agit d'un groupe privé, fermé au public.

— Compris. » Tesla déglutit. Shal avait bien mentionné que la personne qu'il avait poursuivie se déplaçait facilement sous gravité lunaire. « Eh bien… Je suppose que je ferais mieux de ne pas trop faire attendre mon époux. »

*

Tesla apportait une pizza végétarienne graisseuse à l'infirmerie. Tout sourire, elle entra dans la minuscule salle d'attente. Bob la Montagne barrait l'accès, devant la porte de Shal – entrouverte. Il était penché en avant, les coudes sur les genoux, l'air presque affable. « Sérieux ? » s'exclama-t-il.

Depuis l'intérieur de la pièce, Shal lança : « Sérieux. Ils avaient injecté l'héroïne dans les genoux du cheval.

— Mais pourquoi n'ont-ils pas… Votre épouse est là. » Bob se redressa, puis redevint un morceau de muscle plombé.

Tesla s'arrêta près de lui et lui tendit le plateau sur lequel trônait la pizza. Si elle ne parvenait pas à le corrompre avec de l'argent, elle l'aurait avec de la nourriture. « J'apporte une pizza. À partager. »

Bob soupira en la regardant. « Je ne peux pas manger ça.

— Oh, je suis sûre que votre chef n'a pas le droit de s'opposer à ce que vous en preniez une part. J'en ai acheté une entière justement pour ça, tout juste sortie du four de la pizzeria. Prête à déguster. Vous pouvez même choisir la part que vous voulez, si vous avez peur qu'on vous empoisonne.

— Je suis intolérant au gluten.

— Oh ! » Elle retira le plateau, soudain mal à l'aise, même si ce type avait battu son conjoint. « Je suis désolée. J'aurais… Zut. Ils avaient de la pâte sans gluten. »

Bob haussa les épaules. « Pas grave.

— Prochaine fois. » Même s'il n'y aurait sans doute pas de prochaine fois, pas si Tesla avait son mot à dire. À ses pieds, Gimlet gémit, manifestement très motivée par la part de pizza de Bob.

« Posez le plateau ici. » Bob se leva, emplissant presque le petit espace.

Exaspérée, Tesla lui lança un regard noir. « Oh, pitié. J'ai le droit de déjeuner avec mon époux. Qu'est-ce que je peux bien faire d'autre avec une pizza ?

— Vous pourriez y dissimuler un couteau. Ou de la drogue. Ou une corde. » Il tendit les mains vers le plateau.

« Depuis quand vous avez autant d'imagination ?

— Tesla… » Shal fit de son prénom un plaidoyer, pour qu'elle se montre un tant soit peu moins insultante. « Il ne fait que son travail.

— Je sais. » Voilà justement à quoi elle s'opposait. Elle poussa le plateau vers Bob. « Très bien. Allez-y. Je vais entrer et…

— Je dois vous fouiller, vous aussi. » Il prit doucement le plateau et le posa sur la chaise la plus proche.

La peau de Tesla s'échauffa tandis qu'une fureur frustrée grésillait le long de ses terminaisons nerveuses. Elle serra la mâchoire et les poings, retenant toutes sortes d'invectives. Ce n'était pas surprenant. À l'aide d'une fourchette, Bob souleva délicatement les bords de la pizza, pour jeter un coup d'œil sous la pâte, même s'il était difficile de savoir s'il agissait ainsi par peur du gluten ou par simple considération pour leur repas.

« Comment ça se présente, Bob ? demanda Shal.

— Bien. » Bob avait l'air triste. Tesla en fut presque émue, bien plus que tout ce qu'elle avait pu entendre de lui. « Il y a un peu d'ail rôti dessus.

— Je note que vous aimez l'ail rôti. » Tesla lui sourit et lui tendit les bras, laissant tomber la laisse de Gimlet. « À mon tour ? »

Gimlet s'élança vers la porte de la chambre de Shal. Bob lâcha sa fourchette et planta son pied sur la laisse. Gimlet s'arrêta net, puis se retourna avec une expression si indignée que Bob s'excusa.

« Désolé. » Il s'accroupit, tapotant le chien avec des mains aussi grandes que sa tête. « Je dois fouiller tout le monde.

— La chienne. Sérieusement ? Vous croyez vraiment qu'elle dissimule une arme…

— Et ça, qu'est-ce que c'est ? » Il sortit du gilet de Gimlet un bout de papier à lettres au prix exorbitant.

La tension brûla la gorge de Tesla. Elle voulut récupérer la liste des suspects qu'elle avait établie dans sa cabine. « C'est privé. »

Bob se leva lentement, il repoussa Tesla, puis déplia le papier. Il la regarda d'un air renfrogné. « C'est quoi, cette langue ?

— Du sanskrit. » Merci les lettres cursives. Tesla tendit la main. « Rendez-moi ça.

— Je ne peux pas. » Il ôta son pied de la laisse de Gimlet. « Le chef tient à voir tout ce que je trouve. »

La chienne gronda sur Bob, puis revint s'asseoir aux pieds de son humaine. Elle la regarda avec une profonde inquiétude dans ses grands yeux noirs. Tesla inspira lentement, attendant que son corps s'apaise pour le bien-être de Gimlet. Cette dernière frotta la tête contre sa jambe en poussant un soupir.

Bob fit signe à Tesla de lever les bras. Elle tremblait de rage et d'embarras de s'être fait prendre en train d'essayer de faire passer une note à Shal.

Elle s'était sentie si maligne en devinant que Bob la fouillerait. Elle attendit qu'il procède aux palpations réglementaires, impersonnelles et efficaces.

« J'avoue, votre technique de massage est impressionnante. » Tesla baissa les bras quand il eut terminé. « On devrait vous transférer au spa.

— Vous pouvez y aller, maintenant. » Bob recula, poussant le battant de la porte un peu plus loin, ce qu'elle essaya d'interpréter comme une forme de courtoisie, même si c'était sans doute une façon d'avoir une vue dégagée de la pièce.

« Merci. » Tesla fit un pas dans la chambre.

« Attendez. » Bob se retourna et lui tendit le plateau. « Votre pizza.

— Parfait. » Elle prit le plateau, retenant un cri derrière son sourire. Très bien. Shal et elle s'embrasseraient un peu, et elle lui dirait ce qu'elle pouvait. « Vous êtes une véritable perle. »

Shal était assis dans la petite pièce. Il avait un peu de barbe aux joues, mais son teint s'était amélioré. Il l'examina quelques instants, comme s'il n'avait jamais été inquiet. « Tesla, bébé. » Il fit un geste vers le pied du lit. « Tu te souviens du docteur, n'est-ce pas ? »

Le foutu passager que Fantine leur avait dégotté occupait une chaise jusqu'ici dissimulée derrière la porte. Son nœud papillon ridicule s'abaissa un peu lorsqu'elle se tourna vers lui – et elle eut la certitude de lui adresser le sourire le moins convaincant de sa vie. « Bien sûr. C'est merveilleux. »

Et si elle le chassait de la pièce, l'autoriserait-on à revenir ? Sans doute pas. Tant pis pour son moment d'intimité avec Shal. « Pizza ? »

*

Après leur déjeuner, Tesla confia Gimlet à Shal. Oh, elle aurait préféré garder la chienne avec elle, mais elle ne cessait de penser au fait que Gimlet avait appelé à l'aide quand Shal s'était évanoui. Si la chienne n'avait pas été dans la pièce… Tesla s'assit au bureau de sa cabine, la tête entre les mains. Elle était si fatiguée qu'elle avait du mal à organiser ses pensées, et elle avait au moins une demi-douzaine de choix différents à faire.

Parler à nouveau à la commandante, lui dire qu'on avait échangé le gin dans la bouteille? Ou tenter de retrouver le magicien pour voir ce qu'il en était de cette dispute? Elle pouvait aussi essayer d'obtenir plus d'informations sur le corps découvert dans le recycleur. Ou dénicher le studio de yoga. Ou encore, essayer de retrouver Immanuel. Ou Yuki. Ou le passager chauve. Ou…

Tesla respira lentement et profondément, tâchant de mettre un peu d'ordre dans ses pensées. Un bouquet frais de fleurs de culture décorait la petite table d'appoint, une belle excuse – et le signe qu'on était entré dans sa cabine en son absence. Sur la table, des feuilles de thé issues de sa réserve personnelle se déployaient lentement dans une tasse d'eau chaude, promettant le salut sous forme de caféine. Tesla avait-elle passé les feuilles de thé au scanner? Oui, oui, elle s'était laissée aller à cette petite paranoïa.

Le thé était bon. Tesla tapota le bord de la tasse en porcelaine. Fantine avait reçu le scan détaillé de la bouteille de gin, elle était sans doute mieux placée pour sonner les cloches à la commandante. La plupart des autres options impliquaient de se rendre dans un endroit sans aucun témoin. « *Lindgren*, parle-moi de ce magicien.

— L'incroyable Nile Silver exerce son art de la magie dans différentes salles du vaisseau. Après un passage à bord du *Puerto Ochoa* et… »

Un coup discret frappé à la porte interrompit l'IA du *Lindgren*. Tesla soupira. De quel cadeau d'excuse s'agissait-il, cette fois ?

Des fraises enrobées de chocolat ? Une bouteille de vin mousseux ? Un plateau de fromages ?

Elle s'écarta du bureau et se leva, pivotant vers la porte. Son dos se contracta, comme si chaque vis implantée dans sa colonne vertébrale se vrillait dans les muscles voisins. Elle s'agrippa au bord du bureau pour s'étirer.

Seule dans la pièce, elle laissa échapper un gémissement qu'elle aurait retenu en présence de Shal.

Le RCPD se déclencha automatiquement, mais la douleur laissait encore des traces violettes et blanches sur sa vision périphérique. Tesla ferma les yeux, en attendant que ça passe.

« Vous allez bien ? » Une voix monocorde au bout de la pièce lui fit rouvrir les yeux en un clin d'œil. Haldan Kuznetsova se tenait dans l'entrée de sa suite. « Je suis désolé. La porte était entrouverte. Et puis, j'ai entendu votre… ça va ? »

Tesla le dévisagea, tâchant de concilier son évidente inquiétude avec le fait qu'il avait plaidé pour faire enfermer son conjoint. « Je… ça va, oui. Mais je dois admettre que votre présence ici me surprend. »

Il s'humecta les lèvres, puis baissa les yeux. « Oui, bien sûr. Je vous dois des excuses. Et une explication.

— D'accord. » Même si elle avait très envie de l'engueuler, elle désirait aussi savoir ce qu'il voulait. Et puis, bien sûr, il y avait l'imprimante partiellement démontée sur son plan de travail. Tesla pouvait bien rester polie pour le moment.

Levant la main gauche, Kuznetsova lui montra un brouilleur. « Pour que les choses soient bien claires… ça vous convient ? Je m'en suis servi depuis le début, mais avant qu'on parle, je tiens à m'assurer que vous êtes au courant. Ça ne vous dérange pas ?

— Ça dépend de ce dont nous allons parler. » Tesla le conduisit jusqu'au coin salon, lui offrant une chaise qui lui ferait tourner le dos à l'imprimante. « Vous comprendrez, je l'espère, ma gêne.

— Je la comprends. » Un chagrin soudain balaya son expression un court instant, et il se couvrit les yeux, tête basse. Au bout d'un moment, il se racla la gorge. « Je suis désolé. C'est… Je continue à penser que je vais bien et puis… écoutez. Je sais que votre époux n'a pas tué George.

— Et pourtant…

— Et pourtant, je fais semblant de croire que c'est lui. » Haldan grimaça, agitant le brouilleur entre ses mains. Il se pencha en avant pour le poser sur la table basse. « Je sais. C'est assez merdique, comme attitude, mais j'avais peur, et quand l'agent de sécurité m'a dit avoir vu Mx Steward, j'y ai cru. Au début. Plus tard, ça m'a paru… plus sûr de continuer à le croire. »

Elle ne savait pas trop comment réagir. Crier lui semblait approprié. Poser des questions aussi. Elle se résigna à l’hospitalité pour gagner du temps. « Vous voulez boire quelque chose ? Du thé ? De l’eau ? Quelque chose de plus fort ?

— Mon Dieu, oui ! » Il pencha la tête en se massant la nuque. Puis il se redressa brusquement. « Attendez… elles ont sans doute trafiqué toutes vos bouteilles, aussi.

Tesla cessa de se lever, puis se renfonça dans sa chaise. « “Elles” ? “Aussi” ? »

Kuznetsova se passa les mains dans les cheveux, transformant sa coiffure soigneusement peignée en fouillis intégral. Il fixait toujours le sol, mais cela ne dissimulait en rien les lourdes rides qui lui barraient le front. « George et Ruth.

— Il va me falloir un peu de contexte, là. » Elle n’avait aucune idée de qui était cette Ruth, et ce n’était sans doute pas le plus important. « Pardonnez-moi, mais… George est morte.

— Je sais. Je ne crois pas qu’elle était censée mourir. » Haldan s’humecta les lèvres et jeta un coup d’œil au plan de travail. « Peut-être que si on s’imprimait un verre… il s’est passé quoi, là ? »

Tesla se racla la gorge, incapable de trouver un mensonge plausible, elle opta pour la vérité. « J’ai modifié l’imprimante pour en faire un scanner. Désolée.

— Vous savez faire ça ?

— Fut un temps où j’étais une sacrée bonne ingénieure. » Difficile de ne pas le prendre mal, mais la surprise de Kuznetsova n’était pas injustifiée. De nos jours, la plupart des gens la connaissaient pour ses sociétés, ses acquisitions et ses fusions. Tesla se leva et se dirigea vers le bar. « Mais si vous me faites confiance, je vous garantis que le vermouth, le bourbon et le Campari sont propres. Boulevardier ? Old-Fashioned ? Manhattan ? »

Il ne bougea pas de son siège, un bras longiligne passé autour du dossier. « Comme vous voudrez.

— Un manhattan, alors. » Elle testerait le reste des bouteilles, mais pour l'instant, seul le gin avait été altéré. Les autres alcools ne montraient aucun signe d'additif. De toute façon, ce n'était pas encore une priorité. Tesla prit le bourbon Belle Meade, importé de la Terre. « Alors, si vous n'avez pas fait comme moi, comment avez-vous découvert qu'on avait trafiqué vos bouteilles, vous ?

— J'ai tracé une ligne sur la bouteille pour que… c'est assez gênant… J'ai eu un souci avec l'un de mes domestiques, il y a plusieurs années. Maintenant, je trace une ligne sur la bouteille pour savoir si on se sert dans mon dos. Le volume d'une d'entre elles a légèrement augmenté. Un rhum, soixante ans d'âge, datant d'avant la submersion de la Grenade. » Après avoir glissé les mains sous ses cuisses, il se pencha en avant comme pour les écraser sous son propre poids. « J'ai vérifié, il y avait comme un précipité blanc au fond de la bouteille, et il restait une infime partie de la gélule.

— Dans un rhum de soixante ans ? » Tesla siffla. « Quelle honte. D'accord, et George et Ruth… ? Qui est Ruth ?

— Ruth Fish. La docteure. On était colocataires, à l'université. »

Tesla renversa du bourbon sur le comptoir et faillit faire tomber la bouteille. Elle la reposa, puis s'empara d'un torchon. « Charmant. Je craignais les retombées, quand j'ai signalé qu'elle avait bu. Et elle vous connaît.

— Oui. » Il hocha la tête, le visage sombre et tendu. « J'ignorais sa présence à bord, jusqu'à ce que je descende pour… J'ai dû formellement identifier le corps de George. Je ne savais même pas que Ruth était sur ce vaisseau. »

Tout l'instinct de Tesla la poussait à quitter précipitamment cette pièce, puis à filer jusqu'à l'infirmerie pour faire sortir son conjoint. Mais il valait mieux en savoir un peu plus, et elle ignorait quand elle aurait à nouveau l'occasion de parler avec Kuznetsova. S'ils avaient l'intention de faire du mal à Shal, il était probablement déjà trop tard. Elle déglutit et se retourna vers le bar. « Mais maintenant, vous croyez que George et Ruth sont responsables… de la mort de George ? Il va falloir m'expliquer, là.

— D'accord. Bon. D'accord. Donc… il y a plusieurs mois, George et moi, nous nous sommes disputés quand j'ai annoncé que je déménageais sur Mars. Elle était en colère parce que je ne lui avais pas demandé son avis. Je lui ai dit que je n'avais pas besoin qu'elle m'accompagne, et qu'elle pouvait travailler à distance, mais elle ne voyait pas les choses de cette façon. »

Tesla mit en balance ce que Shal lui avait dit sur Haldan tout en versant le vermouth dans le verre. « Je… il existe des moyens moins onéreux de rompre, non ?

— Ah… Vous savez que… d'accord. » Kuznetsova tripota le passepoil au coin du dossier de la chaise. « Bien sûr que vous êtes au courant. C'était une très bonne amie et je me souciais sincèrement d'elle, alors j'ai cru agir avec compassion – comme c'est romantique et victorien de partir pour laisser son ex-amante respirer… mais au lieu de ça… elle m'a pris pour un connard. Quoi qu'il en soit, il y a deux semaines, elle m'a dit qu'elle comprenait et qu'elle m'accompagnerait pour m'aider à m'installer. En tant qu'assistante.

— J'entends le "mais" d'ici.

— Mais, quand nous sommes montés à bord, elle m'a paru bizarre. Je ne peux pas… je ne saurais dire pourquoi. Je… vous savez, quand vous connaissez bien quelqu'un, mais qu'il y a un problème, que quelque chose ne va pas, tous ces petits détails qu'on n'arrive pas à verbaliser. Et puis, le soir de sa mort, elle m'a dit : "Tu ne survivrais pas sans moi." »

Tesla ajouta de la glace dans le pichet, puis remua le tout, en attendant la suite. Elle changea de position pour mieux observer Haldan. Il était assis, les yeux fermés, la main sur la bouche, comme s'il étouffait un sanglot.

Il baissa la main, puis déglutit. « Je croyais que c'était l'une de mes meilleures amies, et puis ça…

— Qu'est-ce qui vous a effrayé ?

— Le couteau. Il provenait de ma suite. Elle avait commandé un steak et n'arrêtait pas de jouer avec le couteau, elle faisait des "blagues" sur les dégâts qu'elle pourrait infliger avec ça. » Il déglutit, puis se tourna vers Tesla. « Et l'un de mes modèles d'octobot de démonstration a disparu. »

Tesla ne savait pas trop par où commencer. Par le fait qu'il pensait que le couteau à steak était le sien ou par le fait qu'il avait perdu un octobot. Elle lui apporta le cocktail, sentant la pression exercée par les arêtes du verre, mais rien d'autre. « Si je comprends bien, vous pensez que George a programmé l'octobot pour la poignarder, afin de vous forcer à vous inquiéter pour elle – ou vous faire accuser de tentative de meurtre ?

— Je suis… Je ne suis pas sûr. » Il tourna le verre dans sa main, l'œil perdu dans ses profondeurs rousses.

« Et vous ai-je bien compris : tout à l'heure, vous avez dit que "l'agent de sécurité" vous avait assuré avoir vu Shal. Quel agent de sécurité ? »

Il haussa les épaules en grimaçant. « Je ne sais pas. Le chef Wisor m'a dit qu'on l'avait vu. C'était avant que je constate la disparition de l'octobot. Ou que j'aperçoive Ruth, en bas.

— Exact. Une ancienne colocataire au cœur d'une conspiration, avec assassinat et tentative d'empoisonnement ?

— Une ancienne colocataire de l'université. Avec un sérieux problème d'alcool et pas mal de dettes. Une colocataire qui me déteste.

— Pourquoi vous déteste-t-elle ? »

Il agita la main en l'air. « Ça me regarde, c'est du passé, et c'était irrationnel dès le départ. Saviez-vous qu'à l'origine elle n'était pas censée être à bord de ce vaisseau ? Elle a échangé son poste avec un autre médecin deux semaines avant notre départ. Pile au moment où George a finalement décidé de m'accompagner. Et… et elle s'est consacrée à la robotique en télémédecine, avant de changer de spécialité pour devenir généraliste. »

Tout le monde ment, tout le monde a des secrets. Que cachait-il exactement ? « Mx Kuznetsova…

— Appelez-moi Haldan.

— Haldan. Tout cela est fascinant, mais je me demande pourquoi vous m'en parlez à moi, et non à la sécurité. Ou à la commandante.

— Je lui en ai parlé. » Ses épaules s'affaissèrent, et il serra son verre si fort qu'il manqua le briser. « Elle s'est fichue de moi.

— Plutôt grossier. » Tesla tourna son verre dans sa main. Elle fronça les sourcils. « Attendez… Ce vaisseau vous appartient. Littéralement. »

Haldan la dévisagea. « J'ai tellement l'habitude de… » La main tremblante, il reposa son verre sur la table, puis se pencha en avant pour enfouir son visage entre ses mains. Il resta assis un moment, le souffle court. « Vous avez raison. J'ai tellement l'habitude que George s'occupe de tout pour moi que je n'ai même pas pensé à la holding qui possède le *Lindgren*. Quel idiot.

— Alors, parlez-en à nouveau à la commandante. Elle peut toujours vérifier auprès de la société. »

Sa voix était calme et rauque. « Oui. Ça me paraît judicieux.

— Et… il reste la question de mon époux encore en détention. »

Il hocha la tête, grimaçant. « J'ignorais votre véritable identité.

— Qu'est-ce que ça a à voir avec tout ça ?

— Si vous cherchiez à me faire mal, ce serait sur le terrain commercial ou dans une salle d'audience. » Il serra les mains, puis redressa la tête pour croiser le regard de Tesla. « Et votre conjoint est détective. Je voudrais vous engager. »

Aviation

60 ML DE GIN
20 ML DE JUS DE CITRON
15 ML DE MARASQUIN
7 ML DE *CRÈME DE VIOLETTE**
1 CERISE

Secouez au shaker avec des glaçons pendant quinze secondes. Filtrez dans une coupe, puis décorez d'une cerise.

Au plafond, le ciel artificiel était d'un bleu éclatant, telle une fin d'après-midi sur Terre. La piscine était remplie de personnes bien alignées, en face d'un instructeur souriant qui les incitait à sauter en étoile. « Faites travailler vos jambes ! Faites travailler vos jambes ! Éclaboussez-vous ! » L'eau giclait en arcs de cercle scintillants, tandis que des rangées de mains applaudissaient au rythme d'un jazz-funk endiablé de la fin des années vingt. Steve, au bar, s'apprêtait à faire agir sa magie sur ses cocktails. Ou à les confectionner, du moins.

Tesla se tenait sur le petit pont qui surplombait la piscine, observant les alentours. Haldan revint du bar en secouant la tête. « Immanuel a demandé sa mutation, apparemment.

— Bon sang. » Tesla se passa la main sur la bouche en réfléchissant. Elle s'en assurerait plus tard en consultant l'annuaire, qui lui indiquerait où on l'avait muté. « D'accord, merci d'avoir posé la question. J'espérais ne pas l'effrayer, mais…

— Trop tard. » Haldan acquiesça en soupirant.

Ils quittèrent le pont et se faufilèrent entre les chaises longues pour s'en aller. De l'autre côté du bassin, ils s'engagèrent dans le long couloir de transit. Ils s'arrêtèrent au croisement, sous les vibrations des néons. Haldan prit l'anneau dans le sens des aiguilles d'une montre. « Je vais voir ce que je peux faire pour qu'on libère Mx Steward. Ensuite, on se retrouve dans votre cabine.

— Très bien. J'y retourne dès que j'en ai fini avec le magicien. »

Tesla s'engagea sur le tapis roulant dans le sens inverse des aiguilles d'une montre, en direction du vert. Elle eut un bref vertige, le mouvement du trottoir s'opposant légèrement à la gravité produite par l'anneau rotatif. Elle se remit à marcher une fois suffisamment stable. En théorie, si l'on courait assez vite dans la direction opposée à la rotation, on pouvait réduire la charge gravitationnelle, mais elle n'était pas d'humeur à courir.

Sur le tapis roulant qui venait en sens inverse, une jeune ultrafemme sélénite la pointa du doigt. « Hé ! C'est Tesla Crane ! »

Derrière elle, une autre personne pivota. « Putain de merde ! Je pilote l'un de vos vaisseaux personnels, un ImmiPeer ! »

Juste devant Tesla, une personne se retourna et regarda derrière elle en fronçant les sourcils un court instant, avant de regarder en haut à gauche, comme si elle parcourait un écran interne. Et quand elle reporta son attention sur le monde extérieur, elle fit un signe de la main. « Tesla Crane ! Je peux prendre un selfie avec vous ? »

S'iel le faisait, puis la taguait, tout le monde à bord du vaisseau connaîtrait son identité – aucun déguisement n'y changerait jamais rien. Tesla prit l'accent du New Tennessee qu'un professeur d'art dramatique lui avait appris pour ce genre de situation. « Bon sang, vous trouvez vraiment que je lui ressemble ? Je me sens si tendance, maintenant ». Elle fit un clin d'œil. « Mais je ne suis qu'Artesia Zuraw. »

Iel regarda une fois de plus en haut et à gauche, puis s'esclaffa en secouant la tête. « Hilarant ! Mais le bot vous identifie avec quatre-vingt-dix-sept pour cent de certitude. Je peux prendre une photo ? Je vous ai adorée dans *Danse avec les stars en apesanteur*. »

Et merde ! Si son IA l'identifiait formellement, cela signifiait que les bots censés filtrer les vérifications sur son identité étaient désactivés.

« Oh, vous me prenez un peu au dépourvu, là. » Elle regarda derrière la personne pour trouver la prochaine sortie. « Et je suis en vacances.

— Oh, allez ! C'est juste pour mes amis. »

Les choses n'auraient pas dû se passer comme ça.

« JE T'AIME, TESLA CRANE !!! »

Quand elle avait utilisé le code pour débloquer sa véritable identité, ça aurait dû rester temporaire. Et voilà que la personne à qui elle avait dit « non » pour la photo se retournait pour prendre un selfie, avec elle en arrière-plan. Merveilleux. Affichant un sourire de façade, Tesla accéléra le pas.

« Traîtresse. »

Ça n'avait pas été proféré trop fort, mais il y avait toujours quelqu'un pour l'insulter. Certains ne comprenaient pas qu'elle puisse encore croire en l'open source et diriger Crane Industries. Les mains moites, elle marcha suffisamment vite sur le tapis roulant pour sentir le changement de gravité.

Dans l'autre sens, les gens la dévisageaient, puis utilisaient diverses formes de caméras, sous-cutanées, fixées, portatives… toutes dirigées vers elle – et prenaient photo après photo après photo.

Elle était, comme disaient les jeunes aujourd'hui, complètement rincée.

*

L'autographe qu'utilisait Tesla différait de sa véritable signature légale. Une autre leçon de son père, soutenue par une impressionnante diatribe de Fantine. La foule l'avait plaquée contre le mur, devant le théâtre où devait se produire Nile Silver. La plupart des gens ne se souciaient même pas de savoir qui elle était, ils savaient seulement qu'elle était célèbre.

Mais si elle réagissait mal au fait d'être prise au piège, c'est elle qui passerait pour une conne, quelles que soient les circonstances. Voilà pourquoi Gimlet l'accompagnait généralement pour la distraire et la soutenir.

Elle sourit pour la énième photo, profitant du mouvement pour se rapprocher légèrement des portes du théâtre. Si elle parvenait à les franchir, le goulot d'étranglement lui donnerait la possibilité de s'enfuir.

Elle pivota vers la personne qui se trouvait entre elle et la porte, puis s'approcha d'un être squelettique dont les piercings argentés suivaient la courbe de l'une de ses oreilles. Ses pommettes et ses lèvres pulpeuses auraient pu appartenir à une pop star nippoterrienne.

Yuki. Josie avait mentionné le fait qu'il travaillait avec elle la nuit du meurtre – et Tesla l'avait vu discuter avec le magicien au bar, le lendemain.

Tesla acquiesça et sourit, comme si elle n'avait pas en face d'elle quelqu'un correspondant à la description faite par Shal de la personne qu'il avait poursuivie dans les couloirs. En grande partie, du moins. Des piercings, ça s'ôtait facilement. Tesla prit une photo de Yuki pour la partager avec son conjoint la prochaine fois qu'on l'autoriserait à le voir. « Bonjour ! On fait une photo ou vous préférez un autographe ?

— J'ai surtout besoin que vous dégagiez l'accès au théâtre. » Il s'adressa ensuite à la petite foule. « Honorables passagères et passagers ! Si vous êtes ici pour assister à la représentation des arts magiques de l'Incroyable Nil Silver, veuillez entrer dans la salle. Sinon, je vous suggère d'investir l'un de nos salons, comme le R-Bar ou le Lounge des pirates du Captain York, deux lieux de rencontre nettement plus appropriés que cette coursive. »

Tesla rougit, même si rien de tout cela n'était sa faute. « Je suis vraiment désolée. Je ne voulais pas…

— Bien sûr, je n'en doute pas. » Yuki désigna le couloir donnant sur la promenade principale. « Mais si vous consentez à emmener vos disciples un peu plus loin, cela nous facilitera les choses.

— Ah… en fait, je venais voir le spectacle. » Elle plissa le nez en souriant. « J'adore la magie, et Mx Silver nous a beaucoup amusés avec son habile façon de manier les cartes. »

Yuki jeta un coup d'œil en haut à gauche, accédant sans doute aux fichiers liés à la cabine de Tesla, et ses yeux s'écarquillèrent un peu. Avait-il reconnu Tesla Crane ou simplement aperçu une note signalant qu'elle était mariée à un assassin ? Il hocha la tête. « Ah, très bien. Les invités du Yacht-Club sont toujours les bienvenus, cela va de soi. J'ai une place pour vous à l'intérieur, si vous voulez bien…

— Dégager le passage. Volontiers. » Tesla lui fit une petite révérence. « Si cela ne vous dérange pas de me montrer le chemin ? »

Le soupir qui échappa à Yuki fut si léger qu'il n'existait peut-être pas. Il jeta un coup d'œil aux personnes qui s'éloignaient avec l'inertie d'un rocher, déduisant qu'elles iraient plus vite si l'objet de l'attraction disparaissait. « Par ici.

— Je vous ai vu au R-Bar l'autre jour, non ?

— C'est possible. » Le jeune homme lui fit signe de passer la porte et d'entrer dans le théâtre, merveilleusement silencieux.

La salle était couverte de lourdes tentures indigo, piquées d'étoiles argentées qui capturaient la faible lumière et donnaient un peu de profondeur aux murs. Le balcon du niveau martien se recourbait au-dessus, suivant une longue ondulation argentée. Plusieurs rangées de sièges descendaient jusqu'à la scène, tous occupés. Tesla ne s'attendait pas à autant de monde, honnêtement.

« Vos boucles d'oreilles sont si particulières, si jolies. Je suis sûre de vous avoir déjà vu. »

Yuki s'arrêta devant l'une des loges réservées aux membres du Yacht-Club. « J'espère que ces sièges vous conviendront. L'un de nos serveurs prendra vos commandes de boisson dans quelques instants.

— Merci. C'est très aimable. Est-il possible de rencontrer l'Incroyable Nile Silver après le spectacle ?» Elle joua avec son bracelet badge, montrant par là qu'elle pouvait à nouveau laisser des pourboires, insinuant qu'une somme substantielle attendait Yuki s'il l'aidait… sans l'exprimer directement.

Yuki suivit le mouvement de ses doigts, ses lèvres se pincèrent un court instant, puis il regarda la salle et reporta son attention sur Tesla en souriant. « Je vais voir ce que je peux…

— *Oh, bonjour* !* Qu'avez-vous fait de votre *si mignonne** petite chienne ?» Jalna Smith, l'élégante femme francosélénite qui figurait sur la liste des suspects potentiels de Tesla, s'arrêta à l'entrée de la loge, avec un cocktail laiteux couleur lavande dans une coupe délicate, ainsi qu'un verre de liqueur brune et fumée.

Que faisait-elle ici ? « Oh. Bonjour.

— Annie ? Viens voir, il y a la maman de Gimlet. Pardon, très chère, je me rends compte que je connais le nom de votre précieux animal, mais que j'ai complètement oublié le vôtre.»

Peut-être était-ce de la simple politesse. L'une des caractéristiques des personnes extrêmement riches est qu'elles ne vérifient pas souvent l'identité des autres membres de leur classe sociale, leur accordant d'emblée une certaine intimité de courtoisie. Tesla se distinguait par sa présence dans cette loge, ses vêtements et l'attention de Yuki. Les deux femmes avaient peut-être aussi remarqué la foule, dehors.

Ou peut-être que Jenny, l'employée affectée à leur chambre, leur avait signalé que Tesla avait fouiné devant leur porte. Ou bien Annie était la meurtrière. En tout cas, inutile d'essayer de maintenir sa fausse identité désormais. Pas avec les photos d'elle épinglées sur des dizaines de comptes, à bord, sur tous les réseaux.

Et merde !

Et pour couronner le tout, comment rentrerait-elle à sa cabine ? Bon, elle réglerait ça plus tard. Elle s'inclina pour les saluer amicalement, tâchant de faire comme si elle ne les avait pas surveillées. « Je m'appelle Tesla, Elle, ravie de vous rencontrer. Et Gimlet est restée avec mon époux… » Elle désigna la porte, comme si Shal n'était pas retenu contre son gré, puis se rendit compte que Yuki avait profité de cette interruption pour s'échapper.

« Vous êtes ici ? » Annie passa la tête par-dessus la rambarde, derrière le siège. « Oh, très chère. Vous allez bien ? Vous avez l'air… désolée. Pardon, je suis un peu trop directe, mais vous êtes épuisée, non ? »

Tesla allait bien. Rien de fou, tant s'en faut, mais elle fonctionnait correctement, ce qui était déjà un triomphe en soi. Et la sollicitude de cette femme – qui ne ressemblait vraiment pas à une meurtrière – augmentait la pression au fond des yeux de Tesla, faisait naître une brûlure qui ne tarderait pas à se transformer en larmes si elle n'y remédiait pas immédiatement. « Qu'est-ce que vous buvez ? »

Jalna la dévisagea un peu trop longtemps, puis fit l'effort d'accepter de changer de sujet. Elle leva son verre laiteux. « Annie boit un Aviation, et moi un Laphroaig Quarter-Cask. » De la tête, elle désigna le bar situé au fond du théâtre. « Ils viennent prendre la commande, mais je préfère faire connaissance avec le barman, au moins un peu.

— Ce n'est pas une mauvaise idée. » Et ça laisserait un peu plus de temps à Tesla pour se ressaisir. « Je vais… »

Les lumières du théâtre s'éteignirent. Une vague musicale grandiloquente déferla dans la salle, avec des basses profondes qui secouèrent le sternum de Tesla, soutenues par une pointe d'amélioration binaurale qui lui hérissa les poils de la nuque.

« Asseyez-vous, très chère. » Annie lui fit signe avec une autorité quasi parentale. « C'est la deuxième fois que nous assistons à ce spectacle et je compte bien être choisie comme volontaire, cette fois-ci. »

Une voix caverneuse succéda à la musique, avec les voyelles sucrées d'un accent singapourien orbital neutre. « Honorables spectateurs et spectatrices ! Bienvenue, bienvenue toutes et tous dans le Monde Merveilleux de l'Incroyable Nile Silver ! »

Jalna sourit à son épouse avec indulgence, puis chuchota à Tesla. « J'ai un peu menti. Je n'étais pas au bar, j'étais… »

Un éclair illumina la scène.

Obituary

60 ML DE GIN
7 ML DE VERMOUTH SEC
7 ML D'ABSINTHE
1 ZESTE DE CITRON

Remuez à la cuillère avec des glaçons pendant quarante secondes. Filtrez dans une coupe réfrigérée. Décorez avec le zeste de citron.

Les oreilles de Tesla bourdonnent. La visière du prototype de SPAM qu'elle est en train de tester scintille alors que le laboratoire et l'espace défilent en succession nauséeuse. La combinaison devrait s'autostabiliser, mais ce n'est pas le cas. Elle a du mal à réfléchir, quelque chose lui écrase la colonne vertébrale. Elle ne perçoit presque rien, à part ses courtes respirations creuses entrecoupées d'une douleur lancinante, brûlante.

De quoi, putain, mais… merde! Elle essaie d'activer les commandes manuelles du SPAM, sans parvenir à faire apparaître leur état réel sur l'ATH de sa visière. Sa rotation continue.

Elle active la com. «Lab One? J'ai un problème. Les commandes ne répondent plus.»

Ses oreilles bourdonnent, mais il n'y a pas que ça. Les alarmes saturent les communications du SPAM, alors que son réseau électrique se limite à l'auxiliaire d'urgence.

« Lab One ? Vous me recevez ?

— Tesla, ici Lab One. » Jonas est essoufflé, mais calme. « Les systèmes vitaux du SPAM sont stables, c'est ta télémétrie qui me préoccupe. »

Quelque chose a sérieusement dérapé, Tesla a du mal à réfléchir au-delà de la douleur et de la rotation. Est-ce une brume qui s'échappe du laboratoire, dans le vide de l'espace ?

« La combinaison bute sur le compartiment thoracique, et… il se passe quoi avec le lab ?

— Ils y travaillent en ce moment même. Concentrons-nous sur toi. » Derrière la voix de Jonas, elle entend d'autres alarmes. « Peux-tu activer le système d'évacuation d'urgence ?

— Essaie d'abord un reboot. Avec la rotation, j'ai autant de chances de heurter le lab que de me dégager du SPAM. » Les médias qualifient le SPAM de « robot géant » – et ils ne plaisantent pas sur sa taille. Lorsque son compartiment personnel se séparera du SPAM, ça fera deux objets susceptibles de heurter le lab. Tesla continue de parcourir le menu, à la recherche d'une commande active, mais tout est gris et mort, à l'exception des communications, des systèmes vitaux et du système d'évacuation. Combien de temps avant que tout cesse de fonctionner, ou qu'elle s'évanouisse à cause de la rotation ?

« J'ai déjà essayé. Et je te fais confiance pour ne pas heurter le lab. Évacuation. Évacuation. Évacuation. »

Elle persiste à penser qu'il se trompe. Elle se croit trop proche du labo. Elle a aussi beaucoup de mal à réfléchir, et le CAPCOM a une vision d'ensemble.

C'est bien l'intérêt. Il lui demande d'évacuer, la douleur dans sa colonne vertébrale s'aggrave, sa vue se trouble, elle va s'évanouir.

« Tesla. Tu me reçois ? ÉVACUATION, ÉVACUATION, ÉVACUATION ! »

Elle n'a même plus de souffle pour répondre, mais elle voit la station se dessiner, et dès l'apparition de la première arête noire, elle déclenche le système d'évacuation.

Jonas a raison. Elle ne heurte pas le labo. Enveloppée dans un cocon de tissu hermétique, elle s'éloigne du SPAM et plonge dans le ciel sombre piqué d'étoiles. Mais elle aussi a raison. Chaque action entraîne une réaction égale et opposée – et le SPAM est vraiment trop proche du laboratoire pour que l'évacuation se fasse en toute tranquillité.

Tesla est en sécurité. Pas le labo.

*

Tesla n'était pas tout à fait certaine d'avoir perdu connaissance. Mais elle était allongée au sol et quelqu'un avait enroulé une couverture, un châle ou une petite cape – quelque chose autour de ses épaules. Elle tremblait, ses joues étaient humides, mais elle n'avait manifestement pas vomi. Bon, c'était déjà ça.

Respirations lentes. On inspire en comptant jusqu'à quatre. On retient. On expire en comptant jusqu'à quatre.

Inspiration, deux, trois, quatre. On retient, deux, trois, quatre. Expiration, deux, trois, quatre. On retient, deux, trois, quatre.

Une crise. *Je suis en sécurité.* C'était une crise, un flash-back, Tesla savait comment y faire face. *Je suis en sécurité.* Où était-elle ? Ici et maintenant. Quelles étaient les cinq choses discernables autour d'elle ?

Une tache lumineuse sur une moquette bleu et gris. Une étoile argentée accrochant la lumière. Une bouteille d'eau. Un pantalon doré à paillettes. Une femme grassouillette agenouillée auprès d'elle. Tesla l'avait déjà rencontrée, elle s'efforça de faire remonter le contexte dans son cerveau.

Le théâtre. *Je suis en sécurité.* Elle était au théâtre, derrière une rangée de sièges, elle attendait le début du spectacle. Il y avait eu comme une explosion : un effet pyrotechnique. Le visage de Tesla s'échauffa d'embarras. Cela faisait très, très longtemps qu'elle n'avait pas eu de crise. Mais bien sûr, son personnel contrôlait chaque spectacle, à l'affût du moindre effet pyrotechnique, d'une éventuelle représentation de vertige, de mouvement rotatif.

Le rythme cardiaque de Tesla s'accéléra. *Des étincelles pailletaient le noir de l'espace.*

Inspiration, deux, trois, quatre. On retient. Expiration, deux, trois, quatre. On retient. Je suis en sécurité.

Elle prêta l'oreille aux quatre choses qu'elle entendait.

« … et pouvez-vous confirmer, à l'intention de notre aimable public, que cette boîte est entièrement vide ? » La voix d'un homme résonnait autour d'eux, dans la salle obscure.

« Oui, il n'y a rien à l'intérieur. » Une voix de femme francosélénite… elle connaissait cette voix.

Le bourdonnement d'un drone de service, le tintement de la glace dans un verre.

Tesla s'humecta les lèvres, puis déglutit. Elle se força à se rappeler… Annie. Oui, la femme du karaoké. Et c'était Jalna, sur scène. Et toutes les deux étaient des suspectes potentielles.

Tesla croisa le regard d'Annie. Elle chuchota : « Je suis désolée. Ça va bien, maintenant. »

L'air pincé d'Annie lui montra clairement qu'elle ne la croyait pas un seul instant. Elle approcha la bouteille d'eau. « Je leur ai demandé de prévenir votre conjoint. Y a-t-il quelqu'un d'autre à… ?

— Non. » Tesla enfouit la paume de ses mains dans ses orbites, et seuls les éclairs lumineux l'informèrent qu'elle appuyait trop fort. Parmi les nombreuses conversations qu'elle n'avait aucune envie d'avoir, il y avait celle qui consistait à expliquer à cette femme manifestement sympathique que l'époux de Tesla n'avait rien à voir avec cette histoire d'assassinat.

« Pauvre petite. » Annie regarda derrière elle, vers la scène. « Il reste encore quelques effets pyrotechniques, dans quelques minutes. Est-ce que vous… serait-il préférable de sortir ? »

Étincelles, obscurité. La pièce se mit à tourner, une nouvelle pellicule de sueur glacée couvrit la nuque de Tesla.

Inspiration, deux, trois, quatre. Expiration, deux, trois, quatre. Respirer lentement et profondément. Citer trois sensations.

La pression. La pression dans son dos. La pression de la bouteille d'eau. La pression derrière ses yeux, là où elle risquait à nouveau de fondre en larmes. Tesla acquiesça et se détesta encore une fois.

Jonas Zuraw
Neomia Jakobsberg
Dalphon Karl
Vishal Tharman
Sarika James
Gerd Sýkora

Elle avait l'habitude de prononcer leurs noms tous les jours, jusqu'à ce que son thérapeute la convainque que cela n'améliorerait en rien son état. La pièce se remit à tourner.

Respirer lentement. Citer deux odeurs. Le parfum profond et boisé d'un scotch Islay. De la cordite.

Tesla se leva en titubant, laissant la cape d'Annie à même le sol, puis se précipita dans le hall. Ses membres tremblaient, manquaient de coordination, et elle faillit s'évanouir à nouveau. Ça irait mieux si elle parvenait à sortir.

Mais il n'y avait aucun extérieur. L'éclairage du hall était crépusculaire, après l'obscurité de la salle, pour créer une transition avec la coursive. Des portes en verre teinté ceinturaient l'entrée du théâtre – et derrière, Tesla voyait distinctement la foule qui l'attendait, appareil photo à la main ou collé au front. La plupart des gens s'efforçaient de maintenir un air innocent, comme s'ils guettaient quelqu'un d'autre par hasard, ou qu'ils avaient décidé de s'arrêter juste ici pour bavarder, mais Tesla avait déjà vu ce genre d'attroupement.

La sueur collait encore ses vêtements à son corps, et elle savait que ses yeux étaient dilatés, ses joues rougies, parce qu'elle avait déjà vu des photos d'elle dans cet état – prises par des gens qui n'avaient aucune idée de ce qui se passait dans son cerveau, qui la prenaient pour une droguée, ce qui, pour être honnête, avait été le cas pendant un certain temps, seule échappatoire pour apaiser son esprit, et…

Tesla ferma les yeux, inspira lentement et profondément. Elle paniquait. C'était une réaction normale, elle n'avait qu'à attendre. *Ce que je ressens, c'est la panique. C'est très inconfortable, mais sans danger.* Elle avait désespérément besoin de Gimlet, mais elle saurait se débrouiller. Respirer profondément. Respirer lentement. *Inspiration, deux, trois, quatre. Expiration, deux, trois, quatre.*

Des pas lents s'approchèrent derrière elle, Tesla tressaillit en rouvrant brusquement les yeux.

Annie l'observa en gardant ses distances. La femme regarda la coursive en secouant la tête. « Des vautours. » Elle soupira. « Bon. Vous ne pouvez pas sortir par là, n'est-ce pas ?

— Je me cacherai dans les toilettes. » Ce n'était pas la première fois et ce ne serait pas la dernière.

« Laissez-moi vérifier si nous pouvons sortir par les coulisses. On contournera la foule par les couloirs de service. » Elle lança un sourire triste à Tesla. « À l'époque, j'étais célèbre, vous savez. Et la plupart du temps, ça ne me manque pas du tout. »

Sophisticated Lady

60 ML DE JUS DE CANNEBERGE
30 ML DE SIROP SIMPLE
30 ML DE JUS DE CITRON VERT
1 PINCÉE DE SEL
1 RONDELLE DE CONCOMBRE ET 1 PELURE DE CONCOMBRE

Mettez la pelure de concombre, le sel et le sirop dans un shaker. Ajoutez les jus de canneberge et de citron vert. Secouez pendant quinze secondes. Filtrez dans un verre à martini, décorez d'une rondelle de concombre.

La loge des coulisses était fade, sans aucun effort pour la rendre agréable. Tout était d'un blanc-gris fonctionnel et fané. Tesla s'effondra sur une chaise en polyamide devant un miroir de maquillage, puis détourna les yeux : aucune envie de constater à quel point sa panique était flagrante.

Annie et Jalna étaient assises en face d'elle, les miroirs les répliquaient dans un long tunnel réfléchissant de gentillesse.

« Vous devriez nous accompagner au yoga, ce soir. Nous avions prévu d'y aller juste après le spectacle pour nous détendre avant la nuit, je vous promets que personne ne vous créera le moindre problème. » Annie posa la main sur le bras de Jalna. « Chérie, dis-lui qu'elle ferait mieux de venir.

— *Annie, si elle a besoin de calme, il vaut mieux qu'elle reste dans sa cabine**.

— *Mais* c'est *calme, le yoga ! Et elle ne doit pas rester seule, pas dans cet état !** » L'accent du Midwest d'Annie aplatissait son français sélénite. « Je suis navrée de vous avoir fait louper la suite du spectacle. » Dès qu'un membre de l'équipage apparaîtrait pour l'escorter dans les couloirs de service jusqu'au Yacht-Club, Tesla irait se réfugier dans sa chambre, et… et quoi ? Tout ce qui figurait sur sa liste des moyens envisageables pour démasquer le véritable meurtrier impliquait de quitter cette pièce. Elle avait cherché à savoir où se tenait le cours de yoga, et les deux femmes venaient juste de l'inviter !

« Nous avons déjà vu ce spectacle. » Annie balaya les réserves de Tesla d'un revers de main. « Je suis un peu jalouse qu'on ait choisi Jalna comme volontaire, j'avoue. Quelle chance, non ? »

Jalna prit une brève inspiration pour répondre, mais la troqua contre un sourire. « Eh bien, nous devrions y retourner, et ce sera toi, l'heureuse élue. »

Elles ne lui disaient pas tout. Tesla était suffisamment alerte pour s'en rendre compte, mais elle n'arrivait pas à savoir ce que ça cachait. Elle but une gorgée d'eau et sut qu'elle devait absolument poursuivre la conversation, mais la quantité d'énergie nécessaire lui paraissait insurmontable.

« Avec tout ce qui vous arrive, prendre un peu de temps pour respirer et s'étirer, c'est tout simplement souverain. Si vous n'avez pas envie, je comprends, Dieu sait que je comprends, mais je suis aussi persuadée que le yoga fera… »

La porte s'ouvrit – heureusement –, interrompant le monologue bien intentionné d'Annie sur les mérites du yoga. Nile Silver, vêtu d'une longue cape bleu argenté, entra dans la pièce en tourbillonnant. « Bonsoir, chères amies, permettez-moi de me présenter, je suis l'Incroyable… » Il s'arrêta, les bras ballants, l'œil rivé sur Tesla. « Oh, merde. Je suis vraiment désolé, vraiment désolé. Vous allez bien ? »

Tesla était debout, appuyée au mur, dans l'angle. Sa chaise était renversée, la bouteille d'eau roulait sur la table de maquillage, inondant tout sur son passage. Le corps de Tesla était crispé, entièrement couvert de sueur. Elle ferma les yeux, aveuglée par les lumières trop vives du miroir à maquillage.

Les étoiles et le labo tourbillonnent.

Le souffle court, Tesla ouvrit les yeux, puis déglutit. « Désolée. Je suis… Je suis… » *Vraiment dans tous mes états.* Elle s'offrit une goulée d'air qui la fit trembler. *Inspiration. Deux, trois, quatre.* L'air se coinça dans sa gorge, elle se força à l'expulser, *expiration, deux, trois, quatre.* « Désolée. C'est votre loge, je vous gêne.

— Non, non. » Nile Silver secoua la tête en désignant sa jambe. « Vous saignez. »

Elle baissa les yeux, un filet de sang coulait le long de son tibia depuis une entaille toute fraîche sur son mollet. Elle n'avait pas mal. Elle n'avait rien senti du tout. « Oh… »

Annie se leva d'un bond. « Une trousse de premiers secours ?

— Hum… » Nile se retourna, regardant la loge autour de lui. Jalna secoua la tête en haussant les yeux au ciel, puis se dirigea vers l'évier, où elle s'empara d'une poignée de serviettes recyclables. « Tesla, voulez-vous bien vous asseoir, s'il vous plaît ? »

Nile fouilla dans sa poche, en sortit un petit boîtier qu'il ouvrit d'une pichenette. « Delta, delta, un, un, trois. Je répète. Delta, delta, un, un, trois. »

Cette pièce était trop chaude à l'arrivée de Tesla, et voilà qu'elle était maintenant aussi froide qu'une orbite dans l'ombre d'une planète. « Vous avez appelé la sécurité ? »

Nile la regarda, la bouche encore ouverte. « Euh… non, j'ai appelé un médecin. Delta gamma, c'est médical et sécurité.

— Oh. » Elle déglutit. « C'est une simple égratignure. »

Agenouillée près d'elle, Annie ricana, puis tendit la main vers les serviettes que Jalna avait réquisitionnées. « Je peux voir ?

— Ce n'est pas grave, vraiment. Ça m'arrive tout le temps. » Quand elle réglait son RCPD trop haut, elle se blessait facilement. Elle s'occuperait de ça plus tard. Dans l'immédiat, même sans la présence des agents de sécurité, elle n'avait aucune envie de voir l'un des médecins de bord. « Ce n'était pas la peine d'appeler le service médical.

— Je l'ai fait quand même. Oui, oui je l'ai fait. C'est le règlement du vaisseau quand un passager se blesse. » Nile se passa la main dans sa chevelure noire et gominée. « Je suis vraiment désolé. On m'a dit que… vous étiez ici et que quelqu'un avait mal réagi à la pyrotechnie… Je n'avais pas compris qu'il s'agissait de la même personne. Écoutez. Je suis vraiment désolé. Il devrait y avoir une annonce. »

À l'infime pause qui avait précédé le mot « vous », Tesla avait su qu'il s'apprêtait à prononcer son nom. Que *TESLA CRAAAAAAAANE !!!* était dans sa loge et qu'il était là pour l'impressionner.

Se serait-il excusé pour la pyrotechnie si Tesla avait été une spectatrice comme les autres ?

Elle ravala le caillou dans sa gorge. « Ça change des tours que vous présentez à table. »

Il grimaça. « Puis-je vous apporter quelque chose, pendant que nous attendons ?

— Je vais très bien, merci. » Elle s'éloigna du mur, tâchant d'ignorer les tremblements de ses genoux. *Des étoiles, des étincelles, les ténèbres.* « Et je ferais mieux de rentrer dans ma cabine.

— Pas si vous saignez. » Jalna se pencha, puis redressa la chaise que Tesla avait renversée et sur laquelle elle s'était probablement coupée. « Asseyez-vous, s'il vous plaît. »

Elle s'assit en soupirant, parce que, dans le meilleur des cas, représenter un danger biologique ambulant était un faux pas social. Ici, ils s'en serviraient probablement comme excuse pour la consigner dans sa cabine. Tesla tendit la main pour prendre les serviettes. « Merci. »

En fronçant les sourcils, Annie les lui passa sous le regard de Jalna, qui affichait une mine tout aussi expressive. La grande femme retroussa ses manches comme pour aider, révélant un tatouage délavé de pousses de pois torsadées sous le tissu.

Jalna fit la grimace. « Il doit bien y avoir quelqu'un pour l'accompagner dans les couloirs de service. C'est possible ?

— Oui, bien sûr. Yuki peut s'en charger. » L'Incroyable Nile Silver déboutonna sa cape et la suspendit à un crochet, près de la porte. « Sinon, je peux le faire moi-même. En fait, oui, pourquoi pas ? Votre époux et vous, vous avez été si gentils avec moi, en début de semaine. Où est-il, d'ailleurs ?

— À l’infirmerie. » Tesla épongea l’eau qu’elle avait renversée tandis que son cerveau se remettait lentement en état de marche. Elle était justement venue ici pour poser quelques questions au magicien. Nile Silver s’était disputé avec George et un passager chauve, avant le meurtre. Yuki ressemblait à la personne que Shal avait poursuivie, et quelqu’un mentait sur sa présence ou non au R-Bar, ce soir-là.

« Oh non ! » Nile se détourna de la cape. « Et vous êtes venue au théâtre pour vous détendre, et puis il y a eu cet effet pyrotechnique débile, et maintenant vous êtes blessée. Je ne l’aime même pas, cet effet. Mais le vaisseau… Je suis vraiment désolé.

— Ce n’est pas votre faute. » C’était clairement celle de Tesla. Elle s’empara de ce train de pensées avant de s’enfoncer davantage. Elle devait lui poser des questions. Maintenant son attention sur la bouteille, elle versa un peu d’eau sur une serviette, puis nettoya une partie du sang. Dans d’autres circonstances, elle aurait agi avec un peu de subtilité, mais le fait d’être fonctionnelle lui donnait l’impression de pouvoir tout affronter. « Vous êtes au courant du meurtre ?

— Oui, quelle horreur. » Il redressa ses boutons de manchette. « Mais rassurez-vous, il n’y a rien à craindre. Le chef de la sécurité a fait savoir à l’équipage qu’ils avaient arrêté le coupable.

— Mon époux. » Tesla fixa le magicien. « Ils ont arrêté mon conjoint. Il n’a rien fait. »

Il la dévisagea comme pour la première fois, puis ses yeux s’écarquillèrent. « Oh… oh. C’est… Ils ne nous ont pas dit qui.

— Je n'en doute pas. » Elle reposa la bouteille sur la table. « Le fait est que nous étions dans le compartiment voisin de George Saikawa, au karaoké. Vous vous êtes disputé avec un passager juste devant. Chauve. Blanc. Un ventre de gamer. Chemise et petite cape pailletée ? J'essaie de le retrouver. »

Nile Silver pinça les lèvres un court instant, les yeux baissés. « On nous a demandé de ne pas en parler. »

Toute la rage et la frustration que Tesla éprouvait à l'égard du vaisseau et d'elle-même remontèrent à la surface – elle se força à rester immobile pour ne pas lui hurler dessus. Elle pouvait faire beaucoup de choses, mais pas crier sur les membres d'équipage. Il avait beau être magicien, il restait un employé – et elle, une cliente.

La pièce était trop chaude, les articulations de Tesla craquaient de colère. Elle termina le nettoyage de son égratignure – qui n'était pas si grave que ça –, puis reprit très prudemment : « Je vois. Je ne voudrais pas vous mettre dans le pétrin… »

Un chien aboya.

Tesla s'élança vers la porte et l'ouvrit d'un coup sec. Gimlet entra dans la pièce en traînant sa laisse par terre.

Sa queue trapue agitait tout son derrière alors qu'elle fonçait droit sur Tesla et se dressait sur ses pattes arrière. Elle pointa ses oreilles vers son humaine, les yeux brillants. Le bout de sa petite langue rose vint toucher sa main, un baiser de chien.

Un sanglot remonta le long de la gorge de Tesla, fort comme le lancement d'une fusée. Elle tourna le dos aux autres et serra sa chienne dans ses bras. Elle se laissa envahir par l'odeur de Gimlet et se concentra sur ses petits grognements. Elle gratta ses oreilles, sans percevoir leur douceur ou leur chaleur – ce qui signifiait qu'elle devait faire attention à ne pas blesser sa chienne par accident.

Tesla se pencha dans le couloir, une partie d'elle s'attendant à ce que Shal poursuive Gimlet, qu'Haldan Kuznetsova ait tenu sa promesse et obtenu qu'on libère son époux… tout en sachant qu'il ne serait pas là.

L'agente Piper se dirigea vers elle en trottinant dans le couloir, le visage fermé par l'agacement.

Si Tesla se mettait à pleurer maintenant, elle ne s'arrêterait pas avant d'atteindre Mars. Et puis Shal apparut à l'angle du couloir, talonné par Bob la Montagne.

Hanky Panky

45 ML DE VERMOUTH DOUX
45 ML DE GIN
15 ML DE FERNET-BRANCA
1 ZESTE DE CITRON

Remuez à la cuillère avec des glaçons pendant quarante secondes. Filtrez dans une coupe. Décorez d'un zeste de citron.

Annie et Jalna suivirent Nile dans l'entrée, laissant Tesla et Shal seuls dans la loge. Gimlet flaira la porte en remuant sa petite queue.

Enfin, presque seuls.

Shal passa la main sur la joue de Tesla, le visage crispé par l'inquiétude. Ses lèvres s'entrouvrirent sur une question, mais elle s'avança vers lui avant qu'il lui demande si elle allait bien. Cette question se transforma en baiser.

Les lèvres de son conjoint étaient pleines, chaudes et légèrement gercées. Il l'entoura de ses bras, l'attirant doucement contre lui. Elle réduisit son RCPD pour mieux sentir la chaleur de ses mains qui couraient le long de sa colonne vertébrale. Il trouva les points de tension et s'y attarda tout en la caressant.

Il y a une nette différence entre l'absence de douleur et la disparition de la douleur. Mais ça valait la peine de sentir les points rouges du fil barbelé pour sentir aussi ses doigts, alors qu'il isolait chaque nœud et les frottait en petits cercles pour mieux les séparer.

::Salut mon cœur.::

Au signal émis par son système, elle sursauta, puis enroula ses doigts dans ses cheveux. *::Tu es de nouveau connecté. Pourquoi tu ne m'as pas dit que tu venais?::*

Sa langue ne fit qu'écarter ses lèvres pour la taquiner. *::Accès local uniquement. Tu vas donc devoir supporter pas mal de contact peau contre peau si tu veux communiquer par ping.::*

::Oh, oui. J'ai beaucoup, beaucoup, beaucoup de messages à t'envoyer. J'essaierai de survivre à cette restriction au réseau local…:: Elle laissa glisser sa main le long de son torse, en prenant soin de ne pas appuyer sur ses côtes, avide de passer derrière pour mieux saisir ses fesses magnifiques.

Il lui serra le haut des bras, décrivant des cercles sur ses épaules «Ton nouveau client est venu me voir. Fascinante histoire…

— Jusqu'à quel point tu y crois?

— Hum…» Sa bouche s'inclina sur le côté, il passa les doigts sur sa joue. *::En partie, disons. Mais il ne nous raconte pas tout, ça ne fait aucun doute, il se contente de nous indiquer ce sur quoi il veut qu'on se concentre. J'ai une liste longue comme le bras de…::*

::Moi aussi.::

::Tiens d'ailleurs, excellente idée de planquer une note dans le gilet de Gimlet. Qu'est-ce que…::

Quelqu'un frappa à la porte. «Service médical.»

Tesla soupira, puis s'éloigna de Shal, sentant soudain son absence contre son corps. Elle ouvrit la porte. Ruth Fish se tenait dans le couloir, sa trousse en bandoulière. La docteure regarda Tesla en écarquillant les yeux. « Et merde !

— Nous sommes d'accord. Qu'est-ce que vous foutez ici ? »

La mâchoire de la Dre Fish se crispa. « Je réponds à un appel delta-delta depuis qu'on m'a virée de ma propre infirmerie parce que… et lui ! qu'est-ce qu'il fait là ? » Elle se tourna sur le côté. « Bob. Il se passe quoi ?

— La boîte veut qu'on le relâche. Le chef nous a dit de l'escorter jusqu'à leur cabine.

— Ce n'est pas leur cabine, ici.

— Oui… enfin, la petite chienne.

— C'est ma faute. » Shal leva les mains en signe de reddition. « J'ai juste dit : "Trouve maman." »

Gimlet souffla et frotta son museau sur la jambe de son humaine. Elle posa une patte sur sa chaussure, observant Shal comme s'il était vraiment débile de ne pas savoir où se trouvait maman. Tesla sourit à la petite chienne. « Bonne fille.

— Mais il est encore sous surveillance ! » La Dre Fish pointa du doigt la loge et son visage s'enflamma. « Dites-moi que nous le gardons au moins en observation. Enfermé dans sa cabine ? Cessez de hausser les épaules ! »

Tesla referma la porte et s'y appuya.

Fish y toqua immédiatement. Tesla éleva la voix. « Nous refusons le traitement ! »

Elle perçut un grondement dans le couloir, mais les coups s'arrêtèrent. Elle soupira, puis secoua la tête en regardant Shal. « Bon, c'était énervant.

— Tesla… qu'est-il arrivé à ta jambe ?

— Oh. Je me suis cognée contre une chaise. » Elle

haussa les épaules, s'éloignant de la porte, mais les miroirs qui les entouraient ne lui permirent pas de dissimuler son visage.

Le regard de Shal la suivit dans le miroir de la table de maquillage. « Et si je te demandais à quel point c'est grave… ? »

Le visage de Tesla était encore assombri par les sanglots de tout à l'heure, la sueur avait collé plusieurs mèches à son front, le reste de sa chevelure ne formait plus qu'une masse sauvage et désordonnée autour de ses joues. Elle remit l'adhésif synthétique qui maintenait sa perruque en place, puis tenta de peigner ses cheveux avec ses doigts, pour leur donner un aspect un tant soit peu formel. « Tu peux me laisser mentir maintenant si je te promets de te le dire plus tard ? »

Il soupira, les lèvres serrées l'une contre l'autre, comme s'il se retenait vivement de parler. Mais il acquiesça. « Raconte-moi tout ce que tu peux, maintenant, d'accord ?

— J'ai enfin pris contact avec Fantine. » Tesla gagna l'évier pour se laver les mains. Gimlet la suivit, ses griffes cliquetant sur le sol, l'inquiétude se lisant sur son visage poilu. Tandis que Tesla s'efforçait d'améliorer son apparence avec un minimum d'outils, Shal resta derrière elle, passant la main le long de sa colonne vertébrale tandis que l'autre travaillait les muscles noués à la base de son crâne. Sa peau était chaude contre la sienne, et elle se servit de leur connexion locale pour informer Shal de sa conversation avec Fantine, tout en lui expliquant le contenu et le raisonnement derrière sa liste de suspects. Elle lui envoya aussi les photos de Yuki.

Il lui répondit *::Peut-être. Enlève les boucles d'oreilles…::*

::Il a forcément accès à l'escalier de service.::

::C'est vrai… Je vais voir ce que je peux trouver sur lui, si nous parvenons à les convaincre de me laisser me connecter à un système.::

::Si Fantine parvient à les convaincre…::

::C'est ce que je voulais dire, évidemment.:: Shal lui sourit dans le miroir, puis se pencha en avant pour déposer un baiser sur sa nuque. « Si tu continues comme ça, je vais perdre le fil de mes pensées », fit Tesla.

Par-dessus son épaule, il lui sourit à nouveau, avant de lui mordiller doucement le côté du cou. *::Qu'as-tu d'autre à signaler ?::*

::Je pense qu'on a mis l'oxyfeldone dans le gin Lunacy et qu'on l'a remplacé dès que tu t'es évanoui…::

Il releva brusquement la tête. « Ils ont balancé le gin Lunacy ? Quels monstres. »

Elle ricana et se tourna vers lui pour l'embrasser. « C'est ça le plus grave, évidemment.

— Ça ne s'exporte pas ! On le remplacera par quoi, une fois sur Mars ? » Il lui rendit son baiser, suivant la ligne de sa mâchoire jusqu'au point sensible, sous son oreille. « Les crapules. »

::Alors, quelqu'un a essayé de te tuer. Pourquoi ?::

::Tu veux dire, en dehors du fait que j'ai potentiellement aperçu le meurtrier ? Savoir qu'ils souhaitent me piéger m'inquiète plus. Coïncidence, parce qu'on était voisins ? Ou délibéré, parce que j'avais un lien avec Saikawa ?::

::Et tu t'inquiètes pour le gin !::

::J'ai le sens des priorités !::

Elle le dévisagea en soupirant, mais ses yeux étaient fermés, à moitié cachés par ses cheveux. *::Haldan semblait dire qu'on avait aussi drogué son alcool, j'aimerais bien en analyser un échantillon.::* Elle mordilla la barbe rugueuse de son cou.

Shal la poussa pour l'éloigner un peu de lui. « Je… J'ai dit "client" en arrivant, mais à mon avis, on ne devrait pas s'occuper de cette affaire. Je crois qu'on devrait plutôt suivre le conseil de Fantine et nous terrer dans notre cabine pendant le reste de la croisière.

— Qu'est-ce que tu racontes ? Bien sûr qu'on doit s'en occuper. On ne va pas laisser ce meurtrier s'en tirer comme ça. Ruth Fish…

— Aurait pu me tuer. »

Tesla frissonna à cause du froid soudain dans l'atmosphère. « Je sais. C'est ce que je voulais dire. Voilà pourquoi j'ai refusé qu'elle te soigne. »

Shal secoua la tête. « Non. Je veux dire, pendant que j'étais inconscient, avant qu'on t'appelle. Elle avait largement le temps de faire en sorte que mon overdose soit définitive. Ce qu'elle n'a pas fait. »

Tesla le regarda en cillant. Elle cilla à nouveau en se remémorant la docteure qui le soignait à son arrivée. « Elle ne sentait pas le bourbon. »

Shal inclina la tête. « Tu m'expliques ?

— Quand je suis arrivée, elle ne sentait pas le bourbon, mais un peu plus tard, oui… » Elle fouilla dans sa mémoire, tâchant de comprendre à quel moment la situation avait évolué. Gimlet se redressa et posa ses pattes sur la cuisse de Tesla. Distraitement, elle gratta les oreilles de sa chienne. « Après l'arrivée d'Haldan et du chef Wisor. »

Shal se frotta la bouche, fixant le coin supérieur de la cabine comme s'il assemblait mentalement les pièces du puzzle. « Dans ce cas, qui l'a poussée à boire ? Les deux ensemble ? Ou quelque chose d'autre ?

— Tu vois ? Tu ne peux pas laisser tomber cette affaire. Et si Ruth Fish n'est pas la meurtrière…

— Je n'ai pas dit ça, j'ai dit qu'elle a largement eu l'occasion de me tuer et qu'elle s'est abstenue. » Il soupira, puis se passa les doigts dans les cheveux.

« Et Annie et Jalna ? » Rien qu'en prononçant leurs prénoms, Tesla avait beaucoup de mal à imaginer l'une de ces femmes assassiner Saikawa. « Elles logent dans les suites Grand Royal et elles font du yoga dans le même groupe que Saikawa.

— Alors… deux vieilles dames meurtrières ? » Shal acquiesça. « Oui, c'est une possibilité.

— Ne te moque pas de moi !

— Crois-le ou pas, je ne me moque pas de toi.

— J'ai des doutes sur cette affirmation. Mais si tu admets que c'est possible, tu seras content d'apprendre qu'elles m'ont invitée à les accompagner à leur cours. J'en profiterai pour observer les autres.

— Écoute… Si cette histoire de George et Ruth qui seraient de mèche…

— De mèche ? Vraiment ?

— Hum-hmm. C'est une expression. Si elles sont "de mèche", comme le dit Haldan, alors il est en danger, mais c'est probablement le seul. Et encore plus si on enquête au grand jour.

— Donc, on se planque. Et lui… quoi ? Il se planque dans une cabine déjà compromise ? »

Shal grimaça et fit craquer sa nuque. « Il y a d'autres possibilités. Aucune n'implique que tu prennes des risques inutiles.

— Un cours de yoga.

— Avec des gens qui, d'après toi, pourraient être des assassins.

— Yoga. Cours. Je ne serais pas toute seule.

— Tu es bien venue toute seule au théâtre. Tu avais prévenu quelqu'un ?

— Je l'ai dit à Haldan, oui.

— Un suspect potentiel, ça ne compte pas !

— De plus, il y a un milliard de personnes dans ce théâtre. Je n'étais pas seule !

— Bonjour. Je ne sais pas si tu as remarqué, mais je t'ai retrouvée dans les coulisses, dans une salle pleine de gens que…

— Que je soupçonne d'être les coupables. D'accord ! Tu as gagné. J'étais… »

Elle se retint de lui annoncer qu'elle avait eu une crise. Ça, ce serait un point en sa faveur. « On t'accuse de meurtre et tu refuses d'enquêter ? C'est quoi, ton problème ? »

Un bref instant, la colère rétrécit les narines de Shal, qui inspira avec force. Il retint son souffle. À ses pieds, Gimlet s'agita, les regardant à tour de rôle. Quand il reprit la parole, la voix de Shal était sèche et posée. « Nous sommes en train de nous disputer ?

— Je… oui. » Elle cligna des yeux, une bonne partie de sa hargne s'échappa d'elle. « La première dispute depuis notre mariage.

— Ça fait seulement une semaine… » Il écarquilla les yeux. « Ooooh. Ça veut dire qu'on va faire l'amour, alors ? »

Elle s'esclaffa et se pencha en avant pour l'embrasser sur la joue. « Je me souviens que c'est écrit dans le manuel.

— Tu as un manuel ? » Il claqua des doigts avec un air faussement chagrin, puis soupira en regardant le sol. « Mais sérieusement, poupée… S'il te plaît, ne va nulle part seule. C'est… tu mesures à quel point c'est facile d'enlever quelqu'un en plein jour ? Ils droguent un verre. Ensuite, ils disent que tu as trop bu. S'il te plaît, s'il te plaît, ne va plus à la piscine sans prévenir personne. »

Elle recula, presque assez irritée pour se remettre à crier. « Mais ? Je te l'ai dit. »

Shal se figea. « Quoi ?

— Je t'ai dit où j'allais ! Je t'ai appelé, je te l'ai dit. Et aussi à qui j'allais parler. »

Le voir aussi désemparé avait quelque chose d'étonnant. Shal avait un petit côté arrogant, mais son épouse était intelligente, elle avait l'habitude d'obtenir des réponses et elle savait comment les chercher. Sa langue effleura brièvement sa lèvre inférieure et il déglutit. « Qu… Quand ?

— Un peu après six heures ? Je… suis allée parler à Josie. Tu te souviens que j'y suis allée ? »

Il acquiesça en se frottant le front. « Mais pas… ouch ! » Son rire sonna creux et gêné. « Donc… amnésie rétrograde. Ouh là, là. J'ai déjà vu ça chez des gens qu'on avait drogués. Au moins, comme ça, j'en aurai fait l'expérience. De quoi… de quoi d'autre avons-nous parlé ?

— De pas grand-chose, parce qu'on était certainement sur écoute. » Elle lui prit la main et lui passa le pouce sur le dos, lissant son duvet fin et sombre.

La brièveté de ses réponses quand elle l'avait appelé prenait tout son sens, maintenant. « Tu m'as paru fatigué. Tu as même dit que tu passerais commande au room-service.

— Bon sang… Je ne me souviens de rien. » Il grimaça en inclinant la tête vers le plafond. « J'aurais peut-être dû les laisser me garder à l'infirmerie… »

Un léger coup à la porte interrompit le reste de sa phrase. Tesla le contourna pour ouvrir le battant d'un coup sec. « Pour l'amour du ciel, je vous ai dit que… Oh. Désolée. »

Annie et Jalna se tenaient devant la porte, tandis que Nile Silver attendait un peu plus loin dans le couloir, triturant une pièce de monnaie entre ses phalanges. Les agents de sécurité et la Dre Fish avaient disparu.

En fronçant le nez, Annie fit sa grimace souriante du Midwest. « Je suis désolée, ma chérie, mais Jalna et moi allons à notre cours de yoga, je voulais juste vous prévenir que nous partions – et m'assurer que vous alliez bien. Nile propose de vous raccompagner à votre cabine en passant par les couloirs de service. »

Shal sortit la tête de la pièce. « Où sont passés Bob et Maria ?

— Maria ?

— L'agente Piper. Je lui ai promis un rencard avec Gimlet. » Il regarda la petite chienne. « C'est qui le plus beau des pots-de-vin ? C'est toi ? Oui, c'est toi. Oui, c'est toi. Un magnifique pot-de-vin. Un merveilleux pot-de-vin. »

La queue de Gimlet remua furieusement, elle regardait Shal avec adoration.

Jalna agita la main. « On les a appelés ailleurs. Mais Nile vous ramènera tranquillement à votre cabine.

— Génial. » Shal passa le bras autour de la taille de Tesla. « J'ai vraiment hâte de retrouver notre cabine, et j'ai la ferme intention de ne plus jamais la quitter. »

Tesla l'embrassa sur la joue pour s'excuser d'avance, avant de se tourner vers Annie. « L'invitation au cours de yoga tient toujours ? »

Fourth Degree

20 ML DE VERMOUTH DOUX
20 ML DE GIN
20 ML DE VERMOUTH SEC
1 CUILLÈRE À CAFÉ D'ABSINTHE
1 ZESTE DE CITRON

Remuez à la cuillère avec des glaçons pendant quarante secondes. Filtrez dans une coupe. Décorez d'un zeste de citron.

L'ascenseur était éraflé, dépourvu d'ornements et sentait vaguement l'eau de Javel. Tesla avait vu plus de couloirs de service que d'allées principales dans presque tous les événements publics auxquels elle avait participé. Nile fronça les sourcils en agitant son pass d'employé pour tous les ramener au niveau sélénite.

« L'état des lieux laisse à désirer, désolé. » Il fit un vague signe de la main vers l'ascenseur. « Je suis sûr que vous n'êtes pas habituée à ça. »

Tesla haussa les épaules et lui adressa un clin d'œil pour le mettre à l'aise, comme elle l'avait fait dans une centaine d'autres ascenseurs de service. « Ça me donne l'impression d'être clandestine. »

Shal désigna l'angle supérieur de l'ascenseur, où se trouvait une caméra. « Ça ne doit pas être simple de pratiquer la magie au contact direct des gens, avec des caméras partout. »

Nile haussa les épaules. « On apprend à faire avec.

Et il y a toujours des angles morts, mais si je vous disais où, je dévoilerais tous mes secrets. » Les portes de l'ascenseur s'ouvrirent. « Nous y voilà. »

Un autre couloir de service – aux murs gris unis, aux sols gris éraflés – partait dans deux directions opposées. Sous gravité lunaire, Gimlet bondissait à chaque pas, ses pattes s'agitaient jusqu'à ce qu'elle touche à nouveau le sol.

Jalna se tourna vers eux. « Permettez-moi d'avertir Mahjabin que nous avons des invités. Qui veut se joindre à nous ? »

À côté d'elle, Shal gémit sous cape en levant la main. « Je suis partant. »

Sur la liste des choses auxquelles Tesla n'avait pas pensé, le point 47 était que Shal se joindrait au cours. « Oh, mais… tes côtes… »

Il lui lança un regard noir. « J'en suis. »

Devant eux, Nile intervint : « Je dois me préparer pour le prochain spectacle, je le crains. Mais je peux m'arranger pour vous obtenir une autre escorte après le cours.

— Deux personnes, alors », acquiesça Jalna, pressant le pas devant eux, avec la facilité et la posture légèrement voûtée d'une habitante de la Lune. Tesla l'avait trouvée gracieuse dans la section à gravité terrestre, mais elle était d'une beauté à couper le souffle sous gravité lunaire. « On se retrouve là-bas ! »

Alors qu'ils dépassaient un escalier, Shal ralentit, puis s'arrêta. Il s'en approcha, y passa la tête en fronçant les sourcils. « Nous sommes directement au-dessus du Yacht-Club ? »

Nile ne s'arrêta pas. Il jeta un coup d'œil derrière lui. « Je suppose, oui. » Il tendit la main vers une porte et l'ouvrit avec emphase. «*Et voilà!** Nous émergeons dans le monde réel, tel Orphée revenu des enfers.

— Vraiment? C'est ça votre métaphore?» Tesla gloussa, resserrant sa prise sur la laisse de Gimlet en franchissant la porte.

«Insipide ou pertinente, à vous de décider.» Il s'avança dans la zone principale du vaisseau, gardant un pied dans le couloir de service. «Je vous abandonne ici, si vous êtes d'accord. On dirait que la voie est libre.

— Merci. J'apprécie.

— Contactez-moi en direct dès qu'il vous faut une escorte. Je sais qu'ils sont censés prendre soin de vous, mais bon…» Il adressa un clin d'œil à Tesla. «Je suis magicien. Je connais tous les passages secrets.

— Comme c'est mystérieux.

— Je suis l'Incroyable Nile Silver!» Avec une révérence délibérément stupide et dramatique, à grand renfort de bras et de génuflexion, il s'éloigna d'eux, comme s'il avait encore sa cape. «Ah, ah, ah, ah, ah, ah, ah, ah, ah, ah!»

Annie le suivit des yeux en rayonnant. «Vous comprenez pourquoi nous l'apprécions tant?

— Il est charmant», acquiesça Tesla, comme si elle n'avait aucune question à lui poser concernant sa dispute avec George et le passager chauve. Elle se dit qu'il lui faudrait peut-être assister à son spectacle un peu plus tard, puis elle se souvint de la pyrotechnie.

La pièce passa du chaud au froid, des parasites crépitèrent dans ses oreilles. Elle déglutit, puis baissa les yeux, en attendant que le vertige cesse. Gimlet se tenait sur ses pattes arrière, les pattes avant appuyées sur Tesla. La chienne regardait vers le haut, sa fourrure blanche formant un point fixe et lumineux. Le tapis magenta était décoré de gros bourdons dorés parfaitement alignés. Une odeur de lavande flottait dans l'air, complétée par le caramel sucré du bourbon.

Tesla fronça les sourcils, cherchant un bar dans le hall. Pas de chance. C'était une vaste pièce, bordée de fenêtres artificielles proposant un paysage lunaire au lever de Terre. De l'autre côté, un ascenseur vitré attendait ses passagers pour les faire descendre dans le puits de gravité. Au-delà, une passerelle enjambait la promenade jusqu'au noyau central du vaisseau.

Annie leur fit emprunter la passerelle. « J'adore cette vue ! »

Au-dessous d'eux, le vaisseau s'ouvrait sur un atrium voûté, bordé de balcons à chaque niveau, subtilement inclinés pour offrir la meilleure sensation de « bas » par rapport à l'anneau. Le sol sous gravité terrestre s'étendait sur toute la base encombrée d'arbres et de passants. Par intervalles, des ponts, des murs vivants de verdure et des sculptures de verre laissaient passer la lumière, prenant juste assez de place pour masquer la courbure du vaisseau.

Tesla ralentit sur la passerelle, puis regarda derrière elle pour attendre Shal. L'instant d'après, il franchissait la porte du hall en se frottant le lobe d'une oreille, profondément pensif. Il soupira, puis leva les yeux vers elle et lui sourit. « On pourrait se contenter de retourner à la cabine, si tu veux juste travailler ta souplesse.

— Et en quoi cela va-t-il m'aider à atteindre la sérénité ?

— Je te promets de faire de mon mieux pour m'assurer que tu ne penses à rien en dehors de la chambre à coucher.

— Hum. » Elle haussa les sourcils, réprimant un sourire, puis se lança à la poursuite d'Annie sur la passerelle. Quand c'était nécessaire, elle parvenait encore à rouler des fesses avec ostentation.

Derrière elle, Shal se racla la gorge, puis la suivit. Voilà au moins une chose qui allait bien.

De l'autre côté de la passerelle, une grande arche s'ouvrait sur un vaste studio dont le sol ressemblait à du bois massif, avec un plafond assez haut pour autoriser des sauts en gravité lunaire. Des rideaux flottants, agités par le système d'aération du vaisseau, donnaient l'illusion d'une certaine intimité. À l'intérieur, les lumières tamisées ne formaient plus que des flaques de chaleur. De douces mélodies flûtées habillaient l'arrière-plan, le genre d'air qui agace justement à cause de son efficacité. Les épaules de Tesla se détendirent, elle prit une longue et lente inspiration. Le yoga était peut-être une bonne idée, après tout.

Annie annonça : « Je vais nous préparer des tapis. » Elle désigna l'angle de la salle. « L'imprimante à matière est juste là, s'il vous faut des vêtements.

— Parfait. Gimlet peut entrer ?

— Personne ne s'y opposera, ma chère ! » Annie examina la pièce. « Mais vous serez peut-être plus à l'aise tout au fond. D'accord ?

— C'est une très bonne idée. Merci. » Tesla se dirigea vers l'imprimante, mais Shal l'arrêta d'un petit coup de coude. Elle haussa les sourcils, attendant la suite.

« Tesla… » Il se pencha vers elle, la voix basse. « Tu as désactivé les sécurités du RCPD ? »

Oui. Mais elle fronça le nez. « Pourquoi tu dis ça ? »

::Parce que mon autre main touche ton bras.::

« Oh mon Dieu ! Tesla Crane ?! » Une voix adolescente se fissura sur la dernière syllabe de son nom.

« En chair et en os, oui, c'est moi. » Elle sourit au gamin et s'éloigna de Shal, mais elle baissa à nouveau le RCPD, sentant comme des craquements de verre jaune à chaque subtile modification de sa posture.

« Pardon… oh, wouah. Pardon. » L'ado était pâle comme le sel et regardait Tesla de ses énormes yeux violets sans doute renforcés par des lentilles. « Je ne m'attendais pas à vous voir ici. Surtout ici ! Oui, pardon. J'étais finaliste de la compétition *Crane Robotics*. La team Utah, avec l'octopoïde polydactyle ? Il y a trois ans ? Il était bleu ? »

À chaque question, l'ado semblait rétrécir un peu.

« Bien sûr ! Et vous avez eu des problèmes avec…

— La navigation. » L'adolescent acquiesça, les yeux toujours aussi écarquillés. « Notre octo s'est cassé un pouce, ça a perturbé les capteurs, alors on a continué à tourner en rond autour de ce panneau. C'était énorme. Je m'étonne que vous vous en souveniez ! »

Elle ne s'en souvenait pas. Il y a trois ans, Tesla était encore shootée aux analgésiques. Mais chaque équipe avait rencontré des difficultés à un moment ou un autre de la compétition ; c'est justement ça, l'intérêt. « Vous voulez bien me rappeler votre nom ? »

L'ado hésita, se mordit la lèvre inférieure, puis jeta un coup d'œil vers le studio de yoga… et vers le passager chauve plus âgé qui s'était disputé avec le magicien. La pièce redevint chaude et froide.

« Je m'appelle, euh, Ewen, Iel. » Iel passa la main dans les cheveux coupés si court qu'ils évoquaient plus une aura, sans couleur discernable. « Ouais. Hum. Alors… genre. C'était cool. Et, euh… merci et tout. Je… oh ! C'est un vrai chien ?

— Absolument. » À ses pieds, Gimlet haletait joyeusement vers Ewen et ne portait pas son gilet. « Vous pouvez la caresser, si vous voulez. Gimlet, dis bonjour.

— Trop rincé ! Génial ! » Iel s'accroupit, caressant timidement le pelage blanc de la petite chienne.

Tesla continua de sourire, tandis que Gimlet se roulait sur le dos pour offrir son ventre à gratter. Derrière l'ado, le passager chauve fronça les sourcils, les bras croisés sur la poitrine.

Qu'est-ce qu'ils fichaient ici ? Aucun d'eux ne figurait sur la liste des membres de ce groupe de yoga. À moins qu'ils voyagent, eux aussi, sous de fausses identités – sauf que seulement sept personnes, en plus de George, avaient le code du groupe, et on comptait neuf personnes dans la salle. Tesla pouvait peut-être prendre à part cette jeune personne pour lui poser quelques questions sur la robotique… et en glisser d'autres par la même occasion, sur des sujets différents.

À côté d'elle, Shal prit une brève inspiration. Il pinça les lèvres et murmura : « Oh, intéressant… »

Tesla suivit son regard. À l'autre bout de la pièce, Jalna discutait avec une Européene d'origine sélénite qui mesurait environ un mètre quatre-vingts, à l'étroite et rigide silhouette. Ses cheveux noirs et raides étaient coupés au bol.

« Est-ce que c'est… ? » Tesla empoigna la main de Shal, puis se penchant vers lui comme pour lui témoigner de l'affection. *::C'est la personne que tu as poursuivie ?::*

::Peut-être.::

Elle avait d'autres questions, mais Ewen était toujours là et iel avait besoin d'attention. « Ewen, puis-je vous présenter mon époux, Shalmaneser Steward.

— Vous êtes mariée ? » Les yeux de l'ado s'écarquillèrent encore plus. « Je veux dire… c'est cool. Enchanté.

— Jeunes mariés, oui. Ça fera une semaine aujourd'hui. » Les lèvres de Shal tressaillirent et il sourit, offrant à l'ado un salut social superficiel. « Enchanté. Vous vous intéressez donc à la robotique ? »

Ewen déglutit et répondit d'une voix trop aiguë. « Hum. Oui… je veux dire, oui, beaucoup.

— Il faudra m'aider à y comprendre quelque chose, un de ces jours. » Shal jeta un coup d'œil à Tesla, un doux sourire ourlant ses lèvres. « Mon épouse est un peu plus avancée que moi dans ce domaine.

— Elle est comme… Je n'en reviens pas. » Ewen se hissa sur la pointe des pieds, quittant presque le sol à cause de la faible gravité – puis iel se pencha vers Tesla avec enthousiasme. « Et… oh mon Dieu, vous, vous pigerez, et Paps ne comprendra jamais, mais avez-vous vu qui est ici avec nous ? » Peu subtile, sa dernière phrase fut sifflée avec une urgence ravie.

Tesla inclina la tête, scrutant les autres personnes présentes, à l'affût de quiconque susciterait l'intérêt d'un adolescent. Une star ? Un musicien ? Un célèbre roboticien ? Plusieurs années d'interactions avec ses fans lui procuraient une longueur d'avance quand il fallait donner l'impression de savoir de quoi on parlait. Elle adressa un clin d'œil à Ewen. « Qu'est-ce qui vous rend si enthousiaste ? »

Ses mains s'agitèrent. « J. M. M. Tafani ?! » Un pouce s'orienta vers l'angle où Jalna et la femme eurosélénite discutaient. « Je veux dire, suivre le même cours qu'elle, même si ce n'est pas de la robotique, c'est comme un flash d'acide. Elle est si gentille. Tellement gentille ! Le plus drôle, c'est que Paps m'a totalement pris par surprise avec cette histoire de yoga, moi ça m'intéressait pas tellement, et puis j'ai découvert que Jalna Marwe Mensah Tafani était là, avec nous ! »

La salle parut se réorganiser à nouveau. Tesla avait lu des articles de robotique rédigés par J. M. M. Tafani, une femme très brillante. Jalna. Dans l'industrie, tout le monde l'avait toujours appelée Jem, une sorte de contraction des lettres J. M. M. Et Smith ? Tesla avait deviné qu'Annie et Jalna voyageaient sous un faux nom, mais… « C'est Jem Tafani ? Putain de merde !

— Oui ! Je savais bien que vous comprendriez !

— Tu m'expliques ? » La main de Shal serra la sienne – elle la sentit très bien – alors qu'il jouait l'époux épaté et sympa, ravi de discuter avec des adolescents.

::C'est l'autrice du livre de référence sur les octopoïdes.:: Une pellicule de sueur lui tapissait la

paume, et Shal dut le sentir. Impossible que Jalna n'ait pas su qui était Tesla lors de leur rencontre. L'accident du SPAM avait fait le tour du monde, toute personne travaillant dans le domaine de la robotique savait parfaitement ce qui s'était passé.

« Oh, wouah, disait Ewen. D'accord. Genre. Wouah ! Ses travaux sur la rétroaction haptique des interfaces robotiques non anthropomorphes sont tellement transcendants que j'ai failli m'évanouir quand je l'ai vue. Je veux dire, J. M. M. Tafani et Tesla Crane dans la même pièce ! Mes amis de la… » Ewen s'interrompit, puis jeta un coup d'œil à son père. « Je veux dire… C'est vraiment cool, c'est tout. »

Le passager chauve se décolla du mur et s'approcha d'eux. « J'espère que tout va bien.

— Oui, merci. » Tesla accueillit le changement comme une bouée de sauvetage inespérée. « Nous étions juste en train de discuter de…

— De yoga, l'interrompit Ewen. Paps, j'étais en train de leur raconter comment tu m'avais pris par surprise avec le yoga. »

Tesla se concentra sur sa respiration, tâchant de se calmer. *Inspiration, deux, trois, quatre. Expiration, deux, trois, quatre.*

Tout en se passant la main sur son crâne lisse, « Paps » adressa un sourire affectueux à son enfant. « Il faut bien quelque chose de spécial pour ton seizième anniversaire. Après le cours, on pourrait peut-être aller voir le burger-bot. »

Le visage d'Ewen s'illumina. « Vraiment ? »

Tout sourire, Paps haussa les épaules. « Je veux dire, sauf si tu préfères le brocoli-bot.

— Paaaps ! Ça n'existe pas, les brocoli-bots.

— Le laitue-bot, alors ? Le choux-de-Bruxelles-bot ? L'épinard-bot ? »

Ewen émit le gémissement universel de tout adolescent confronté aux blagues de son père.

« Le cornichon-bot. »

Tout en s'agitant, l'enfant enchaîna : « Papa, tu sais qui c'est, hein ? C'est genre Tesla Crane ! Je veux dire, c'est tellement flash qu'elle soit sur ce vaisseau.

— Bonjour ! » Elle fit un signe de la main et une brève révérence de courtoisie. « Je m'appelle Tesla, Elle. On s'est croisés en Utah ?

— Ory Slootmaekers, Lui. » Il fronça les sourcils, un peu confus. « Je ne suis jamais allé en Utah, donc non, je ne crois pas. »

Tesla avait déjà vu cette expression sur le visage des ingénieurs quand ils faisaient semblant de ne pas avoir reçu le mémo dont on parlait. Une forme de confusion très étudiée. Une surprise feinte devant cette question incongrue.

« Peut-être s'agissait-il d'une visio ? Vous coachiez à distance ? » Certaines des équipes extraplanétaires parmi les moins dotées avaient fonctionné ainsi, envoyant un mandataire unique, capable de supporter la gravité terrestre. Les équipes extraplanétaires les plus riches se composaient d'enfants dont les parents pouvaient leur offrir un entraînement particulier dès leur plus jeune âge. Tesla proposait des bourses pour compenser les disparités, mais l'argent ne pouvait pas compenser la charge gravitationnelle, surtout à court terme. « L'équipe d'Ewen présentait un robot à huit bras. J'étais dans le jury.

— Nous n'avons jamais fait de robotique… Ewen ? » Il regarda l'enfant.

« Oh… oh, on a dû mal se comprendre. » Ewen dansait d'un pied sur l'autre, mal à l'aise. « J'ai toujours voulu en faire, alors j'ai regardé toutes les vidéos. Je veux dire, genre, toutes les vidéos, quoi. Tu te souviens du projet que j'ai fait ? Sur les robots ? »

Ça ne correspondait pas du tout à ce qu'iel avait dit auparavant. Tesla n'insista pas, il était évident qu'Ewen ne souhaitait pas qu'Ory soit au courant du concours. Bizarre. Les parents avaient dû signer un formulaire de consentement, ainsi qu'une décharge et… ah !

Iel avait menti à son père et parlé d'une simple sortie scolaire. D'accord. Après tout, elle avait fait ce genre de choses, elle aussi. Elle sourit à Ewen, puis reprit : « J'aimerais bien jeter un œil sur votre projet de robotique, à l'occasion. » Puis elle se tourna vers le père, s'efforçant d'alléger la pression sur l'enfant. « Je vous présente mon époux, Shalmaneser Steward. »

Les yeux d'Ory s'écarquillèrent. « Le détective ? »

Elle avait ses fans et lui les siens, même s'ils étaient moins nombreux. Shal inclina la tête. « Retraité.

— De *Cold Cases* ?! » Ewen le regarda en clignant des yeux. « Oh, oui. Blond et plus jeune…

Ory se racla la gorge. « Ravi de vous rencontrer. J'ignorais que vous étiez à bord de ce vaisseau.

— Nous voyageons incognito, mais… » Shal écarta les mains avec une certaine autodérision. « Même les plans les mieux préparés… »

Jalna traversa la pièce pour les rejoindre, l'euro-sélénite derrière elle. Rien dans sa gestuelle ou son expression ne laissait croire qu'elle avait reconnu Tesla, mais c'était forcément le cas. Impossible qu'elle travaille dans la robotique et qu'elle ne la connaisse pas.

Jalna lui sourit tranquillement. « Permettez-moi de vous présenter Mahjabin Burke-Gafney, Elle, notre instructrice pendant cette petite croisière. C'est un vrai roc, pour nous. Et voici notre nouvelle amie, Tesla, et Shal, son époux.

— Namaste. » Mahjabin s'inclina en guise de salut, les paumes serrées l'une contre l'autre. Sa voix était étonnamment grave et elle avait le même accent français que Jalna. « Notre amie me dit que vous étiez la première sur les lieux lorsque nous avons perdu notre chère George.

— Je… je ne savais pas que George fréquentait votre cours de yoga. » Elle le savait, mais seulement parce qu'elle avait fouiné. Quand elle avait rencontré Annie et Jalna, elles ne lui en avaient pas parlé. Pour ne pas faire de scène, dans le meilleur des cas.

« Oui, elle s'est beaucoup investie, c'était notre plus grande bienfaitrice. » Mahjabin inclina à nouveau la tête. Cette fois, ses lèvres étaient comprimées, comme si elle s'efforçait de maintenir une expression ferme et neutre. Elle releva la tête, puis désigna le fond de la salle, où un tapis de yoga reposait au sol, barré d'un ruban noir. « Mais bien sûr, son esprit subsiste en chacun de nous. »

Crow's Nest

120 ML DE JUS D'ORANGE
30 ML DE JUS DE CANNEBERGE
1 CUILLÈRE À CAFÉ DE GRENADINE
1 RONDELLE DE CITRON VERT

Secouez les jus et la grenadine au shaker avec des glaçons pendant quinze secondes. Versez dans un verre à whisky rempli de glaçons et décorez d'une rondelle de citron vert.

Très mauvaise idée, le yoga. Parfois, Tesla répondait « oui » à quelque chose qu'elle aurait pu accomplir avant l'Accident, tout en espérant faire illusion. Mais pour être honnête, ce n'était pas la première fois qu'elle se trompait sur ses capacités.

Étoiles, flammes, ténèbres…

Elle se concentra sur les doigts de sa main droite appuyés sur le tapis moelleux. Au bout de la salle, la voix grave de Mahjabin résonnait. « Sentez votre lien avec le sol, l'énergie qui remonte par l'extrémité de vos doigts. » Elle traversa la pièce, s'arrêtant pour corriger délicatement une posture. Juste à côté de Tesla, Annie était en équilibre sur une main et un genou, l'autre jambe repliée, littéralement posée sur son crâne. Elle avait fait preuve d'une souplesse écœurante pendant tout le cours et paraissait se délecter de mouvements a priori impossibles, même sous gravité lunaire.

Et pour Tesla, c'était clairement irréalisable.

La posture chat/vache du début ne lui était pas inconnue, elle la faisait souvent pour assouplir et renforcer le bas de son dos. Mais après ça, rien n'avait été à la portée de Tesla. Il y avait une différence entre douleur et blessures. Grâce à son RCPD, elle ne souffrait pas, mais elle risquait de se blesser.

À côté d'elle, Shal émit un léger « humff », puis abattit sa paume sur le tapis de yoga. Le mouvement le fit rebondir, le propulsant légèrement vers le haut. Il atterrit et s'immobilisa en position de table, puis se redressa lentement sur ses talons. Son visage était crispé.

« Shal ! » Tesla abandonna sa posture et tendit la main pour le stabiliser. Gimlet se glissa contre son humaine, comme si ses sept kilos pouvaient l'aider. Et c'était vraiment un réconfort.

Autour d'eux, plusieurs autres participants rompirent leurs propres poses. Mahjabin virevolta entre les tapis de yoga, se déplaçant avec la grâce aisée d'une habitante de la Lune. « Très cher. Tout va bien ? »

La respiration de Shal était irrégulière, le muscle de sa mâchoire si tendu que Tesla craignait pour ses dents. Il déglutit, puis inclina la tête pour regarder Gimlet. « Ça va, mais je crois que je ferais mieux de rester assis. »

Ils perturbaient le cours. Tesla avait des questions, tellement de questions… et elle ne pourrait pas vraiment les poser. « Et si on retournait à la cabine ? » Elle se leva avec précaution, mais son dos était toujours traversé par un éclair, juste au-dessus de la jambe. La douleur l'empêchait de se redresser complètement, comme un robot retenu par un câble électrique. Elle tituba sur le côté, évaluant mal la force nécessaire pour se rattraper sous gravité lunaire, et rebondit trop haut.

Jalna la rattrapa et l'aida à se remettre debout. « Voilà. Vous allez bien ?

— Très bien. Merci de votre aide. »

À ses pieds, Gimlet fit un petit « woof », ses moustaches blanches se retroussant sur son museau. Sa queue s'agitait avec incertitude. Tesla tendit la main pour attraper la laisse. Son dos se contracta à nouveau. Avec les sécurités du RCPD réactivées, le système ne pouvait pas tout supprimer. Elle inspira, attendant que les crépitements s'estompent.

Du yoga. Qu'est-ce qui lui avait pris ?

Quand elle se redressa, Shal se tenait en face d'elle avec un sourire contrarié, le bras toujours enroulé autour de ses côtes. « Cabine ? »

Ils auraient dû y aller une heure plus tôt. Tesla acquiesça. « Désolés d'avoir perturbé la classe.

— Ce n'est rien. » Mahjabin pressa ses paumes l'une contre l'autre sur son cœur. « Vous êtes les bienvenus à tout moment.

— Merci. » Tesla s'humecta les lèvres, puis se tourna vers Annie et Jalna. « Prévenez-moi si vous voulez prendre un verre ou manger un morceau.

— Chérie, bien sûr. » Annie avait les sourcils pincés d'inquiétude. « Et si on vous raccompagnait à votre cabine ? Je n'aimerais pas que ces vautours vous repèrent à nouveau.

— Je n'ai qu'à appeler Nile Silver. »

Jalna jeta un coup d'œil en haut, vérifiant l'heure du vaisseau. « J'ai bien peur qu'il soit en pleine représentation. Venez, nous allons vous raccompagner, ce n'est pas un problème.

— Je vous ai fait rater la plus grande partie du spectacle de magie, pas question de vous faire rater le yoga aussi.

— En ce cas, vous vous rattraperez en me laissant jouer avec *cette belle chienne**. D'accord ?» Elle se pencha, puis récupéra la laisse que Tesla n'avait pas réussi à ramasser. Gimlet s'assit immédiatement à ses pieds, la fixant de ses énormes yeux sombres et adorateurs. « Vous voyez ? Ça se passe bien entre nous. »

Tesla prit la laisse des mains de Jalna. Plus elle discutait, plus elle perturbait le cours de yoga. « Merci. »

Gimlet saisit également la laisse dans sa gueule et tira Tesla vers le hall, derrière les rideaux, comme si elle était sur le point d'avoir une crise de panique. Ce qui, pour être honnête, n'était probablement pas impossible. Jalna et Shal leur emboîtèrent le pas, flanqués d'Annie. Soit Ewen serait en transe de voir qu'elle et Jalna traînent ensemble, soit au désespoir qu'elles partent toutes les deux. Tesla voulut jeter un coup d'œil derrière elle pour saluer l'ado, mais sa colonne vertébrale ne lui permettait pas de tourner le cou, alors elle se contenta d'un vague signe de la main général, espérant qu'Ewen le prendrait pour iel.

« Je… je ne sais pas où nous sommes, par rapport à notre cabine. » Bordel ! C'était sa troisième cabine sur ce vaisseau, et si elle se souvenait de l'anneau dans lequel elle se trouvait, c'était grâce à la gravité martienne.

Shal haussa les épaules. « Je n'ai même pas visité la nouvelle depuis qu'on nous a transférés. Une fois de plus.

— Toujours au Yacht-Club ? » Jalna haussa gracieusement les épaules. « C'est simple.

— Oui. Le niveau martien.

— Juste un niveau au-dessus de nous, donc. Parfait. »

Annie rayonna, les précédant dans le hall vers la passerelle qui traversait la zone de promenade du vaisseau. « L'ascenseur du Yacht-Club donne directement ici, donc il n'y a pas beaucoup de monde. On vous remarquera peut-être, mais pas autant que si vous vous baladiez dans l'une des artères. »

De l'autre côté, les ascenseurs en verre étaient blottis contre les couloirs ouverts de la promenade, ce qui aida Tesla à s'orienter dans le vaisseau. Annie s'arrêta au milieu de la passerelle, lui tapotant l'épaule. « Damnation. J'ai oublié ma cape.

— On vous attend. » Shal s'appuya contre la balustrade de la passerelle après lui avoir adressé un clin d'œil malicieux.

« Elle oublie toujours quelque chose. Et elle discutera forcément avec quelqu'un qu'elle croisera, alors ça va prendre un certain temps. » Jalna secoua la tête. « Mieux vaut ne pas l'attendre. Si vous prenez l'ascenseur, il vous conduira directement aux suites du Yacht-Club.

— Merci. Vous pourrez peut-être finir le cours ? Vous jouerez avec Gimlet plus tard.

— J'apprécierais beaucoup. Nous aurons l'occasion de parler quand il n'y aura pas trop d'activité. »

Elle se pencha pour caresser les oreilles de Gimlet. « *Prends soin de ta maman, magnifique enfant**. »

Jalna retraversa la passerelle pour se rendre au studio de yoga. Tesla se détendit un peu, s'appuyant contre la rambarde à côté de Shal. Quand Jalna était partie, il lui avait adressé un signe de la main, sans faire mine de quitter les lieux. Il observait le grand atrium en pianotant sur la balustrade.

« Tu veux retourner dans notre chambre ? »

Shal acquiesça, sans s'éloigner. Il tordit la bouche et se frotta l'oreille. « On peut voir l'entrée du R-Bar, là. »

Les niveaux martien et sélénite comportaient des voies de circulation de part et d'autre de l'atrium, avec de vastes places qui servaient de ponts superposés, enjambant l'espace entre leurs promenades, chacune avec un angle imperceptible que les architectes avaient réussi à fondre dans le design général du vaisseau. Au niveau terrien, à peu près au milieu de l'atrium, la façade du R-Bar jouxtait presque les ascenseurs.

Et plus bas, des ficus marquaient l'entrée du Yacht-Club.

« Intéressant… » Tesla tritura la laisse de Gimlet en réfléchissant. « Les escaliers qu'on a empruntés. Tu as pris les mêmes pour poursuivre cette personne, c'est ça ?

— Ouais.

— Et j'ai raison de penser que Mahjabin correspond à ta description ?

— Oui.

— Alors, est-ce qu'elle… ?

— Je ne sais pas. C'était très furtif, je n'ai pas pu la

voir clairement. Et toi ? Tu as regardé les réservations des membres du groupe. »

Tesla acquiesça, réfléchissant à tous les éléments, puis afficha sur son ATH la fiche de Mahjabin dans le registre. « Sur la photo d'embarquement, elle a les cheveux ramenés en arrière par un bandeau. Pas vraiment une coupe au bol. Et puis il y a Yuki. Le magicien et lui sont peut-être liés ? Nile semblait assez proche d'Annie et de Jalna. Oh, et Ory et Ewen n'apparaissent pas sur la liste du cours de yoga. »

Shal soupira, rentrant son menton dans sa poitrine. Au bout d'un moment, il se frotta à nouveau l'oreille, puis secoua la tête. « Retournons à la cabine.

— Tu ne vas pas suggérer qu'on se planque encore, hein ?

— Si. » Il se dirigea vers l'ascenseur.

« Mais tu aimes cette enquête ! Et tu es très bon dans ton domaine. »

Shal s'arrêta et posa sa main sur la rambarde. « Écoute… Tesla, je vais le dire parce que ça me paraît pertinent, mais je te demande de respecter le fait que j'ai choisi de prendre ma retraite.

— Je… D'accord. Une question, quand même… ? Ce serait plus facile si je comprenais pourquoi. »

Il regarda la promenade, son nez pointu découpé sur le décor. Sa bouche se crispa et il agita son pouce sur la rambarde. « Tu ne vas pas aimer la réponse. »

Elle s'approcha et posa sa main sur la sienne. « Je n'aime pas la non-réponse non plus. »

Il renifla en grimaçant, puis reporta son attention sur la promenade. « Je déteste échouer. J'ai pris ma retraite parce que je ne pouvais pas bien faire mon travail. Et je détestais ça.

— Qu'est-ce que tu racontes ? Tu es brillant et…

— Et je suis devenu célèbre, oui. » Il haussa les épaules. « Pas autant que toi, mais suffisamment pour que ça interfère. Alors, j'ai pris ma retraite. »

Une boule glacée se noua dans l'estomac de Tesla, parce qu'il n'avait pas pris sa retraite après avoir participé à *Cold Cases*. Il avait pris sa retraite après que les choses sont devenues sérieuses entre eux. « Je partagerai nos réflexions et nos observations avec Maria et Bob, mais sinon… la meilleure chose à faire, c'est de… » Quelqu'un cria derrière eux.

Tesla se retourna, son dos se contracta sous l'effet du mouvement, elle dut s'agripper à la rambarde avant de pouvoir bouger à nouveau. D'autres cris provenaient d'en dessous. Quand sa vision s'éclaircit, Shal s'accrochait à la rambarde, le visage tendu.

Au-dessous d'eux, sur le sol de l'étage terrien, gisait un corps.

Les balcons en surplomb se remplirent de gens qui se précipitaient pour voir la scène. Sur la place, certains essayaient d'aider la personne qui venait de tomber. D'autres regardaient en l'air, pointant du doigt l'endroit d'où elle avait basculé.

Sauf qu'ils ne regardaient pas au bon endroit, trahis par leur instinct planétaire. Sur un vaisseau comme celui-ci, la force de Coriolis faisait que tout ce qui tombait semblait vriller alors que le vaisseau tournait autour de lui.

Les haut-parleurs hurlèrent. « Delta, gamma, cinq, cinq, neuf. Je répète. Delta, gamma, cinq, cinq, neuf. »

La plupart des passagers regardaient en l'air. Mais certains suivaient la direction de la rotation… Tesla traça une ligne en une longue courbe qui s'éloignait du corps allongé au sol. Si la personne était tombée du niveau martien, elle aurait dû atterrir juste à côté du glacier.

Et depuis le niveau lunaire… la ligne imaginaire croisait le studio de yoga, à l'extrémité de la passerelle sur laquelle Shal et elle se tenaient.

Et ils étaient seuls.

Death in the Afternoon

150 ML DE VIN MOUSSEUX
20 ML D'ABSINTHE

Versez l'absinthe dans une flûte à champagne et complétez avec le vin mousseux.

Shal s'éloigna de la balustrade. « Viens, on s'en va. » Il s'humecta les lèvres et regarda l'ascenseur, puis vers le studio de yoga. Ensuite, il examina la promenade. « Merde. Bordel ! Peut-être qu'on… Allons-y. »

Il commença à marcher vers le studio, glissant sa main dans sa poche. Tesla avait du mal à détourner les yeux de la scène qui se déroulait en bas. L'équipage repoussait les gens et formait un cercle irrégulier, tandis qu'une personne tendait un ruban jaune d'avertissement à l'extrémité du niveau terrien.

Aux niveaux martien et sélénite, les gens étaient suspendus aux rambardes, telles des gargouilles venues contempler la tragédie.

Shal regarda par-dessus son épaule. « Poupée, on ne peut pas rester ici.

— On devrait descendre pour aider, non ? » Tesla le suivit, fixant toujours la foule plus que la personne étalée au sol.

« Les autres fois, iel s'est servi d'un brouilleur. » Ses sourcils se plissèrent sous l'effet de la concentration. « Il faut qu'on se trouve des témoins pour que le moment où personne ne nous a eus en vue soit le plus court possible. De plus, si cette personne est tombée du niveau sélénite, celui ou celle qui l'a poussée n'est pas passé par ici, mais par l'entrée du studio de yoga. »

L'estomac de Tesla se serra et souleva une vague nauséeuse à mesure que la réalité la rattrapait. Il y avait déjà deux cadavres sur ce vaisseau, les chances que ce soit un accident étaient minces. Il ne s'était rien passé pendant la détention de Shal, et maintenant… Elle regarda à nouveau les gens entassés le long des balustrades, au niveau martien, d'où la chute aurait pu se faire, et prit un cliché avec son appareil photo intégré. « On fait semblant de ne pas l'avoir vu ou pas ?

— Soyons honnêtes et disons la vérité, mais pas question de donner des informations spontanément. Plus on en dit, plus les gens y décèlent des contradictions apparentes… » Il s'interrompit alors qu'ils approchaient du studio.

La classe avait franchi les rideaux, la plupart des élèves regardaient vers la rambarde. Jalna se tenait à l'avant du groupe, elle parlait à Ewen, et semblait les empêcher de s'approcher de la balustrade. D'autres membres du studio s'étaient rassemblés dans l'entrée et regardaient vers l'atrium, tout en restant groupés autour de l'ado. Jalna jeta un coup d'œil par-dessus son épaule et aperçut Tesla et Shal.

« Ah ! Notre chère Tesla aura bien une idée là-dessus. » Elle croisa le regard de Tesla et lui fit signe d'approcher avec un sourire qui lui parut plus que crispé. « Elle est spécialiste des améliorations robotiques du corps humain.

— Était. » Tesla sourit péniblement. Le SPAM était une amélioration robotique. Cette conversation avec Jalna l'aurait déjà suffisamment irritée, sans un cadavre gisant deux étages plus bas. « Mais je me tiens au courant de ce qui se passe sur le terrain. »

Le visage de l'ado était rouge, iel dansait d'un pied sur l'autre, comme s'iel avait voulu voir depuis la balustrade, sans pouvoir manquer l'occasion de discuter robotique avec Jem Tafani. « Les octopoïdes et la façon dont leur cerveau centralisé facilite la traduction des signaux haptiques m'intéressent. Par exemple, vous pensez quoi des transducteurs à ultrasons par rapport aux vortex aériens ?

— Eh bien… les deux donnent encore des sensations analogiques. » Le père d'Ewen n'était pas dans le groupe. Avait-elle aperçu Ory Slootmaekers dans la salle quand ils étaient partis ? « Gimlet, dis bonjour. »

La petite chienne se laissa tomber et roula sur le dos, les pattes dressées selon des angles indignes. Sa queue remua et elle regarda Ewen, exigeant clairement qu'on lui gratte le ventre. Son dresseur râlerait en expliquant que toutes ces caresses perturbaient l'entraînement de Gimlet, mais pour l'instant, Tesla se servait d'elle comme diversion. Ewen succomba à l'inévitable et se pencha pour gratter le ventre de la chienne.

« La stimulation cérébrale directe est plus efficace pour traduire les silhouettes non anthropomorphes, mais elle a aussi ses limites. » Au-dessus de leur tête, le visage de Jalna se crispa à nouveau d'inquiétude. Elle quitta des yeux le studio de yoga pour se concentrer sur la passerelle. D'ailleurs, tous les autres membres de la classe de yoga paraissaient tendus, à l'exception de Mahjabin, dont l'expression placide était un parfait masque de sérénité.

Et d'Annie, qui n'était pas là.

« C'est vrai. Les options analogiques sont généralement plus accessibles pour tous ceux qui n'ont pas les moyens de s'offrir une stimulation cérébrale directe, et c'est là que le cerveau central de l'octopoïde se révèle pratique. » Tesla balaya la pièce du regard. On y entendait toujours la même mélodie ambiante flûtée, parfois coupée d'un carillon. Cela n'aurait pas suffi à couvrir le cri.

Certains tapis de yoga étaient de travers, comme si leurs occupants s'étaient levés en toute hâte. Une chaussure de course verte gisait sur le côté, près d'un tapis. La cape magenta et or qu'Annie avait prêtée à Tesla était étalée au sol, près d'une colonne.

Celle-ci utilisa son appareil photo intégré pour la photographier. Elle fit un rapide décompte : seuls Annie et Ory manquaient à l'appel.

Et vu comme tout le monde s'était regroupé autour d'Ewen, elle devina qu'ils essayaient tous d'empêcher l'ado de penser au pire. Elle opta alors pour la plus sûre des deux questions. « Où est Annie ?

— Je ne sais pas. » La voix de Jalna tremblait. « Elle n'était pas là quand je suis revenue, et elle n'est pas… » Elle se tapota la tempe, référence universelle à un ATH. Il n'était pas inhabituel pour les familles de partager leur localisation, même si on ne s'en servait qu'en cas d'urgence.

La voix de Shal paraissait plus calme qu'elle n'aurait dû. « Il lui arrive parfois de se déconnecter ? »

Jalna secoua la tête.

« C'est probablement un problème technique. » Ewen s'adressa au ventre de Gimlet. « Mon père ne me laisse même pas utiliser les ATH sous prétexte qu'ils ne sont pas fiables. Et un vaisseau comme celui-ci, c'est pratiquement une cage de Faraday.

— Le *Lindgren* possède des amplificateurs de signal pour le confort de chacun. » Jalna esquissa un sourire crispé. « Mais iel a raison. Le réseau dans le studio de yoga n'est pas du tout fiable. Je suis sûre que ce n'est rien. »

Trois possibilités. Un, ce n'était vraiment rien. Deux, Annie était une meurtrière et venait de passer à nouveau à l'acte. Trois, après avoir aperçu Annie au karaoké, le meurtrier avait éliminé un témoin. Et ces trois options concernaient également Ori.

Tesla ouvrit les photos stockées sur son disque local, faisant défiler la sélection sur son ATH. En toute autre circonstance, elle se serait abstenue de l'utiliser en bonne compagnie, pour éviter les mouvements oculaires fébriles d'une accro au réseau, mais pour le moment, elle voulait voir si elle pouvait zoomer sur le corps.

Une brume pixélisée distordue par un brouilleur masquait la silhouette allongée au sol. Deux autres éléments de l'image présentaient le flou typique d'un brouilleur. L'un au niveau terrien, près d'un mur de séparation vitré. Un autre au niveau martien, près de la boutique de glaces et… Tesla cligna deux fois des yeux, agrandissant l'image.

« Annie est au niveau martien. » Dans l'image

affichée sur son ATH, Tesla voyait Annie penchée sur la rambarde, tout près de la distorsion du brouilleur. Mais elle ne regardait pas le corps. Elle regardait directement Tesla.

« Vraiment ? » Jalna fronça les sourcils. « Comment le savez-vous ? »

Et voilà pourquoi Shal l'avait avertie de ne donner aucune information. « Oh. Eh bien… » Son esprit se vida des mensonges possibles qui ne créeraient pas de contradictions.

« L'ascenseur n'était pas encore arrivé. Alors, nous… » De la main, Shal désigna la porte du studio de yoga, laissant une foule de déclarations implicites dans ses ellipses. « Voulez-vous que nous vous conduisions à elle ? »

La bouche de Jalna se comprima un instant, puis elle s'éloigna d'eux pour se diriger vers la cape d'Annie qui gisait en débauche de couleurs sur le sol. La soie brute glissa sur le bois quand elle la ramassa. « Ce n'est pas…

— Hé, le cours est déjà fini ? » Ory Slootmaekers entra dans le studio de yoga en souriant à tout le monde. « Et moi qui attendais avec impatience la posture du cadavre… Quoi ? Qu'est-ce qui se passe ? »

Ewen leva les yeux après avoir caressé Gimlet. « Quelqu'un est tombé du balcon.

— Oh merde ! » Ory en resta bouche bée. Il se tourna vers l'entrée du studio pour regarder ledit balcon. « J'étais aux toilettes et…

— Et quoi, Mx Slootmaekers ? » La voix de Shal était toujours paresseuse quand il interrogeait quelqu'un. Elle dissimulait la morsure acide de son esprit.

« Et… et je n'ai rien entendu.

— J'espère que vous allez mieux. »

Ory jeta un coup d'œil à Shal par-dessus son épaule, le visage soudain empourpré. « Que voulez-vous dire ?

— Eh bien, je veux dire… vous êtes parti longtemps. J'espère simplement que tout va bien. » Le haussement d'épaules de Shal était l'exemple même de la désinvolture. Son sourire était doux, comme s'il partageait un secret avec l'autre.

« Merci. Je souffre de troubles intestinaux chroniques. C'est toujours agréable, quand on me le rappelle. » Ory passa la main sur son cuir chevelu, puis se tourna rapidement vers son enfant. « Ewen. Allons-y.

— On peut descendre pour regarder ?

— Certainement pas. » Ory les salua tous d'un signe de tête, puis s'éloigna pour récupérer leurs tapis de yoga. « On y va. Maintenant.

— Mais Paps…

— Ewen. » Quand il se redressa, son visage était rouge, des gouttes de sueur piquetaient son cuir chevelu. « Sablier. »

Quelque chose changea dans la posture de l'enfant. Son visage se figea et iel déglutit. « Compris. » Iel se leva avec une maladresse adolescente. « Merci de m'avoir laissé caresser votre chien.

— Bien sûr. Quand vous voulez. » Elle sourit à Ewen. Que se passait-il, bon sang ? « Votre père et vous pouvez revenir jouer avec Gimlet si vous le souhaitez. »

L'enfant haussa les épaules, puis alla chercher son tapis, avant de quitter précipitamment la pièce derrière son père.

Dans le silence qui suivit, Mahjabin se racla la gorge. « Je peux aider ceux qui en ont besoin avec quelques exercices de méditation simples, afin d'éclaircir nos esprits. En période de perte et de détresse, il n'est pas rare que l'esprit manque de sérénité. »

Une affirmation d'une grande justesse, mais c'était la dernière chose dont Tesla avait besoin. Elle avait l'impression que son cerveau débordait d'oxygène liquide, qu'il fumait à cause de la surpression. Elle voulait parler à Shal. Pas seulement lui envoyer des messages privés, parler réellement. « Je vous remercie. Je crois que je vais rentrer dans ma cabine pour m'allonger. »

Shal acquiesça, et son soulagement était clairement visible. Tesla tapota sa jambe gauche, Gimlet se mit en position, le regard braqué sur elle.

La laisse était gluante de sueur. Les tresses s'entrechoquaient sous ses doigts tandis qu'ils marchaient vers la passerelle. Un ruban jaune la traversait, désormais, et des membres d'équipage en uniforme en bloquaient l'accès. De l'autre côté de la bande jaune, les badauds s'agglutinaient et regardaient ouvertement la scène. Au milieu du groupe, quelqu'un souleva ce qui ressemblait à un appareil photo argentique et le pointa vers eux. Tesla détourna la tête, le cœur battant.

Un brouilleur dissimulait toute une zone pour n'importe quel appareil numérique, mais pas pour un appareil argentique. À chaque fois que Tesla en avait croisé un, le photographe comptait vendre une photo d'elle. Et voilà que toute cette partie du vaisseau était soudain devenue une zone d'attention et d'intérêt. Tesla devait quitter les lieux le plus discrètement possible.

Et ils étaient coincés du mauvais côté de la passerelle, par rapport aux ascenseurs.

« Vous ici ? » La voix de l'agente Piper l'arrêta net. « Pourquoi ne suis-je pas surprise de vous croiser ?

— Maria ! » Shal se tourna vers l'agente de sécurité qui traversait la passerelle. « Je ne suis pas sûre que ce soit le meilleur moment pour jouer avec Gimlet.

— En effet. Nous sommes un peu occupés. » Son visage était dur et ses lèvres serrées, comme si elle retenait un torrent de colère.

« Bien sûr. Vous avez quelqu'un de disponible pour nous raccompagner à notre cabine ? Comme ça, on ne vous embête pas.

— Négatif. Vous restez sur place jusqu'à ce que je puisse vous poser quelques questions.

— C'est toujours un plaisir de vous aider. » Shal écarta les mains pour montrer sa bonne volonté.

Tout cela était bien beau, mais Tesla n'avait aucune envie de rester ici. « Tout à fait. C'est juste que… Gimlet doit faire ses besoins.

— Je croyais que vous retourniez à votre cabine ?

— Des alèses hygiéniques. » Tesla haussa les épaules et la sueur perla sur son dos. « J'aurais préféré l'aire de repos des animaux, bien sûr, mais je ne veux déranger personne. »

L'agente Piper l'observa un long moment, puis reporta son regard pénétrant sur Shal. Elle pinça les lèvres. Puis elle se retourna pour regarder les membres d'équipage qui veillaient sur la zone à l'extrémité de la passerelle, avant de se concentrer sur la vaste étendue de la promenade. Ses épaules se soulevèrent, elle respira lentement et calmement, et Tesla crut un instant qu'elle les laisserait retourner dans leur cabine.

Puis son regard se porta à nouveau sur Tesla. « Pourquoi ne vouliez-vous pas que la Dre Fish s'occupe de Shal ?

— Quoi… je… » Tesla jeta un coup d'œil à Shal, regrettant de ne pas lui tenir la main, ce qui leur aurait permis de se concerter en direct. Il hocha discrètement la tête. *Réponds honnêtement aux questions, sans en rajouter.* « Elle avait bu. Et je ne lui faisais pas confiance. »

L'agente Piper attendit, le regard fixe, comme si elle scrutait ses tréfonds intérieurs. Tesla éprouva une brusque envie de combler le vide dans la conversation, mais Shal disait toujours qu'il fallait laisser un peu d'espace aux autres pour les faire cracher le morceau. Tesla savait comment attendre calmement. Elle imagina la lumière dorée du soleil fondre en elle à partir du sommet de sa tête. Une douce chaleur envahit ses orteils, puis remonta jusqu'à ses chevilles. Autour d'eux, des membres d'équipage portant des gilets de sécurité sur leurs uniformes dirigeaient les gens.

Piper acquiesça, puis jeta un œil sur Shal, comme si elle savait exactement pourquoi Tesla n'avait pas mordu à l'hameçon. Elle croisa les bras sur sa poitrine. « Quoi d'autre ? » Elle leva la main pour faire taire Tesla. « Je vous demanderais de ne pas prétendre que votre réaction à l'égard de la Dre Fish était proportionnée. Vous ne vouliez pas qu'elle s'occupe de votre époux avant de vous rendre compte qu'elle avait bu.

— C’est vrai.» Tesla s’humecta les lèvres et, à ses côtés, Gimlet colla sa tête contre sa jambe. «George Saikawa était encore en vie quand la Dre Fish l’a emmenée. J’avais des doutes quant à son implication dans la mort de Saikawa.

— C’est peut-être le cas.» L’agente Piper regarda à nouveau par-dessus la balustrade. «Nous allons vous garder tous les deux. Pour vous interroger.

— Mais bon Dieu, nous n’étions pas…»

À côté d’elle, Shal eut un bref hoquet, après avoir suivi le regard de Piper. L’agente se tourna vers lui, la bouche tordue. Elle hocha la tête, puis s’éloigna, attirant l’attention d’un membre de l’équipage. «Mettez-moi ces deux-là avec les autres.

— Excusez-moi.» Aussi légitime soit-elle, l’indignation n’est jamais une bonne réaction, mais Tesla avait du mal à exprimer autre chose. «On peut savoir de quel droit vous nous retenez?»

Par-dessus son épaule, Piper lança : «Demandez à Shal. Il a compris, lui.» Elle continua à s’éloigner, échangeant quelques mots avec les autres membres d’équipage.

Tesla se tourna vers Shal, dont le visage était fermé. Elle se racla la gorge. Il hocha la tête, puis grimaça en observant à nouveau le corps en contrebas.

«C’est Ruth Fish, à tous les coups.»

Satan's Whiskers

30 ML DE GIN
15 ML DE GRAND MARNIER
30 ML DE VERMOUTH SEC
30 ML DE VERMOUTH DOUX
30 ML DE JUS D'ORANGE
2 TRAITS D'AMER À L'ORANGE

Secouez au shaker avec des glaçons pendant quinze secondes. Filtrez dans une coupe.

« Bonjour, vous voulez que j'ajoute un petit mot ? » Tesla sourit à la onzième personne qui l'avait abordée après à peine quinze minutes dans le salon Olympus Mons, au niveau martien, en compagnie des autres témoins. Elle prit le bulletin d'information du vaisseau tendu par une élégante passagère vêtue d'une jupe asymétrique blanche avec des bordures en crochet sarcelle et une cape assortie.

« Pour Nora. Je voulais juste vous dire qu'un proche souffre de la maladie de Parkinson et qu'il utilise un mini-SPAM. Le fait de retrouver sa mobilité lui a changé la vie. Je sais combien le développement du SPAM vous a coûté personnellement et je…

— Merci. » Elle apposa le nom au-dessus de sa signature, sans cesser de sourire grâce à sa longue pratique. Elle avait essayé de repousser la première personne parce qu'elle n'avait pas de stylo, mais un membre de l'équipage du vaisseau lui en avait « opportunément » fourni un. Au moins, elle pouvait toujours essayer d'utiliser ce temps à bon escient. « Alors… ils vous ont récupérée où, vous ?

— Au niveau terrien. La victime est tombée presque sous mes yeux. Au début, j'ai cru que ça faisait partie du spectacle, et puis…

— Je suis vraiment navrée. Ça a dû être horrible. »

Tesla se tortilla sur sa chaise, tâchant de soulager la tension à la base de sa colonne vertébrale. Et par tension, elle entendait douleur, et par douleur, elle entendait un réseau de toile rouge de colère tissée par une araignée vengeresse. Ces trucs étaient sans doute les pires chaises du système solaire, et Tesla avait dû laisser toutes les sécurités en place pour savoir quelles positions causeraient le moins de dégâts. Elle détestait la terre entière.

Elle serra les poings au maximum, tout en s'efforçant de ne pas grimacer trop visiblement, car elle avait l'impression que la moitié du salon l'observait. L'équipe de sécurité avait rassemblé celles et ceux qui se trouvaient dans les champs du brouilleur repéré par Tesla. Disons plutôt qu'ils avaient rassemblé les personnes qu'ils avaient pu identifier. Impossible de savoir qui s'était éclipsé avant l'arrivée de la sécurité.

Shal glissa son bras derrière elle et prit le relais. « Tu vas bien ?

— Bordel de Dieu, qui a conçu ces chaises ? »

À ses pieds, Gimlet gémit, puis frotta sa tête contre son mollet. Tesla se pencha pour gratter le crâne de la petite chienne, se soutenant d'une main sur son autre genou. Ce qui lui permit de s'étirer un peu le dos, mais à peine. Ça signifiait aussi qu'elle avait une petite excuse pour retarder le moment de s'adresser à la personne suivante dans la file d'attente de sa séance de dédicace improvisée.

L'envie d'appeler un responsable était très, très forte, mais ça n'apporterait rien de bon. Et elle avait déjà essayé. L'équipage avait installé des bloqueurs dans le salon Olympus Mons afin que personne n'ait accès au réseau pendant la durée de l'enquête. Il s'agissait d'une « mesure temporaire », puisqu'il était clair et évident qu'ils n'empêchaient personne de parler à son conseiller juridique avant de répondre aux questions. C'était juste pour « soulager les canaux de communication ».

Le passager suivant tenait un tee-shirt souvenir et lui tendit. « Hum…

— Bien sûr, je serai ravie de le signer. » Les tee-shirts étaient une vraie plaie à dédicacer. « Vous vous appelez comment ?

— Jakim Porter, Iel. » La personne arborait les restes d'un bronzage de camionneur, avec une peau plus pâle autour de la bouche et des mains tout aussi pâles. Iel portait forcément un masque de courtoisie et des gants à l'extérieur, ce qui signifiait qu'iel venait de la Terre.

« Et vous, où étiez-vous ?

— J'étais en train de prendre une glace à la Reine des Neiges. » Iel grimaça et secoua la tête. « J'ai entendu les cris et je n'ai vu qu'un éclair de couleur. Je viens d'apprendre qu'elle avait sauté volontairement.

— Elle ? Vous la connaissiez ? » Shal se tenait près de la chaise de Tesla, prêt à dégager quiconque poserait problème, côtes cassées ou non. Quand iel secoua la tête, Shal reprit : « Qui vous a dit qu'elle avait sauté ?

— Hum… » La personne se retourna. « Je ne l'ai plus en visuel, là. Iel était sélénite. Peau blanche. Avec une chemise violette ? Ou bleue. Quoi qu'il en soit, iel m'a montré son post sur… Vous n'êtes pas au courant ? »

Shal haussa paresseusement les épaules. « Les bloqueurs… et notre lune de miel. » Il donnait l'impression d'être hors connexion par choix. La main qu'il passa sur la nuque de Tesla semblait être une simple marque d'affection. *:: Vois si iel a sauvegardé la vidéo en local.::*

Elle leva les yeux vers Jakim Porter. « Qu'a-t-elle posté sur les réseaux sociaux ?

— Je peux… » Iel sortit un ordinateur de sa poche et déroula l'écran flexible à sa taille maximale. « Là. »

La page affichait l'icône de Ruth Fish en haut à droite et le nom SpaceQuack. Il s'agissait d'une vidéo de poche filmée en POV, où Fish montait l'un des escaliers du bord. Le son était médiocre à cause de la foule, et Porter fronça les sourcils. « On n'entend pas grand-chose, mais on dirait bien qu'elle pleure. Vous voulez m'emprunter mon… »

Sur l'ordinateur, la voix de Ruth Fish balbutia : « Ce n'est pas ma balade habituelle sur ce vaisseau. Au cas où vous vous poseriez la question, au jeu du “bois ou bosse”, c'est clairement “bois”, aujourd'hui. Je ne peux même pas mettre ça sur le compte de la force de Coriolis, c'est ma faute à moi… Merde. » Sa voix se brisa, elle sanglota assez fort pour que les échos soient audibles. La caméra montra la porte de l'escalier qui s'ouvrait. « Je suis ivre. Mais pas assez pour oublier ce que j'ai fait. J'ai juré de ne jamais blesser personne, et j'ai tué George Saikawa. Je ne savais pas comment me sortir de ce pétrin. Put… »

La vidéo se termina. Trois autres personnes s'étaient approchées derrière Jakim, penchées au-dessus de son épaule pour mieux voir l'écran. Iel grimaça. « Vu la façon dont ça s'est terminé, je doute qu'elle ait voulu la poster. »

L'horodatage indiquait 23 h 13, soit dix minutes avant sa mort. À peu près l'heure à laquelle Tesla et Shal avaient quitté le studio de yoga.

« Merci de me l'avoir montrée. » Tesla rendit le tee-shirt de Jakim. « C'est horrible, mais… merci. »

Le fan suivant prit sa place, et Tesla tenta de reprendre le rythme de cette activité anodine. Ruth Fish s'était donc suicidée ? Mais pourquoi ? Et pourquoi avait-elle tué George Saikawa ?

Tesla se tortilla à nouveau sur sa chaise. *::Quid de la théorie d'Haldan selon laquelle Ruth et George avaient l'intention de le tuer ? C'est ça, le « pétrin » dont parlait Ruth ?::*

::Nous n'avons pas à résoudre ce mystère.::

::Donc, tu penses qu'il y a plus que ça.::

« Tesla… » Sa voix était aussi chaude que ses doigts sur son cou, mais elle entendait encore ses suppliques pour laisser tomber.

::Quelqu'un a essayé de te tuer.:: Le stylo glissa dans la paume moite de Tesla et elle faillit le perdre.

Gimlet saisit la boucle de sa laisse et tira dessus. Pourquoi se comportait-elle comme une gamine ? La petite chienne tira encore. Elle avait peut-être besoin d'eau, il faisait si chaud dans cette pièce…

Oh. Les paumes de Tesla étaient vraiment moites. Elle était sur le point d'avoir une crise de panique et

Gimlet tentait de la faire sortir de la pièce. Problème, elle ne pouvait aller nulle part. Tesla prit une lente inspiration. *Deux, trois, quatre. Expiration, deux, trois, quatre*.

Elle ne pouvait pas partir. « Merci beaucoup d'être passée », dit-elle à son fan.

Tesla posa une main sur la chaise pour s'aider à se relever. Sa jambe gauche était paresseuse, elle remercia sa bonne étoile de se trouver au niveau martien, sinon elle aurait sans doute raté la manœuvre. Pour le moment, tenir debout était plus agréable pour son dos que ces chaises au dossier arrondi et à l'assise affreusement étroite. Le salon tout entier empestait l'effort excessif et le manque de réflexion.

Shal se pencha pour l'embrasser en murmurant. « Tu vas bien ? »

Elle lui mordilla le lobe de l'oreille. « Je déteste ces chaises. »

Même si Ruth s'était suicidée, il restait l'autre cadavre. La vidéo mentionnait George Saikawa, personne d'autre. Le chef de la sécurité verrait probablement cette mort comme la confirmation de la théorie totalement infondée qui veut que les meurtriers se suicident souvent.

L'agente Piper s'approcha en secouant la tête. « Franchement, vous ne pouvez pas attendre d'être rentrée dans votre chambre ?

— Maria. » Shal sourit. « Vous êtes là pour votre rendez-vous avec Gimlet ? »

Elle leva les yeux au ciel et se tourna vers les gens éparpillés un peu partout. « Je suis désolée pour tous ces désagréments, mais je dois vous demander de retourner à vos places. Nous essayons de prendre vos dépositions le plus rapidement possible, et cela nous aiderait si vous restiez dans les sièges que nous vous avons attribués. »

Tesla s'affaissa un peu tandis que les gens se dispersaient autour d'eux. « Merci.

— Je n'ai pas fait ça pour vous. » Le visage de Piper était dur quand elle pivota vers Tesla. « Et j'aimerais que vous cessiez de poser des questions aux gens tant qu'il y a une enquête en cours. C'est clair ?

— Oui. » Tesla se débattit un instant, sachant qu'elle devait se taire, mais qu'un meurtrier agissait librement sur ce vaisseau. « Vous avez vu la personne avec l'appareil argentique ? »

Le soupir de Piper fut un commentaire éloquent et cinglant sur ceux qui posaient des questions inutiles impliquant qu'elle faisait mal son travail. Après avoir braqué sur Tesla un œil qu'on aurait pu considérer comme une arme de troisième catégorie, elle pivota vers Shal. « Quoi ? »

Aux côtés de son épouse, Shal se redressa comme s'il avait soudain trop chaud, mais il saisit l'ouverture au vol. « Je me demandais si quelqu'un tenait Haldan Kuznetsova à l'œil ? » Piper mit trop de temps à répondre. « C'est une question étrange et très spécifique.

— Je suis un type étrange et très spécifique. » Shal inclina la tête. « Il me vient à l'esprit que son assistante et sa camarade de chambrée à l'université sont mortes toutes les deux. Soit quelqu'un s'en prend à ses amis et probablement à lui, soit c'est lui.

— Hum. Permettez-moi de vous poser une petite question complémentaire : savez-vous pourquoi quelqu'un établirait la liste des personnes éliminées ? »

Une pellicule de sueur recouvrit le corps de Tesla. Le papier que Bob lui avait confisqué contenait justement cette liste – qui commençait par George Saikawa et Ruth Fish. Un grincement aigu résonna dans son oreille gauche et elle voulut s'enfuir de cette pièce. Elle resta immobile, attendant que cette soudaine envie disparaisse.

À ses pieds, Gimlet se redressa, puis appuya sa tête contre la jambe de Tesla. L'agente Piper regarda la petite chienne. « Hum... Je n'aurais jamais cru qu'un chien puisse être une balance.

— Ah, vous voilà ! » La voix d'Annie traversa le salon alors qu'elle se faufilait entre les chaises. « Je ne vous ai pas vus, tout à l'heure, il y avait une colonne entre nous et je me suis trompée de direction. Oh mon Dieu, n'est-ce pas la pire chose au monde ? Et... oh, Jalna n'est pas avec vous. »

Tesla secoua la tête, le cœur encore serré. « Désolée, non. Ils ont consigné le groupe de yoga au studio. »

Shal désigna l'agente Piper. « Nous sommes trop attirants, Maria n'a aucune envie de se débarrasser de nous. »

Annie soupira, puis se tourna vers l'entrée du salon, comme si Jalna aurait dû s'y trouver. « On m'a interdit de retourner au studio de yoga et je suis malade d'inquiétude pour elle.

— Elle va bien. Elle est tout aussi inquiète pour vous. » Sans regarder Piper, Tesla posa la question qu'elle posait à tout le monde, même si elle avait vu Annie au niveau martien. « Où vous ont-ils ramassée ?

— À la boutique de souvenirs. » Annie battit des mains. « J'étais allée aux toilettes, mais elles étaient hors service, alors je suis descendue d'un niveau, et puis… Oh, je vous ai apporté quelque chose.

— Pour moi ? » Tesla jeta un coup d'œil à Shal, qui se frottait l'oreille en regardant Annie fouiller dans le petit sac de courses qu'elle portait à la taille.

« C'est sans doute un peu idiot, mais… ta-da ! » Elle lui tendit un masque de courtoisie et des lunettes de protection. Le masque de courtoisie ressemblait à ce qu'un résident de la station porterait pour une soirée. Un ton violet, parsemé de paillettes irisées. « Je me suis dit que ça empêcherait les gens de vous reco…

— Excusez-moi. » L'agente Piper fit un T avec ses mains. « Temps mort. Vous avez parlé des toilettes au niveau sélénite ?

— Celles à côté du studio de yoga, oui, pourquoi ? »

Toute l'attention de Piper déserta Shal et Tesla pour se concentrer sur Annie. « Il y avait une affichette "Hors service" ?

— Oui… » Annie battit des paupières, comme si elle ouvrait des photos. « Je me disais que ce serait plus rapide que de marcher jusqu'au prochain carrefour.

— À quelle heure ?

— Je ne sais pas trop. Oh ! » Elle exhiba son poignet. « Mais on peut toujours vérifier le reçu. C'était juste avant.

— Est-ce que, par hasard, vous auriez enregistré vos allées et venues ? »

Annie secoua la tête. « Vous me faites un peu peur, là. »

Piper se mordit la lèvre inférieure pendant un moment, et Tesla se pencha en avant quand l'agente reprit son souffle. « Il n'y avait aucune opération de maintenance programmée pour ces toilettes. »

Le langage corporel de Shal changea subtilement, et si Tesla ne l'avait pas observé à cet instant précis, elle n'aurait sans doute rien remarqué. Qu'est-ce qui venait d'attirer son attention ? Oh. Ory avait également mentionné qu'il était allé aux toilettes. Et il s'était absenté assez longtemps. Si les toilettes étaient hors service, il s'en serait servi pour expliquer son absence prolongée. Mais Annie n'aurait jamais… pourquoi mentir sur un truc aussi facile à vérifier ?

« Ce que j'espère, c'est que vous avez enregistré cette affichette, ou que vous vous souvenez d'avoir vu ou croisé quelqu'un sur le chemin des toilettes. Quelqu'un qui confirmera qu'il y avait bien une affichette quand vous êtes passée devant.

— Peut-être ? » Elle se tourna vers Tesla pour obtenir son soutien. « Je n'ai pas vraiment fait attention.

— Agente Piper. » Tesla n'arrivait pas à croire qu'Annie puisse être mêlée de près ou de loin à cette histoire. Elle avait tellement fait preuve de gentillesse. D'un autre côté, Tesla avait une longue expérience des types gentils avec elle qui se comportaient comme des connards avec les autres. Mais tout de même. « Si vous avez une accusation à formuler, faites-le. Sinon, laissez-la tranquille.

— Oh, je n'accuse personne, ce n'est pas mon travail. » La voix de l'agente Piper prit une nuance amère, malgré son sourire. « Mon travail consiste à maintenir l'ordre et à prendre des notes pour les “autorités compétentes”. »

Gimlet

60 ML DE GIN
30 ML DE JUS DE CITRON VERT
20 ML DE SIROP SIMPLE

Secouez au shaker avec des glaçons pendant quinze secondes. Filtrez dans un verre à martini ou une coupe.

Le lit de leur suite était si vaste que Gimlet avait tout un côté pour elle et s'était emparée de deux oreillers. Tesla était allongée contre Shal, une jambe passée sur sa cuisse, dans une position qu'ils avaient négociée silencieusement pendant la nuit pour ménager leurs blessures respectives. Elle avait désactivé le mode veille de son RCPD pour mieux sentir les poils fins qui rampaient le long du torse de Shal – et la chaleur de sa peau contre la sienne.

Elle lui caressa le cou, extraordinairement doux après le rasage, qui sentait la mousse islandaise et la cendre volcanique mêlées à son propre musc. Il soupira, et les muscles de sa jambe fléchirent sous sa cuisse, tandis qu'il agitait les orteils. Il ouvrit à moitié son œil valide et il regarda Tesla. Glissant dans le grand lit martien, il descendit sa main dans son dos, traçant des cercles sur sa peau, à la base de sa colonne vertébrale, pour mieux souligner la courbe de ses fesses…

Le carillon de la porte retentit.

Shal se tourna vers la porte de leur chambre. « Dis-moi que tu n'as pas commandé le petit déjeuner au lit ?

— Je n'ai rien commandé du tout. » Elle remonta doucement la main le long de la poitrine de Shal, évitant les bandages nanogènes qui recouvraient ses côtes fêlées, puis se plaça en orbite autour d'un mamelon.

« Vraiment ?

— Non. »

Il se tourna prudemment vers elle, glissant son genou entre ses jambes. « C'est notre lune de miel, alors d'après les conseils de notre avocate, moi je dis qu'il faut ignorer ce… »

Le carillon de la porte retentit à nouveau. Tesla l'embrassa, appréciant la rare délicatesse de la peau fraîchement rasée. Ses lèvres étaient soyeuses et chaudes. D'une main, il s'accrocha à ses hanches tout en se rapprochant d'elle. L'autre main effleura ses cheveux, libérés de leur perruque, et peignit un motif chaleureux entre ses mèches.

Le carillon de la porte retentit une troisième fois. Gimlet se réveilla en reniflant. Elle bondit du lit, aboyant avec fureur. À mesure que les aboiements irrités traversaient le salon, ils se transformèrent en jappements, en gémissements joyeux. Un message de l'agente de sécurité Maria Piper apparut au plafond.

La tête de Tesla retomba sur l'oreiller. « Quelle heure est-il ? »

L'heure s'afficha au plafond : 8 h 07.

Shal gémit et roula sur le dos. « Je vais lui parler. »

Rejetant les couvertures, il commença à sortir du lit – et s'arrêta en sifflant.

« Shal ?

— Ça va. J'avais juste oublié. » Il se mit debout en forçant un peu. « *Lindgren*, jour. »

Les diodes de la chambre s'allumèrent lentement, comme si l'aube bleutée se levait sur Mars. Pieds nus, Shal se dirigea vers le placard et la douce lumière dessina les ombres les plus intrigantes sur ses fesses. Tesla observa le jeu des muscles de ses biceps tandis qu'il enfilait son peignoir. Le coton bleu clair avait un col châle qui soulignait ses épaules.

Shal se retourna et vit qu'elle l'observait. « Quoi ?

— Je m'adonne à l'activité traditionnelle d'une lune de miel, qui consiste à prendre beaucoup, beaucoup de plaisir à regarder mon époux. » Elle se redressa, avec plus de soin qu'il n'en avait mis à le faire. « Je viens avec toi.

— Tu peux rester au lit.

— Quelqu'un doit bien s'occuper de Gimlet », lança-t-elle après lui. Tesla régla le RCPD pour ne pas avoir à se battre pour quitter le lit. Malgré tout, sa jambe gauche était encore assez faible. Elle dut se tenir en équilibre pendant un moment, avant d'aller chercher son pyjama. Le débardeur et le short en soie assortis étaient de couleur bruyère, avec un aster brodé par Shal au-dessus du cœur. Le doux chuchotement de la soie lui offrit une impression de calme. C'était une illusion, mais elle en avait besoin. Elle suivit Shal dans le salon. Leur suite du niveau terrien avait un décor dans les tons bleus et verts, mais celle-ci louchait plus du côté des ocres et du sable rougeâtre.

Piper était déjà agenouillée sur la moquette gris et saumon, tandis que Gimlet se tortillait frénétiquement contre ses genoux, laissant une fine patine de poils blancs. « Personne ne s'occupe de toi, hein ? Oui, je sais. Je sais. C'est terrible. Je vois ta douleur. Oui, je la vois. Oui, je la vois très bien. Pauvre petite chienne malheureuse.

— Qu'est-ce qui vous amène, ce matin ?

— Désolée, il est très tôt. » Piper leva les yeux en caressant Gimlet. « Je me suis posé quelques questions… tiens, vous avez les cheveux bruns. »

Tesla leva la main, effleurant ses cheveux naturels, coupés façon astro, qui laissaient dépasser une mèche un peu plus longue. « Une perruque. Avant, je veux dire.

— Insoupçonnable. Une sacrée bonne perruque. »

Compte tenu du nombre de fois où Tesla devait en porter pour rester incognito, elle n'avait vraiment aucun intérêt à porter des perruques inconfortables et bon marché. Elle désigna la chambre du pouce. « Attendez de voir les autres.

— C'est noté. Quoi qu'il en soit, j'ai quelques questions à poser. Si je peux me permettre ? »

Shal enfonça ses mains dans les poches de son peignoir. « Bien sûr, allez-y.

— Annie valide votre alibi. Elle prétend que vous étiez avec elle jusqu'à la chute de Ruth Fish. Dites-moi ce que vous avez fait ?

— D'accord… Nous avons quitté le studio ensemble, puis elle est repartie chercher une cape qu'elle avait oubliée. Et comme vous avez forcément d'autres questions, je vais commander le petit déjeuner. » Shal se dirigea vers l'écran mural, les mollets gonflés sous le bas de son peignoir. « Quelqu'un veut quelque chose ?

— Du congee et des frites. » Tesla s'installa lentement dans le fauteuil du bureau curviligne, encastré dans le mur comme un authentique morceau de schiste martien.

« Et vous, Maria ?

— Je ne serais pas contre un café. » Elle le dissimulait bien, mais elle n'avait pas dû dormir beaucoup plus qu'eux.

« Je vais vous le préparer. » Shal fit un geste vers la machine à expresso avec laquelle il voyageait toujours, même avant sa rencontre avec Tesla.

« Génial, merci. Je me joins à vous pour la commande de frites, mais d'après mon expérience, elles seront détrempées avant d'arriver dans cette partie du vaisseau, alors optez peut-être pour le… » Piper s'arrêta, l'œil braqué sur l'imprimante à matière qui gisait en mode Frankenstein sur le bar intégré à la pièce. « Que s'est-il passé, ici ?

— Oh… je… » Bien sûr. Il y avait forcément une explication plausible pour avoir éventré l'imprimante. Même chose pour ces bouteilles vides, tout autour. « J'ai bricolé, un peu.

— Ah. » Piper caressa l'oreille de Gimlet, puis regarda Shal. « Elle fait ça souvent ?

— Non, seulement quand on m'a drogué. » Shal tapota sur l'écran mural, comme si se faire empoisonner lui arrivait souvent. « Je vais commander des frites et tant pis si elles sont molles. Tesla, raconte à Maria ce que tu as découvert.

— Shal… » Qu'était-il arrivé à « pas de zèle » ? Ils auraient une longue, très longue conversation sur leur réseau local. Tesla observa plus attentivement la suite, au-delà des rideaux blancs qui cachaient presque la porte de la chambre. « On devrait peut-être s'habiller pour de bon. »

Piper haussa les épaules et secoua la tête. « Ça ne me dérange pas.

— Moi, si. » Il lui était difficile de manifester sa morgue en pyjama, mais ce n'était pas impossible. Tesla fixa Piper, comptant sur l'immobilité pour exprimer son refus de faire quoi que ce soit d'autre tant qu'elle ne serait pas convenablement vêtue.

Shal la regarda et son visage d'enquêteur apparut momentanément parce qu'il la connaissait assez bien pour savoir que, dans des circonstances normales, elle se moquerait de ce détail. Sa bouche tressaillit. « Oui… s'habiller est une bonne idée. Après tout, on va peut-être encore m'embarquer. » Il se dirigea vers la chambre. « Mais si nous ne sommes pas habillés et de retour quand mon pain de maïs est livré, je serai vraiment mécontent. Il est servi avec du vrai beur… »

Piper haussa les sourcils. « Bien, comme ça c'est clair. J'arrive pour vous poser des questions, et vous voulez tout de suite parler en privé ? »

Tant pis pour la subtilité.

« C'est ça ou appeler mon avocate, et nous avons – Tesla vérifia son ATH – onze minutes de décalage dans les communications. »

Piper soupira avec une telle exaspération que toute la pièce manqua s'enflammer, avant de lever les yeux au ciel. « D'accord, parfait, laissez la porte ouverte.

— La porte, oui. Le rideau, non. Je compte vraiment m'habiller. » Tesla quitta son fauteuil en maintenant le dos parfaitement droit, alors que Shal jaugeait la qualité du mouvement. « Gimlet, tiens-toi bien. »

Dans la chambre, Shal tira le rideau, puis contempla le grand lit martien. « Je te jure, ce truc est si grand qu'il développe sa propre force gravitationnelle.

— Tu es juste fatigué. » Tesla se dirigea vers la commode, dont elle ouvrit un tiroir.

« Parle pour toi. À l'infirmerie, j'ai passé le plus clair de mon temps à dormir. » Shal choisit un pantalon en lin gris, avec des taches d'herbe artistiquement disposées sur les genoux. « Viens, on se recouche. »

Tesla regarda le rideau avec insistance, Piper se trouvait de l'autre côté. « C'est vraiment le moment de faire l'amour ?

— Il y a des circonstances plus délicates, mais c'est toi qui as le manuel.

— Le manuel dit que si je m'allonge, je ne pourrai jamais… »

À côté d'elle, Shal avait laissé tomber son peignoir et se tenait debout. Il avait encore la carrure d'un boxeur poids coq, avec ses épaules bien dessinées au-dessus de sa taille étroite. Le bandage nanogène ceinturait ses côtes, les ecchymoses semblaient s'être améliorées.

« Tu ne pourras jamais quoi ? » Il s'arrêta, le pantalon à la main.

Tesla secoua la tête et se rendit compte qu'elle avait fait un pas de plus vers lui. « Me relever. » D'un autre côté, pourquoi ne pas faire un pas de plus vers lui. C'était leur lune de miel, malgré tout. Tesla passa la main sur le torse de Shal, sentant la douceur des poils sous sa paume. *::Qu'est-il arrivé à « réponds honnêtement, mais sans faire de zèle » ?::*

Shal baissa d'un ton, passant au ronronnement rauque. « Rester au lit, c'est un plaisir, pas un problème. » Il se pencha pour l'embrasser, laissant ses mèches sombres retomber sur son visage. *::On n'a plus aucun moyen de lui cacher l'état de l'imprimante, et elle a posé une question directe, je ne crois pas que lui répondre relève de l'excès de zèle. On ne peut pas enquêter sur cette affaire, elle si. Tous les dossiers sur lesquels j'ai bossé ont été facilités par ma coopération avec la justice. En plus, Gimlet l'aime bien.::*

::Gimlet aime tout le monde.:: Elle résista à la tentation, reculant pour attraper un gilet rouge sombre que Fantine avait crocheté pour elle. « Mieux vaut ne pas faire attendre l'agente Piper, même si tout ceci constitue une violation flagrante de nos droits. » Sa voix s'éleva un peu sur la fin, pour atteindre l'autre pièce.

« Ce n'est pas pratique. » Shal enfila son pantalon, et elle nota pour plus tard qu'il s'agissait d'un treillis. « Écoute… Je vais contracter une assurance antigrève du sexe à l'avenir, et dire quelque chose qui va t'énerver.

— Fascinant… » Elle troqua son bas de pyjama contre un pantalon cargo sélénite, avec des chevilles bien serrées et de nombreuses poches. « Continue.

— Je sais que tu t'efforces d'être consciente de tes privilèges, mais… tu écrases pas mal les autres, en ce moment.

— Ils t'ont arrêté. Ils t'ont battu. » Ses joues étaient brûlantes d'embarras et de colère, elle s'éloigna de lui pour se diriger vers la console du lavabo. « Voilà à quoi servent les privilèges. Combattre ceux qui abusent de leur pouvoir.

— Oui… oui, mais les employés n'ont pas vraiment les moyens d'abuser de leur pouvoir, par exemple.

— Piper n'est pas une employée.

— Non… mais elle essaie simplement de faire son travail. Et elle n'est pas notre ennemie. Alors, pourrais-tu juste… juste mettre un bémol ?

— D'accord. » Elle déglutit. « D'accord, j'y veillerai.

— Merci. »

Elle baissa la tête, ouvrit la boîte à perruques, et le poids de la nécessité d'en porter une lui affaissa les épaules. C'était toujours mieux que de rester enfermée dans la suite. Devant le miroir, Shal enfila un kurta en coton presque translucide, avec une broderie blanche autour du col. Il dut tenter deux positions différentes pour le passer par-dessus sa tête – et même ainsi, il grimaça.

Tesla lissa ses mèches en arrière, puis enfila une perruque dorée qui lui descendait jusqu'aux épaules. En l'ajustant, elle activa les soies synthétiques de la perruque pour qu'elle épouse sa peau, formant un joint presque invisible. Le silence s'attardait entre eux. Tesla décida de changer totalement de sujet. « Bon… Fish est passée aux aveux. Pourquoi avoir essayé de t'empoisonner ?

— Oui… et ce n'est pas elle que j'ai poursuivie dans les couloirs. Elle n'avait donc aucune raison de me cibler moi, sauf si elle a un complice et que c'est lui que j'ai vu. Et puis, bien sûr… il y a toujours ce cadavre, dans le composteur. » Shal se frotta le front, appuyant suffisamment fort pour que ses ongles pâlissent.

Tesla s'éloigna du mur, s'enfonçant à peine dans le velours de la moquette pour s'approcher de lui. Elle lui posa la main sur la nuque et passa l'autre dans ses cheveux jusqu'à son front, prenant la relève à l'endroit qu'il frottait. Il laissa retomber sa main.

Shal garda les yeux fermés, respirant lentement et facilement à son contact. Le silence était seulement troublé par le bourdonnement du système de ventilation du vaisseau et le roucoulement inarticulé d'une femme jouant avec une petite chienne dans la pièce voisine.

Le soupir qu'il laissa échapper lui fit baisser les épaules. « C'est moi qui devrais te proposer de te frotter le dos.

— Je sortirai l'acubot quand l'agente Piper sera partie. »

Shal frémit, puis rouvrit les yeux. « Je ne sais pas trop quoi penser du fait que tu préfères cette pieuvre à aiguilles à mon… quoi ? »

Les mains de Tesla s'étaient arrêtées sans qu'elle s'en rende compte, alors qu'une série d'idées lui traversaient l'esprit. « Haldan m'a signalé qu'un de ses modèles d'octobot de démonstration avait disparu de sa cabine. Ruth Fish possédait également un octobot – un octobot médical – quand elle est intervenue après l'agression de George. Ce type de machine a tendance à bien grimper. »

Shal se déplaça pour mieux la regarder en face. « Tu penses donc qu'un octopoïde a poussé Fish ou poignardé Saikawa ?

— Pourquoi pas les deux ? » Tesla traça un cercle sous l'omoplate de Shal. « Mais on compte au moins deux autres roboticiens, à bord.

— Jalna et… tu sous-entends que l'ado y est pour quelque chose ? »

Elle haussa les épaules. « Je ne sais pas, mais ce qui est très intéressant, c'est qu'Ewen a utilisé un octopoïde polydactyle lors d'une compétition à laquelle je participais en tant que jury. »

Shal leva un doigt. « Les octopoïdes et les octobots, c'est la même chose ?

— Oh, tu es si touchant… » Elle se pencha vers lui pour l'embrasser. « Un octopoïde est basé sur une pieuvre et possède huit conducteurs semi-autonomes, un pour chaque patte. Un octobot dispose d'un processeur central, ça peut être n'importe quelle création à huit pattes. Et avant que tu poses la question, oui, mon acubot est un octopoïde.

— Je vais sourire, puis hocher la tête en faisant semblant de comprendre tous ces mots. »

Tesla se dirigea vers le placard en riant. Elle tituba juste assez sur le sol incurvé pour bloquer son dos. Sa foulée s'en trouva ralentie, mais elle ne s'arrêta pas pour autant. « Attends, je vais te montrer comment les différencier. »

Derrière elle, le coton crissa tandis que Shal la suivait jusqu'au dressing. « J'aimerais surtout savoir si ça change quelque chose qu'Ewen utilise un octopoïde en lieu et place d'un octobot.

— Deux choses, oui… Un, l'octopoïde est une machine plus complexe. Deux, iel ne voulait pas que j'en parle à son père. » Tesla appuya sur le bouton d'activation de la boîte intégrée de stérilisation et de transport. La mallette émit une note douce, puis s'ouvrit en vrombissant sur un compartiment lumineux couleur lavande… totalement vide.

« Bon sang… Sérieusement ? » Shal regarda le plafond. « Je veux dire, ce n'est pas comme si tu te spécialisais dans la robotique et que tu pouvais modifier ce truc, ou le piloter à distance sans même y penser.

— Spécialisais. Au passé. Et aujourd'hui, il faudrait que j'y pense, au contraire. » Tesla fixa l'intérieur de la boîte où son acubot aurait dû se trouver. « Bon sang. Et d'ailleurs… maintenant que j'y réfléchis. Pourquoi Haldan s'encombre-t-il d'un octobot de démonstration sur Mars ? Ce n'est pas vraiment une technologie de pointe, à moins qu'il n'en fasse quelque chose de super intéressant.

— J'aime tellement ton cerveau. On sait ce que fait Ory ?

— Non. »

Shal sortit du dressing en reculant. « Allons parler à Maria. Oui, j'entends tes protestations, mais on n'a pas le temps de faire l'amour pour l'instant. »

Tesla s'esclaffa, puis le suivit. « Ce n'est pas ce que j'allais dire.

— Hé, je n'ai pas reçu le manuel, je te dis. » Il se pencha vers elle et l'embrassa, les lèvres ouvertes. Elle baissa son RCPD pour mieux sentir les fines lignes que ses doigts traçaient dans son dos.

Cela souligna aussi que sa jambe gauche était parcourue de fourmillements et que la clameur dans le bas de son dos augmentait, comme si… *et quelque chose lui écrase la colonne vertébrale, elle parvient à peine à respirer, ne perçoit que ses brèves inspirations creuses, entrecoupées par une douleur lancinante et brûlante*. La cabine. Les murs étaient gris. La couette était d'un rose profond. Les yeux de Shal plissés par l'inquiétude. Une mèche pendait sur son front, séparée des autres. Tesla serra les bras de Shal et s'immobilisa pour mieux laisser passer cette résurgence sensorielle.

Il l'observa attentivement. « Tu es sûre que je ne vais pas réussir à te convaincre de t'allonger à nouveau ? »

C'était la chose la plus intelligente à faire. Ce nerf pincé lui avait déjà causé des difficultés, auparavant. Et la situation ne ferait qu'empirer tant qu'elle ne réglait pas le problème. Tesla se mordit la lèvre inférieure, puis laissa échapper son souffle en hochant la tête. « Peut-être. Jusqu'à ce que…

— La commande est arrivée, lança Piper, dans l'autre pièce.

— Peut-être après avoir mangé. » Elle lui sourit, sachant qu'elle ne parviendrait pas à lui dissimuler toute sa fragilité. Elle se pencha pour l'embrasser. « Ne laissons pas ces frites ramollir. »

Il renifla, mais cessa de discuter. Il s'attarda un peu lorsqu'ils quittèrent la chambre, sans tenter de l'arrêter à nouveau. La réduction de sa foulée n'était pas nouvelle, mais cela signifiait qu'elle sortirait sa canne s'ils quittaient leur cabine. Le yoga lui avait fait mal, mais ces chaises… qui les avait conçues ?

Shal lui ouvrit le rideau, elle passa en boitillant, tentée de mieux régler le RCPD. Son attention changea quand elle franchit le seuil du salon de la suite. Une savoureuse odeur embaumait la pièce. Piper parlait au serveur qui avait apporté le repas et qui s'accroupit pour caresser Gimlet.

« … vous traiter de cette façon. Vous voulez que j'en parle à quelqu'un ? »

Immanuel Rudawski, le serveur du R-Bar, quitta Gimlet des yeux. Ses mèches bleu foncé étaient torsadées, ramenées en deux chignons distincts au-dessus de sa nuque. « Merci, je suis… » Il aperçut Tesla et la regarda à plusieurs reprises. Puis il se leva si rapidement que, dans la gravité martienne, il recula d'un mètre. « Je dois y aller. »

Gimlet s'éloigna de cette soudaine agitation, puis s'élança vers Tesla. La petite chienne se tenait sur ses pattes arrière, les coussinets posés sur la cuisse de son humaine afin qu'elle n'ait pas à se pencher pour lui gratter les oreilles. « Je suis navrée de vous avoir fait peur.

— Immanuel ? » Piper passa de lui à Tesla et Shal. « Vous voulez…

— Je dois y aller. J'ai d'autres commandes à livrer. » Il recula, puis se retourna et sortit de la cabine en courant.

Piper le suivit des yeux. « C'était quoi, ça, bordel ? »

Il craignait sans doute que Tesla ne l'interroge à nouveau, cette fois devant quelqu'un qui ferait un rapport sur lui. Shal se passa la main dans les cheveux. « Aucune idée. À moins que ce ne soit mon charme dévastateur et mon incroyable apparence. J'ai souvent ce problème, dans mes rares interactions sociales. Un jour, en haussant mon sourcil gauche, j'ai fait dérailler les délibérations d'une mission diplomatique de Titan sur le choix du sherry à acheter en guise de cadeau commémoratif. » Il haussa le sourcil droit. « Comme ça, je vous épargne mon bon profil. Vous me remercierez plus tard. Peut-être.

— Vous savez que ça se voit, quand vous essayez de changer de sujet ? » Piper se tourna vers Tesla. « Et vous, vous savez pourquoi il s'est enfui ? »

C'était une question directe, alors Tesla acquiesça. « En partie. Il travaillait au R-Bar la nuit où George Saikawa a été assassinée. »

Piper se figea. Elle fixa Tesla suffisamment longtemps pour la mettre mal à l'aise. « Non, il n'était pas au R-Bar.

— Hum… si. Je l'ai vu là-bas.

— Vous êtes sûre que c'était lui ?

— Mèches bleues, taches de rousseur. Oui. Je me trompe peut-être, mais le serveur du bar de la piscine m'a confirmé lui aussi qu'Immanuel était bien au R-Bar.

— J'ai pas mal de choses à dire là-dessus… » Piper regarda en haut à gauche, comme si elle accédait à une fenêtre de son ATH. « Un, il n'apparaît pas sur la liste des employés du R-Bar, ce soir-là. Deux, pourquoi diable avez-vous parlé du meurtre au barman de la piscine ?

— Parce que vous reteniez mon conjoint. »

Piper se pinça l'arête du nez et fixa le sol. Elle renifla, puis laissa retomber sa main. « Les frites refroidissent. »

Shal la suivit jusqu'au plateau et souleva un dôme argenté pour révéler une petite poêle en fonte remplie de pain de maïs doré. De la vapeur s'en échappait encore, nimbant la pièce d'une fragrance paradisiaque, sucrée-salée. « Regardez-moi ça ! » Il claqua des doigts et se tourna vers la machine à expresso. « Oh, Maria. Vous vouliez du café ? Un cappuccino ? Système à pression. Un trait de crème ? Nous avons du véritable lait de vache.

— Vous auriez pu vous contenter de commander un simple café, vous le savez, n'est-ce pas ? » Piper ramassa l'assiette de frites, puis regarda les canapés et les tabourets de bar près de l'imprimante à matière reconfigurée par Tesla. « Cappuccino, si on veut rester dans le feu de l'action. Où voulez-vous vous asseoir ? Sur des chaises confortables ou à côté de votre expérimentation scientifique ? »

Tesla attrapa son congee, savourant la promesse du bol bien chaud. « Des chaises confortables. Et commander un café dans un bon restaurant réputé, c'est délicieux. Avec une barista quelconque, c'est la roulette russe.

— Et puis j'aime le rituel des boissons, moi. » Shal ouvrit une boîte de grains, en versa une mesure dans le moulin intégré à la machine compacte. Il regarda les bouteilles d'alcool posées sur le comptoir entre la machine à expresso et l'imprimante à matière. « Cette histoire de gin Lunacy m'énerve toujours. Poupée, quel thé tu veux ? »

Piper saisit une frite et la braqua sur Tesla. « Bon, j'essaie de comprendre pourquoi vous le laissez vous appeler "poupée".

— Oh… c'est une vieille blague, entre nous. » Elle haussa les épaules en s'installant dans la chaise la plus ferme. « Il a toute une collection de vieux romans policiers…

— Les premières éditions, quand j'arrive à les dénicher. Mais quel thé, donc ?

— Le Zhu Lu. » Tesla quitta sa chaise, il lui fallut les deux mains pour se lever. « Hé, Shal… je me suis absentée de la cabine, il vaut mieux vérifier le lait. Pour répondre à votre question, agente Piper, j'ai fabriqué un scanner qui m'identifie la composition exacte de chaque bouteille. Je voulais voir s'il y avait de l'oxyfeldone dans la bouteille. »

Shal fit une pause, la main sur le moulin. « Merde… le gin Lunacy, c'était déjà un sale coup. S'ils me ruinent mes cappuccinos, aussi… »

Piper trempa sa frite dans la sauce et regarda Tesla traverser la pièce. « Et il y en avait ? De l'oxyfeldone ?

— Pas encore. Mais le gin Lunacy, notre préféré, avait été remplacé par un autre gin.

— Et il est introuvable, personne ne l'importe ! » Shal sortit le sachet de lait de leur minifrigo, puis étudia l'engin que Tesla avait fabriqué. « Comment… oh. Merci. »

Elle transféra le sachet d'aluminium dans le compartiment de son scanner improvisé. « Vous savez qui a eu accès à nos affaires ? Il aurait pu échanger les gins… »

Derrière elle, Piper soupira. « Gimlet a-t-elle le droit de manger un peu de nourriture pour les humains ?

— Non, mais elle vous suppliera quand même.

— C'est bien ce que je pensais. Bien essayé, ma fille. Pas de frites pour toi. » Sa chaise grinça quand elle s'y renfonça. « Très bien… j'ai de gros doutes sur la façon dont cette enquête se déroule… j'ai dit pas de frites, je suis très sérieuse. »

Sur son ordinateur de poche, Tesla ouvrit l'application du scanner qu'elle avait bricolé et appuya sur « Marche ». « On ne peut pas réunir tout le monde et demander à Shal de tout expliquer pour effrayer le tueur et le faire passer aux aveux ? »

Shal s'appuya sur le plan de travail. « Ça ne marche pas comme ça. Il faut des entretiens minutieux. Et beaucoup d'effort. C'est en partie pour ça que je n'ai pas très envie de passer ma lune de miel à enquêter. » Il claqua des doigts. « Oh ! Maria. Quelqu'un a volé l'acubot de Tesla.

— Son quoi ?

— Son acubot. C'est un monstre à aiguilles pour… »

Quelqu'un frappa à la porte.

Tesla se figea, tandis que l'imprimante à matière s'animait à ses côtés.

« On a commandé autre chose ?

— Non. » Shal jeta un coup d'œil à Piper. « Immanuel est revenu sur sa décision ?

— Vu comme il s'est enfui, j'en doute. » Elle transféra les frites hors de portée de Gimlet, dont l'œil reflétait un éternel espoir, avant de se lever. Elle sortit ensuite son ordinateur de sa poche et le parcourut, puis fronça les sourcils. « Iel utilise un brouilleur.

— Super. » Shal releva les manches de son kurta et fit craquer ses articulations. « Je m'en occupe. S'iel est amical, je le serai aussi. S'iel ne l'est pas, vous êtes mieux placée que moi pour appeler à l'aide. »

La suite parut anormalement silencieuse alors qu'il gagnait la porte. Les longs rideaux diaphanes s'agitaient sous l'effet des ventilateurs. Gimlet commença à le suivre, mais Piper la bloqua du pied. « Tu ne bouges pas, petite fille. »

Tesla appela Fantine. Il y avait plusieurs raisons légitimes d'utiliser un brouilleur, mais le moment lui paraissait mal choisi. Shal s'appuya contre la porte, puis jeta un œil au judas. On pouvait mentir à un brouilleur, mais il était plus difficile de mentir à l'œil humain. Il grogna. « Eh bien, quelle surprise. »

Et il ouvrit la porte. « Mx Kuznetsova. Que puis-je faire pour vous ? »

Suffering Bastard

120 ML DE GINGER BEER
30 ML DE JUS DE CITRON VERT
30 ML DE GIN
30 ML DE BOURBON
1 TRAIT D'ANGOSTURA
1 QUARTIER D'ORANGE

Mettez les ingrédients dans un verre Collins avec des glaçons. Remuez à la cuillère. Décorez d'un quartier d'orange.

Depuis le couloir, Haldan marmonna : « Euh… je… j'avais dit à votre épouse que je la retrouverais ici après vous avoir sorti de l'infirmerie, mais elle n'était pas là, alors… puis-je… je peux entrer ?

— Bien sûr. » Shal recula d'un pas. « J'espère que cela ne vous dérange pas que l'agente de sécurité Piper soit parmi nous. C'est juste pour jouer avec notre adorable petite canaille – vous vous souvenez de Gimlet ?

— Je… oui. Je m'en souviens. » Haldan s'arrêta dans l'embrasure de la porte et contempla la chienne en hésitant. Puis il repéra Tesla. « Vous allez bien ?

— Très bien, merci. » C'est à lui qu'il faudrait poser la question. Il avait les joues creuses d'épuisement, le revers de sa chemise était taché de café, et pas d'une manière artistique et chère, genre mes-vêtements-ont-besoin-d'un-soin-bien-particulier. « Et vous ? »

Sa voix se brisa et il se tut, les yeux braqués sur les murs couleur martienne, les poings serrés le long du corps. Il déglutit, puis se tourna vers eux. Son regard se porta un instant sur Piper, mais il hocha la tête vers Tesla. « Je vais bien. Vous avez de la compagnie, je ne veux pas vous déranger. Je souhaitais juste m'assurer que vous étiez tous les deux en sécurité. »

Piper s'avança. « Je vous présente mes condoléances.

— Je vous remercie. » Il se tut à nouveau – les lignes de tension dans ses épaules évoquaient la charpente d'un navire. En penchant la tête, Haldan sembla s'arrêter de respirer un court instant. Il reprit son souffle avec précaution. « Je suis encore sous le choc. La perte de George. Et puis Ruth. Mon Dieu. Je savais qu'elle avait un problème avec l'alcool, mais je ne pensais pas…

— Venez vous asseoir. » Shal désigna l'intérieur de la suite, guidant Haldan qui parut se replier sur lui-même à chaque pas.

Il s'enfonça dans le fauteuil de bureau, le seul siège confortable pour le dos de Tesla. Mais elle ne pouvait difficilement lui en vouloir, il offrait un spectacle assez pitoyable, les coudes sur les genoux, les mains enfouies dans sa chevelure sarcelle. « À l'université, elle était toujours… d'humeur changeante, disons. Mais qui ne l'est pas ? »

Cet homme paraissait anéanti. Tesla tapota le dos de la chienne. « Gimlet, dis bonjour. »

Gimlet s'approcha d'Haldan en trottinant, puis se coucha en posant la tête sur son pied.

Piper s'installa sur la chaise en face d'Haldan, puis rapprocha les frites. « Quand avez-vous mangé pour la dernière fois ? »

Il leva la tête, éloignant son pied de la petite

chienne. « Je… je ne sais pas. Hier soir ? » Il renifla, puis sortit un mouchoir en tissu de sa poche. « Je pense que j'irai au buffet à un moment ou à un autre.

— Ça devrait aller, tant que vous évitez le veau reconstitué. » Piper fit la grimace. « Même Gimlet n'en voudrait pas pour son dîner. »

La tête de Gimlet se redressa. Sa queue remua férocement.

« Oh, oh. Vous avez prononcé le mot magique, on dirait. » Tesla se dirigea en boitillant vers l'armoire pour prendre la nourriture de Gimlet. « Et j'en connais une qui n'a toujours pas mangé son petit déjeuner. »

Un double aboiement ponctua cette remarque, Gimlet la suivit en trottinant.

Du coude, Piper désigna les frites. « Elles sont molles, mais la sauce est bonne. »

Haldan acquiesça, sans quitter le sol des yeux.

« Ne m'obligez pas à jouer les mamans, je ne suis pas très douée pour ça. » Piper l'observa jusqu'à ce qu'il saisisse une frite et la fourre machinalement dans sa bouche. « Quelqu'un d'autre à bord connaissait à la fois Ruth et George ? »

Il se moucha, tâchant de rester discret. « Oui, peut-être. Mais je ne savais même pas que Ruth était là jusqu'à ce que j'aille à l'infirmerie. »

Tesla s'arrêta devant le scanner. « Et Ory Slootmaekers, Lui ?

— Qui ?

— Chauve. Blanc. Petite cinquantaine. Il assiste au cours de yoga de George.

— Je ne sais pas… » Sa voix se brisa, il baissa la tête, tordant le mouchoir entre ses poings. « Ruth et moi… nous ne sommes pas vraiment restés intimes après l'université. »

Shal gardait la tête basse, observant la scène par en dessous, juste derrière Haldan, mais il regardait Piper. Elle avait la bouche pincée et prit une autre frite.

Tesla se racla la gorge. « Je veux dire, nous ne… on ne va pas croire que la Dre Fish s'est vraiment suicidée, n'est-ce pas ? Un cas isolé, d'accord, mais pas avec deux autres cadavres à bord.

— Quoi ? » Haldan releva brusquement la tête. « Comment ça, deux cadavres ? »

Piper soupira. « Cette information n'a pas été rendue publique.

— Oh. » Tesla retira le sachet de lait du scanner, puis vérifia les résultats. Rien à signaler. Elle poussa un soupir de soulagement et remit le sac de nourriture pour chien à sa place. « Je pensais juste que… je veux dire, nous, nous l'avons découvert. Et Wisor nous l'a confirmé, alors…

— Poupée, tu étais sur la passerelle. Et il a cru que c'était moi, le coupable. »

Gimlet grattait le meuble, contrariée que sa nourriture pourtant bien visible ne fût pas encore arrivée jusqu'à elle. Tesla lança l'appli du scanner. « C'est vrai. J'avais oublié. Super.

— À qui d'autre l'avez-vous dit ? » s'enquit Piper.

L'imprimante à matière vrombit tandis que le mécanisme de balayage se déplaçait vers le bas, puis autour du sachet de nourriture pour chien. « Je ne crois pas que…

— Excusez-moi. » La voix d'Haldan tremblait, son visage avait un teint de cendre. « Qui d'autre est mort ? »

Le long soupir de Piper contenait moult informations sur l'éducation de Tesla, ses propos inconsidérés… et la profonde inquiétude de l'agente de sécurité devant la montagne de paperasse qui l'attendait. « Nous l'ignorons.

— Vous l'ignorez ? » Haldan la dévisagea avec horreur. « Comment pouvez-vous ne pas savoir de qui il s'agit ? Le vaisseau a bien un registre, non ? Bon sang, on a tous signé Dieu sait combien de papiers pour embarquer. Mais vous ne savez pas ?

— Non. Et laissez-moi vous dire que je fais tout mon possible pour rester calme quand j'y pense. » Piper se pencha, trempa une frite dans la sauce. « Je fais très bien semblant.

— Mais Ruth… Elle a laissé une note pour expliquer son geste. »

Tesla secoua la tête. « C'était une confession… Elle n'a pas vraiment parlé de se suicider, pas vrai ?

— Du sang. » Shal ferma les yeux, il fronça les sourcils en inclinant la tête. « Tesla… tu as pris une photo. Y avait-il du sang au sol ? »

Tremblante, Tesla afficha la photo en question. Ruban jaune d'avertissement. Plusieurs zones floutées par le brouilleur. « Impossible à dire. C'est dans la zone du brouilleur.

— Et merde ! » Shal se tourna vers Piper, l'expression tendue, concentré sur ses souvenirs. « Je m'en souviens assez bien. Il n'y avait pas de sang. Elle était morte avant de toucher le sol. »

L'expression de Piper resta rigide et glaciale. « Vous savez parfaitement que je ne peux livrer aucune information sur une affaire en cours.

— C'est… c'est un oui, alors, mais qui pourrait… ?» Haldan se couvrit la bouche, manifestement incapable de museler sa panique. Il fit pivoter son fauteuil vers Shal. « Vous avez aperçu quelqu'un, n'est-ce pas ? Quand George était… Vous avez poursuivi quelqu'un.

— Oui… corpulence fine. Stature mince et droite. Pâle. Dans les soixante-treize kilos. Coupe au bol noire. Ça vous évoque quelque chose ? »

Haldan fronça les sourcils, regardant en haut à gauche, comme s'il accédait aux archives ou à la base de données de son ATH. « Pas personnellement, non… mais la prof de yoga de George ? Au moins la coupe au bol.

— Il y a aussi un employé du vaisseau, Yuki quelque chose, intervint Tesla. Il était avec Nile Silver au R-Bar et il a vu toute la scène.

— Piercings aux oreilles, ajouta Shal.

— Quoi ? » Haldan fronça les sourcils.

« Yuki a plusieurs piercings à l'oreille. Mais pas de piercing sur la personne que j'ai poursuivie. » Shal fit volte-face et se dirigea vers le bar. « Par contre, vue de dessous ou de derrière, une coupe au bol peut dissimuler pas mal d'oreilles.

— Et les piercings sont amovibles. » Gimlet posa la patte sur la jambe de son humaine et poussa un soupir, à la limite du gémissement. Délaissant la conversation, Tesla vérifia le scanner. Les résultats étaient bons. Elle versa la nourriture dans le bol de Gimlet. « Assis. » Gimlet s'assit. « Couché. » Gimlet fut la chienne la plus couchée de tous les temps. « Pas bouger. »

Piper regarda Tesla éloigner le bol de Gimlet. « Je ne savais pas qu'elle obéissait aux ordres.

— Quand le petit déjeuner est en jeu, elle obéit à la perfection. » Et aussi quand elle était en service, mais Tesla ne ressentait pas le besoin d'évoquer son syndrome de stress post-traumatique devant Haldan. Elle saisit le plan de travail d'une main et s'arc-bouta en posant le bol au sol.

« J'ai demandé à Fantine la liste de toutes les personnes qui ont eu accès à notre cabine et au gin. Si on réclame la même chose pour votre cabine, on pourra comparer. Ça devrait réduire un peu les possibilités. Gimlet, vas-y. »

Avant que Tesla ne prononce le « Y », Gimlet s'élança vers le bol et flaira sa nourriture avec des grognements féroces.

« D'ailleurs, je me demandais si on ne pouvait pas apporter cet engin dans la cabine d'Haldan pour analyser ses alcools… » Shal se renfrogna. « C'est transportable, ce truc ?

— Oui… ? Oui. Mais ce serait plus facile de rapporter les bouteilles ici.

— Mieux vaut ne rien déplacer. Pour les éventuelles preuves.

— Ah… » Tesla étudia l'ensemble des pièces vaguement reliées par des fils. « Avec un chariot ? Oui.

— J'en demande un tout de suite. Et vous pourrez faire le café que vous m'avez promis le temps qu'on nous le monte. » Piper descendit de sa chaise pour s'agenouiller sur le sol, puis se tapota la cuisse. « Gimlet ? C'est bien, ma fille. Faites-moi savoir les noms que votre avocate a dénichés, je les comparerai à ma propre liste. »

Piper ne voulait donc rien partager avec eux, mais elle était parfaitement disposée à s'approprier leur travail et… et c'était différent. Elle risquait de perdre son emploi. Fantine sortirait Shal de n'importe quelle situation. Piper était seule.

« Votre liste provient-elle de cette même source qui affirme qu'Immanuel ne travaillait pas au R-Bar ?

— Les changements d'équipe n'affectent pas les niveaux d'accès – non, toujours pas de frites pour toi –, et sinon, oui. Comparer mes listes avec les vôtres nous permettra d'obtenir des données supplémentaires. »

Shal intervint. « Maintenant que je vous ai soudoyée avec Gimlet et qu'on est prêts à échanger des noms… vous pouvez me dire qui m'a "formellement" identifié ?

— Je ne peux pas vous le dire, non. Et vous le savez. »

Il haussa les épaules. « D'accord. Au moins, j'aurais essayé. »

Tesla n'aurait pas dû insister, mais il y avait tellement de choses qu'elle n'aurait pas dû faire. « Vous avez interrogé Ory ? Ou Nile Silver ? Ils se disputaient avec George, avant son assassinat. »

Gimlet grogna de plaisir alors que Piper se concentrait sur ses caresses, comme si cela lui permettait de faire oublier sa présence dans la pièce tandis que la conversation se poursuivait.

Elle ralentit ses chatouilles et s'arrêta sur l'oreille de la petite chienne. Elle la caressa, la bouche serrée. « Il y avait un brouilleur actif au R-Bar. Aucune des personnes que nous avons interrogées ne tient des propos qui correspondent aux vôtres. Personne ne se souvient avoir vu George au karaoké.

— Oh, pitié. Immanuel l'a certainement vue, il lui a fait tomber tout un plateau de verres dessus. Demandez-lui.

— Merci pour cet excellent tuyau. » La voix de Piper était posée, avec une toute petite nuance contrariée. « Il faut que vous compreniez une chose, ce n'est pas parce que vous ne me voyez pas travailler que je ne travaille pas. Même si vous ne m'avez pas directement en visuel. »

Tesla se retint de répliquer. Elle était en colère parce qu'elle voulait gagner, pas parce qu'elle avait raison. Elle inspira lentement, sentit l'air lui emplir les poumons, puis expira, le laissant emporter une partie de sa rage exagérée. Piper faisait de son mieux dans des circonstances difficiles. « Je sais. Je suis désolée. Merci de nous tenir au courant, comme vous l'avez fait.

— Pardon, mais… » Haldan leva la main. « Qui est Immanuel ?

— Un serveur. » Tesla se pinça le nez, s'efforçant de ne pas hurler sa frustration. Dans cette pièce, tout le monde essayait de coopérer – et Piper, au moins, semblait prête à considérer que Shal n'était pas le seul suspect. Ils devaient donc travailler ensemble et unir leurs forces. La sienne, c'était l'argent. Shal était détective. Piper était… également détective, et elle avait accès aux données du vaisseau. Haldan, lui… « Oh, attendez. Haldan, je viens de penser à un truc. Vous pouvez sans doute obtenir la liste des passagers bien plus facilement que Fantine. »

Haldan la dévisagea un instant, bouche entrouverte, puis il plissa les yeux. Une larme s'échappa avant qu'il se prenne la tête entre les mains. « C'est vrai. C'est moi qui possède ce putain de vaisseau. » Il s'esclaffa à moitié, puis se moucha à nouveau. « George disait que je ne pourrais pas survivre sans elle, et elle avait raison, je crois. »

Remember the Maine

60 ML DE WHISKY RYE
20 ML DE VERMOUTH DOUX
7 ML DE HEERING
1 TRAIT D'ABSINTHE
1 CERISE

Remuez tous les ingrédients avec des glaçons pendant quarante secondes. Filtrez dans une coupe. Décorez d'une cerise.

La musique de l'ascenseur s'efforçait d'être à la fois entraînante et apaisante – un concept voué à l'échec. Tesla s'appuya contre la paroi vitrée, tenant sa canne d'une main et la laisse de Gimlet de l'autre. Piper, elle, ne lâchait pas sa tasse de café. Elle repoussa le drone de service vers l'intérieur de l'ascenseur pour qu'il ne bloque pas la porte au moment où Haldan et Shal y montaient.

Ils avaient jeté une nappe sur l'imprimante à matière modifiée – un coin traînait au sol. Shal leur avait assuré que Piper devait les accompagner pour qu'un représentant officiel de la compagnie de croisière valide le processus. C'était toujours ennuyeux, quand il avait raison. Tesla passa le bout de sa canne sous la nappe et la replia sur le drone.

Shal se tenait devant la paroi vitrée, le regard vers l'extérieur. « Très belle vue sur l'entrée du Yacht-Club, d'ici. »

Le sol de l'étage terrien n'était plus recouvert de

ruban adhésif. Les piétons arpentaient la terrasse débarrassée de tout signe qu'une personne y était morte la veille. Tesla se mordit l'intérieur de la joue en réfléchissant. « Sait-on où la Dre Fish aurait dû être affectée avant d'arriver ici ? Je veux dire, à bord de ce vaisseau. »

Piper appuya sur le bouton du niveau terrien. « Que voulez-vous dire ?

— Elle a fait modifier l'organigramme du bord... » Tesla se tourna vers Haldan. « Il y a environ deux semaines ? Vous pouvez trouver l'info ? »

Il acquiesça. « En effet, c'est elle qui me l'a dit, mais je dois pouvoir vous obtenir le...

— Maintenez la porte ! » Un adolescent se glissa dans l'ascenseur et posa la main sur la porte.

Cinq autres enfants rigolards, encore trempés après leur passage à la piscine, s'entassèrent dans l'ascenseur. « C'était trop rincé ! »

Le jeune qui avait tenu la porte la laissa se refermer, puis se tourna vers ses amis. « Je vous avais dit que la piscine martienne était trop flash. La tension superficielle est... Hé ! Un chien !

— Oh waouh ! Trop mignon ! »

Même en service, Gimlet était pleinement consciente de l'être, en effet. La créature la plus adorable et la plus désirable jamais créée par la nature ou par un laboratoire. Sa queue générait son propre courant électrique de plaisir.

« Puis-je caresser votre... meeeeeeerde ! Vous êtes Tesla Crane.

— C'est exact. » Elle avait tellement fait en sorte que son scanner improvisé ne parte pas en morceaux qu'elle en avait oublié son masque de courtoisie dans leur suite – et maintenant, elle était coincée dans un ascenseur d'une lenteur exaspérante, passant d'un étage gravitationnel à l'autre, avec toute une ribambelle de gamins. Il était temps de déployer son arme secrète. « Et voici Gimlet, qui serait ravie d'être caressée. Gimlet, dis bonjour. »

La queue de Gimlet remua encore plus vite.

Celui qui avait reconnu Tesla sourit. « Je me suis déguisé comme votre père pour Halloween quand j'étais petit. Cette combi ! Trop cool. Piou ! Piou ! » De leurs doigts, ils mimèrent des tirs. « Pourquoi ne pas l'avoir utilisée pendant l'émission *Danse avec les stars en apesanteur* ? Ça aurait été trop flash. Genre vraiment trop, quoi.

— Elle était aussi dépassée et dangereuse. » Non que sa version à elle ait été meilleure. *Étoiles, ténèbres.* Ascenseur. Chienne. Adolescents. Shal. Nappe. « Vous vous intéressez à la robotique ?

— Il pense que oui. » L'un des autres adolescents passa son bras autour des épaules du garçon. « Notre Wonderboy ici présent ne sait même pas changer une ampoule.

— Hé. » Wonderboy rougit. « C'était une sacrée ampoule.

— Vous serez heureux d'apprendre que Gimlet n'est pas une ampoule. » En fait, sa chienne se serait déjà roulée sur le dos s'il y avait eu assez de place dans l'ascenseur. D'ailleurs, alors que la gravité terrestre s'imposait, Tesla elle-même n'aurait vu aucun inconvénient à faire de même. « Allez-y. Vous pouvez la caresser. »

Les enfants en profitèrent, repoussant Tesla vers l'arrière de l'ascenseur. Sa colonne vertébrale se tassa, puis se comprima sous l'effet de la gravité qui augmentait lentement. L'un des enfants s'appuya sur le chariot pour essayer de se rapprocher de Gimlet, et il y eut comme un craquement sec sous la nappe. Génial.

Les portes de l'ascenseur s'ouvrirent au niveau terrien et les enfants sortirent en trombe. « Merci de nous avoir laissés caresser votre chien ! »

Haldan maintint la porte tandis que Piper poussait le chariot vers l'extérieur. Tesla suivit, s'appuyant plus lourdement sur sa canne qu'au niveau martien. À chaque pas, elle avait l'impression qu'un couteau à beurre remontait sa colonne vertébrale pour se planter dans les muscles à droite. Une douleur sourde, mais pas insurmontable. La faiblesse lancinante de sa jambe gauche l'inquiétait un peu plus. Elle ne pouvait pas la dissimuler.

Shal faisait semblant de ne pas le remarquer, mais Tesla l'avait démasqué à la façon dont il se tournait vers elle, la main à l'affût, comme prêt à la rattraper au cas où. Gimlet ne tirait pas sur sa laisse, même si elle voulait clairement suivre les enfants. Elle suivait sagement Tesla. Même Haldan l'observait d'un air inquiet, sourcils froncés.

D'un autre côté, elle n'était pas sûre de l'avoir vu afficher une autre expression. Soit il était comme ça tout le temps, soit c'était la situation. Il se pencha. « Ça arrive souvent ?

— Assez souvent. » Elle salua les enfants qui s'en allaient. « Et maintenant, vous savez pourquoi j'emmène Gimlet partout avec moi.

— Malin. » Il dépassa les ficus et se dirigea vers l'entrée du Yacht-Club du niveau terrien.

Les portes s'effacèrent aussitôt, et ils pénétrèrent dans l'oasis de calme qu'était le hall d'entrée. Auberi leva les yeux de sa réception. Son visage s'éclaira lorsqu'iel se mit debout. « Mx Kuznetsova ! Mx Crane, et Mx Steward ! Et la petite Gimlet ! Vous revoir est un plaisir. Vraiment. Ah ! Agente Piper, vous allez bien ? »

Non, mais ce n'était pas la réponse qu'iel attendait. Shal adressa un sourire au concierge et prit la main de Tesla, la portant à ses lèvres pour l'embrasser. « Maintenant que j'ai retrouvé ma douce amie, tout est absolument parfait. »

De l'autre côté, Piper grimaça en secouant la tête. Elle adressa un signe à Auberi, qui hésita avant de répondre par un nouveau sourire à Haldan. « Ah ! Mx Kuznetsova. L'une de vos connaissances vous cherchait. Pour le départ.

— Le départ ? » Il s'arrêta dans le hall, apparemment déconcerté. « Il me serait difficile de partir.

— Je vous prie de m'excuser. Il s'agissait de golf. Le départ du parcours. » Auberi se retourna vers l'imposant bloc-notes en papier où iel avait écrit le message. « Mx Smith. »

Toujours déconcerté, Haldan parut soudain effrayé. « Smith ? » Il se tourna vers Piper. « Smith… ? »

Tesla répondit : « Annie ou Jalna ? »

Auberi secoua la tête. « Non, non. Personne du Yacht-Club. » Piper s'avança et posa sa tasse de café sur le comptoir d'Auberi. « Quand était-ce ?

— Il y a environ une demi-heure. » Iel consulta ce qui ressemblait à un agenda en papier, mais il y avait des capteurs à encre intelligente sur les bords. « Plus précisément, à 8 h 53. »

Piper acquiesça et fit défiler quelques fenêtres sur son ordi de poche. Elle en tapota une trois ou quatre fois, puis soupira. « D'accord… À l'ancienne, donc. À quoi ressemblait Mx Smith ?

— Iel portait un masque de courtoisie, mais iel m'a paru de type européen, je crois. Avec des cheveux plutôt bouclés. Et roux. Un roux naturel, à mon avis. Mais avec des mèches au niveau des épaules. Hum… et des taches de rousseur. Quant à la taille… comme Mx Crane, peut-être ? » Iel regarda le plafond comme pour se représenter plus clairement cette personne. « Si je lui fournissais un tee-shirt promotionnel, je lui donnerais du XXL.

— Et comme pronom ?

— Iel n'a pas dit, pardonnez-moi. »

Piper hocha la tête et tapota à nouveau sur son écran. Ça pouvait être Annie, avec une perruque et des talons. Bien que sa peau soit plus olivâtre que celle d'une vraie rousse. Ce n'était certainement pas Jalna. De sa position, Tesla voyait Piper rassembler des visages sur son ordinateur, et cela incluait Annie et Jalna.

Au bout d'un moment, elle le tourna vers Auberi. « Reconnaissez-vous Mx Smith ? »

Auberi examina l'écran, fronça les sourcils, puis secoua la tête. « Je regrette, non.

— Vous êtes catégorique ?

— *Oui**. Si je devais deviner son sexe en me basant sur les stéréotypes de genre, je dirais que ce passager est un homme.

— Merci. » Piper prit sa tasse de café et but une gorgée. Elle pivota, puis rejoignit leur groupe et s'adressa à Haldan. « Ça vous dit quelque chose ?

— Non. Je ne connais personne qui ressemble à ça.» Il déglutit, regarda Auberi, puis Piper. «Que se passe-t-il?

— Smith, pas Doe?» marmonna Shal en se frottant l'oreille un instant, avant d'échanger un coup d'œil avec Piper. «Allons voir sa chambre.»

Elle acquiesça, guidant le drone vers l'avant. Tesla s'appuya sur sa canne tandis qu'ils suivaient Haldan le long de la promenade dorée jusqu'à sa chambre. Elles ne parlèrent pas de cette mystérieuse note, mais nul besoin d'être détective patenté pour deviner qu'on avait simplement voulu savoir si Haldan était présent.

En passant devant leur ancienne cabine, Tesla et Shal eurent du mal à ne pas remarquer l'absence de sang. George Saikawa était morte ici, et son meurtre avait été effacé du vaisseau comme s'il n'avait jamais eu lieu.

À la porte voisine de leur ancienne cabine, Piper arrêta Haldan dans le couloir. «Pourquoi ne pas me laisser entrer en premier?

— Vous ne pensez quand même pas que…

— Je ne sais pas, et je n'aime pas beaucoup ne pas savoir. Si j'y vais en premier, nous saurons.»

Shal grogna et s'approcha de la porte de la cabine d'Haldan. «C'est vous qui voyez. Je vous accompagne…?»

Elle hésita, puis secoua la tête. «Il vaut mieux éviter. Sauf si je vous appelle.

— Compris.» La froideur de son expression indiquait qu'il n'était pas ravi.

Piper tendit son café à Shal. «Ne le renversez pas. C'est le meilleur café de ma vie, j'en suis dingue.

— Je suis bien content de vous rendre dingue.

— Ouais, ne vous emballez pas. » Elle utilisa son pass pour déverrouiller la porte, puis l'ouvrit. Gimlet se leva, prête à entrer elle aussi. Tesla resserra sa prise sur la laisse en attendant Piper. Shal inclinait la tête, les yeux à moitié fermés, attentif au moindre bruit.

Tesla n'entendait que le bourdonnement de la climatisation du vaisseau, ça et l'écho des rires provenant du salon. Au bout du couloir, un chariot de blanchisserie reposait contre un mur. De l'autre côté, le même couloir tournait avant de révéler la courbure même du vaisseau. Rien de plus menaçant qu'un drone de service et un tableau accroché au mur. Certes, il s'agissait de la peinture « écureuil zombie » ; mais il n'y avait ni personne, ni trace de pas, ni rien qui anticipe ce qu'ils attendaient.

Piper réapparut dans l'embrasure de la porte. « On dirait que vous aimez bien les origamis, hein. Toutes ces serviettes pliées en forme d'animaux. »

Haldan rougit. « Ils sont magnifiques. »

Ils le suivirent dans une suite dont la disposition reflétait la leur, mais dans les tons bleus et verts caractéristiques de la Terre. Des animaux confectionnés à partir de serviettes de table étaient perchés sur les chaises et les meubles. Une chauve-souris était suspendue à un cintre. Il y avait plus d'animaux que de jours de voyage.

Tesla s'arrêta à côté d'une véritable pieuvre en serviette. « Pourquoi en avoir autant ?

— J'ai… hum… complimenté Jenny, mon intendante, et maintenant elle m'en laisse deux ou trois à chaque fois, elle fait de petits dioramas. » Il désigna un ensemble conçu pour ressembler à un dinosaure en train de surfer. « Je veux dire… regardez ça. Du grand art.

— C'est une serviette. » Piper abandonna le drone de service à côté du bar de la pièce. « Je le laisse ici ?

— Oui, merci. » Tesla s'assit pour atteindre la laisse de Gimlet et la détacher.

« Ne vous laissez pas distraire par le médium. Ce n'est sans doute pas un art traditionnel, mais ça n'en reste pas moins une authentique expression artistique. » Haldan tapota l'une des bouteilles de rhum. « Voilà celle dans laquelle j'ai vu la gélule.

— Bien. » Tesla ôta la nappe de l'engin. « Allons-y… bon sang. C'est bien ce que je craignais. »

La connexion au lecteur présentait une rupture évidente, là où le poids d'un adolescent exubérant avait suffi à séparer le scanner de son socle. Tesla soupira, comme si l'ensemble du puits de gravité terrestre reposait sur ses épaules.

« Un problème ? » Shal cessa d'inspecter les parois de la cabine.

« Une connexion coupée. » Tesla avait les mains moites à l'idée de réparer quelque chose. « J'ai laissé les outils que j'ai imprimés dans notre cabine, c'est bête, hein ?

— J'en ai quelques-uns, vous pouvez les utiliser. » Haldan se dirigea vers sa chambre. « Ça vous épargne un aller-retour.

— Merci. » Elle avait l'habitude de voyager avec un ensemble personnalisé et n'avait rien besoin d'imprimer. Pas depuis l'Accident, en tout cas. Tout irait bien. Elle avait assemblé ce truc, et son bon fonctionnement n'était pas une question de vie ou de mort.

Au pire, si rien ne marchait, ils feraient analyser la bouteille sur Mars.

Shal tapota un miroir en pied, puis s'appuya contre le mur pour regarder derrière. « Hum-hmm. Hé, Maria. C'est la porte d'une autre suite, là ? »

Elle jeta un bref coup d'œil et souffla : « Oui… Oui…

— Ça vous surprend ?

— Il y a pas mal de classes de cabine différentes, sur ce vaisseau… » Elle leva la main pour l'empêcher de continuer. « Je n'ai pas vérifié personnellement cette pièce. Si je l'avais fait, soyez sûr que j'aurais bien regardé le plan.

— Et qui l'a fait, alors ?

— Pourquoi me posez-vous des questions auxquelles vous savez que je ne répondrai pas ? »

Il lui sourit. « Vous pourriez vous laisser aller. » En jouant avec le bord du miroir, il ajouta : « Vous voulez bien l'ouvrir ? Je veux dire, puisque cette porte donne sur notre ancienne cabine, ça me paraît pertinent, non ?

— Hum. »

Haldan écarquilla les yeux en fixant le miroir. « Attendez, n'importe qui peut donc entrer dans ma cabine depuis la vôtre ? »

Shal se retourna et regarda un autre miroir, à l'autre bout de la pièce. « Ou depuis celle d'Annie et de Jalna, mais je ne vais pas demander l'accès à leur chambre. Allez, Maria, s'il vous plaît. Je veux juste fureter un peu pendant que ma conjointe nettement plus intelligente que moi fait ses trucs scientifiques.

— Ses trucs scientifiques ? Vous êtes toujours aussi technique ? » Piper se pencha pour examiner la bouteille désignée par Haldan, sans la toucher. Elle prit des photos avec son ordinateur, dont la résolution excédait celle d'une caméra intégrée.

« Seulement quand l'aventure me titille. » Shal soupira. « Allez, je ne peux pas y aller sans surveillance.

— Je veux être là quand elle scannera la bouteille.

— Je dois d'abord réparer. » Tesla s'appuya sur le bord du chariot et se pencha pour constater les dégâts. « Et ça va me prendre un peu de temps, il faut étalonner le balayage hémisoïdal. »

Shal fit un pas vers la porte. « Vous voyez, le balayage hémorroïdal est tout désétalonné, elle va devoir inverser la polarité, tout ça…

— Il faut vous améliorer en physique. » Piper soupira, puis s'approcha du miroir. Elle posa son pass sur le cadre, qui glissa sur le côté, révélant une issue de sécurité. « Dix minutes. Et seulement parce que moi aussi, j'ai quelques questions.

— Je vous ferai tout le café que vous voulez.

— J'en suis encore dingue, tellement c'est bon. » Une autre pression sur son pass ouvrit la porte, qui donnait sur une seconde issue de sécurité identique – et au-delà, sur l'arrière du miroir de l'autre pièce.

« Ce n'est donc pas un passage rapide et discret. Hum… » Shal se dirigea vers la porte. Alors qu'ils quittaient tous les deux la pièce, Tesla approcha sa chaise du drone de service. En laissant le scanner sur le chariot, elle pouvait le positionner où elle le souhaitait et bénéficier d'un meilleur éclairage. Elle devait s'assurer que les dégâts visibles étaient bien les seuls, et imprimer un test d'étalonnage. Tout cela n'était pas bien grave ; ça prendrait juste un certain temps. Le fait d'avoir un public ne la rendait pas plus heureuse, mais au moins, elle avait des outils.

Depuis la chambre, Haldan émit un son bref, comme s'il était stupéfait.

« Tout va bien ? » Tesla se leva assez vite pour que son dos se mette à trembler, elle se laissa aller à une grimace, puis saisit sa canne pour se stabiliser.

« Il y a… il y a un mot. Sur mon miroir. »

Tesla se dirigea vers la chambre en boitant, frappant le sol de sa canne à chaque pas. Les battements de son cœur lui donnaient l'impression d'ébranler sa cage thoracique. Haldan se tenait au milieu de la chambre, une mince caisse à outils anodisée à la main. Le revêtement métallique brillant attira un instant l'attention de Tesla. Haldan faisait face au mur de droite, devant son armoire.

Les mots, griffonnés au rouge à lèvres rouge vif, s'étalaient en gros caractères d'imprimerie.

REMEMBER THE MAIN

Son visage était crispé, il respirait trop vite. Des perles de sueur luisaient sur son front.

Tesla vint se placer à ses côtés, Gimlet sur les talons. « Vous savez ce que cela signifie ? »

Haldan fixa le miroir, puis ferma brusquement les yeux. Il grimaça en les rouvrant, avant de faire les cent pas.

« Merde, merde, merde !

— Vous m'expliquez ?

— C'est mal orthographié. » Il sortit de la chambre, comme si ça expliquait quelque chose. « J'ai cru que Ruth et George essayaient de me tuer, mais j'étais… mon Dieu. Je pense qu'elles… mais pourquoi ne pas me le dire? N'étaient-elles pas au courant…

— J'ai besoin d'aide, là

— C'est un cocktail. Remember the Maine. Souvenez-vous du Maine. Nommé d'après un cuirassé qui a coulé à la fin du XIXe siècle. Le naufrage a déclenché la guerre d'indépendance cubaine. *Souvenez-vous du Maine! Au diable l'Espagne!* Maine avec un e.» En entrant dans le salon, Haldan posa les outils sur une table d'appoint et se tourna vers Tesla. «Vous avez déjà vécu des expériences qui ont mal tourné. Quelle est la pire chose qui vous soit jamais arrivée?»

Elle en eut la gorge sèche. «Vous voulez dire, à part tuer six personnes?»

Il grimaça, puis détourna le regard. «Désolé. Je suis au courant. Le fait est que… J'ai dit que Ruth était ma colocataire à l'université. J'ai aussi rencontré George à ce moment-là. Nous fréquentions tous un groupe de…»

Quelqu'un frappa à la porte.

Tesla et Haldan sursautèrent. Gimlet aboya en agitant les pattes, mais sans quitter son humaine. Quelques instants plus tard, le carillon de l'entretien ménager retentit doucement dans la suite. Haldan grimaça. «C'est Jenny. J'ai l'habitude de quitter la chambre à cette heure-ci pour me rendre à la salle de sport.

— D'autres animaux en serviette, alors?

— Il y a des choses bien pires au monde.» Il se dirigea vers la porte. «Je vais lui demander de repasser.

— Vous ne devriez pas ouvrir, je crois. » Tesla le suivit, sans dissimuler sa claudication, par souci de rapidité.

« Elle entrera, si… » La porte se déverrouilla dans un léger clic. Soudain, la pièce s'assombrit et Haldan poussa un cri.

Too Close for Comfort

145 ML DE VODKA
30 ML DE SOUTHERN COMFORT
30 ML DE JUS DE CITRON
20 ML DE SIROP SIMPLE
1 ZESTE DE CITRON

Secouez au shaker avec des glaçons et filtrez dans un verre à martini. Décorez d'un zeste de citron.

Gimlet aboya deux fois dans l'entrée. Sans fenêtre, la suite était aussi noire que l'espace, éclairée seulement par une constellation de minuscules voyants lumineux fixés au drone de service. Tesla inspira. Elle entendit quatre choses. Un grondement de Gimlet. Un piétinement. Des pas précipités. Une porte qui claque.

Elle cria : « *Lindgren*, appelle la sécurité et l'équipe médicale ! »

Elle baissa son RCPD pour traverser la pièce à tâtons, en se guidant de la jambe droite. Alors que ses yeux s'ajustaient à la pénombre, des lampes bleues un peu plus faibles formèrent des flaques au sol – et la lueur jaune des lumières d'urgence du couloir délimita la porte de la suite. D'une touche, Tesla composa le numéro de Fantine.

Dans les haut-parleurs, une voix calme annonça : « Delta, gamma, un, cinq, cinq, trois. Delta, gamma, un, cinq, cinq, trois. »

Le long du mur, à côté de la porte de la suite d'Haldan, une grande tache de sang s'étalait, presque noire dans la lumière jaune de l'éclairage d'urgence. Elle formait un arc de cercle autour d'Haldan, adossé au mur. Tesla attrapa une serviette pliée en animal sur la table d'appoint, faisant disparaître l'hippopotame d'un geste de la main.

Elle s'agenouilla à côté d'Haldan et son RCPD s'activa pour qu'elle touche le sol avec facilité. Le sang imbibait la chemise d'Haldan. Deux plaies. L'une sur son avant-bras gauche, et l'autre, plus profonde, dans la chair de son trapèze, là où une paire de ciseaux saillait encore.

Même si cela lui retournait l'estomac, la blessure du bras était plus inquiétante, parce qu'elle faisait gicler du sang. Tesla posa sa canne sur le sol, puis colla la serviette sur le bras d'Haldan, comprimant de toutes ses forces.

Piper fit irruption dans la pièce, depuis le couloir. « Qu'est-ce qu'il y a ? Merde ! Vous avez vu…

— Il faisait sombre. Haldan ? Hal ? Regardez-moi. » Pas ça, pas encore. Ses yeux étaient révulsés, il glissait le long du mur.

Au-dessus d'elle, Shal lança : « On se sépare ? Vous prenez cette direction et je… »

Tesla lui jeta un coup d'œil. « Ne t'avise pas de poursuivre le coupable. Je n'ai pas l'intention de les laisser te coller ça sur le dos. »

Dans le couloir, d'autres voix s'élevèrent, s'interrogeant sur la coupure d'électricité. Personne ne savait encore qu'on venait de poignarder un homme. Le sang dégoulinait de la serviette, comme si Tesla ne pouvait que le contenir.

Piper revint dans le couloir, les traits tirés par la frustration. « Attention tout le monde ! Le courant sera rétabli d'ici quelques instants. Je vais vous demander de regagner vos cabines…

— Il fait noir, là-dedans !

— Oui, je m'en excuse et je vous recommande de laisser la porte de votre cabine entrouverte pour que l'éclairage de secours vous…

— Qu'est-ce qui s'est passé ? » C'était la voix d'Annie.

« Nos techniciens vous expliqueront tout un peu plus tard. Pour l'instant, gardez votre calme et… »

Quelqu'un d'autre grogna : « C'est inacceptable ! Je veux parler à un responsable. »

La fureur bouillait visiblement sous le vernis de sociabilité de Piper. Elle prit une profonde inspiration, comme pour leur hurler dessus, mais la vague passa et elle énonça tranquillement : « Entendu. J'en appelle un tout de suite. » Elle tapota son badge. « Sécurité. Piper. Besoin de renfort.

— Je… je n'ai pas demandé à parler à la sécurité. »

Piper lui adressa un sourire sinistre. « Si vous voulez un responsable, c'est la sécurité. » Elle se retourna, puis s'agenouilla près de la porte, sortant une lampe de poche. « Faites-moi voir… »

Le cercle de lumière blanche aveugla Tesla un court instant, peignant la serviette d'un rouge artériel vif. Haldan ne bronchait pas, la tête penchée selon un angle gênant. Sous la peau tendue de sa gorge, Tesla vit son pouls battre rapidement.

Les ciseaux brillaient d'un éclat argenté dans le faisceau lumineux. Les ciseaux de couture de Shal. Des lames forgées à la main en guise de cadeau de mariage. Tesla reconnaissait le motif des blaireaux sur les deux poignées. Elle ouvrit la bouche pour dire quelque chose, mais entendit Shal lui intimer de ne donner aucune information. Et pour l'instant, une seule priorité : garder Haldan en vie.

Piper tapota le badge sur sa poitrine. « Wisor. Piper. Je suis la première sur place. Il nous faut un médecin. Tout de suite.

— Qu'est-ce qui s'est passé ? » La voix étriquée haletait, comme s'il courait.

« Haldan Kuznetsova a été poignardé. Il est vivant, mais perd pas mal de sang. » Elle jeta un coup d'œil dans le couloir. « L'électricité est coupée, il y a des passagers partout sur zone. Il faut rallumer les lumières et sécuriser le couloir.

— Bien reçu. Je vois que Bob et Candy se dirigent aussi vers vous, ils devraient arriver avant moi. J'appelle l'ingénierie – qui arrive aussi. On va rétablir l'éclairage. »

Tesla leva les yeux vers Shal. « Prends la laisse de Gimlet sur la chaise. On va lui faire un garrot en attendant les secours.

— Ce n'est pas l'idéal… » Mais il s'enfonça quand même dans la suite pour retrouver cette laisse.

« Mort, ce sera encore moins l'idéal. »

Dans le couloir, la voix d'Annie s'éleva au-dessus du brouhaha général. « Par pitié, tout le monde. Ayez un peu de bon sens, libérez le couloir pour ces gens. »

Shal ramena la laisse et l'enroula autour du coude d'Haldan. Au même moment, une voix retentit dans le corridor. « Médecin, laissez passer ! »

Un court instant, Tesla crut que Ruth Fish était encore en vie et qu'elle arrivait sur place. Soudain, un jeu de lumière et d'ombre fendit l'obscurité générale, alors qu'une personne avec une lampe de poche, une civière mobile complète et une trousse de soins déboulait dans le couloir.

Piper lui fit signe. « Candy ! Bob ! Par ici. »

La femme médecin avait accompagné Ruth Fish le soir de l'assassinat de George Saikawa. Candy était plus âgée et avait la carrure d'une haltérophile russe. Ses cheveux gris et violets étaient ramenés en queue-de-cheval, sur le côté, avec un nœud en lamé argenté. Elle s'arrêta en dérapant devant la porte.

En entrant dans la pièce, elle sortit de sa poche des gants en nitrile bleu vif. « Qu'est-ce qui s'est passé ?

— Je n'ai pas bien vu… » Ça ressemblait à un *déjà-vu**, un flash-back, mais tout cela se produisait ici et maintenant. C'était la deuxième personne qu'on poignardait devant Tesla. « Il a ouvert la porte. Les lumières se sont éteintes, il a crié. Je n'arrive pas à arrêter l'hémorragie sur son bras.

— Ça, c'est mon boulot. » Le kit médical orange se déballa automatiquement et déploya une sonde pieuvre. Le cerveau de Tesla nota tranquillement les mouvements et les capteurs, confirmant que le robot était un octopoïde. « Laissez-moi un peu de place. Vous avez fait du bon travail. »

Tesla attrapa sa canne, mais ses mains étaient gluantes de sang. Une fois de plus. Que faire ? Poser ses mains sur le mur ? Sur le sol ?

Shal prit une serviette en forme de palmier sur une table et la lui tendit. Pendant qu'elle essuyait le plus gros du sang, il glissa sa main sous son coude nu, puis s'appuya sur elle pour la maintenir debout. *::Tu es blessée ?::*

::Non.:: De toute façon, elle faillit ne pas se lever. Dieu merci, la pièce était suffisamment sombre pour que personne ne puisse vraiment voir son visage. *::Ce sont tes ciseaux, dans son épaule.::*

::Quoi?:: Sa main se resserra sur son coude.

::J'ai jeté ton sac à broderie la nuit où Saikawa a été tué.::

::Mais qui peut bien être cette personne?:: Sa main resta sous son coude, comme s'il craignait que Tesla bascule. « On va te trouver une chaise. » Derrière eux, Bob lança : « Qu'est-ce que vous faites dans la chambre de Kuznetsova ?

— Ils sont avec moi », répondit Piper avant que Tesla ou Shal n'aient le temps de dire quoi que ce soit.

« Et vous l'avez eu à l'œil pendant tout ce temps ?

— J'ai toujours été dans la pièce avec lui.

— Et elle ? Ce salaud avait un brouilleur. Ces foutus trucs devraient être interdits. »

Piper soupira en guise de réponse, un soupir qui contenait toute une étude comparée sur l'éthique au travail et la formation, ainsi qu'un résumé des différents défauts liés aux capacités les plus élémentaires de Bob. Elle se racla la gorge. Un télégramme qui disait simplement : Pas. Le. Temps. Pour. Ces. Conneries. « Candy, vous avez besoin de quelque chose ?

— C'est quoi le problème, avec les lumières ? »

Piper se retourna, observa plus attentivement la pièce. « C'est une coupure de courant totale, car les issues de secours se sont déverrouillées. Bob ? »

Il renifla. « Aucune idée. Le diagnostic prend un certain temps. »

Et les lumières ôteraient à Tesla la dernière petite parcelle d'intimité dont elle disposait. Elle serra les poings, et même après les avoir essuyés sur la serviette, ses doigts étaient poisseux de sang. « Je vais me laver les… oh, merde ! Piper ? Je dois vous montrer quelque chose dans la chambre.

— Je n'ai besoin de rien d'au… » Elle se redressa aux côtés de Tesla avec sa lampe de poche et lui tendit la canne. « Quoi donc ?

— Une inscription sur le miroir. Haldan m'a dit que c'était lié à quelque chose que lui, Ruth et George avaient fait à l'université, mais ensuite… » Elle agita la main pour englober l'obscurité. La moquette accrocha la plante de son pied gauche alors qu'elle se dirigeait vers la chambre.

Qui avait accès à la cabine d'Haldan ? Son artiste de la serviette ? Un serveur comme Immanuel aurait-il pu ouvrir cette porte ?

« Sur le miroir, à droite. » À la porte de la chambre, Tesla s'arrêta pour laisser Piper passer la première. « Gimlet, viens. »

L'agente entra et se retourna. Le halo de sa lampe de poche éclairait son visage juste assez pour que Tesla puisse voir ses lèvres se pincer, puis émettre un sifflement grave. « *Remember the Main* ?

— On aurait dit qu'une de leurs expériences avait mal tourné. » Tesla se retourna, cherchant une tache blanche dans l'obscurité. « Gimlet ? Gimlet, viens. »

Shal s'arrêta au milieu de la pièce et se tapota la cuisse. « Gimlet. Viens voir papa. » Il tourna en rond. « Gimlet ? »

De l'autre côté de la pièce, Candy avait transféré Haldan sur la civière et se préparait à l'évacuer. Les ciseaux saillaient toujours de son épaule, mais ses yeux cillaient un peu sous la lumière de la lampe de poche du médecin.

Piper quitta la chambre, éclairant le bas des murs de sa propre lampe. « Gimlet ! Où es-tu, ma fille ? »

Agrippant sa canne, Tesla scruta les recoins les plus sombres, espérant que sa chienne se cachait sous une chaise. Et pourtant… « Gimlet ? »

Son téléphone sonna et, dans sa poche, son ordinateur bourdonna. Tesla sursauta, puis tâtonna pour sortir l'appareil de son vêtement. Fantine apparut à l'écran. « La plupart des gens se contenteraient de m'envoyer un SMS, mais bon Dieu, au point où nous en sommes, autant m'écrire une lettre sur du vrai papier et inventer un drone pour me la faire parvenir. Ça coûtera moins cher que tous ces appels. Qu'est-ce qui, au nom d'Agathe de Catane, te fait penser que tu devrais… C'est du sang, ça ? Tu m'expliques pourquoi une paire de ciseaux est plantée dans l'épaule d'Haldan Kuznetsova ?

— Quelqu'un, ni moi ni Shal, l'a poignardé. » Voilà pourquoi Tesla avait appelé Fantine, pour qu'elle soit présente quand on les interrogerait, inévitablement. Ses yeux brûlaient alors qu'elle fouillait l'obscurité. « Je te raconterai tout, mais pas tout de suite. Gimlet a disparu. »

Last Word

20 ML DE MARASQUIN
20 ML DE JUS DE CITRON VERT
20 ML DE CHARTREUSE VERTE
20 ML DE GIN

Secouez au shaker avec des glaçons pendant quinze secondes. Servez sans les glaçons dans une coupe.

Derrière la «fenêtre» du salon du Yacht-Club, le champ d'étoiles projeté semblait dériver à mesure que le vaisseau progressait dans l'espace. Tesla tourna le dos au spectacle, les deux mains crispées sur sa canne pour ne pas la balancer sur Wisor pendant qu'ils attendaient que Fantine reçoive la liste de questions qu'il lui avait donnée. Le courant était revenu, mais cela faisait plus d'une heure qu'on avait emmené Haldan à l'infirmerie. Elle ignorait comment il allait et Gimlet manquait toujours à l'appel.

Le café que l'équipage avait distribué aux membres du Yacht-Club était froid depuis longtemps. Tesla activa son ATH et vérifia à nouveau le traceur de Gimlet.

Hors connexion. Dernière position affichée.

La cabine d'Haldan apparaissait toujours. Ils l'avaient intégralement fouillée, scrutant le moindre recoin où un petit chien aurait pu se cacher, avant que Wisor rassemble tout le monde dans le hall pour interrogatoire.

Tesla se tortilla sur sa chaise, moins inconfortable que celles du salon Olympus Mons, mais manifestement conçue par le même designer. « On ne pourrait pas se contenter d'une simple déclaration ? L'agente Piper était là pendant toute l'affaire.

— Mais pas avec vous ! » Wisor faisait défiler les données sur son ordinateur, avec plus de vigueur que nécessaire. « Vous pourriez aussi vous contenter de répondre à mes questions. »

Quel est l'intérêt d'avoir une avocate aussi chère si on ne la laisse pas faire son travail ? « C'est juste que notre chienne a disparu et je m'inquiète pour elle.

— Moi je ne m'inquiète pas pour votre animal. Je m'inquiète pour l'homme qu'on a tenté d'assassiner. » Wisor continua de fixer l'ordi. « Je m'inquiète parce que vous avez dressé une liste de personnes, dont les deux premières sont mortes et la troisième a été poignardée. Je m'inquiète du fait qu'à chaque fois, vous étiez à proximité directe.

— Ah ? J'ignorais qu'on était passé à proximité du cadavre dans le recycleur. Au fait, vous ne savez toujours pas de qui il s'agit ? » Shal s'étira et glissa négligemment son bras dans le dos de Tesla. *::Ne le laisse pas te…::*

Wisor lui jeta un coup d'œil par-dessous son écran. « Écartez-vous l'un de l'autre. Je ne veux pas de conversations privées.

— Ah, mais c'est notre lune de miel. » Faisant la moue, Shal retira son bras.

Les lèvres serrées, Wisor se replongea dans son travail. Pas besoin d'être détective – même retraité –

pour comprendre qu'il ne savait toujours pas qui était la personne dans le système de recyclage. Sur l'écran d'ordinateur de Tesla, Fantine comptait les points de croix carmin en fronçant les sourcils. Tesla comprit que ses paroles étaient parvenues à Fantine, car elle mit son crochet de côté, avant de prendre des notes sur un calepin.

« Très bien. J'envoie un mémo à Leigh, de votre service juridique, il y a forcément quelqu'un de compétent dans votre misérable entreprise sur Terre. Mes clients peuvent répondre aux questions deux et sept. Tout le reste fera l'objet d'une déclaration écrite, et avant que vous ne vous y opposiez, laissez-moi vous préciser qu'ils coopèrent par courtoisie, ce que vous ne méritez pas, et si vous tentez encore de vous dresser contre moi, je déposerai tellement de plaintes contre vous qu'il faudra terraformer Jupiter et y planter suffisamment d'arbres pour obtenir le papier nécessaire. » Elle reprit son crochet, plantant l'aiguille dans le fil rouge comme s'il s'agissait du foie de Wisor. « Dès que nous en aurons terminé, ce qui ne saurait tarder car mes clients doivent déjeuner, vous demanderez à votre équipage de faire une autre annonce concernant Gimlet. Et vous continuerez jusqu'à ce que ma cliente retrouve sa chienne. »

Wisor donnait l'impression que sa propre langue l'étranglait, ce qui risquait d'augmenter le nombre de morts à bord. « Les questions deux et sept ? »

Tesla n'avait aucune idée de la raison pour laquelle les autres étaient interdites, mais cela lui permettrait de se mettre plus rapidement à la recherche de Gimlet. « Question deux : Je n'ai pas vu le mot dans la chambre avant qu'Haldan ne m'appelle pour me le montrer. Question sept : dans mon souvenir, la lumière s'est éteinte juste avant son cri. »

Wisor regarda Shal, qui haussa les épaules. « Deux : Je n'ai pas vu ce mot avant que Maria et moi n'allions dans la chambre après l'incident. Sept : La lumière s'est éteinte et nous avons entendu le cri derrière la porte fermée.

— Pouvons-nous partir maintenant ? » Tesla posa le bout de sa canne sur le sol, comme si elle était sur le point de se lever et de quitter les lieux sans attendre la permission. « Non, bien sûr que non, vous… » Wisor tressaillit, puis consulta quelque chose sur son ATH. « Bon Dieu de merde ! C'est bon. Vous pouvez partir. Faites votre déclaration à Leigh du service juridique.

— Merci ! » Tesla se leva et voulut s'enfuir, mais elle attendit que son corps se calme.

Shal se leva lentement, une main sur le flanc, avant d'adresser un signe de tête à Wisor.

« C'est toujours un plaisir de discuter avec vous. »

Wisor se renfrogna, puis repoussa sa chaise. « Apportez-moi cette déclaration avant la fin de la journée. Je dois la déposer auprès du service des… » Trois tonalités joyeuses retentirent dans les haut-parleurs du vaisseau. « Bonjour, chers passagers ! Nous sommes toujours à la recherche de la petite chienne blanche évoquée un peu plus tôt. Elle répond au doux nom de Gimlet, et si vous l'apercevez, ne la poursuivez pas ! Appelez la sécurité pour qu'elle la ramène à ses maîtres. En attendant, le bal Martian Hoop reste ouvert dans le Module 14. »

Sans attendre de réponse, Wisor se dirigea vers les personnes suivantes, un couple dont la garde-robe était si élégante que les vêtements les portaient littéralement.

Tesla traversa le salon pour se rendre à la réception, en frappant le sol de sa canne. À ses côtés, Shal s'inclinait vers l'avant, les mains dans les poches, comme s'il était à la fois pressé et totalement décontracté. Elle sentait l'inquiétude qui se dégageait de lui.

À la réception, Tesla s'arrêta et s'efforça de laisser à l'employé la possibilité de refuser, tout en sachant que cette jeune personne n'avait pas vraiment le choix. « Auberi, puis-je vous déranger un instant ?

— Mx Crane. Mx Steward. Bien sûr. Que puis-je faire pour vous ? » Auberi sourit à Tesla, mais le masque agréable ne couvrait pas tout à fait son expression, laissant filtrer une certaine inquiétude.

« Vous avez aperçu Gimlet, tout à l'heure ? »

Auberi se leva, regardant aux alentours, comme si Gimlet allait soudain se matérialiser. « Je n'ai pas vu la douce Gimlet depuis votre arrivée avec Mx Kuznetsova, tout à l'heure. »

Shal serra la main de Tesla, puis fit tourner sa nouvelle alliance à son doigt. « Avec la panne d'électricité, à quel point faisait-il sombre ici ? »

Iel secoua la tête. « Les lampes de secours se sont allumées presque immédiatement. Malgré tout, il est impossible de rater cette petite chienne. Je l'aurais vue, j'en suis certain. » Iel hésita, puis fit un geste vers les portes du Yacht-Club. « De plus, les battants automatiques se désactivent en cas de panne de courant. Pour des raisons de sécurité. Ne vous inquiétez pas ! On peut toujours les ouvrir manuellement, mais cela me donne la certitude que Gimlet n'a pas pu s'échapper ; elle doit donc être ici. »

De l'index, Tesla tapota le pommeau de sa canne. « Les portes des suites étaient ouvertes en haut et en bas du couloir. Elle décide parfois de se faire de nouveaux amis. »

Shal acquiesça lentement, pencha la tête et plissa les yeux vers la promenade dorée. Elle filait sur la droite, ce qui les amènerait au-delà du tableau représentant une femme nue dans un arbre-baignoire. « Si mes souvenirs sont bons, les clients doivent passer par le hall pour sortir… Pourrions-nous vérifier le couloir de service ? »

Auberi hésita. Il n'y avait pas d'autre solution. Iel allait devoir demander la permission, et Wisor refuserait, parce qu'il était en colère contre Fantine. Auberi émit un petit grognement, puis hocha très discrètement la tête. « D'accord, c'est par là. Juste ici. »

Deux touches de clavier plus tard, iel était debout, après avoir verrouillé le poste de la réception. Avançant à un rythme calibré pour donner l'impression d'agir, mais pas au-delà des capacités de Tesla, Auberi les guida le long de la promenade dorée. Après la femme à la baignoire et les écureuils zombies, le couloir était de nouveau vide de passagers et, à part le ruban jaune barrant la porte d'Haldan, le seul autre signe de désordre était le chariot de blanchisserie, bousculé à un moment ou à un autre, dont les serviettes éparpillées jonchaient toujours le sol. L'une d'entre elles évoquait encore une moitié de cygne.

« Jenny travaillait, pendant ce quart ? » demanda Tesla.

Auberi haussa les sourcils. « Oui, certainement. Les intendants ne sont pas… ils n'ont pas de quart à proprement parler ; même pendant leurs pauses, ils sont toujours de garde. Si elle a vu votre petite chienne, elle me le fera savoir immédiatement. »

Après avoir dépassé le chariot de blanchisserie, iel s'arrêta devant une simple porte de service blanche, avant de passer son poignet devant le lecteur. La porte se déverrouilla dans un vrombissement suivi d'un clic. Auberi la poussa. Tesla aurait tant voulu que Gimlet l'attende de l'autre côté.

Ce n'était pas le cas.

Le sol éraflé du couloir de service s'étendait jusqu'à la courbure du vaisseau, croisé à intervalles réguliers par les autres coursives, mais il n'y avait aucun signe de leur chienne.

Tesla aurait dû apporter des friandises. Mais Gimlet n'avait jamais disparu aussi longtemps. « Est-ce qu'on se sépare pour… »

Son ATH s'illumina, un appel entrant de… « Haldan » ? Les genoux de Tesla s'affaissèrent de soulagement, elle posa la main contre le mur pour se stabiliser. Une partie de son cerveau redoutait d'apprendre qu'il n'avait pas survécu. Elle transféra l'appel sur son ordi de poche pour que Shal puisse l'entendre. « Bonjour, comment allez-vous ?

— Comme un type qu'on a poignardé. » Il grimaça et la caméra vacilla. « À votre avis, je vais comment ?

— Pas terrible, j'imagine. » Il était aussi manifestement un peu abruti par les analgésiques. Mais si Candy était impliquée et avait voulu l'éliminer, il ne se serait jamais réveillé.

« Pourquoi n'êtes-vous pas là ? » Sa voix était épaisse, pâteuse. « Je vous ai engagés pour me protéger, j'ai été poignardé, pourquoi n'êtes-vous pas avec moi ? »

Auberi leur tourna le dos pour leur donner l'illusion d'une certaine intimité. Shal s'approcha de Tesla et elle leva l'ordi pour l'inclure dans le cadre de la caméra. L'image d'Haldan ne montrait que son œil, avec une pupille noire gonflée, et une mèche de cheveux sarcelle.

« Vous nous avez demandé d'enquêter. Je ne suis pas garde du corps. Shal non plus.

— Pourquoi n'êtes-vous pas là ?

— Gimlet a disparu. » L'estomac de Tesla se tordit d'angoisse. Le fait que Gimlet puisse être avec le meurtrier en ce moment même ou… jamais elle n'avait eu autant envie de recevoir une demande de rançon.

Haldan redressa la tête, éloignant son ordi de poche de son corps. Sa bouche s'entrouvrit. Puis il se mit à rire. « Bien sûr, c'est ça qui vous inquiète. On m'a poignardé. Et vous étiez censés m'aider.

— Je vous ai demandé de ne pas ouvrir la porte !

— Donc c'est ma faute, maintenant ?

— Ce n'est pas ce que je voulais dire.

— Je crois que c'est exactement ce que vous vouliez dire. » Il serra la mâchoire et les dévisagea comme s'il souhaitait forer un trou dans le mur. « La valeur que vous m'accordez correspond à vos besoins. Faire sortir votre conjoint de prison. Vous aider à retrouver votre chien. Ma vie n'a de valeur pour personne, sauf s'il y a une contrepartie.

— Haldan, je sais ce que vous ressentez, et je vous promets que votre argent ne m'intéresse pas.

— Non, mais vous vous souciez du fait que je possède ce vaisseau. » Il s'esclaffa à nouveau, d'une manière sauvage, hachée. « Bon sang. C'est peut-être bien Shal qui m'a poignardé. Je veux dire, après tout, il m'avait déjà placé sous surveillance. »

À côté d'elle, Shal prit une inspiration soudaine. « Votre ex-conjoint. Leo et vous, vous êtes rencontrés à l'université.

— Je le sais bien, oui.

— Ce que je veux dire, c'est que Léo aurait pu reconnaître Ruth et George. Et pour "*Remember the Main*" ? »

Une expression d'horreur envahit les traits d'Haldan et il secoua la tête, s'enfonçant dans les coussins, les yeux fermés. « Non. Non. Il n'est pas à bord de ce vaisseau. Non.

— Pas besoin d'y être. » Tesla eut froid, soudain. Avec assez d'argent, on pouvait tout acheter.

L'image sur l'écran clignotait et rebondissait, comme si Haldan avait laissé tomber son ordi. Cela ne masquait en rien ses horribles sanglots. Tesla jeta un coup d'œil dans le couloir vers Auberi, qui s'était enfoncé les doigts dans les oreilles et se tenait là, les épaules voûtées.

Sur l'ordinateur de poche, l'image tremblait pendant qu'Haldan approchait à nouveau la caméra de son visage. Il avait les larmes aux yeux et sa voix était rauque. « Vous pouvez me rejoindre ?

— Bien sûr. » Elle se mordit l'intérieur de la joue, puis jeta un coup d'œil à Shal. « Bien sûr. À tout à l'heure. »

Lorsqu'elle raccrocha, Shal se frotta le lobe de l'oreille, fixant le couloir, mais ses yeux bougeaient comme s'il regardait un tout autre endroit. « "*Remember the Main*"… qu'est-ce qui s'est passé ?

— Aucune idée. » Sa main transpirait tandis qu'elle

glissait l'ordinateur dans sa poche. « On devrait se séparer, non ? L'un de nous continue à chercher, l'autre va voir Haldan ?

— Non… » Shal soupira, puis se retourna vers le concierge. « Désolé, Aube… attendez. »

L'un des inconvénients d'un chien, c'est qu'il perd ses poils, et la seule chose qui avait empêché la maison de Tesla d'être couverte de poils blancs, c'était un aspirateur robot nommé Wilbur. Une touffe de fourrure blanche traînait dans un coin, derrière la porte qu'Auberi leur avait ouverte.

Shal était déjà à mi-chemin de la porte avant que Tesla ne se mette à bouger. Quand elle arriva, il était agenouillé, la tête inclinée, pour examiner la zone sans rien toucher. Les poils de Gimlet étaient accrochés à un morceau de tissu bleu foncé déchiré.

« Oh, bonne fille…, murmura Shal. Bleu serveur.

— Quoi ? » Tesla fit défiler dans sa tête les membres de l'équipage du vaisseau et se rendit compte que tous les serveurs portaient le même pantalon bleu. Elle faisait confiance à son conjoint pour remarquer ce genre de textiles. « Oh.

— Oui, oh. » Shal leva les yeux vers Auberi. « Pourriez-vous nous appeler l'agente Piper ? Je crois que nous sommes face à la seconde erreur de notre meurtrier.

— La seconde ?

— La première, c'est qu'Haldan Kuznetsova est toujours en vie. »

Une bonne chose, sauf pour Gimlet qui avait la mauvaise habitude de poursuivre ceux qui n'hésitaient pas à tuer leurs semblables. Qu'allait-on lui faire subir, à cette petite chienne ?

Brainstorm

45 ML DE BOURBON
30 ML DE VERMOUTH SEC
20 ML DE BÉNÉDICTINE
1 ZESTE D'ORANGE

Remuez à la cuillère avec des glaçons. Filtrez dans une coupe. Décorez d'un zeste d'orange en torsade.

Après avoir laissé à Piper le soin de gérer la situation, ils n'avaient plus rien à faire, et pourtant, pendant le trajet jusqu'à l'infirmerie pour vérifier l'état d'Haldan, Tesla eut l'impression persistante de se rendre au mauvais endroit. L'exiguïté des couloirs beiges n'arrangeait rien à sa sensation d'enfermement. Ou peut-être était-ce simplement parce que la lame du couteau à beurre qui lui sciait la colonne vertébrale se garnissait de dents.

Tesla écarta le tissu de son nouveau masque de courtoisie pendant qu'ils marchaient. Son cuir chevelu la démangeait sous la casquette de commandant qu'elle avait achetée pour une bouchée de pain à la boutique de souvenirs avant de se la visser sur le crâne, mais entre ça et la canne, personne ne l'avait encore remarquée. Au début, elle avait refusé de perdre du temps avec ça, mais elle avait dû s'y résigner, par crainte d'être à nouveau prise au piège.

Shal lui tint la porte de l'infirmerie alors qu'ils

entraient dans le « hall » beige et exigu, avec ses trois chaises, beiges elles aussi. Bob occupait toujours la même place, campé devant la même porte, qui était désormais celle d'Haldan. Il leva les yeux de son ordinateur de poche et grogna.

« Bob ! » Shal lui sourit. « Ça fait un bail. Je suis surpris que vous ne soyez pas encore là-haut, à enquêter avec les autres. Ne me dites pas que… je sais que vous ne pouvez pas, de toute façon… vous avez eu la même idée que nous, n'est-ce pas ?

— Vous devez passer par le chef Wisor avant d'avoir une idée. »

Shal claqua des doigts et désigna Bob. « Je savais que vous répondriez ça. Clignez des yeux deux fois si vous avez eu la même idée.

— Je n'ai aucune idée. »

Bon, ça avait le mérite d'être clair. Et même si Tesla avait très envie d'ajouter un commentaire sarcastique, elle s'efforça de maintenir le cap. Elle retira son masque de courtoisie. « On peut parler à Haldan ? Voir comment il va ?

— Je suis censé le surveiller.

— Bien sûr, je comprends. » Shal fit le tour de la petite pièce, dont la moitié était occupée par Bob la Montagne – même assis –, comme pour vérifier la présence d'espions. « Le problème, c'est qu'Haldan nous a demandé de venir. »

Bob les regarda plus longtemps que strictement nécessaire pour prendre sa décision, puis se déplia de sa chaise, ajoutant un nouveau mur à la pièce. Il ouvrit la porte, bloquant l'entrée de son corps, puis pencha la tête à l'intérieur. « Crane et Steward sont ici. Vous voulez les voir ? »

Haussant un sourcil, Tesla regarda Shal. « Crane et Steward, ça pourrait être un nom sympa pour une agence de détectives. »

Shal renifla. « Retraité. Non. » Le doigt levé, il secoua la tête. « Non. Rien de tout cela ne compte.

— Tu n'as jamais laissé ta licence expirer… »

Il se pencha vers elle et l'embrassa sur la joue. « Il est clair que je dois faire mieux pour te distraire de… »

Bob fit un pas sur le côté de la porte et poussa la battant jusqu'au bout. S'enfonçant à nouveau dans son siège beige, il reprit son ordi. « Laissez la porte ouverte.

— Bien sûr. Bien sûr. » Les mèches bouclées de Shal retombèrent sur son front, tandis qu'il faisait signe à Tesla de franchir le seuil.

Elle suivit Shal dans la petite pièce où Haldan était allongé sur un lit d'hôpital. Il était pâle et gris sous la lumière crue, mais s'efforça de se redresser à leur arrivée.

Haldan saisit la télécommande et inclina le dossier de son lit pour le soutenir. « Merci d'être venus. » Après avoir désigné son ordinateur de poche posé sur le lit, il grimaça. « Désolé d'avoir été… énergique tout à l'heure. »

Même si Tesla avait très envie d'abonder en son sens, elle s'adressait à un homme qu'on avait poignardé et qui avait bien failli mourir. Si quelqu'un sur le vaisseau avait le droit d'être « énergique », c'était bien lui. Tesla posa la main sur la barre de son lit. « Vous m'avez l'air d'aller mieux. »

Il grimaça et posa la main sur le bandage qu'on apercevait sous sa blouse d'hôpital. L'autre bras était entouré d'une bande nanogène et reposait sur son ventre. « Je note qu'il vaut mieux ne pas téléphoner juste après une anesthésie.

— Croyez-en mon expérience, il vaut mieux éviter, oui, je confirme. N'achetez rien, d'ailleurs, et ne vendez rien non plus pendant toute une semaine. Pour information. » Elle hésita, rechignant à lui demander le moindre effort, mais… Gimlet. Et puis il les avait priés de venir ici. « Avez-vous… vous voulez nous dire ce que vous avez vu quand on vous a attaqué ?

— J'ai déjà raconté à Wisor tout ce que je pouvais, c'est-à-dire pas grand-chose. Au moins, ils me prennent enfin au sérieux. » Haldan renversa sa tête contre l'oreiller et fixa le plafond. « Personne n'a ri, cette fois. »

Shal hocha la tête. « Je m'en réjouis. Le problème, c'est qu'ils ne veulent partager aucune information avec nous. Je suis navré de vous demander de vous répéter, mais…

— Il faisait sombre. Il n'y avait pas grand-chose à voir. » Haldan soupira, grimaça encore. « Les lumières se sont éteintes dès que la porte s'est ouverte, alors tout ce que j'ai vu, c'est une main. Avec un gant bleu, je n'ai donc même pas de couleur de peau à vous offrir. »

Tesla tambourina des doigts sur la barre du lit. « J'ai une technique dont je me sers parfois pour me concentrer. Cinq choses que je vois, quatre choses que j'entends, trois choses que je touche, deux choses que je sens, une chose que je goûte. »

Ses mèches sarcelle retombant sur son front, Haldan se tourna vers elle en fronçant les sourcils. « Je… je vois. Donc, vous pensez que si je me concentre sur le gant… c'est bien ça ? Comme ce truc d'hypnose régressive, là ? »

Tesla haussa les épaules en agitant la main. « Si ça vous aide de voir ça comme ça. La main était reliée à quelque chose. Elle se déplaçait dans une certaine direction. Elle brandissait une paire de ciseaux.

— Pigé. » Haldan déglutit et ferma les yeux pour mieux se concentrer. Ses sourcils se froncèrent. Après s'être humecté les lèvres, il déglutit à nouveau. « Gant bleu en nitrile. Manchette noire ? Droit sur moi – non, un peu plus haut. Iel. Iel était plus petit que moi. Du bruit… des aboiements. »

Le cœur de Tesla se serra. Gimlet.

Les yeux toujours fermés, Haldan inclina la tête comme pour mieux écouter. « Un grognement ou un halètement, une sorte de "humff". » Il haussa le ton en imitant le son, comme un alto ou un soprano. « Un cliquetis métallique, le loquet d'une porte ? Ou peut-être l'étui d'un instrument ? Des pas qui courent vers… sur ma droite. »

Vers la porte de service. Ou vers le chariot disposé à mi-chemin dans le couloir. Tesla jeta un coup d'œil à Shal, qui écoutait avec beaucoup d'attention.

« Toucher. » Son visage se tordit, comme s'il se souvenait d'avoir été poignardé, sa main effleura le bandage de son bras. « J'ai essayé de parer le coup. Oh. Oh, iel avait une poitrine ferme. Quand j'ai levé la main pour bloquer les ciseaux, sa poitrine n'a pas beaucoup bougé. Et… des cordes ? Des franges ? Je ne sais pas trop. »

Shal releva la tête et l'inclina en observant Haldan. Tesla essaya de comprendre ce qui avait attiré l'attention de son conjoint en imaginant la scène à partir de ce que disait Haldan. L'agresseur tentait de le poignarder, mais Haldan bloquait l'attaque. Puis, iel poignardait à nouveau. Mais pourquoi cette corde ? Pour l'attacher ? Ou était-ce la frange… d'un costume ou d'un vêtement ?

« Odeur. Chien et… » Ses yeux se plissèrent un peu plus. « Bourbon ? Et je… je n'ai rien goûté…

— À moins que vous n'ayez léché les murs, ce serait surprenant que le goût donne quelque chose. »

Les yeux d'Haldan s'éclairèrent d'une petite nuance triomphale. « C'était plus que ce dont je pensais me souvenir. Merci.

— Ah ! La thérapie post-traumatique a parfois des effets secondaires positifs très inattendus. »

Tesla regarda Shal avant qu'Haldan ne l'interroge sur les spécificités du traumatisme. « Et toi ? Tu as des questions ?

— S'il en a l'énergie, oui. » Shal avait repris sa contenance habituelle, observant Haldan avec calme. « Je voudrais en savoir plus sur "*Remember the Main*". »

Le triomphe s'effaça et le visage d'Haldan s'éteignit. « Je ne souhaite pas en parler. »

Shal haussa les épaules et s'éloigna du lit d'un pas. « D'accord, je suis sûr que la sécurité du vaisseau vous protégera au mieux pour le reste de cette croisière.

— Attendez… » Il tendit la main vers eux, puis s'arrêta dans un sifflement. « Attendez. Bob ? »

La montagne remplit le cadre de la porte. « Oui ?

— Fermez cette porte et accordez-moi un peu de temps en privé avec ces deux-là. » La montagne haussa les épaules. « D'accord. »

Il referma la porte et Shal siffla. « Comment avez-vous fait pour le dresser si rapidement ?

— Techniquement, le vaisseau m'appartient, il s'est montré très coopératif depuis que je le lui ai rappelé.

— J'imagine, oui. » Shal haussa le sourcil droit, dangereusement beau quand il s'appuya contre le mur, face à Haldan. Il croisa les bras, puis adressa un signe de tête à l'homme allongé dans le lit d'hôpital. « *Remember the Main.* »

Haldan grimaça et s'essuya les mains sur le visage, laissant ses doigts s'attarder sur ses yeux. Il semblait tout raide. « Je ne veux pas en parler, mais s'il le faut, je m'y résoudrai. » Il soupira, puis déglutit en baissant les mains. « Avec vous. Pas avec Wisor. C'est un idiot. »

Tesla n'allait pas le contredire sur ce point. Shal hocha lentement la tête et attendit.

Au bout d'un moment, l'œil fixé sur la petite pièce, Haldan reprit : « N'oubliez pas que les étudiants sont stupides. Je ne ferais plus ce genre de choses aujourd'hui, mais… mais je l'ai fait. La faute d'orthographe était intentionnelle… Le "main" renvoie à un réseau électrique principal. »

Tesla eut soudain la sensation glaçante qu'elle savait où cette histoire les conduirait. Elle avait trifouillé plus d'un réseau principal au cours de son existence, et elle ne s'était encore jamais loupée, parce qu'elle était lente et prudente. Si elle s'était loupée, elle aurait été projetée à l'autre bout de la pièce… dans le meilleur des cas.

« Une réflexion comme ça, en passant… si un groupe d'étudiants menait une expérience avec du matériel universitaire et faisait sauter les plombs du labo, l'idée de se brancher directement au réseau principal pourrait les titiller. » Il déglutit, puis baissa les yeux, le visage encore plus gris. « Et ça pourrait… mal finir.

— À quel point ? Toujours une réflexion comme ça, en passant

— Un incendie, par exemple. »

Dans le silence qui suivit, Tesla activa son ATH pour lancer une recherche rapide sur un éventuel incendie à l'université d'Haldan, en se concentrant sur les années où il l'avait fréquentée. Il y en avait eu plusieurs, parce que les étudiants en fac restent avant tout des étudiants en fac, mais elle ne trouva aucune mention d'Haldan, de Ruth, de Leo ou de George. La famille Kuznetsova était extrêmement riche. Les dégâts matériels auraient simplement été payés. Il se serait juste fait taper sur les doigts.

Elle regarda Haldan. « Qui est mort ? »

Haldan tressaillit. « Je ne… Pourquoi dites-vous ça ?

— Parce que quand j'étais à l'université, papa aurait payé les dégâts matériels. » Elle affina la recherche, cherchant des morts. « Willem Munroe ? Un étudiant de première année ? »

Haldan se figea, elle décela la panique en lui. Haldan ferma les paupières, la main pressée sur sa bouche, comme s'il était sur le point de vomir. Il leva son autre main pour se couvrir les yeux, puis se racla la gorge. « Où avez-vous déniché ce nom ?

— Une recherche sur votre université et sur les incendies mortels sur le campus. » Elle adoucit sa voix. « Qui était-ce ? »

Il resta silencieux suffisamment longtemps pour qu'elle abandonne tout espoir de réponse. Près de la porte, Shal s'agita un peu, son regard parcourant Haldan comme pour mesurer sa réaction. Et quand ce dernier baissa la main, ses yeux étaient rouges, humides de larmes.

Il regarda Tesla. « Vous savez ce que c'est. J'étais sur le point d'accéder à un poste important dans une grande entreprise et les gens essayaient déjà de m'impressionner. J'étais trop bête pour lui dire non. Et il est mort. »

Shal se pinça les lèvres. « Qui d'autre savait que vous étiez présent, ce jour-là ?

— Personne, à ma connaissance. » Haldan gratta le bandage sur son épaule. « Il y avait moi, Ruth, George et Leo. Et Willem.

— D'accord. » Shal pianota sur son bras, puis hocha la tête et s'éloigna du mur. « Je recommande que vous restiez ici, sous bonne garde, pour votre sécurité.

— Vous ne restez pas ? » Haldan se redressa, ses traits se crispèrent alors que son mouvement tendait le bandage de son épaule.

« Bob veillera sur vous. Dites-lui simplement de ne laisser entrer personne. » Shal ouvrit la porte. « Bob ! Très cher ! Ne laissez personne entrer pour parler à Haldan, d'accord ? »

Tesla s'arrêta avant de quitter le chevet d'Haldan. Elle ne pouvait pas lui dire que tout irait bien, car ce n'était manifestement pas le cas. « Nous vous tenons au courant. »

Il acquiesça, s'enfonçant à nouveau dans ses oreillers. Un court instant, elle envisagea de lui laisser

Gimlet avant que le souvenir de sa disparition ne la transperce de part en part. Aidée de sa canne, Tesla suivit Shal et quitta la chambre.

Il se retourna vers elle et lui sourit avec tendresse en lui prenant la main.

::C'est brillant. Je garde ton truc des cinq sens.::

::Je croyais que tu étais à la retraite.:: Elle se pencha pour embrasser la fossette qui apparaissait lorsqu'il riait. Passant son pouce sur le côté de sa main, elle demanda : *::Je t'ai vu t'agiter pendant qu'il travaillait sa mémoire, mais je n'ai pas compris pourquoi.::*

::Corde ou frange.:: Shal fit un geste vers ses épaules. *::Comme les épaulettes d'un officier, par exemple.::*

Le poids de deux souvenirs s'abattit sur Tesla et la stoppa dans le couloir. Comme elle tenait la main de Shal, elle le fit à moitié pivoter vers elle. « La commandante ne porte pas d'épaulettes. » Aucun membre de l'équipage de la passerelle n'en avait. En faible gravité, les franges n'ont aucun sens. « Rien à voir avec des cordes ou des franges. Ce sont des cheveux. Des mèches. Immanuel Rudawski, le serveur du salon de karaoké, il a de longues mèches bleues. »

Elle vit que Shal revisitait ses propres souvenirs. Il acquiesça lentement, puis la tira vers l'avant. Passant un bras autour de ses hanches, Shal l'embrassa longuement, de façon très exhaustive. *::J'aime tellement ton cerveau…::*

Elle passa sa langue sur ses lèvres, enroulant ses doigts dans ses cheveux. *::Bon, qu'est-ce qu'on fait maintenant ?::*

::Honnêtement, j'étais juste en train de t'embrasser.::

En riant, elle se sépara de lui pour mieux voir son visage, l'œil au beurre noir et tout le reste. « Je t'aime tellement. »

Il sourit, affichant une expression presque idiote. « Je t'aime aussi.

— Non, mais sérieusement. » Elle écarta son masque de courtoisie. « On appelle Piper ?

— Non, mais sérieusement… je ne suis pas sûr. » Il lui prit la main et pencha la tête, pensif, tandis qu'ils longeaient les couloirs conduisant à l'infirmerie.

Tesla le laissa réfléchir et les guider, alors que son visage d'enquêteur s'affinait au fur et à mesure qu'il élaborait des scénarios. Le vaisseau devint de plus en plus propre, jusqu'à ce qu'ils retrouvent la promenade principale. Ils passèrent devant l'un des ficus en pot, et le cœur de Tesla se serra un peu en se rappelant combien Gimlet aimait les flairer.

Elle s'arrêta. Shal la dépassa d'un pas, puis se retourna. « Que se passe-t-il ? »

La plante occupait un bac blanc plus large au sommet qu'à sa base, avec un rebord qui l'empêchait de la coller au mur. « Gimlet tiendrait derrière.

— Peut-être. » Il inclina la tête. « Tu penses à la façon dont elle se planque dès qu'elle a peur ? »

Tesla acquiesça, puis se dirigea vers le ficus. Elle s'agrippa au rebord et entreprit de s'agenouiller pour pouvoir regarder derrière. Shal lui attrapa le bras. « Hé, laisse-moi faire.

— Tu as autant de mal que moi à t'accroupir, en ce moment. »

Il ouvrit la bouche, puis grimaça. « Non. Mais…

— Mais cela n'aggravera pas mes blessures, alors que toi, si. » Elle resserra sa prise, puis se laissa glisser au sol. « De plus, j'ai mon RCPD. Et de l'entraînement. »

Il grommela une vague réponse, plongeant les mains dans ses poches.

« Je n'ai rien entendu. » Tesla posa la main contre le mur et s'arc-bouta prudemment pour regarder derrière la jardinière.

« J'ai dit que je t'aimais beaucoup.

— Hum-hmm. » Gimlet pouvait s'y glisser, oui, mais un demi-biscuit abandonné prouvait qu'elle n'était pas là. Tesla plissa les yeux vers le couloir, tâchant de regarder sous les autres bacs, mais la courbure du sol l'en empêchait.

Se remettre debout, même avec le RCPD, n'était pas chose aisée. De toute évidence, Shal serrait les poings, mais il attendit qu'elle se stabilise à l'aide du bac et de sa canne. Il soupira. « Tu mesures à quel point c'est difficile de ne pas t'aider ?

— Je suis très fière de toi.

— Tu comptes vérifier tous les bacs ?

— Pas tous, non… » Elle lui prit le bras, puis le poussa dans le couloir de transit. Gimlet s'en sortirait. Ils la retrouveraient.

« Puis-je emprunter ton ordi ? » Shal s'engagea d'un pas agile sur le tapis roulant.

« Tu appelles ta BFF ? » Elle le suivit, un pas derrière, appuyée sur la rambarde. « Oui. »

Tesla sortit son ordinateur de sa poche et l'agita devant lui. « Tu ne penses pas qu'elle nous a menti ?

— Ah, mais si. C'est mon hypothèse par défaut,

pour tout le monde. » En haussant les épaules, il s'empara de l'ordi sans prendre la peine de le dérouler pour passer l'appel. « Mais elle connaît très bien les limites, ce qui rend ses mensonges plus fiables que ceux des autres.

— Et pourtant tu…

— Mariiiiiiia… Dites-moi combien vous m'aimez… non, attendez. Vous allez revoir votre opinion à la hausse dans un instant. Nous avons de nouvelles informations concernant Immanuel Rudawski. » Shal se pencha vers Tesla, lui passa le bras autour des épaules en lui adressant un clin d'œil. « On a discuté avec Haldan… Quoi ? Non, je n'interroge pas votre témoin, c'est lui qui nous a prié de venir. Demandez à Bob, il confirmera. »

Quoi qu'elle ait dit, Shal pencha la tête en arrière et s'esclaffa, puis siffla en fermant les yeux. Tesla posa sa main sur son bras.

::Je vais bien.:: « Non, non. Ça va. » Mais sa voix était un peu raide. « Quoi qu'il en soit, Haldan a précisé avoir senti deux choses pendant son agression. Un torse robuste et des mèches. Ça vous rappelle quelqu'un ? »

Tout sourire, il se retourna, puis déposa un baiser sur la joue de Tesla.

« Nous aussi ! Euh… euh… Quoi ? Comment ? Je ne vous entends plus. Je ne… bon, ça coupe, retrouvons-nous aux cuisines. » Shal raccrocha, puis éteignit l'ordi.

Tesla haussa les sourcils. « En parlant de mensonges…

— Immanuel est toujours affecté au room-service. Il est en vadrouille dans le vaisseau, mais retournera forcément à la cuisine principale au niveau terrien. » Son sourire s'élargit. « C'est vraiment dommage, je n'ai pas bien entendu Maria. Elle disait : "Quelque chose… quelque chose là-bas." »

Orbital Decay

30 ML DE LAPHROAIG
30 ML DE VERMOUTH ROUGE
30 ML D'APEROL
1 ZESTE D'ORANGE

Remuez à la cuillère avec des glaçons pendant quarante secondes. Filtrez dans une coupe. Décorez d'un zeste d'orange enflammé.

La porte de la cuisine était fermée et ils n'avaient pas de badge d'accès pour la franchir. Pendant que Shal regardait par le hublot de la porte – en quête de Piper –, Tesla pivota pour voir s'il n'y avait pas un drone de service dans le couloir. Ils en avaient croisé une poignée sur le chemin, ainsi que plusieurs serveurs affairés qui se hâtaient sous le poids de leurs plateaux.

Tesla ôta son masque de courtoisie. « Préviens-moi si tu vois un drone qui vient vers nous.

— Hum… » Il lui jeta un coup d'œil curieux, les sourcils froncés. « Oui. Bon, il y en a un qui arrive, là tout de suite, mais les portes vont à peine s'entrouvrir pour le laisser passer.

— C'est vrai, mais… » Elle se tenait sur le côté, la canne dans une main, le masque pendu à son extrémité, tel un drapeau. « Il y a une astuce. » Quand les portes s'écartèrent pour laisser sortir le drone, Tesla passa sa canne devant l'un de ses capteurs, l'aveuglant avec le masque de courtoisie. Le drone pivota pour éviter cet obstacle imprévu.

Et, comme par magie, les portes s'ouvrirent plus largement pour s'adapter à l'angle de sortie de la machine. Tesla fit glisser son bloqueur improvisé vers l'autre œil du drone… qui tourna dans l'autre sens, libérant un espace entre lui et l'une des portes. Shal s'y faufila aussitôt, suivi de près par Tesla, tous deux accueillis par la chaleur humide et le vacarme de la cuisine. La porte coulissante lui heurta le coude quand elle relâcha le drone de service, mais rien de trop violent. En principe.

Tesla vérifia les paramètres de son RCPD, puis décida que tout allait bien. Pour le moment.

Shal s'était positionné sur le côté de la porte, contre le mur de la grande salle, tâchant de rester à l'écart des drones et des serveurs en pleine activité. Ils se déplaçaient avec une vive efficacité, préparant les plats et les emportant avec eux. Deux autres portes donnaient sur d'autres couloirs et, juste en face, une grande fenêtre s'ouvrait sur la cuisine proprement dite. De puissantes lumières éclairaient une vaste pièce sertie d'acier inoxydable, de cuisinières à induction et de chefs à toque blanche.

Différents arômes flottaient dans l'air, des plats épicés de New Jamaica Station à l'aquaculture sélénite saumâtre, en passant par Friggjarhöfn pour le seigle et le carvi, ou Estación de Ganimedes pour les passagers mexicains. Tesla s'écarta pour éviter un serveur à plateau qui se dirigeait vers la porte, à sa gauche. Le serveur lui jeta un regard surpris, sans toutefois s'arrêter.

Shal lui adressa un sourire, puis se retourna vers la porte par laquelle ils étaient entrés. « Malin. »

Elle secoua la tête. « C'est assez basique, mais c'est grâce à ça que je faisais le mur à l'internat. Je suis contente que ce soit encore utile, comme exploit.

— C'est connu, ça ? Je me disais qu'on cherchait un serveur parce que… » Il s'arrêta, l'œil toujours rivé sur la porte. « Attends. Pourquoi ai-je pu franchir la porte de service depuis le couloir ? Elle s'est ouverte, la première fois. Mais quand on y est allés avec Auberi, iel a dû utiliser son badge pour l'ouvrir.

— Un verrouillage reprogrammé ? Désactivé ? Peut-être… »

Un plateau s'écrasa au sol, les assiettes se brisèrent dans une cacophonie qui réduisit le reste de la pièce au silence. À leur droite, Immanuel se tenait debout, les yeux écarquillés, les yeux braqués sur Shal. Il recula de deux pas en secouant la tête, puis tourna les talons et s'élança dans le couloir.

Shal s'éloigna du mur, bondissant derrière lui avant que Tesla ne puisse réagir. Les lanières du masque de courtoisie s'emmêlèrent dans ses pieds quand elle essaya de les suivre, elle dut s'arrêter pour libérer sa canne. Autour d'elle, les employés en service, tous vêtus de pantalons bleus, regardaient fixement le couloir ou la nourriture éparpillée par terre.

« Excusez-moi… » Tesla se fraya un chemin parmi les serveurs, s'aidant de sa canne pour suivre une traînée de bortsch sanguinolente.

Au bout du couloir, Immanuel avait presque atteint la courbure du vaisseau. Shal le poursuivait – avec un bras autour des côtes. Il courait par à-coups, s'appuyant de l'autre main contre le mur du couloir.

Derrière Tesla, quelqu'un cria : « Attention ! »

L'instant d'après, Piper la dépassait en trombe, le torse en avant, les mains dressées. Elle esquiva Shal, qui s'arrêta en titubant. La courbure du vaisseau donna l'impression que Piper avait couru vers le haut sans ralentir, puis s'était jetée sur Immanuel. Les deux basculèrent dans un enchevêtrement de membres.

Piper roula sur Immanuel et le plaqua au sol. Elle ramena ses poignets derrière lui, avant de lui passer les menottes. « Qu'est-ce qui t'a pris ? »

Le jeune serveur gisait par terre, sans se débattre, ses sanglots résonnèrent dans le couloir. Piper s'écarta de lui, puis l'aida à s'asseoir. On aurait dit qu'elle déplaçait un sac de pommes de terre, tant Immanuel semblait inerte.

« Tu croyais aller où ? » Elle resta accroupie, l'observant d'un air renfrogné. « Je veux bien être compréhensive, mais tu ne me facilites pas la tâche.

— Je leur ai dit que je ne pouvais pas leur parler. » Du menton, Immanuel désigna Shal et Tesla. Sa voix se brisa, il fixa à nouveau le sol, et des larmes dévalèrent ses joues. « Je ne savais pas que vous étiez… S'il vous plaît. S'il vous plaît, aidez-moi. »

Piper jeta un coup d'œil à Tesla. « Dans ce cas, tu dis à ton chef d'équipe que tu as un problème avec un client et tu le laisses gérer. Tu ne t'enfuis pas. Il va falloir être plus convaincant. »

Le visage d'Immanuel se crispa, bientôt noyé par un autre flot de larmes. « J'ai eu peur.

— De quoi ? » Piper fouilla dans sa poche pour en tirer un paquet de mouchoirs. Elle se pencha en avant, lui essuya les joues. « Allez, je ne vais pas pouvoir t'aider si tu ne me dis rien.

— On voulait juste… » Tesla s'arrêta net quand Piper lui lança un regard noir, digne de Fantine.

« "Restez dans votre cabine et n'essayez pas d'enquêter." À quel moment ce n'était pas clair ?

— Mauvaise connexion. » Shal se rapprocha. « Mais puisque nous sommes là, ça vous dérange si je… ?

— Oui, ça me dérange, en effet. » Piper reporta son attention sur Immanuel, ignorant Shal et Tesla qui se rapprochaient. Mais elle ne leur ordonna pas de quitter les lieux. « Très bien… Parle-moi de la soirée où George Saikawa a été assassinée. »

Le souffle court, Immanuel redressa la tête. « Non… non, je n'ai rien à voir avec ce meurtre.

— S'enfuir, ce n'est jamais bon signe. » Piper saisit son badge de com, mais s'arrêta. « Tu veux me raconter ce qui s'est passé avant l'arrivée de Wisor ? Je pourrai lui expliquer, moi. »

Immanuel acquiesça, les yeux écarquillés. « Je ne sais pas quoi vous dire. C'était un service assez normal…

— Tu n'étais pas censé travailler. »

Immanuel releva la tête. « Je… je travaille toujours au R-Bar. Je veux dire, j'y travaillais. Avant… »

Les sourcils froncés, Piper pinça les lèvres. « D'accord. Je vérifierai ça plus tard. Donc… tu te présentes normalement à ton poste.

— Oui. La routine, jusqu'à ce que… Saikawa sorte du box. » Un court instant, ses yeux se détournèrent vers Shal, puis il fixa à nouveau ses genoux. Immanuel déglutit, puis grogna. « J'ai essayé d'éviter cette table toute la soirée, parce que j'étais tellement…

— En colère ? » La voix de Piper s'était adoucie.

« Dégoûté. J'avais peur de faire ou de dire quelque chose… et de me faire virer. » Immanuel s'esclaffa avec amertume. « Marrant, non ? Après tout, j'ai dû accepter ce travail minable à cause de ce que ces salauds ont fait à mon grand-père, et… désolé.

— Hé… J'ai été serveuse moi aussi, fut un temps. C'est un travail épouvantable. Tu lui as donc balancé un plateau plein de verres ? »

Immanuel se mordit la lèvre, jetant un coup d'œil à Piper, puis à Shal. Des larmes et des traînées de morve striaient son visage, sa respiration était irrégulière, paniquée. Piper lui saisit les chevilles et le fit pivoter pour qu'il tourne le dos à Shal et Tesla. « Shal… Retournez dans le couloir, mais restez en vue. »

Tesla intervint : « Vous n'allez pas… »

Shal lui saisit la main, envoya *::Silence.::* alors que Piper poursuivait : « Retournez. Dans. Le. Couloir. »

::Elle ne peut quand même pas croire que tu as quelque chose à voir avec ces meurtres.:: Tesla suivit Shal en boitillant.

::Je ferais la même chose, à sa place.:: Il s'arrêta sur un signe de tête de Piper, toujours à portée de voix de la conversation. *::Mais peu importe, Immanuel a peur de nous, il est terrifié, même. Et ça complique les choses.::*

« D'accord… » Piper se cala sur ses talons, posant les bras sur ses genoux dans une position que Tesla ne pourrait plus jamais se permettre. « Quelqu'un t'a fait du mal ? On t'a menacé ? »

Immanuel secoua la tête. Menottées dans son dos, ses mains se crispaient et se tordaient. « Je… j'ai accepté un pourboire et j'ai eu peur que… »

Ses épaules s'agitèrent tandis qu'il baissait la tête. Devant lui, Piper attendit que son souffle ralentisse et se stabilise. « C'était une somme énorme, j'avais peur que le chef Wisor pense qu'on m'avait payé pour en faire plus que ce que j'étais censé faire.

— Et qu'est-ce que tu as fait ? »

Le marmonnement d'Immanuel se noya dans le bourdonnement de la ventilation du vaisseau et l'écho lointain de la cuisine.

« D'accord… » Piper acquiesça. « Tu peux décrire le passager qui t'a donné ce brouilleur ?

— Il portait un masque de courtoisie. Cheveux noirs et bouclés. Un mètre quatre-vingts environ. De belles épaules.

— Était-ce le passager derrière toi ? »

Shal resserra sa prise sur la main de Tesla avant qu'elle prenne conscience d'avoir ouvert la bouche. *::Laisse-la faire son travail.::*

::Mais tu n'as pas…::

::Interférer me rendrait un peu plus coupable.:: Son pouce effleura le côté de sa main. *::Il suffit d'attendre.::*

Immanuel renifla. « J'ai cru, oui.

— Mais plus maintenant ?

— Il était plus grand ? »

Piper sortit son ordi de sa poche et déroula l'écran, le verrouillant en position ouverte. Le rectangle plat s'illumina, alors que ses doigts dansaient dessus, entrant des commandes tactiles. Elle pivota l'écran vers Immanuel. « Est-ce que tu le reconnais, parmi ces gens ? »

Par-dessus son épaule, l'écran affichait des images de passagers et de membres d'équipage qui ressemblaient tous de près ou de loin à Shal. Tous avaient des ancêtres qui avaient peut-être vécu au Moyen-Orient, sur Terre ou sous le généreux soleil d'Estación de Ganimedes. Sur la photo de Shal, son demi-sourire brûlait, narguant l'appareil.

« Je suis… Peut-être le troisième à partir de la droite ? En haut ? »

Ce n'était pas Shal, et Tesla s'affaissa contre lui. Il lui embrassa la tempe. *::Ne t'excite pas trop. J'aurai droit à une véritable séance d'identification quand on accostera, et là, il m'aura suffisamment vu pour que…::*

« Ou le deuxième en partant de la gauche, en bas ? »

C'était Shal. C'était vraiment Shal.

Piper retourna l'ordinateur pour faire défiler d'autres fenêtres. « On peut vérifier cette histoire de pourboire.

— C'était de l'argent liquide. » Immanuel baissa la tête, les poings serrés.

« Je vois. » Piper leva les yeux vers Shal comme si, malgré elle, elle voulait savoir ce qu'il en pensait.

Tesla essaya de ne pas se sentir exclue de leur conversation silencieuse. Elle vit Shal dire quelque chose, mais il était trop tourné vers Piper pour qu'elle puisse savoir de quoi il s'agissait. Quoi qu'il ait dit, Piper grimaça.

L'agente se tourna à nouveau vers Immanuel. « Qui travaillait à la table de Saikawa, si ce n'était pas toi ?

— Personne. » Il se recroquevilla encore plus misérablement contre le mur. « Elle était dans ma section, mais… je ne me suis pas approché d'elle.

— Et quelqu'un l'aurait fait ? Elle était accompagnée ? »

Il acquiesça. « Elle est arrivée seule, je veux dire, mais Nile – le magicien – s'est arrêté à sa table. Un peu plus tard, je ne suis pas passé loin, il y avait quelqu'un d'autre et ils se disputaient. »

Tesla triomphait. Elle ne s'était pas trompée.

« À quoi ressemblait ce passager ?

— Une personne blanche. La quarantaine ? Chauve. Avec un ventre proéminent. » Il haussa les épaules, ce qui ne devait pas être facile avec les bras coincés dans son dos. « Qui portait… Je crois que c'était une chemise à paillettes et une petite cape, ce soir-là. »

::Je lui ai dit ! C'est Ory Slootmaekers.:: Tesla fit un pas en avant.

Piper la repéra, puis haussa les sourcils, faisant comprendre à Tesla qu'elle devait s'arrêter immédiatement. Au même moment, Shal lui envoya un ping. *::Arrête.::*

::Il faut lui dire.:: En sueur, Tesla dégagea sa main de celle de Shal et se concentra sur Piper. « Puis-je… puis-je vous parler un moment ? »

Piper se leva en soupirant. « Si je refuse, je suis certaine que votre avocate trouvera quelque chose pour me coller un procès. » Elle lança un regard à Shal. « Reculez. » Il leva les mains, puis retourna dans le couloir. Tesla rejoignit Piper à quelques pas d'Immanuel et baissa la voix.

« C'est Ory Slootmaekers.

— Je suis vraiment navrée de vous le dire, mais il y a pas mal de blancs chauves sur ce vaisseau.

— Oui, et pas mal d'autres avec des masques persans. C'est certain. D'accord, pigé…

— Immanuel affirme que ce passager lui a dit que c'était sa lune de miel. Il a demandé à Immanuel de les aider à protéger son épouse des photographes.

— Pitié… Vous pensez vraiment que si Shal avait des projets d'assassinat, il aurait donné tous ces détails pour faciliter son identification ?» Elle retint le gémissement qui montait au fond d'elle-même et l'enfouit sous le calme plat d'une vaste salle de réunion. «Sa description des événements correspond à la mienne. Et Ory Slootmaekers s'est rendu aux toilettes juste avant la mort de Ruth Fish.

— Les mêmes toilettes indisponibles qu'Annie Smith a signalées ?» Piper se frotta le front tout en mordillant sa lèvre inférieure. Elle jeta un coup d'œil par-dessus l'épaule de Tesla pour regarder Shal, les yeux plissés par le doute. «D'accord… d'accord. Je vais établir une liste numérique des passagers et des membres d'équipage qui correspondent à ces descriptions et je l'inclurai lui aussi. On demandera à Immanuel de les passer tous en revue. Ça vous convient ?

— Merci.»

Le soupir de Piper indiquait qu'elle se serait bien passée de tout remerciement, et qu'elle aurait franchement préféré que tout le monde s'enferme dans sa cabine pour le reste du voyage – surtout Tesla et Shal. Elle ouvrit une fenêtre et commença à faire défiler des visages.

Piper s'arrêta et regarda Tesla. «Vous avez dit qu'il s'appelait comment, déjà ?

— Ory Slootmaekers, Lui.

— Vous êtes sûre ? »

Shal fit presque un pas, puis s'immobilisa, en équilibre sur ses orteils. « Vous avez quoi ?

— C'est ce que je n'ai pas, le problème. » Ses doigts parcouraient les pages avec fébrilité. « Il n'y a personne de ce nom-là sur la liste des passagers. Ça ou une variante d'Ory Slootmaekers. Pareil pour les membres d'équipage.

— Il utilise sans doute une couverture, tout comme moi, non ? Et Jalna et Annie. Smith n'est pas leur vrai nom de famille. » Tesla s'humecta les lèvres. Ce n'était pas si grave que le nom n'y figure pas. « Vous pouvez faire une visua…

— Déjà fait. » Elle lui tendit l'ordinateur et lui fit signe de s'approcher. « Passez-moi ça en revue et dites-moi si vous trouvez votre client. »

Comme Piper l'avait signalé, la liste des passagers et des membres d'équipage ne manquait pas d'hommes blancs et chauves. Mais après avoir parcouru toutes les pages, Tesla secoua la tête. « Je ne le vois nulle part… Shal ? »

Il demanda la permission à Piper avant de les rejoindre. Il feuilleta les mêmes pages, la mine renfrognée. « Rien…

— Je ne l'ai pourtant pas inventé. » Les prémices d'une crise de panique titillaient la peau de Tesla. Ory n'était pas non plus sur la liste du cours collectif de yoga. « D'autres personnes l'ont vu.

— Je n'ai pas dit que vous inventiez. » Mais le ton neutre de Piper indiquait qu'elle l'avait clairement pensé.

Tesla se mordilla l'intérieur de la joue. Elle voulut appeler Fantine, mais le décalage de communication était de douze minutes, à présent, aussi envoya-t-elle un message lui demandant de faire des recherches sur un certain Ory Slootmaekers. En attendant, il devait y avoir d'autres moyens de le trouver. « Agente Piper, qu'en est-il des images du studio de yoga ? Je sais qu'à certains moments, il était bien là.

— Ça vaut le coup d'essayer. Quand ?

— Hier soir… vers dix heures. » Elle se tut, songeuse. « Il y a aussi Ewen. Son enfant. Vous pouvez peut-être les repérer ? Dans les seize ans ? Blanc également aussi. Crâne rasé. Yeux violets.

— Je l'ai. » Piper consultait une page sécurisée sur son ordi, les sourcils froncés devant l'écran alors qu'elle s'affairait.

Ils attendirent. Tesla avait eu tout le loisir de prendre conscience des serveurs qui restaient au fond du couloir et qui les regardaient fixement. Elle ne portait pas son masque et ne savait même plus ce qu'elle en avait fait. Tesla pivota pour leur tourner le dos. Elle se retrouva ainsi face à Immanuel, qui se recroquevilla à nouveau.

« Putain de merde ! » Le doigt de Piper glissait furieusement sur son ordinateur de poche. « Là aussi ?

— Quoi ? » Shal se pencha par-dessus son épaule pour regarder l'écran. « Oh… partout ?

— Ouais. »

Tesla leva la main. « Partout, quoi ? »

Piper baissa l'ordinateur pour mieux dévisager Tesla. « Partout où vous dites qu'il s'est rendu, il y a un brouilleur actif de haut niveau. Je n'arrive pas à trouver une seule image de ce type. Ni de son enfant. »

Blackthorne

60 ML DE WHISKEY IRLANDAIS
30 ML DE VERMOUTH DOUX
2 CUILLÈRES À CAFÉ D'ABSINTHE
2 TRAITS D'ANGOSTURA
1 ZESTE DE CITRON

Remuez à la cuillère avec des glaçons pendant quarante secondes. Filtrez dans un verre à martini et décorez d'un zeste de citron.

Tesla changea de posture, cherchant à atténuer le gémissement aigu de son dos. C'était presque un acouphène de la colonne vertébrale, très présent et gênant, à moins qu'elle ne maintienne le RCPD au-delà de ses marges de sécurité. Piper tapotait le bord de son ordi, les traits tirés par la réflexion.

« D'accord. » Elle réduisit la recherche, en fit apparaître une autre. Celle-ci contenait des dizaines de personnes avec des coupes au bol noires et des corpulences similaires à celle que Shal avait indiquée. Elle tourna sur elle-même, puis s'approcha d'Immanuel. « Vous reconnaissez l'une de ces personnes ? »

Immanuel renifla et se pencha au-dessus de l'ordinateur de poche. « Hum… »

La lèvre inférieure entre les dents, Tesla attendit, à moitié certaine qu'Immanuel désignerait Mahjabin. L'instructrice de yoga correspondait à la description de Shal, elle avait une raison de se précipiter vers le studio. Ory devait s'être inscrit à son cours et ne figurait pourtant pas sur la liste, Mahjabin était donc impliquée d'une façon ou d'une autre.

« Je veux dire… je connais Yuki. Mais ce n'est pas très surprenant, n'est-ce pas ? » Piper éloigna l'ordi. « Il était là, ce soir-là ?

— Bien sûr. » Immanuel s'agita sur le sol. « Mais ça n'a rien d'inhabituel. Il assiste un peu Nile Silver avec ses trucs de magie. »

Shal se pencha vers Piper et lui chuchota à l'oreille. Son visage resta impassible, mais elle fit un petit signe de tête avant de se retourner vers Immanuel. « À quelle extrémité du bar se trouvait-il ?

— Tout au fond. Près de la station de préparation. Je n'ai pas arrêté de lui demander de se mettre ailleurs en allant chercher les commandes. »

Le poste de préparation se trouvait juste à côté de la porte de service, il aurait donc été très facile pour lui de s'éclipser, puis de suivre le couloir jusqu'au Yacht-Club.

« Et il est resté là toute la soirée ?

— Hum… » Immanuel regarda le plafond, plissant les yeux comme s'il visualisait le bar dans son esprit. « Oui. Enfin, jusqu'au… delta gamma. Il devait se rendre aux portes pour s'assurer qu'elles étaient bien fermées.

— Et vous l'y avez vu ? »

Il secoua la tête. « J'étais… dans un coin, en train de vomir.

— Hum… » Shal glissa ses mains dans ses poches, puis haussa les épaules avant de poser une nouvelle question. « Oh, il y a un truc qui m'intrigue. Vous avez dit que le chauve et Silver se disputaient. Entre eux, ou avec Saikawa ?

— Shal. » Piper passa la main devant lui. Puis elle soupira et fit de nouveau face à Immanuel. « D'accord… qu'avez-vous entendu de la dispute ? »

Il hésita, la bouche pincée par la réflexion. « Je ne sais pas. Quelque chose à propos du spectacle de Nile, peut-être ? Je n'ai entendu que des bribes, en passant. »

Piper étudia le jeune serveur, le doigt tapotant le bord de son ordinateur comme seul signe d'agitation. Après avoir soupiré, elle se tourna vers Shal et Tesla, les renvoyant dans le couloir. « Bon… Je vais le placer en détention.

— Ça me paraît raisonnable.

— Ensuite, j'irai au théâtre pour discuter avec Nile et Yuki. Je vais vous demander de ne pas y aller sans moi. » Elle mit les mains sur les hanches avec un regard qui aurait pu servir de carburant à une fusée en partance pour Pluton. « Ce que je veux, c'est que vous retourniez dans votre cabine. Et ne me dites pas que la connexion est mauvaise. Je suis là, devant vous. Retournez dans votre cabine. »

S'ils le faisaient, Piper se rendrait au théâtre sans eux et jamais elle ne partagerait des éléments nouveaux sans qu'on lui force la main. Tesla n'avait même pas pu voir le spectacle à cause de la pyrotechnie…

Les oreilles de Tesla bourdonnent. La visière du prototype de SPAM qu'elle est en train de tester scintille alors que le laboratoire et l'espace défilent en succession nauséeuse. La combinaison devrait s'autostabiliser, mais ce n'est pas le cas. Elle a du mal à réfléchir, quelque chose lui écrase la colonne vertébrale. Elle ne perçoit presque rien, à part ses courtes respirations creuses entrecoupées d'une douleur lancinante, brûlante.

« Tesla ? Tu es en sécurité. » Shal était accroupi devant elle, les mains tendues, mais sans la toucher. « Tu es à bord du *Lindgren*. Nous sommes dans une coursive, en route vers Mars. Tu es en sécurité. »

Elle se penchait en avant, les mains sur les genoux, sa canne reposait au sol. À ses oreilles, son pouls évoquait le souffle de l'oxygène recyclé dans un scaphandre spatial. Son cœur battait trop vite et il n'y avait pas assez d'air dans le couloir, il lui fallait sa canne, elle devait partir d'ici. Non, une seconde. Elle savait ce qui lui arrivait.

Son inspiration suivante fut irrégulière et lente, mais Tesla la bloqua en elle. *Je suis en sécurité.* L'ecchymose autour de l'œil de Shal. Le pantalon bleu d'Immanuel. L'ordinateur de poche dans la main droite de Piper. Une éraflure en forme de dragon sur le revêtement du sol. Elle expira.

« Ça va. » Sa voix tremblait. Elle inspira à nouveau, lentement.

Le bourdonnement des systèmes vitaux du vaisseau. Le bruit de la vaisselle. Le vrombissement d'un drone de service. Des pas, au loin. Expiration.

Shal secoua la tête. « Je vais faire preuve d'autorité maintenant, on rentre à la cabine. »

Tesla se redressa, sentit la sueur perler à l'arrière de ses genoux, lui picoter les aisselles. « Tu peux me passer ma canne ? »

Shal ramassa la canne par terre et la lui tendit. Quand elle la récupéra, il posa sa main sur la sienne. *:: Allez… allons nous allonger un peu. On regardera* Le Meilleur Pâtissier sur Mars. *::*

« Gimlet n'est toujours pas là. » Tesla dégagea sa main, puis s'essuya la paume sur son pantalon.

Derrière Shal, Piper l'observait, la main à mi-chemin de son badge de communication. Elle l'abaissa lentement. « Je vais me ranger du côté de M. Je-me-la-pète, là. »

Les mains de Tesla tremblaient encore. Elle ravala le coton qui lui tapissait la bouche. « Il y a un meurtrier en liberté. Je suis adulte et je sais fixer mes propres limites. »

Shal s'humecta les lèvres en jetant un coup d'œil à Piper, puis à Tesla. « Maria doit prendre Immanuel en charge. Elle passera nous voir un peu plus tard. Ensuite, on verra comment tu te sens. »

C'était une suggestion raisonnable, mais elle n'avait aucune envie de l'entendre. Elle n'allait pas bien, et cela durerait plusieurs heures. *Inspiration, deux, trois, quatre. Bloquer. Expiration, deux, trois, quatre. Bloquer.* Elle avait passé trop de temps en thérapie pour ne pas reconnaître la sagesse et la vérité dans les propos de Shal.

Mais elle détestait aussi qu'on la traite comme une petite chose fragile. « On ferait mieux de se trouver un endroit où passer en revue mes photos de tout à l'heure…

— Un endroit comme notre cabine, tu veux dire ?

— Si tu me ramènes là-bas, tu feras tout pour que je n'en sorte plus. »

Il cligna de l'œil, et même avec son œil au beurre noir, c'était terriblement séduisant. « C'est notre lune de miel. Je suis prêt à tout, oui.

— Merci d'admettre que j'ai raison. » Tesla se mit en tête de brosser des peluches imaginaires sur sa chemise. « Agente Piper, vous avez une suggestion qui ne soit pas notre cabine ? Un endroit tranquille, sans lumières clignotantes, si possible.

— Vous pouvez m'appeler Maria, vous savez. Allez, Immanuel. Il est temps d'y aller. » Maria Piper revint vers Immanuel et glissa sa main sous le bras du serveur. « Le pub irlandais. En général, c'est calme l'après-midi. Si vous ne voyez aucun inconvénient à ce que les serveurs parlent avec un faux accent vraiment atroce et si vous aimez le vert. »

*

Comme promis, le pub irlandais – O'Shenanigan's – proposait une authentique débauche de vert, des coussins aux menus en passant par les chapeaux melon que les serveurs portaient sur la tête. Toute la déco débordait de boiseries sombres et de laiton d'au moins trois cents ans d'âge – ce qui rendait surtout hommage aux imprimantes à matière utilisées pour les fabriquer.

Tesla se glissa dans un compartiment, l'un des moins choquants, d'un point de vue visuel.

Un serveur, vêtu d'un gilet vert et coiffé d'un chapeau melon rabattu sur des cheveux teints en roux, s'approcha de leur table en trottinant. « Bien'vnu au O'Shenanigan's ! 'lut ! » lança-t-iel avec un épais accent irlandais. « Qu'est-ce que j'vous sers ?

— Waouh. Maria ne plaisantait pas. » Ça ne ressemblait pas tant à l'accent irlandais, plutôt à l'accent forcé d'un personnage de pub pour des céréales. Ça lui rappela la fois où Shal et elle avaient assisté à la représentation de sa cousine, *Danse à*

Lughnasa, que le metteur en scène avait involontairement transformée en comédie en appuyant les accents irlandais dans un théâtre du Sud. Tesla parcourut le menu tout en aboyant un rire hystérique parfaitement inapproprié. « Hum… une soupe mulligatawny, du pain noir et du cidre.

— 'Vec plaisir ! Et pour vous ce s'ra qwa ? »

Shal se mordait littéralement les lèvres, comme pour s'empêcher d'éclater de rire. « La même chose. Merci.

— 'Peccable ! J'reviens avec d'lamuse-bouche. » Le serveur s'éloigna en sautillant et en sifflotant.

Dès qu'iel leur tourna le dos, le sourire de Shal s'élargit et il se tourna vers Tesla. « Iel n'a pas joué dans *Danse à Lughnasa* ?

— Je me posais la question, justement. »

Il imita l'étrange fausset chevrotant d'un accent irlandais forcé : « Quand je repense à l'été 1936…

— Voilà ce qui arrive quand on laisse le metteur en scène jouer les vedettes dans une production. Mais soyons honnêtes, Maria nous avait prévenus.

— Oui, et elle nous a bien piégés en nous demandant ce qu'on avait pensé du spectacle devant tout le monde. Je crois qu'en secret, elle a vraiment savouré notre douleur. »

Tesla gloussa, elle eut l'impression que sa poitrine se débloquait un peu. « C'était tout ce que tu m'avais promis, et bien plus encore.

— Et les décors ! » Shal rit à son tour. Puis il se crispa et garda le silence, les bras autour de ses côtes, le visage tendu.

« Shal ?

— Ça va. » Il secoua la tête, inspirant lentement. « Le pire dans tout ça, c'est que ça va vraiment bien, la plupart du temps. C'est un peu douloureux, mais ça va. Mais bon… rire, ce n'est jamais l'idéal.

— Tu devrais laisser guérir tes côtes.

— Je vais rentrer à la cabine, si tu veux bien. » Le coin de sa bouche se tordit en un demi-sourire ironique. « Mais je crois qu'on peut partir du principe qu'on a fait le tour de nos arguments respectifs sur ce sujet-là, et que nous sommes dans une impasse, alors passons à autre chose. Montre-moi les photos que tu as prises après la mort de Ruth Fish. »

Les arguments que Tesla avait soigneusement rangés en elle s'effondrèrent et s'emmêlèrent. Il lui fallut un moment avant de parvenir à hocher la tête. « Bien sûr. » Elle sortit son ordinateur de poche et le posa entre eux. « À part les brouilleurs, je ne vois pas trop ce qu'il faut chercher. »

L'image comportait trois taches floues. Shal désigna celle qui se trouvait près du corps. « Celui-là, c'est sans doute un brouilleur officiel, pour empêcher les passagers de prendre des photos et de les poster sur leurs réseaux sociaux… Celui qui se trouve près de la paroi en verre pourrait l'être, lui aussi. On demandera à Maria. »

Tesla posa le doigt sur celui du marchand de glace martien. « Et celui-là ?

— Il est plus probable qu'il s'agisse d'un passager. » Shal grimaça. « Si j'avais accès à mes systèmes habituels, je chercherais la signature du brouilleur, mais autant faire confiance à Maria, là-dessus. »

Mêlée aux autres passagers, Annie se penchait à la rambarde, non loin du glacier. « Annie. » Tesla ferma les yeux et afficha l'image sur la plus grosse fenêtre de son ATH. « Elle n'a pas encore son sac de courses.

— Intéressant…

— Voilà. D'la soupe, du pain et deux pintes du meilleur cidre de c'te partie d'la galaxie ! Ça va ? Vous prof'tez bien t'les deux de c'te magnifique journée ? »

Shal répondit : « C'est comme on nous l'avait promis, et bien mieux encore. »

Tesla éclata de rire avant même de pouvoir s'en empêcher. En rouvrant les yeux, elle tenta d'ignorer le sourire trop innocent de Shal et se concentra sur le pauvre serveur. « Merci beaucoup. Nous vous ferons signe en cas de besoin, mais pour l'instant… notre lune de miel. » Elle plissa le nez en lui souriant. « Vous comprenez.

— Ex'cllent ! » Iel leur adressa un clin d'œil exagéré qui mobilisa la moitié de son visage. « J'vous laisse. App'lez-moi si v'zavez b'soin de quoi qu'ce soit. » Iel s'éloigna d'un pas sautillant en sifflotant, et Tesla crut vraiment qu'un arc-en-ciel allait naître sous ses pieds.

Shal enchaîna en secouant la tête : « Sur la liste des moyens de rendre un travail pénible encore plus humiliant, exiger qu'on s'exprime avec un faux accent arrive très, très haut, là. Déjà que c'est difficile à faire dans des circonstances optimales, alors… euh…

— Quoi ?

— Une idée, comme ça. La séparation très ténue entre un faux accent et un authentique accent réprimé… Comme la façon dont l'accent de Jalna change pour singer celui d'Annie, parfois.

— Ah bon ? » Tesla choisit un morceau de pain très dense et repensa à leurs conversations. « Je n'avais pas remarqué.

— Je me trompe peut-être. » Shal prit sa cuillère et goûta la soupe. « Ah… au moins, la soupe est bonne. Bon, où en étions-nous ?

— Annie n'avait pas encore son sac de courses. » Tesla but une gorgée de cidre, plaisant et rafraîchissant.

Shal se pencha en avant pour mieux étudier l'image. « D'accord… donc elle se rend à la boutique de souvenirs après la mort de Ruth.

— Une impulsion normale, hein ? » Même si, pour certaines personnes, c'était sans doute le cas. La thérapie par l'achat permet d'exercer un semblant de contrôle sur son environnement et de maintenir un ersatz de normalité. « Ory et elle ont tous les deux quitté le cours de yoga et Annie a signalé que les toilettes étaient hors service. Mais Ory affirme les avoir utilisés.

— Donc, l'un des deux ment.

— Un seul ? Pour citer un grand détective, "tout le monde a un secret, et tout le monde ment".

— Un médiocre détective à la retraite pinaillerait en se demandant quels secrets sont pertinents pour le crime. » Il traça un motif sur la table avec la condensation de son verre. « J'aimerais bien savoir qui on a balancé dans le recycleur. »

Tesla se garda bien de préciser qu'il essayait toujours de résoudre cette histoire, même s'il répétait sans arrêt qu'il ne fallait pas s'en mêler. Elle plongea donc son pain dans sa soupe et attendit qu'il cesse de ruminer.

Shal s'adossa à son siège et observa le faux plafond en tôle emboutie. « Les escaliers de service sont juste à côté du studio de yoga…

— Et ça couvre beaucoup de monde, parmi ceux qui fréquentaient le cours de yoga et qu'on considérait comme suspects.

— Pas tant de monde que ça, non. » Il redressa la tête et s'empara de son cidre. « La plupart des meurtres sont commis par un proche de la victime. Alors, qui connaissait les trois personnes décédées et Haldan ? De plus, pourquoi notre coupable a-t-iel décidé de monter au lieu de sortir se mêler à la foule ? Iel disposait d'un brouilleur et aurait donc pu se rendre n'importe où sur le vaisseau, mais iel a choisi de monter. Pourquoi ?

— Quand on aura fini de manger, pourquoi ne pas les emprunter, ces escaliers de service ? » Ce qui leur permettrait par la même occasion de continuer à chercher Gimlet. « On peut chronométrer la montée, peut-être ? Vérifier les toilettes et le studio ? »

Il secoua la tête et sirota une nouvelle gorgée de cidre. « Tu nous as vus essayer de courir sur une surface plane. Alors, courir dans des escaliers ? C'est aussi probable que la nationalité irlandaise de ce serveur. »

Ses entrailles se serrèrent, mais elle se retint de crier, parce qu'il avait raison. « Il faut agir. »

Shal reposa son cidre et lui tendit la main. « Hé… on va la retrouver. »

Tesla couvrit ses yeux brûlants de sa main libre et retint son souffle. Bon sang, comme elle détestait les lendemains de crise où chaque émotion pouvait l'entraîner dans sa variante la plus extrême. Sur le dos de sa main, Shal traça des cercles avec son pouce et lui laissa le temps de se rependre.

Elle lui serra la main, baissa l'autre pour attraper une serviette à cocktail, puis sécher ses larmes. « Et si on prenait l'ascenseur ?

— Bien sûr. » Il lui souleva la main et lui embrassa les doigts. Sans cesser de la dévisager, son regard se fit un peu plus espiègle. « Et maintenant, une question difficile : Lequel de nous deux endurera le plus de *Danse à Lughnasa* pour obtenir l'addition ? »

Tailspin

20 ML DE VERMOUTH DOUX
20 ML DE CHARTREUSE VERTE
20 ML DE GIN
1/2 CUILLÈRE À CAFÉ DE CAMPARI
1 CERISE
1 RONDELLE DE CITRON

Remuez à la cuillère avec des glaçons pendant quarante secondes et filtrez dans une coupe. Décorez d'une cerise et d'une rondelle de citron.

Shal avait eu raison de prendre l'ascenseur jusqu'au niveau sélénite. Tesla avait la sensation que sa jambe gauche était en plomb, reliée à son corps par des chardons métalliques. Un membre inutile et engourdi, parfois ponctué d'éclairs de souffrance. Les escaliers n'avaient même pas été vaguement envisageables.

Elle sortit de l'ascenseur au niveau sélénite et porta les mains à sa bouche. « Gimlet ? »

Le brouhaha des conversations et la joyeuse musique de fond du vaisseau se poursuivirent sans interruption.

« Gimlet ? » La voix de Shal disparut dans le vacarme ambiant.

Tesla soupira, boitilla jusqu'au ficus le plus proche pour vérifier derrière, non parce qu'elle pensait réellement y trouver sa chienne, mais parce qu'elle avait besoin d'être sûre que Gimlet n'y était pas. En effet.

Ils traversèrent la passerelle, droit vers les escaliers situés en face. Alors qu'ils négociaient la pente, Tesla aperçut une tache blanche derrière le ficus, de l'autre côté, enroulée comme la queue d'un petit chien. « Gimlet ! »

La tâche ne bougea pas.

La main de Shal se crispa sur la sienne. « Merde. »

Tesla voulut courir, mais sa canne et la gravité lunaire lui emmêlèrent les pieds. Elle trébucha, s'agrippa à la balustrade et ne quitta pas des yeux cette queue blanche, immobile. Shal s'arrêta, lui tendit la main, mais Tesla secoua la tête. « Vas-y toi ! »

Il acquiesça et partit en trottinant, le bras passé autour de ses côtes. Il ralentit en atteignant le ficus. Ses épaules s'affaissèrent. Puis il fouilla dans sa poche pour en sortir une paire de gants en nitrile bleu.

Le cœur lourd, Tesla le suivit en titubant. Un genou à terre, Shal jeta un coup d'œil dans l'espace sombre, derrière le pot du ficus.

Au moment où elle le rejoignait, il se retourna vers elle, une main gantée tendue pour l'empêcher de trop s'approcher. « Ce n'est pas Gimlet. »

Tesla se pencha en avant, appuyée sur sa canne, tête basse. « Oh, mon Dieu. J'ai cru que…

— Je sais. » Il aspira l'air entre ses dents. « Puis-je t'emprunter ton ordi ? Il faut que je prenne des photos. Et qu'on appelle Maria. »

Lentement, Tesla se redressa. « Pourquoi… ?

— C'est l'affichette "Hors service". Celle des toilettes. » Il montra la queue blanche, qui évoquait maintenant l'extrémité d'un pompon décoratif, assorti au décor standard du vaisseau. « Je doute que ce soit l'endroit où on range ce genre de truc.

— Donc… donc Annie disait la vérité. »

Il agita la main. « Difficile à dire. Ça n'a pas de sens qu'on ait bloqué les toilettes pour laisser traîner ça ici.

— Tu crois qu'elle a piégé Ory ? » Tesla lui tendit son ordinateur.

« Je ne crois rien pour l'instant. » Shal leva la main et s'empara du cylindre enroulé qu'elle lui donnait. En se traînant à genoux, il prit quelques photos sous plusieurs angles.

Tesla resta derrière lui. Elle se sentait fébrile et inutile. Elle serra les mains sur sa canne, l'utilisant pour créer une sorte de trépied pendant que Shal s'affairait. Lorsqu'il eut terminé, il s'accroupit et tapota l'écran à plusieurs reprises.

« On parie sur le temps que Maria va mettre à nous appeler ? » Il s'écarta avec précaution, puis se leva avec une grâce toute relative sous la gravité lunaire.

« Trente secondes ? »

Il haussa les épaules. « Elle est très occ… » L'ordi bourdonna. Tout sourire, Shal porta le cylindre roulé à son oreille en mode appel vocal uniquement. « Maria. Salut. Ouais. On vient de tomber dessus. Oui, ça n'arrivera pas et vous devriez avoir honte de me demander ça. Promis, on garde nos gants jusqu'à ce que vous… Quoi ? Oups ! Ça coupe. Saluuuuuuut ! »

Shal raccrocha et tendit l'appareil à Tesla.

Celui-ci sonna immédiatement. Elle haussa les sourcils en le réglant sur « silencieux », avant de le ranger. « Bon… on fait quoi maintenant ?

— J'aimerais bien jeter un coup d'œil à ces fameuses toilettes. » Il fouilla dans sa poche, en sortit une autre paire de gants bleus en nitrile, qui flottèrent presque dans la faible gravité, et les lui tendit. « Au cas où on trouverait quelque chose ?

— Où les as-tu dénichés ? » De la hanche, Tesla s'appuya sur sa canne le temps d'enfiler les gants.

« Je les ai libérés de l'infirmerie. Si tu vois quelque chose, prends une photo avant d'y toucher.

— Noté. » Malgré son inquiétude constante pour Gimlet, Tesla eut une poussée d'adrénaline à l'idée de faire quelque chose d'utile. « Qu'est-ce que tu entends par "quelque chose", dans ce contexte ?

— Quelque chose qui... bon, c'est difficile à formuler. » Il s'arrêta et leva la main. « Attends. Imagine des toilettes ordinaires. Quand on y entre, on cherche des détails qui ne collent pas. Certaines choses relèvent simplement de la conception de l'endroit. D'autres de l'usure naturelle, des petits accidents. Mais d'autres encore... ce seront des preuves. Si on prend des photos, c'est en partie pour savoir à quoi ressemblait un objet in situ, mais aussi parce que c'est rarement l'objet en lui-même qui compte, plutôt le contexte dans lequel on l'a découvert. Je suis à peu près clair ou je divague ?

— C'est à peu près clair. » Elle ajusta le deuxième gant. « On va bien voir. »

Shal poussa la porte et la maintint jusqu'à ce que Tesla soit entrée. Lui s'arrêta sur le seuil. Sans rien bouger d'autre que sa tête, il examina la pièce. Son épouse se tenait à ses côtés, tâchant de voir ce qu'il voyait.

Une longue pièce, étroite, aux murs en faux marbre gris à gauche, et un urinoir sélénite à aspiration, également en faux marbre gris. À droite, une rangée de trois lavabos, surmontés d'un miroir. Dans ce dernier, Tesla faillit sursauter en voyant la commandante, avant de se rappeler qu'elle portait un chapeau. Elle avait les yeux rouges et les pupilles trop dilatées.

Tesla détourna le regard vers la rangée des cabines situées sur le côté droit, destinées aux personnes préférant s'asseoir. Au-delà, il y avait un compartiment plus grand pour les personnes à mobilité réduite – elle ne comprenait jamais pourquoi on les installait toujours tout au bout. L'air sentait la citronnelle et la menthe artificielle, on entendait une musique apaisante, une reprise popgrass de « Miracle Man ».

À côté d'elle, Shal se pencha, s'appuya sur le lavabo et jeta un coup d'œil sous la cabine la plus proche. « Elles sont toutes vides. » Il se leva, observant les recoins de la pièce. « Aucune caméra. Normal, compte tenu des lois sur la protection de la vie privée, mais parfois… »

Tesla examina le désinfectant pour les mains et les lavabos, comme si elle avait la moindre idée de ce qu'elle cherchait. Pour elle, c'était simplement des toilettes.

« Je vais commencer par le bout, puis revenir en arrière.

— D'accord. Je te retrouve au milieu. » Tesla pénétra dans la cabine la plus proche et le couvercle des toilettes de style sélénite coulissa dans une joyeuse mélodie qui masquait le bruit du mécanisme d'aspiration et s'accordait avec la musique diffusée dans la pièce. Des lampes bleues stérilisantes clignotaient à la surface du siège dans une danse inutilement complexe.

Au-dessus des toilettes, une étagère encastrée dans le mur permettait d'y ranger le nécessaire. Elle était vide.

Appuyée sur sa canne, Tesla se pencha pour regarder derrière la chasse d'eau. Malgré la gravité réduite, elle sentit les muscles de son dos hurler leur tension le long de sa jambe, jusqu'au nœud derrière son genou. Rien nulle part. Rien dans le recycleur. Rien dans les coins.

Elle passa au compartiment suivant, où elle eut droit au même spectacle son et lumière. Un bout de papier hygiénique était collé au sol, dans l'angle. Dégoûtant, mais pas déplacé.

De l'autre côté de la pièce, Shal siffla.

« Tu as trouvé quelque chose ? »

Il resta silencieux un moment, mais quand il reprit la parole, sa voix était tendue. « Je me suis penché dans le mauvais sens. »

Rien d'autre, apparemment. Sauf si le meurtrier se cachait ici et menaçait Shal de son couteau à steak. Le cœur battant, Tesla quitta la cabine et remonta la rangée jusqu'à l'endroit où Shal l'attendait.

Il s'appuyait à la paroi dans l'avant-dernier compartiment, une main contre la paroi, l'autre collée à son flanc. Il inspectait l'arrière des toilettes.

« Tu craignais qu'on me menace d'un couteau ? lança-t-il en scrutant derrière le siège.

— Hum… J'ai une question. » C'était vrai aussi, ou assez vrai, disons. « Un bout de papier toilette qui traîne. Simple déchet normal ou détail curieux à relever ?

— Si c'était le premier jour, et qu'on avait toute une équipe médico-légale ici, ils catalogueraient chaque élément, feraient des analyses et nous fourniraient une réponse définitive. » Il haussa les épaules. « Bon, simple déchet, je dirais. Une équipe de nettoyage a dû passer depuis.

— Comment tu le sais ?

— Les distributeurs de papier toilette sont tous bien pleins. » De la tête, il désigna l'entrée de la pièce. « Il y a aussi une feuille de maintenance, près de la porte. Ils passent toutes les quatre heures.

— Oh… sans intérêt, donc. »

Shal se frotta la nuque. « Non, pas sans intérêt. C'est bien de se familiariser avec les lieux. Et si quelque chose a empêché la personne en question de revenir récupérer l'affiche "Hors service", peut-être a-t-elle oublié quelque chose d'autre. »

Tesla soupira et reprit son inspection. Sans intérêt, franchement. Il se moquait d'elle et elle ne savait toujours pas quoi faire. Plus le temps passait, plus elle était persuadée qu'on avait tué sa chienne. Ce truc blanc avait tellement ressemblé à… Tesla se figea sur place, serrant sa canne à deux mains.

Gimlet s'en sortirait. Tout le monde l'aimait. Même si le coupable avait des intentions malveillantes, un seul regard vers ses grands yeux sombres le ferait fondre.

Tesla chercha le réconfort familier du rituel. Les toilettes. Les murs. Les lumières bleues, les…

« Bonjour. » C'était collé au mur, presque au niveau du plafond. Tesla prit une photo avec son ordinateur de poche. « Shal ?

— Ouais ? » Il sortit la tête de la cabine.

« Il y a un pied ventouse, là. » Elle désigna du doigt la tache bleue. Ça arrivait parfois aux octopoïdes :

quand ils exerçaient une très force succion sur une surface, un pied ventouse se détachait du membre principal. Il était tout en haut du mur, à côté d'un renflement en laiton qui courait le long de la partie supérieure. « Et là, c'est un passage de câbles. Et ça, c'est une trappe d'accès pour un boîtier de jonction. »

Shal la regarda fixement. « Un pied ventouse… pour un octobot ?

— Ou un octopoïde, oui ; ils utilisent le même système de locomotion, en gros, mais se… » Elle se rattrapa avant de parler des processeurs et des temps de latence. « Le fait est que ni mon acubot ni l'octopoïde médical ne sont bleus. Mais… quand je l'ai rencontré, Ewen m'a dit que le robot qu'ils avaient utilisé pour la compétition était un octopoïde polydactyle bleu.

— Je te fais confiance sur ce point… ces détails sont-ils suffisamment rares pour qu'il s'agisse du même appareil ? »

Tesla aspira l'air entre ses dents, songeuse. « Eh bien… la plupart des modèles commerciaux sont gris neutre ou blanc cassé. Mes designers travaillent sur des teintes liées à l'industrie de la mode, et cette saison, on partait sur du violet, du sarcelle, du doré métallisé… donc bleu… ce n'est pas un modèle de cette année. On pourrait comparer aux photos de celui qu'Ewen a utilisé lors de la compétition… »

Shal acquiesça et se plaça sous le pied ventouse. Il tendit la main pour attraper le haut de la paroi du compartiment le plus proche, mais s'arrêta brusquement en sifflant de douleur. Il se tint un moment immobile, avant de baisser lentement les bras. « Non. Aucune chance. » Il resta dos à Tesla la tête inclinée. « Et merde ! Laisse-moi une seconde pour me documenter. Tu peux envoyer quelques clichés à Maria et Fantine par sécurité. Moi je suis toujours hors ligne.

— Je peux demander à Fantine de s'en occuper.

— Oui, elle est toujours sur le pont, de toute façon. Elle continuera à exiger qu'ils me reconnectent au réseau jusqu'à ce qu'elle obtienne gain de cause. » Shal jeta un nouveau coup d'œil dans la pièce. « Il n'y a pas beaucoup de gens qui utilisent ces lieux, pas vrai ?

— Ce n'est pas un endroit très passant. À moins de faire du yoga, je suppose.

— D'accord… Restons-en là jusqu'à l'arrivée de Maria sur place. » Il y avait dans sa voix une énergie qui donna des frissons à Tesla. « Tu veux jeter un coup d'œil au studio de yoga, maintenant ?

— Tu m'invites toujours dans les lieux les plus romantiques. »

Il lui adressa un clin d'œil, puis l'embrassa sur la joue. Son souffle chaud se posa comme une plume sur son oreille. *::Je t'ai dit à quel point ton cerveau est profondément sexy ?::*

Tesla se réchauffa de partout, la chaleur irradiant même son cœur. *::Moi aussi, je t'aime.::*

Il lui prit la main, toujours gantée de nitrile, et ils quittèrent les toilettes. Tesla attrapa un nouveau masque de courtoisie au distributeur mural pour ne pas se faire reconnaître. Au lieu de gagner directement le studio de yoga, Shal se dirigea vers la rambarde de la passerelle qui enjambait la place en contrebas. « Le câble passe par là aussi. C'est le même ? »

Tesla se pencha pour mieux voir. « Il me faudrait un schéma électrique, mais s'il est aligné, le boîtier de jonction le…

— Merde ! » Shal se tendit, puis s'avança sur la passerelle, le regard braqué vers le bas, en direction du niveau martien. « J'aperçois Ory et Ewen.

— Où ? »

Il les pointa du doigt, et Tesla prit toute une minute pour les repérer dans la foule. Ewen parlait avec animation, agitant les mains tandis qu'Ory écoutait. Ce dernier s'arrêta et indiqua à Ewen le marchand de glaces. L'enfant acquiesça et ils entrèrent dans la boutique.

Shal traversa la passerelle, sans quitter des yeux la devanture de la Reine des Neiges. Tesla le suivit, la main sur la rambarde. « C'est là qu'il y avait le brouilleur.

— Prends une photo et affiche-la. Il y a un flou ? »

Elle prit une photo du niveau martien, qui paraissait tout à fait inoffensif, avec sa foule de passants qui remontaient la promenade, ponctuée de magasins conçus pour évoquer les boutiques pittoresques d'une véritable ville. Ce qui rompait ce décor banal, c'était l'anneau brumeux, là où se trouvaient Ory et Ewen. Ça ne sautait pas aux yeux, mais il y avait bien un léger halo autour d'un groupe de personnes, là où l'IA falsifiait la scène. « Un brouilleur très, très haut de gamme, pile au niveau d'Ory et Ewen.

— Quelle surprise. » Shal jeta un coup d'œil à Tesla. « Tu vas rester là suffisamment longtemps pour que Maria ait le temps de te repérer sur les caméras de sécurité. Ton travail consiste à me tenir à l'œil, et mon travail à moi c'est de les tenir à l'œil, eux. D'accord ? »

Elle acquiesça et remit son masque de courtoisie. « Tu ne vas pas te confronter à lui, n'est-ce pas ? »

Il secoua la tête alors qu'ils atteignaient l'ascenseur. « Pas si j'ai le choix. » Il appuya sur le bouton et se pencha en arrière pour surveiller la Reine des Neiges. « Tu me préviens quand il arrive ?

— Oui. » Elle transpirait dans ses gants. Elle les retira pour s'essuyer les mains sur son pantalon. Tout était collant, trop serré. *Je suis en sécurité.* Les portes et la structure de l'ascenseur étaient intégralement vitrées, elle avait donc, à travers, une vue légèrement déformée de la boutique de glaces. Apparemment, Ory et Ewen étaient toujours à l'intérieur, mais elle n'avait pas une très bonne vue.

L'ascenseur finit par arriver, entièrement rempli par des gens qui sortaient d'un mariage. « Shal ! L'ascenseur. » Elle fit un pas de côté pour laisser descendre.

La robe de la mariée occupait la plus grande partie de l'ascenseur. Les autres, vêtus d'un assortiment de mauve et de sarcelle, prenaient le reste de la place. Ils riaient et se passaient une bouteille de champagne pour remplir leurs verres. Aucun d'entre eux ne bougea pour quitter l'ascenseur.

L'un d'eux aperçut Tesla et fronça le nez. « Désolé ! On s'est trompés de route.

— J'ai déjà entendu ça dans une orgie ! » Un autre s'esclaffa en enfonçant le bouton de fermeture des portes.

Shal souffla et grogna en rejoignant Tesla. Il expulsa une bouffée d'air par le nez, puis jeta un coup d'œil à l'ascenseur qui descendait. « D'accord. Bon, écoute. Je vais prendre l'escalier. Toi, tu restes ici et tu les gardes à l'œil. Je ne pourrai pas les surveiller depuis la cage d'escalier. S'ils partent avant que j'arrive en bas, suis-les depuis ce niveau et appelle-moi pour… ah oui, merde ! Tu les pointeras du doigt pour me diriger.

— Compris. » Elle enfonça le bouton d'appel de l'ascenseur tandis que Shal filait vers les escaliers. Comme il mettrait une éternité à venir, elle retourna sur la passerelle, d'où elle verrait l'ascenseur arriver à travers les parois vitrées.

Ory et Ewen s'appuyaient sur le présentoir à glaces, montrant du doigt les différents parfums. Elle fit une prière silencieuse pour que l'ado veuille goûter tous les parfums avant de se décider. Autour d'elle, les autres passagers se déplaçaient sur les différents niveaux de la promenade comme si rien de grave ne leur était arrivé, ni à eux ni à personne.

Tesla prit une photo de la Reine des Neiges et l'afficha. La boutique était floue, mal cadrée. Elle effaça la photo, puis s'accrocha à la rambarde en détestant son rôle de simple spectatrice.

Elle retourna à l'ascenseur, puis appuya rapidement sur le bouton, comme si ça accélérerait les choses. Elle partagea son attention entre le marchand de glaces et la promenade, attendant le moment où… Il était là. Shal se faufilait parmi les gens, de l'autre côté de la promenade.

L'ascenseur commença à monter. Tesla ouvrit, puis referma la main sur sa canne. Respirations lentes. *Inspiration, deux, trois, quatre. Expiration, deux, trois, quatre.* L'ascenseur arriva, elle y pénétra en appuyant sur le bouton du niveau martien. Elle se retourna vers la paroi vitrée pour repérer Shal. Au moment où les portes se refermaient derrière elle, un chien aboya.

« Gimlet ! » Tesla tourna sur elle-même, une douleur lui foudroya le dos.

Les portes se refermèrent. Elle se traîna jusqu'au panneau de commande et enfonça frénétiquement le bouton d'ouverture des portes. L'ascenseur se mit à descendre. « Non. Bon sang. Non ! »

Tremblante, elle se retourna vers la vitre pour attendre que l'ascenseur atteigne le niveau martien, afin de pouvoir remonter. Elle fit apparaître le traceur de Gimlet sur son ATH, espérant un changement, mais la balise de sa chienne la situait toujours dans la cabine d'Haldan, avec la même fichue note.

Hors connexion. Dernière position connue.

Tesla avait envie de hurler. Fixant le côté vitré, elle vit Shal s'approcher du glacier. À l'intérieur, Ewen avait enfin son cornet. Ory riait de quelque chose. Il se retourna.

Il aperçut Shal et recula d'un pas. Il pivota, saisit Ewen par le bras et lui fit contourner le comptoir. Shal s'avança. Tesla ne pouvait pas l'entendre, mais elle voyait bien qu'il parlait. Le personnel du magasin de glaces en faisait autant, mais Ory les ignora et conduisit Ewen directement vers une porte de service.

Qui s'ouvrit pour lui.

Shal s'élança et la bloqua du pied. Puis il les poursuivit.

Tesla posa le front contre la vitre tout en continuant à descendre le puits de gravité martien.

Reckless Generosity

60 ML DE VERMOUTH DOUX
30 ML DE RHUM
1 TRAIT D'AMER À L'ORANGE
1 PINCÉE DE SEL DE CAYENNE
1 ZESTE D'ORANGE

Remuez à la cuillère le vermouth, le rhum et l'amer avec des glaçons pendant quarante secondes. Versez dans une coupe. Ajoutez une pincée de sel de Cayenne. Décorez d'un zeste d'orange enflammé.

Les portes de l'ascenseur s'ouvrirent au niveau martien. Si Shal n'avait pas franchi cette foutue porte de service, Tesla serait remontée pour retrouver Gimlet, mais son époux était un idiot et elle se chargerait elle-même de son exécution. La mâchoire serrée, elle abandonna une part d'elle-même dans l'ascenseur, puis régla le RCPD en désactivant toutes les sécurités.

Elle se rendit aussi vite que possible à la boutique de glaces, mais ce n'était guère plus qu'une marche rapide. Même si elle n'avait pas mal à proprement parler, le nerf de son dos était toujours pincé, et sa jambe gauche lui donnait l'impression d'évoluer dans un champ de glace. Elle composa le numéro de Fantine, sachant que le délai atteignait désormais les treize minutes pour l'aller-retour et que l'avocate ne pourrait rien faire. Tesla désirait surtout stocker à l'extérieur du vaisseau l'enregistrement de ce qui allait se passer.

« Fantine, un nouveau message pour toi. Je t'appelle parce que Shal vient de prendre en chasse Ory Slootmaekers et Ewen dans les couloirs de service du niveau martien. J'ai aussi entendu Gimlet aboyer. » Elle haleta tout en se faufilant entre les passagers qui flânaient sur la passerelle. « Moi, je poursuis Shal, et je sais que tu vas me dire de ne pas le faire, mais je le fais quand même. J'appelle aussi l'agente Piper pour lui demander de l'aide, histoire de ne pas être entièrement débile. »

Alors que Tesla négociait le virage au bout de la passerelle, elle lança un autre appel pour contacter Piper.

« Bonjour, ici Bob.

— Bob. » Le rythme cardiaque de Tesla s'accéléra. « J'appelais l'agente Piper.

— Elle est occupée. Ses appels sont redirigés vers moi.

— Vous n'êtes pas censé surveiller Haldan ?

— Si. » Son haussement d'épaules fut presque audible dans l'ordi de poche. « Je peux faire les deux à la fois. »

L'arcade de la boutique de la Reine des Neiges, dans toute sa gloire rose de confiseur, se profilait sur le côté gauche de la passerelle. « Et quand sera-t-elle disponible ?

— Faut demander ça au chef Wisor. »

Tesla sentit un hurlement s'insinuer en elle, un hurlement qui menaçait de sortir. Elle n'avait aucune envie de parler à Wisor. « Vous pouvez me transférer ?

— Il est occupé. Ses appels sont redirigés vers moi.

— Oh, bordel de Dieu ! » Tesla s'arrêta devant la Reine des Neiges, où un passager portant un bébé la regarda fixement d'un air suspicieux. « Très bien. Bon, écoutez. Dites à Piper qu'Ory Slootmaekers et son enfant sont passés par la porte de service de la Reine des Neiges et que Shal les poursuit. J'ai aussi entendu Gimlet aboyer près de l'ascenseur au niveau sélénite. Je suis sur les talons de Shal.

— Attendez… » Pour la première fois, elle perçut une certaine urgence dans la voix de Bob. « Vous ne pouvez pas faire ça.

— D'accord, venez m'en empêcher. » Elle raccrocha en pénétrant dans la boutique. Ça sentait le sucre et la cannelle.

Derrière le comptoir, les employés aux pantalons bleus lui sourirent alors qu'elle avançait tout droit vers la porte de service, à côté de la caisse. « Bienvenue à la Reine des Neiges ! Voulez-vous goûter… Hum. Excusez-moi. Cet accès est réservé à l'équipage.

— Mon époux vient tout juste de passer par là. » Tesla tira sur la poignée… la porte ne bougea pas. Shal était derrière et Gimlet était à l'étage supérieur. « Vous pouvez me…

— Oh, non. Désolé. Je ne peux pas.

— Mais je viens juste de voir mon conjoint et deux autres personnes passer par là. » Sa voix était tout à fait raisonnable, seulement un peu cassante. « J'aimerais beaucoup les rejoindre. »

Les employés échangèrent un regard, et celui qui était le plus proche d'elle lança : « Je suis vraiment navré, mais c'est impossible. Voulez-vous… voulez-vous de la glace ?

— Non, pas de glace, merci. » Tesla s'humecta les lèvres et s'efforça de se calmer. Rien de tout cela n'était la faute de cette jeune personne. « Puis-je parler au responsable ?

— C'est moi. »

Tesla prit une inspiration contrôlée et plaqua un sourire sur ses joues raides, même si son interlocuteur ne pouvait pas le voir à travers son masque de courtoisie. Le fait de sourire lui adoucit la voix. « Je vais procéder autrement. »

Pas si douce que ça, mais tant pis. Passer par la voie hiérarchique était possible, mais pas besoin – elle avait Haldan. Elle s'éloigna du comptoir et composa à nouveau le numéro de Maria Piper.

« Ici Bob.

— Bob. Passez-moi Haldan.

— Non.

— Écoutez, espèce de homard mammalien, je dois parler à Haldan. Tout de suite. »

Il lui raccrocha au nez. La fureur repeignit toute la boutique en rouge vif. Elle faillit rappeler. Mais ça prendrait trop de temps, compte tenu des circonstances. Elle regarda la serrure, la porte et le hublot qui donnait sur le couloir de service. Shal était quelque part, là, derrière. Gimlet était à l'étage. Peut-être. Mais Tesla était certaine que son époux était bel et bien passé par là.

Au rythme de ses coups de canne sur le sol, elle quitta la boutique et prit à gauche, vers le magasin de souvenirs où Annie s'était rendue. Des vêtements de vacances coloraient la devanture, avec de fausses taches artistiques rose betterave et vert gazon. Tesla parcourut les lieux aussi rapidement que possible, s'emparant d'un chargeur de batterie, à l'affût de n'importe quoi d'utile. Pourquoi Fantine n'avait-elle pas encore décroché, pourquoi Gimlet était-elle au niveau sélénite ? Mais elle était peut-être ailleurs, et ses aboiements avaient simplement donné l'impression qu'elle se trouvait à ce niveau parce que Tesla était dans cet ascenseur et que…

Kit de réparation de lunettes. Utile. Tesla l'attrapa et se dirigea vers la caisse, prenant un paquet de chewing-gums au passage. Ses mains tremblaient lorsqu'elle passa son bracelet devant le scanner pour valider la transaction. Elle arracha l'emballage de la batterie, puis sourit à la caissière. « Ça ne vous dérange pas de jeter ça pour moi ? »

Elle cala la batterie sous son bras, ouvrit le paquet de chewing-gums et retira son masque de courtoisie pour en fourrer un dans sa bouche. En roulant l'emballage entre ses doigts, elle retourna vers la Reine des Neiges. Les serveurs s'occupaient d'une bande d'adolescents, et Tesla bénit leur tumulte. Elle contourna le comptoir, puis se baissa avec précaution pour mieux s'agenouiller devant la serrure.

La sueur lui poissait le dos. Sa poitrine l'oppressait. Par mesure de sécurité, elle sortit son ordinateur pour lui servir de rétroviseur et enregistrer la scène qui se déroulait derrière elle. Elle prit le petit tournevis du kit de réparation de lunettes, puis commença à démonter le boîtier de la porte.

Adolescente, Tesla s'était montrée – au mieux – pénible, et son père l'avait envoyée en pension. Pendant l'année et demie qu'elle y avait passée, elle avait appris à pirater à peu près tous les systèmes que l'école avait mis en place pour contenir ces jeunes perturbateurs. Ils croyaient l'arrêter avec une vulgaire serrure électronique ? Ah, ah, ah ! Elle était une Crane.

Elle avait retiré le boîtier de la serrure et inséré le premier emballage de chewing-gum avant qu'un des serveurs ne la remarque.

« Hé ! Excusez-moi. Qu'est-ce que vous faites ? »

Tesla continua comme si de rien n'était. « N'hésitez pas à appeler la sécurité. » D'une manière ou d'une autre, elle aurait ses renforts. « Mais mon avocate est en ligne, alors réfléchissez-y à deux fois avant de porter la main sur moi. »

Le deuxième emballage de chewing-gum roula entre ses doigts pour se transformer en fil conducteur improvisé, et l'haleine de Tesla sentit délicieusement bon. Elle fixa l'emballage, puis attrapa la batterie comme toute ingénieure qui se respecte. Parfois, la panique facilitait la concentration.

« Oh, pour l'amour du gril de saint Laurent… » Fantine s'arrêta de parler, et dans l'ATH, ses sourcils se froncèrent alors qu'elle écoutait le résumé de Tesla. Elle ferma les yeux un court instant, puis regarda la caméra comme pour sonder directement l'âme de sa cliente. « Tesla. Je te connais et je préfère te dire tout de suite que ça n'aidera ni Shal ni Gimlet si tu essaies de traquer un meurtrier à toi toute seule. Arrête. Ne va pas dans cette boutique de glaces… oh, quel sorbet à la merde, tout ça. Tu sais à quel point c'est frustrant de te donner des conseils avec treize minutes de…

— Bonjour, quel plaisir de t'entendre. » Tout en poursuivant son travail, Tesla gardait l'œil sur l'ordinateur. Dans son champ de vision, le chef Wisor apparut en trottinant. « Écoute, Fantine, je t'autorise à puiser dans mes comptes autant que nécessaire pour nettoyer ce qui va suivre. »

Son avocate ne l'entendit pas et continua à parler. «… c'est comme regarder un film d'horreur. N'ouvre pas cette porte. N'OUVRE PAS CETTE… oh, par le nichon gauche de la Vierge, merci, c'est fermé à clé. Écoute. Arrête tout, recule et n'essaie pas de franchir la porte.»

Le visage de Wisor était rouge et tacheté alors qu'il grossissait dans le champ d'enregistrement de l'ordi de poche. Il s'approcha de Tesla et s'arrêta net quand il se vit sur l'écran, comprenant qu'on l'enregistrait.

«Bonjour, chef Wisor. Bob vous a-t-il transmis mon message?

— Vous allez vous lever et vous éloigner de cette porte.»

Tesla ôta le chewing-gum de sa bouche et le colla aux extrémités des emballages pour l'aider à rester en place. Ça ne tiendrait pas longtemps, mais il ne fallait qu'une seconde. «Vous allez m'ouvrir cette porte?

— Négatif. Mais je serai ravi de vous aider à ne pas violer une zone réservée en vous raccompagnant dans votre cabine, où vous serez en sécurité.

— Génial. Le plus sûr pour moi consiste à me déplacer dans le vaisseau par les couloirs de service, alors…

— Vos fans, vos adorateurs.» Il regarda autour de lui avec un intérêt exagéré. «Oui. Ils sont vraiment nombreux, là.

— Chapeau. Masque de courtoisie. Et j'avais une fausse identité jusqu'à ce que votre système… vous savez quoi? Aucune importance. Ce qui compte, c'est que Shal est de l'autre côté de cette porte. Avec un individu que votre propre personnel estime impliqué dans ces meurtres.

— Ce qui compte, c'est que vous essayez de bousiller mon vaisseau.

— Fascinant. M'arrêter moi vous intéresse plus qu'arrêter le véritable assassin. » Elle s'empara de la batterie.

« Mon travail consiste à maintenir l'ordre à bord. Éloignez-vous de cette porte. »

Sur son ATH, Fantine commentait : « Oh, bien. Tu quittes ce glacier. Dieu merci, tu fais enfin preuve de bon sens. Maintenant, écoute-moi, j'ai des gens sur le coup. Ils bossent sur Ory Slootmaekers. Ça ne surprendra personne, c'est une fausse identité. Il a dû payer autant que toi pour s'assurer un peu de tranquillité.

— Éloignez-vous de cette porte ! » Le chef Wisor se rapprocha, projetant une ombre sur la serrure.

« Ouvrez-la, et j'obéis. » Elle bascula la batterie en mode charge filaire, révélant un port sur le côté. À l'aide du tournevis, elle y introduisit l'extrémité d'un des emballages de chewing-gum. En privé, elle répondit à Fantine : *::Fantine, bien reçu pour Ory.::*

Wisor lui arracha le chargeur des mains. « Oh que non. Pas sur mon vaisseau.

— Mais les meurtres, par contre, ça va ? » Tesla saisit son ordi dans une main et sa canne de l'autre. « Dites-moi ce que vous faites, à part gagner du temps ? Combien de personnes êtes-vous prêt à voir mourir sous votre surveillance, hein ?

— Ça suffit. » Il s'approcha d'elle.

Elle se tapota la tempe, lui rappelant qu'elle disposait d'une liaison sous-cutanée. « Ne me touchez pas. Vous avez déjà battu mon époux et si vous croyez que votre entreprise vous protégera, vous vous fourrez le doigt dans l'œil. Je ne vous demande rien de compliqué. Je veux juste que vous ouvriez cette porte, parce que Shal est de l'autre côté avec quelqu'un que votre propre…

— Les délires que vous inventez ne m'intéressent pas. »

Elle devait faire en sorte qu'il lui ouvre cette porte. Fantine la tirerait de là, mais attendre treize minutes à chaque argument prendrait trop de temps.

« Tesla… Tu achètes quoi, là ? Ça ne me plaît pas du tout. »

Tesla ôta son masque de courtoisie. Ravalant sa bile, elle retira son chapeau et fit de son mieux pour ébouriffer ses cheveux. Elle n'avait que très peu d'instruments, et son père lui avait toujours répété que la faiblesse était parfois le meilleur des outils. Elle leva son ordinateur et prit un selfie. Il lui fallut cinq photos pour obtenir un cliché où l'effet décoiffé de sa chevelure paraissait intentionnel.

Wisor restait là, les bras croisés. « Une vraie…

— Si vous terminez par "femme", je vous tue. » Elle lui jeta un coup d'œil via son ordi. « Dernière chance. Vous me laissez passer ?

— Pas question. »

Tesla haussa les épaules. « Très bien… » Elle articula ostensiblement chaque mot tout en les saisissant sur l'ordinateur. « Je prends une glace à la Reine des Neiges au niveau martien. J'ai égaré mon chargeur de batterie. Quelqu'un en a un à me prêter ? »

Il sourit d'un air incrédule. « Et c'est censé me faire peur…

— Trop rincé ! Tesla Crane est juste… Attendez. »

L'un des adolescents s'était éloigné de l'étalage de glaces. « Putain de merde ! Vous êtes encore là !

— Bien sûr que je suis là ! Comment ça va ? »

Comme un seul homme, ils abandonnèrent le présentoir à glaces. Wisor recula malgré lui quand la masse d'ados s'approcha d'elle. Ils s'arrêtèrent en arc de cercle, comme une bulle protectrice autour de Tesla.

Sur son ATH, Fantine se couvrit les yeux de ses mains. « Dis-moi que tu n'essaies pas de crocheter la serrure. Pourquoi est-ce que je pose cette question ? Pourquoi ne suis-je pas en train de rédiger des assignations contre la détresse émotionnelle inutile que le vaisseau t'a fait subir ? »

L'un des adolescents était manifestement occupé à envoyer un message à un ami. « Un pote a un chargeur. Je lui dis de venir tout de suite.

— Attends, trop rincé ! J'en ai un, moi. » Le plus petit d'entre eux fit pivoter son sac en fouillant dedans. « Voilà ! »

Wisor l'arracha des mains du gamin. « Bien essayé.

— Vous avez l'obligation légale d'émettre un reçu pour tout le matériel que vous confisquez, n'est-ce pas ? » Tesla s'avança et se plaça devant le gamin à qui Wisor avait pris le chargeur de batterie. « Désolée. Vous voulez faire un selfie ? »

Les yeux du gamin devinrent énormes. « Sérieusement ?

— Bien sûr ! » Elle sourit au chef Wisor. « Vous voulez participer ? Parce qu'il faudra faire la queue, tout à l'heure. »

Il leva les yeux au ciel. Mais derrière lui, Tesla vit quelqu'un faire volte-face. Plus loin sur la promenade, un autre passager se dirigeait vers eux en trottinant, les yeux rivés sur son ordinateur de poche. Un jour, Tesla avait diffusé par accident sa position, une petite foule s'était formée avec une rapidité alarmante. Aujourd'hui, ses réseaux sociaux étaient programmés pour s'afficher avec vingt-quatre heures de retard, sauf si elle activait une commande précise.

Grandir sous l'œil du public en tant qu'enfant-vedette de Crane Industries posait de nombreux problèmes. Il y avait quelques soucis à saturer involontairement la conscience publique quand on était la seule survivante d'un accident industriel. Et quand on essayait de se reconstruire en participant à une émission de danse ? Tesla n'avait que très peu d'endroits où elle pouvait se rendre sans être reconnue, ce qui n'était jamais bon.

« Excusez-moi, est-ce que… » Un exemple typique du passager moyen – comprendre, blanc et chauve – passa la tête dans la boutique de glaces. Il repéra Tesla. « Oh, bonjour ! J'ai un chargeur pour vous.

— C'est vraiment adora…

— Je le prends… » Wisor pivota vers le passager chauve et tendit la main, mais il hésita un peu lorsqu'il mesura enfin la foule grandissante.

Il n'y avait pas encore énormément de monde, mais le simple fait qu'il y ait déjà une foule incitait les gens à ralentir et à se diriger vers elle. Tesla tourna le dos à la porte et leva son ordi. « Chef Wisor ! » Quand il se retourna vers elle par réflexe, elle prit une photo de lui avec trois chargeurs différents. « Souriez ! »

Gimlet aboya.

Tesla cessa immédiatement de rire. Ça venait de dehors, et c'était le genre d'aboiement que Gimlet réservait aux livreurs, ce qui signifiait que la chienne se sentait menacée. Tesla regarda Wisor. « Dites-moi que vous avez entendu ma chienne. »

Il ne l'avait pas entendue, et même si ç'avait été le cas, ses sourcils froncés montraient clairement qu'il s'en fichait. Une rage incandescente envahit Tesla, elle s'éloigna de la porte, puis s'arrêta.

La foule l'avait entièrement cernée.

Une personne chaussée de sandales à talon passa le coin de la rue en titubant. « Oh, vous êtes encore là, parfait. Moi, j'ai un chargeur de batterie ! »

Wisor rangea l'un des chargeurs sous son bras et tendit la main. « Pas question. »

Tesla se força à sourire au nouveau venu. « Désolée. C'est le chef de la sécurité, nous avons un petit désaccord. » Elle désigna la porte de service. « Je voudrais passer par là et... »

Quelqu'un entra en courant dans le magasin, un chargeur dans chaque main. « Est-ce que Tesla...

— J'ai un chargeur !

— Moi aussi ! » Derrière le comptoir, un serveur en tendit un à Tesla. « Désolé, je ne vous avais pas reconnue, tout à l'heure.

— Tesla Crane est toujours là ? »

Wisor avait les mains pleines, un groupe d'adolescents le séparait de Tesla. L'amertume de la victoire lui fit mal aux dents quand elle prit le chargeur du serveur et l'agita vers le chef de la sécurité. « Alors ? Lequel d'entre nous va ouvrir cette porte ? »

Scofflaw

60 ML DE WHISKY RYE
20 ML DE VERMOUTH SEC
15 ML DE JUS DE CITRON
7 ML DE GRENADINE
1 TRAIT D'AMER À L'ORANGE

Secouez au shaker avec des glaçons pendant quinze secondes. Filtrez dans une coupe.

Les dents de Wisor grinçaient si fort pendant qu'ils filaient par la coursive de service que Tesla était quasi sûre qu'il finirait par se briser une molaire. Si Fantine avait été audible sur l'ordi, son évaluation des actes de Wisor n'aurait pas amélioré son humeur.

« … par un procès si long et si sec qu'il déshydratera définitivement le crapaud moisi qui vous sert de cerveau. » Elle jeta un coup d'œil en biais à la caméra. « Tesla. Si ce n'est pas déjà fait, mets-moi sur ton ATH. J'ai du nouveau.

— Déjà fait… » La canne de Tesla faisait *pock* à chaque pas sur le sol nu du couloir. Wisor marchait plus vite et elle ne pouvait le suivre confortablement, et même si elle tenait à accélérer, elle n'avait pas envie non plus de tomber la tête la première.

« Et merci pour…

— Si je ne suis toujours pas sur ton ATH, là tout de suite, tu ne pourras t'en prendre qu'à toi-même. » Le visage de Fantine se rapprocha de la caméra.

« QU'EST-CE QUE TU FOUS, AU NOM DU GODE ARDENT DE JEANNE D'ARC ? Si tu avais vraiment utilisé ce chargeur de batterie, Wisor aurait eu toute latitude pour t'enfermer à double tour pour tentative d'incendie… »

Tesla souffla. « Je ne suis pas une amatrice.

— … et honnêtement, je l'aurais sans doute laissé faire, parce que tu serais plus en sécurité dans ta cabine qu'en poursuivant des meurtriers. » Fantine se cala dans son fauteuil. « La seule raison pour laquelle je n'ai rien fait, c'est Gimlet. S'ils touchent à un seul poil de la plus parfaite chienne du monde, je forme un junior qui continuera les poursuites après ma mort à un âge avancé et amer. »

Devant Tesla, Wisor prit à droite.

Les escaliers conduisant au studio de yoga se trouvaient sur la gauche. Tesla secoua la tête dans son dos et prit à gauche.

Derrière elle, Wisor la héla : « Oh ! Vous allez où ?

— Il me semble qu'Ory et Ewen essaient de retourner à leur cabine, qui se trouve probablement au niveau terrien, et les escaliers les plus proches sont de l'autre côté.

— Je vous escorte jusqu'à votre cabine.

— Et moi je cherche mon conjoint. » Tesla lui tourna le dos et se dirigea vers les escaliers. « J'en ai pour une minute. »

Dans l'ATH, Fantine fit craquer ses jointures. « Passons. J'ai du nouveau concernant tes diverses requêtes, comme si tu n'avais pas toute une ribambelle d'assistants à ton bureau.

— Mes assistants sont intelligents, mais aucun d'entre eux ne t'arrive à la cheville.

— Tu m'as demandé la liste des personnes ayant accès à ta cabine, ainsi que la liste de celles et ceux qui ont accès à celle d'Haldan. Elles te parviendront par un fichier verrouillé et crypté quatre fois, il te faut ton huitième mot de passe pour le décoder. Je ne m'étendrais pas sur tout ce que j'ai dû accomplir pour obtenir ces deux listes, mais je préfère te prévenir, la prochaine facture va faire mal… Waouh ! C'est un beau fan-club que tu réunis, là. »

Derrière Tesla, Wisor soupira avec emphase, mais il lui emboîta le pas et la rattrapa alors qu'ils débouchaient dans l'entrée de la cage d'escalier. « Nous entrons, nous constatons qu'il n'y a aucun signe d'eux, nous faisons demi-tour et nous retournons à votre cabine. »

::Tu n'es jamais bon marché et ça en vaut toujours la peine.::, subvocalisa-t-elle à l'intention de Fantine.

Wisor haussa les sourcils. « Est-ce bien clair ?

— Absolument. » De la tête, Tesla désigna la porte de l'escalier. « Après vous. »

Dans son ATH, Fantine poursuivit : « Revenons à nos moutons. Même si tu ne m'as pas demandé de les recouper, je l'ai fait par plaisir. Ils divisent le vaisseau en zones, et dans chaque zone, il y a une tonne de suspects potentiels. Mais seulement onze personnes ont des autorisations d'accès interzones. »

Wisor ouvrit la porte. Des voix résonnèrent dans l'escalier.

« … en bas. Je souhaite seulement comprendre… » Shal. Il paraissait calme et raisonnable.

« Dégagez. Je ne veux pas vous faire de mal. » Ory. La voix très agitée.

Wisor tendit le bras pour bloquer Tesla. Son visage avait soudain retrouvé tout son sérieux. Il retint la porte du pied avant qu'elle se referme. De l'autre main, il porta le doigt à ses lèvres pour réclamer le silence.

Fantine continuait à parler de choses qui se passaient treize minutes plus tôt, rivalisant ainsi avec l'attention de Tesla. « Malin de leur avoir demandé d'apporter des chargeurs, mais encore une fois, si jamais tu t'en sers… Bon, les personnes ayant un accès potentiel à ta cabine, ce qui n'est pas la même chose que d'y accéder de manière vérifiable. Un : commandante Valdísardottir, Elle.

— Pas besoin de tout ce cirque. Allez… il y a des trucs qui m'intriguent, c'est tout, je me disais que vous connaîtriez la réponse. Les questions ne peuvent pas… oh. Du calme.

— Deux : copilote, Chris DiBono, Lui.

— Hé. » La voix de Bob rejoignit celle de Shal. « Vous faites peur à votre môme, là.

— Trois : l'officier opérationnel, Shyamasri Caruana, Iel. »

Wisor se mit sur la pointe des pieds et s'engagea dans la cage d'escalier avec plus de grâce que Tesla ne l'en aurait cru capable. Il hésita, puis se retourna et lui fit signe de passer, avant de refermer la porte en douceur.

« Je lui fais peur ? Ah oui ? Et la personne qui nous a poursuivis ici ? Pourquoi vous concentrez-vous sur moi alors que cette personne nous harcèle ?

— Quatre : notre ami le chef Wisor. »

En se penchant vers Tesla, leur ami le chef Wisor chuchota : « J'ai une caméra embarquée, mais s'il utilise un brouilleur, il me faudra un témoin. Suivez-moi, mais pour l'amour de Dieu, restez quelques marches derrière, je ne tiens pas à ce que votre avocate me traîne en justice pour mise en danger d'autrui.

— Cinq : Maria Piper, sécurité. »

Wisor descendit les escaliers sans l'attendre.

« Six : Bob Cook, sécurité. »

Bob, qui était censé garder Haldan, dit : « Je ne juge personne.

— Vous nous jugez en ce moment même, en nous empêchant de retrouver notre cabine. »

Tesla se positionna en haut de l'escalier, puis transféra sa canne de façon à pouvoir saisir la rampe. Avec des conditions normales de gravité, les marches auraient été difficiles à monter. Sur un vaisseau comme celui-ci, les escaliers étaient l'enfant chéri de Dalí et d'Escher. Chaque marche était inclinée d'un degré, de sorte qu'en descendant, le puits de gravité centrifuge « vers le bas » se trouvait toujours au bon endroit.

« Sept et huit : le personnel médical supérieur, qui comprend notre défunte Ruth Fish et sa compétente assistante, Candy Star, Elle – et vraiment, belle occasion manquée de faire carrière dans le porno ou de décrocher un rôle dans un spectacle de Noël. Il s'en faut de peu, parfois. » Fantine loucha sur la caméra. « On dirait qu'il te laisse passer, donc pas besoin de crier sur ce chancre purulent en mode égout. Pour cette fois. »

Wisor était déjà hors de vue. Juste en dessous, Bob dit : « Vous n'êtes pas censé être dans cette cage d'escalier.

— Mais joli tour de passe-passe avec la porte, bravo. » La voix de Shal était affable, désinvolte. « Comment vous avez fait ? Je croyais qu'il fallait appartenir à l'équipage pour franchir les portes qui lui sont justement réservées. »

Tesla s'efforça d'accélérer le rythme, de plus en plus crispée à chaque mouvement. Elle avait réglé le RCPD si haut qu'elle sentait à peine ses pieds sur les marches et devait surveiller chaque pas.

« Neuf : Melissa Meade, Elle. Responsable de la maintenance.

— Doucement… si vous ne voulez pas me parler, voyez avec Bob. »

Sur le palier, elle jeta un coup d'œil par-dessus la rampe de l'escalier, pour tenter d'apercevoir Shal. La structure sinueuse de l'ensemble décalait les étages inférieurs, juste assez pour avoir une vue dégagée. À mi-chemin entre elle et Shal, Wisor se tenait en retrait sur le palier, les yeux rivés sur la volée de marches suivante.

« Dix : Larry Holden, Lui. Chef de l'entretien. »

Juste en dessous de Wisor, Shal avait opté pour une posture de boxeur, il privilégiait son flanc, mais bloquait le passage. Ory et Ewen étaient devant lui, à l'angle du palier, tandis que Bob les retenait par le bas.

« Onze : et j'aimerais bien qu'on m'explique là… Nile Silver, Lui, magicien. »

Le genou gauche de Tesla se déroba.

Sans avertissement. Il ploya tout simplement sous elle. Elle trébucha, s'agrippa à la rambarde et parvint à contrôler la chute. À peu près. Elle bascula contre le rail et se retrouva à moitié agenouillée sur le palier.

Et sans bien savoir comment, elle avait réussi à mettre son ordinateur en mode « projection ». La voix de Fantine emplit la cage d'escalier. Son visage éclaboussa le mur et le dessous des marches. « Voilà pour les personnes qui ont pu entrer dans les cabines. Ensuite… »

En dessous, la voix de Fantine sortit tout le monde du statu quo. Une bagarre éclata aussitôt dans la cage d'escalier. Des grognements, de la chair qui cogne de la chair, le bruit sourd d'un corps qui heurte quelque chose de solide.

Toute tentative de discrétion ayant échoué, Wisor dévala les marches. « Personne ne bouge ! Allez !

— … en théorie, une personne suffisamment motivée pourrait corrompre les employés de chaque zone, ce qui lui garantirait l'accès à n'importe quelle cabine. Demande donc à ton détective de conjoint de jeter un coup d'œil à la liste complète et vois s'il trouve quelque chose. »

Tesla inspira en tremblant. Aucune douleur. Les paramètres du RCPD étaient si élevés que rien ne pouvait plus lui faire mal. Elle n'avait donc aucun moyen de savoir si elle s'était sérieusement blessée.

Shal grimpa les escaliers jusqu'à elle. « Tesla, tu es… ?

— J'ai glissé. » Elle tendit la main. « Un peu d'aide ?

— Prochain point sur la liste de tes questions, les passagers qui fréquentent ce cours de yoga…

— Laissez mon père tranquille !

— Toi, tu recules. » La voix de Wisor était dure. « Votre homme mystère a bel et bien un compte passager, verrouillé très exactement comme le tien, avec une clause d'exclusion religieuse concernant les photos de lui et de son enfant. Je n'ai pas encore réussi à la décrypter, il va donc falloir que les autorités du vaisseau, aux cerveaux chatouilleux, s'en chargent. J'ai fait une demande à Leigh. » Au-dessus d'eux, Fantine ricanait de toutes ses dents de requin.

Tesla vit Ory se détendre, manifestement soulagé que Fantine n'ait trouvé aucune photo, alors même que Wisor le maintenait contre le mur, avec une clé de bras. Ory avait fait en sorte qu'il soit impossible d'obtenir une image de lui, mais Tesla savait où trouver une photo d'Ewen. Elle lança à voix haute, pour qu'ils puissent l'entendre : « Fantine, consulte les archives de la compétition *Crane Robotics* d'il y a trois ans. Ewen faisait partie de la Team Utah, qui a présenté un robot octopoïde polydactyle bleu. »

En s'excusant intérieurement, elle mit fin à l'appel avec Fantine pour mieux se consacrer à la suite des événements.

Ory tourna la tête vers Ewen. Sous le poids de ce regard, iel dansa d'un pied sur l'autre. « Paps, je peux expliquer…

— Non. » La voix d'Ory était basse et patiente. « Ewen, tu dois te taire.

— Mais Paps…

— Plus un mot. » Sa voix se brisa. « S'il te plaît… sablier. » Ewen hésita, puis hocha la tête, les sourcils froncés.

Son visage se referma et iel resta debout, les bras serrés autour de la poitrine, les épaules voûtées.

C'était bizarre et très désagréable à regarder. Tesla jeta un coup d'œil à Shal, qui frottait son pouce contre son index, concentré sur eux deux. Le fait qu'Ewen ait participé à ce concours de robotique, manifestement sans autorisation parentale, était une faiblesse qu'elle pouvait exploiter.

Mais elle se trouvait sur le palier au-dessus d'eux et, même sans brouilleur, jamais elle ne réussirait à rejoindre le petit groupe. Elle se baissa avec précaution, puis s'assit sur les marches et projeta la photo du pied ventouse bleu qu'elle avait prise dans les toilettes. Elle le désigna du doigt. « C'est un pied ventouse d'octobot ou d'octopoïde. »

Bob demanda : « Quelle différence entre un octobot et un octopoïde ? »

Shal répondit en s'asseyant à côté de Tesla : « Ils sont tous les deux basés sur le même modèle de pieuvres.

— Octopodes. » Ewen se mit la main sur la bouche.

« Merci. Quoi qu'il en soit, un octopode possède huit conducteurs autonomes…

— Semi… » Ewen se tut et fixa le sol.

« Semi-autonome. C'est ça… » Shal acquiesça en adressant un clin d'œil à l'ado. « Et un octobot a un processeur central, n'est-ce pas ? »

Ory lança un regard à son enfant, mais ce ne fut pas suffisant pour empêcher le petit hochement de tête d'Ewen. L'ado adorait les robots. Tesla ne pouvait pas croire qu'Ewen ait quelque chose à voir avec l'un de ces meurtres, mais Ory avait très bien pu utiliser le robot de son enfant à son insu. Elle observa Ewen, mais adressa ses paroles à Wisor. « Le robot qu'Ewen a présenté à la compétition était bleu, lui aussi.

— Ce n'est pas le mien.

— Ewen.
— Oui, mais Paps, je n'ai pas de robot et…
— Je ne suis pas fâché pour ce robot. » Ory inspira lentement comme s'il était, au contraire, très fâché par le robot et qu'il se retenait de crier. « On en a déjà parlé, on doit maintenant garder le silence. D'accord ? Quand ils viendront t'arrêter, ils mentiront, tricheront et utiliseront tout ce que nous dirons contre nous. Je ne devrais même pas te parler maintenant, mais tu dois te souvenir de la marche à suivre. S'il te plaît. Pour moi. »

Les yeux d'Ewen étaient énormes, mais iel acquiesça et s'abîma dans la contemplation du sol.

Toujours plaqué contre le mur par Wisor, Ory redressa la tête. « J'aimerais contacter mon avocat.
— Bien sûr. Je déteste m'interposer entre un client et son conseiller juridique. Allez-y. » Wisor remonta le bras d'Ory un peu plus haut. « Nous allons marcher jusqu'à la prison et, en chemin, vous penserez à me faire savoir avec qui vous travailliez. »

Sur le bras épinglé par Wisor, Ory portait un bracelet de bord standard. Tesla fronça les sourcils en se souvenant qu'il avait ouvert la porte de service de la boutique de glaces. « Shal ? Quand Ory a franchi la porte, il s'est servi de son bracelet ? »

Songeur, son conjoint hocha lentement la tête, les yeux plissés. « Il s'en est servi, oui. Il faut quel niveau d'accès pour ça ? »

Bob grommela depuis l'endroit où il bloquait les escaliers de toute sa masse corporelle. « N'importe quel membre de l'équipage peut ouvrir les portes de service. Mais il n'en fait pas partie.
— Alors… comment a-t-il pu ouvrir la porte ?

— Bonne question.» Shal l'embrassa sur la joue. «Permettez-moi d'ajouter une question complémentaire. Quelle identité utilise-t-il?»

Wisor soupira, la mâchoire crispée, comme s'il ne voulait vraiment pas admettre qu'ils avaient posé une bonne question. «Découvrons-le.

— Mon avocat.» Ory appuya son front contre le mur.

«Bob. Le listing.»

Bob la Montagne ouvrit son ordinateur de poche et fit défiler une série de fenêtres. «Hum… je lis ici que c'est Nile Silver qui a ouvert la porte.»

Kir royal

150 ML DE VIN MOUSSEUX
15 ML DE CRÈME DE CASSIS
1 ZESTE DE CITRON

Versez la crème de cassis dans une flûte à champagne. Complétez avec le vin mousseux. Décorez d'un zeste de citron en torsade.

Plus ils s'étaient approchés du théâtre, plus Tesla avait transpiré. Et pas seulement parce qu'ils s'étaient dépêchés pour devancer Wisor. Bob et lui avaient dû conduire Ory et Ewen en détention, ce qui leur avait permis de gagner du temps et d'arriver au théâtre avant que le chef de la sécurité ne bousille la scène pour Shal. Malgré tout l'inconfort occasionné par le fait de marcher plus vite que Tesla ne pouvait raisonnablement se le permettre, elle se contentait de serrer les dents en s'appuyant sur sa canne, laissant simplement sa claudication plus visible qu'elle ne l'aurait souhaité. Quant aux images et aux sons susceptibles de déclencher une nouvelle crise… Tesla inspira lentement, avec mesure. Elle imagina la lumière dorée du soleil l'emplir comme un liquide.

Qu'y avait-il, ici en réalité ? Cinq choses. Un hall d'entrée sombre. Des rideaux en velours. Des escaliers conçus comme des gradins menant à différents puits de gravité. Annie, rayonnante, éclairée par des projecteurs sur une scène sombre. Des étoiles.

La voix chaleureuse de Nile Silver emplit la salle. « Et maintenant, je vais demander à ma charmante volontaire de regarder à l'intérieur de la boîte et de signaler au public tout ce qui sort de l'ordinaire. »

L'odeur de la cordite dans l'air. Tesla déglutit. Elle était à bord du *Lindgren,* dans un théâtre, ils attendaient de parler à Nile Silver. À l'entrée des loges, Shal glissa sa main dans la sienne. *::Maria a dit qu'elle verrait Nile après avoir déposé Immanuel, donc si elle est là, elle sera dans les coulisses. Tu veux attendre dehors pendant que je la cherche?::*

Tesla secoua la tête et baissa le RCPD pour que les lacets flamboyant dans son dos l'aident à se concentrer. La douleur lui était familière et elle était légèrement soulagée de savoir qu'elle n'avait pas aggravé les dégâts. La main de Shal était douce et chaude dans la sienne. Elle appuya son autre main sur le rail argenté entourant les sièges, et la sueur en tapissa la surface.

Sa poitrine l'oppressait. Gimlet aurait déjà fait sortir Tesla. Elle s'humecta les lèvres. *::Aucun de nous n'ira nulle part en solo, j'ai honte pour toi que tu l'aies suggéré.::*

Elle préférait le taquiner plutôt qu'admettre qu'elle craignait les effets pyrotechniques du spectacle. Annie et Jalna avaient dit que c'était vers le début, et puis… quand ? L'entracte ? D'après le programme du vaisseau, c'était pour bientôt.

La voix amplifiée d'Annie – ravie – répondit à Nile : « Je ne vois rien d'autre qu'une simple boîte.

— Ah bon ? » Le magicien gloussa, comme s'il détenait un secret qu'il brûlait de partager. « Regardez. »

Avec un sourire aussi forcé que le sien, Shal passa la main dans le dos de Tesla, comme pour la punir. *::Merde. Je ne peux pas discuter avec toi, tu es trop forte.::*

Elle l'embrassa sur la joue en guise de remerciement. Forte ou pas, elle n'était vraiment pas certaine de ne pas… mal réagir s'ils déclenchaient à nouveau des feux d'artifice. Tête basse, elle parcourut l'étroite allée de moquette bleue jusqu'à l'entrée des coulisses qu'Annie lui avait fait emprunter lorsqu'elle avait paniqué, la première fois.

Quand elle atteignit la porte, Shal la devança pour l'ouvrir, ce qu'il ne faisait que les jours où elle se servait de sa canne. Tesla grimaça, attendit. Attendit encore. Les lèvres pincées, Shal secoua la tête. Ils étaient proches de la scène, à présent. Il murmura : « Verrouillé. »

Comment Annie avait-elle réussi à la faire passer par là, l'autre jour ? Tesla était dans les vapes sur le moment, mais il lui avait bel et bien semblé qu'elles étaient tout simplement entrées dans les coulisses. Elle tourna le dos au spectacle. Tout allait bien. La pyrotechnie n'était qu'un effet scénique modéré, sans commune mesure avec ce qui lui était arrivé. Il s'agissait d'un vulgaire ensemble de tubes contenant un composé pyrotechnique, probablement du nitrate de cellulose, parfaitement maîtrisé.

La porte des coulisses s'ouvrit et Shal se précipita pour la retenir. Tesla leva les yeux pour laisser passer la personne qui sortait, manquant trébucher en voyant Jalna apparaître sur le seuil. Les yeux de la roboticienne s'écarquillèrent quand elle les croisa. Un court instant, Jalna ouvrit la bouche, comme pour parler, puis son regard passa de Tesla à la scène.

Le théâtre était silencieux, comme si tout le monde retenait son souffle en admirant le spectacle. Après un signe de tête, Jalna se précipita dans l'allée vers les sièges du Yacht-Club. Sourcils froncés, Shal la regarda s'éloigner. Il fit un pas dans sa direction, puis s'arrêta en secouant la tête. Il indiqua à Tesla de franchir la porte.

Les murs simples et sans fioritures du couloir des coulisses enveloppèrent Tesla comme un bouclier. Elle s'essuya la main sur le visage tandis que Shal refermait la porte derrière eux. Elle déglutit, luttant pour faire revenir l'humidité dans sa bouche. « D'accord… tout le monde a une sorte d'accréditation sauf nous, c'est ça ?

— Je me posais la même question… Elle est amie avec Nile Silver, non ? » Il fixa la porte comme si elle pouvait lui répondre. « Bon, essayons de retrouver Maria. »

*

Toujours aucun signe de Gimlet. Maria Piper, en revanche, surveillait Nile Silver depuis les coulisses. Shal serra la main de Tesla. *::Je reviens tout de suite.::*

En silence, il s'approcha de Piper, se faufilant entre les lourds rideaux noirs. L'agente se retourna, le visage découpé sur les lumières de la scène, tandis que Shal lui tendait la main. Piper le regarda un instant, avant d'offrir la sienne dans ce qui ressemblait à une poignée de main professionnelle. Tesla attendit, tripotant le pommeau de sa canne, pendant que Shal profitait du contact peau contre peau pour avoir une conversation silencieuse avec l'agente.

Sur scène, Nile guidait Annie pour qu'elle salue. « Merci encore à ma charmante bénévole. S'il vous plaît, applaudissons Annie ! »

Quand la musique emplit la salle, Tesla entendit le même crescendo qui avait précédé la pyrotechnie à l'ouverture du spectacle. Elle se précipita dans le hall, s'adossa au mur et ferma les yeux. Sa canne tomba par terre alors qu'elle s'enfonçait les doigts dans les oreilles. *Je suis en sécurité*. Elle retint sa respiration.

Inspiration, deux, trois, quatre. Bloquer. Expiration, deux, trois, quatre.

Je suis à bord du Lindgren. Ses doigts assourdissaient tout. Au loin, un *whoumph*. *Inspiration, deux, trois, quatre.* L'odeur de la cordite lui picota les narines. *Bloquer.*

« Tesla ? » La voix de Shal était sourde, pile en face d'elle. « Tu es à bord du *Lindgren*. Tu es…

— Ça va. » Tesla ouvrit les yeux d'un coup. Elle déglutit, s'humecta les lèvres et désigna la scène d'un geste de la main. « Je l'ai vu arriver et… ça va, je vais bien. »

Il tenait sa canne d'une main et tendait l'autre, comme pour mieux rattraper Tesla. Maria Piper était un peu plus loin dans le couloir, elle l'observait avec une certaine méfiance. Elle désigna la porte de la loge de Nile. « Dites-moi quand vous êtes prêts.

— Maintenant.» Tesla prit la canne que lui tendait Shal, effleurant sa peau au passage. *::Merci. Ça va, je t'assure.::*

::D'accord.:: Il acquiesça tout en la surveillant un peu plus attentivement que nécessaire, mais il ne discuta pas et n'insista pas, même s'il savait sans doute qu'elle mentait. Ça n'allait pas du tout. Il la laissa aux prises avec son secret et son mensonge, puis l'accompagna jusqu'à la loge. «Très bien. J'ai informé Maria de ce que nous avons trouvé dans la salle de bains.

— Vous n'avez pas chômé.» Dans la loge, Piper s'installa sur une chaise, en face de la porte. Elle en avait tiré deux autres de sous les tables à maquillage qui meublaient la pièce un peu miteuse.

«Je ne voudrais pas gâcher nos vacances.» Tesla s'assit, mais Shal s'appuya à côté d'elle, contre l'une des tables. Elle aurait bien aimé lui dire qu'elle n'avait pas besoin d'une nounou, mais ça entraînerait une longue conversation qu'elle ne voulait pas avoir si Piper restait dans la pièce.

En grommelant, l'agente s'adossa à sa chaise, puis fixa le plafond comme s'il l'avait personnellement offensée. «Le chef pense que c'est Slootmaekers qui a fait le coup, maintenant?»

Shal écarta les mains. «Je n'ai pas la prétention de savoir ce qu'il pense.»

La porte de la loge s'ouvrit. «… Mx Flopsy doit se faire couper les griffes. Il a failli déchirer…» Nile Silver s'arrêta sur le seuil. «Eh bien… bonjour. Nous nous croisons à nouveau.»

Shal s'écarta de la coiffeuse sur laquelle il s'était

appuyé. « Je ne voudrais pas abuser de votre temps, mais j'ai quelques questions à vous poser. »

Les yeux de Nile restèrent braqués sur Shal tandis qu'il se tournait vers Maria Piper. « Qu'est-ce qui se passe ?

— Vous pouvez attendre l'arrivée du chef Wisor, si vous préférez.

— Ou vous pouvez nous parler. » Toujours assise, Tesla posa les deux mains sur le manche de sa canne. « On est plus gentils et tout ça n'a rien d'officiel.

— Maria est tout à fait officielle. » Nile se dirigea vers la coiffeuse et s'assit.

« Bien sûr, bien sûr… » Shal acquiesça, croisant les bras sur sa poitrine tout en regardant Nile dans le miroir. « Je voulais juste savoir comment vous aviez connu Ory Slootmaekers. »

Nile s'immobilisa, une petite éponge à la main. « Qui ?

— Un type blanc et chauve. La taille de Shal, environ. Un peu enveloppé au niveau de la ceinture. Il était au cours de yoga où vous nous avez emmenés.

— Ah, oui. » Nile hocha la tête et passa l'éponge sur son front, appliquant une nouvelle couche de maquillage. « C'est vrai… avec l'ado sympa. Il voulait que je leur apprenne deux, trois trucs, alors je leur ai montré le Pique-nique de Wilson – c'est un tour de cartes –, et ils n'ont pas été très bons. Parce qu'il faut de l'entraînement, bon sang… »

La porte s'ouvrit et Wisor entra dans la pièce. « Hé, Nile. J'ai un… » Il vit Piper, la regarda attentivement… et plissa les yeux en apercevant Tesla et Shal. « Piper. Vous voulez bien m'expliquer ce que ces passagers fabriquent dans une zone réservée à l'équipage?

— Je me pose la même question.» L'agente resta les bras croisés, puis haussa les épaules. «J'étais juste venue discuter avec Nile quand ils ont débarqué.»

Le chef posa les mains sur ses hanches, les regarda, puis tira son ordinateur de sa ceinture et déroula l'écran. «Fascinant... Les registres montrent que Nile a utilisé son code de sécurité pour venir en coulisses alors qu'il était sur scène. Donc, ce n'est peut-être pas Slootmaekers qui s'est servi de son code à la Reine des Neiges.»

Nile tressaillit, laissant tomber l'éponge sur le sol. «Excusez-moi, quoi?

— Vous m'avez parfaitement entendu.»

Nile jeta un coup d'œil à Shal. «C'est pour ça que vous me posiez des questions sur Ory Slootmaekers?

— Vous le connaissez?» Wisor entra enfin dans la pièce en enroulant l'ordi.

«Oui, parce qu'ils viennent de me poser des questions à son sujet.» Nile se pencha et ramassa l'éponge au sol. «On a un peu parlé magie avec son ado. C'est tout. Je ne sais rien sur...» La porte s'ouvrit à nouveau. «Oh, pour l'amour du ciel. Quoi encore?»

Yuki hésita à franchir le seuil, les yeux écarquillés devant tous ces gens dans la loge. «Retour en scène dans cinq minutes.

— Merci, cinq minutes.» Nile soupira et reposa soigneusement l'éponge sur la table. «Vous voulez qu'on annule la deuxième partie pour vérifier que je connais à peine le type sur lequel vous me posez des questions ou vous préférez attendre la fin pour m'interroger?»

Wisor s'écarta de la porte et fit signe à Nile de passer. « Allez-y. Je suis désolé que ces gens aient interrompu votre pause.

— Vous le laissez partir ? » Tesla resserra sa prise sur sa canne. « Nous savons qu'il est impliqué.

— Nous savons que son code d'identification est impliqué. » Wisor passa les pouces dans sa ceinture. « Mais Silver a travaillé pour cette compagnie sur de nombreux vaisseaux, et personne n'y est jamais mort.

— Il y a bien eu cette fois… » Piper croisa les chevilles, puis se renfonça dans sa chaise. « Si on reste purement technique.

— C'était un stupide accident, ça ne compte pas. » De la main, Wisor désigna le magicien. « Nile n'a rien à se reprocher. Mais pour vous éviter de supplier votre avocate de m'insulter et de me harceler, je vais le menacer et vous verrez, ça résoudra tout. Nile, vous savez que vous n'avez nulle part où vous enfuir, n'est-ce pas ?

— Sans blague ?! Vraiment. Ouah ! Je suis stupéfait. Incroyable qu'il n'y ait nulle part où se cacher à bord d'un vaisseau spatial entre la Terre et Mars et… » Nile referma la mâchoire en grimaçant. Il se força à sourire. « Si vous n'annulez pas la deuxième partie, je dois prérégler Mx Flopsy.

— Le spectacle continue. » Wisor sourit, puis haussa les épaules. « Je les sortirai de votre loge avant votre retour.

— Merveilleux. S'il n'y a rien d'autre à ajouter, j'y vais. Cette pause a été très reposante. »

Tesla leva la main. « Désolée, juste une question pour Yuki. Pourquoi Nile et vous étiez au R-Bar ensemble ? »

Yuki hésita, puis regarda Nile. Tête basse, le magicien soupira, puis se tourna vers Tesla. « On envisage de faire une version réduite de mon spectacle au R-Bar, on parlait de la visibilité. Quelqu'un d'autre a encore une question à poser ? »

Wisor secoua la tête et lui fit signe de s'en aller. « Merde, comme on dit.

— En effet. » Silver vérifia ses cheveux dans le miroir, puis les salua. « Un vrai plaisir. »

Wisor s'effaça pour le laisser sortir de la loge avec Yuki. Il ne semblait pas se soucier du fait que ces deux personnes étaient très certainement impliquées dans les décès survenus à bord – et, au minimum, dans des failles de sécurité particulièrement louches.

Une fois la porte refermée, Wisor pivota vers Tesla, la dominant de toute sa hauteur. « Ne vous mêlez pas de mon enquête ! Je me fiche de savoir qui vous êtes et je me fiche tout autant de votre avocate. Ne vous mettez pas en travers de mon chemin. »

Elle assura sa prise sur sa canne. « Faites votre travail, alors. Vous avez laissé deux suspects s'en aller. Nous les savons impliqués.

— C'est vrai. Piper, pouvez-vous raccompagner ces deux personnes à leur cabine ? Par les couloirs de service, pour leur propre sécurité. »

Tesla cogna sa canne par terre. « Oh, pitié. Vous ignorez totalement l'attitude de Yuki. Il a jeté un coup d'œil à Nile avant de répondre… et il n'a même pas répondu, d'ailleurs. Ils collaborent, c'est clair.

— Vous ne faites pas partie de mon équipe, et j'en ai assez de vous le répéter toutes les cinq minutes. Ça devient vraiment lassant. »

Shal tendit la main à Tesla. « Viens.

— Non ! Yuki correspond aussi à la description de la personne que tu as poursuivie. » L'effort qu'elle fournissait pour ne pas hurler augmentait de plus en plus. La frustration lui donnait des fourmis dans les jambes. « Chef Wisor, vous savez maintenant que Shal n'a rien à voir avec tout ça, alors pourquoi ne prenez-vous pas ses propos au sérieux ? Ou les miens ? Nile a donné ses codes de sécurité à Ory. Pourquoi n'en tenez-vous pas compte ? Et… »

Shal posa la main sur son avant-bras. *::Tesla. Allons-y.::*

Elle s'écarta pour l'empêcher de communiquer en privé. « Vous faites comme si Nile n'était pas impliqué parce qu'il travaille ici. » Elle utilisait sa grosse voix et s'en fichait. « Ça la foutrait mal pour votre entreprise si un employé se trouvait être un tueur en série. Nile connaît tous les angles morts des caméras du vaisseau.

— Je suis sûr que le chef Wisor est déjà au courant de tout ça. » La voix de Shal était apaisante. Pourquoi tentait-il de l'apaiser ?

« Est-il également au courant de l'existence de l'affichette "Hors service" ? Sait-il qu'Immanuel a confirmé que Nile et Ory s'étaient disputés avec George ? » Elle se tourna vers Maria pour obtenir son soutien, mais le visage de l'agente de sécurité restait figé, impassible. « Vous étiez là. S'il ne s'agissait que d'apprendre un ou deux tours à Ewen, pourquoi George Saikawa s'est-elle disputée avec eux ? »

Le cerveau de Tesla mit du temps à réagir. Nile connaissait tous les angles morts du vaisseau, mais pour en déterminer l'amplitude, il lui fallait quelqu'un pour surveiller les écrans pendant qu'il testait la portée des caméras. Qui l'avait aidé? Qui avait accès à toutes les cabines? Qui était en charge de l'enquête?

Wisor secoua la tête et regarda Shal. «Vous êtes un collègue, alors je vais vous dire pourquoi j'ai laissé Nile s'en aller. Et j'espère que vous réussirez à faire comprendre à votre femme que, parfois, les autres savent vraiment comment effectuer leur travail. Je dois vérifier certains éléments, et ça m'est impossible si Nile ou Yuki se méfient.»

Piper intervint depuis sa chaise. «Elle a raison de dire qu'il connaît tous les angles morts des caméras du vaisseau. "Il n'y a nulle part où se cacher", ça s'applique à tout le monde, sauf à lui.

— Il pourrait donc cacher ma chienne.» La poitrine de Tesla lui faisait mal et ses yeux la brûlaient. «Pourquoi ne faites-vous rien? À part des annonces.»

Maria Piper se leva en repliant son ordi. «Je vous promets que d'autres agents recherchent activement Gimlet.»

Mais elle n'alla pas jusqu'à promettre de la retrouver. Tesla laissa Piper les entraîner dans le couloir, mais s'arrêta devant le théâtre. Elle était stressée et transpirait beaucoup, mais le fait que Jalna soit passée dans les coulisses la turlupinait. D'autant plus que le code de sécurité de Nile avait bel et bien été utilisé. Elle s'humecta les lèvres, puis se tourna vers Shal. «Tu veux regarder la suite du spectacle avant de rentrer?»

Il la dévisagea, ses yeux scrutant ses traits comme s'il comptait ses neurones. «Tu es sûre?»

Elle acquiesça. Si nécessaire, elle fermerait les paupières, mais elle tenait à parler à Annie et à Jalna. Et ce serait plus simple si elle les retrouvait par hasard dans la foule, après le spectacle.

Shal et Maria échangèrent un regard, comme si le processus de pensée de Tesla était une bulle de bande dessinée au-dessus de sa tête. Lentement, son époux acquiesça. « D'accord… regardons la suite du spectacle. Si ça vous convient, Maria.

— Pas vraiment. Mais je suis presque sûre que si je ne reste pas avec vous, vous allez encore me filer entre les doigts et faire d'autres bêtises. »

Ils se dirigèrent vers la salle, en prenant soin de laisser la porte se refermer doucement derrière eux pour ne pas gêner les autres spectateurs. Malgré la moquette, Tesla eut envie de se mettre sur la pointe des pieds quand ils retrouvèrent les loges du Yacht-Club.

Sur scène, Nile présentait un piédestal élancé sur lequel reposait un petit sac de courses. « Honnêtement, on trouve à peu près tout à la supérette de la promenade – et je n'ai pas d'actions chez eux, croyez-moi. » Il marqua une pause, tandis que le public s'esclaffait. « Mais sérieusement, si vous aimez le romantisme, il y a toujours des fleurs. »

Dans la loge, Annie se penchait en avant, souriant comme une enfant. À côté d'elle, Jalna avait passé le bras au-dessus du dossier de sa compagne et lui caressait doucement l'épaule.

Nile sortit du sac un immense vase festonné contenant une grande quantité de tiges brisées. « Oh… oh. Hum… C'est… ce n'est pas… hum. » Il les posa sur la scène. « Désolé ! C'est vrai. Si vous n'aimez pas les fleurs, peut-être un gâteau ? Leur *carrot cake* est à tomber… »

Maria s'arrêta au bord de la loge et vérifia tous les recoins, comme pour flairer le danger. Jalna redressa la tête et aperçut Tesla et Shal. Elle sourit, puis désigna les deux sièges vides à côté d'elle. C'était parfait. Cette invitation donnait beaucoup moins l'impression que Tesla les traquait.

Sur scène, le magicien jeta un coup d'œil dans le sac. « Oh. » Il en sortit un énorme gâteau dont on avait visiblement prélevé de très grosses parts. Nile passa le doigt sur le reste du glaçage. « Eh bien… délicieux, non ? »

Tesla se glissa dans le siège à côté de Jalna, tandis que Maria restait à l'arrière de la loge. Annie se pencha vers sa conjointe et tendit la main à Tesla. Cette dernière l'accepta, ainsi que le ping de poignée de main qui accompagnait le contact peau contre peau. *Annie Barnes, Elle*. Tesla hésita, puis envoya le sien pour établir la connexion intime. *Tesla Crane, Elle*. Sur son ATH, Annie lui transmit un message *::Il n'y aura pas d'effet pyrotechnique avant la fin du spectacle. Je vous préviendrai assez tôt.::*

::Merci, c'est très gentil.:: Un nœud se forma entre les omoplates de Tesla. Voilà au moins un problème qui ne lui tomberait pas dessus sans prévenir.

« Du champagne ? C'est toujours… » Un geyser jaillit du sac de Nile, alors que le public riait à gorge déployée. Nile se précipita pour extraire la bouteille de champagne qui continuait à déborder. En glissant sur le glaçage du gâteau, il renversa le piédestal qui bascula sur la scène, directement orienté vers le premier rang.

Un lapin marron et blanc absolument adorable en sortit en sautillant. Son petit nez tressaillit. Une rose rouge qu'il grignotait joyeusement pendait à sa bouche.

Nile prit le lapin dans ses bras. « Mx Flopsy, je te présente le public ! »

Profitant des applaudissements, Shal embrassa Tesla sur la joue. À voix basse, il demanda : « Le champagne, voilà une bonne idée. Je vais vous chercher un verre ?

— Un français de 75, pourquoi pas ? » Tesla jeta un coup d'œil à Jalna et Annie, puis retira sa main. « Et pour vous ?

— Restons sur le thème du champagne, un Kir royal pour Annie ; et comme je doute qu'ils proposent de l'authentique champagne à bord, un Tranquility royal pour moi. » Le regard de Jalna se tourna à nouveau vers la scène, où des danseurs vêtus de paillettes et de pas grand-chose d'autre libéraient l'espace dans un flamboyant étalage de musculature, puis remettaient tout en place pour le tour suivant.

Shal fit un petit geste évoquant une sorte de salut de scout, puis sortit rapidement de la loge. Il s'arrêta pour murmurer quelque chose à Maria. Tesla se mordit les lèvres, elle aurait voulu l'accompagner, mais il était plus logique de rester ici. Elle avait des questions à poser à Jalna et à Annie, et regarder ce spectacle ensemble lui faciliterait les choses. Elle se retourna vers la scène, où des projecteurs soulignaient deux boîtes d'un bleu profond, décorées d'un système solaire argenté très Art déco.

Annie s'était de nouveau penchée en avant, les mains jointes, l'attention rivée sur la scène. Jalna regardait Tesla.

« Les lois du temps et de l'espace sont mystérieuses. Un petit lapin peut les contourner à sa guise, mais qu'en est-il d'un être humain ? » Nile ouvrit l'une des boîtes, et Yuki apparut à l'intérieur, vêtu d'un costume argenté qui contrastait avec la pénombre de la salle.

Jalna se pencha vers Tesla. « Je me demandais si nous pourrions parler, un peu plus tard ? En privé ? »

Toutes les cellules productrices d'adrénaline du corps de Tesla doublèrent simultanément leur activité. Elle ne savait pas ce qui l'alarmait le plus : que Jalna puisse être liée aux meurtres ou qu'elle veuille discuter robotique. « Bien sûr.

— Yuki peut facilement aller d'ici à là, par un moyen de transport ordinaire. » Nile ouvrit la deuxième boîte, dont l'intérieur était sombre et vide, tandis que son assistant sortait gracieusement de la première boîte pour gagner la seconde. « Tout comme nous transitons vers Mars.

— Merci. Je voulais faire ça avant, mais avec... » D'un geste, elle désigna tout le vaisseau. « Avec tout ça, je n'en ai pas eu l'occasion. »

Une boule de coton sec emplit la bouche de Tesla. « Moi aussi, je voulais vous parler. De la même chose, peut-être ?

— Mais si nous pouvions nous y rendre instantanément ? S'ils produisaient enfin le téléporteur qu'on nous promet depuis le milieu du siècle dernier ? » Nile referma la porte, avec Yuki à l'intérieur. Il appuya sa main sur le battant. « Est-ce une question de technologie ou de volonté ? De volonté, je crois. Regardez. » Son autre main se posa sur la malle. Nile expira, puis fit mine de pousser la boîte, qui ne bougea pas d'un pouce.

L'autre boîte trembla.

Jalna pianota sur l'accoudoir de son fauteuil, observant la scène. « Peut-être. Je me doute, oui. »

Alors que Nile s'affaissait, la porte de l'autre boîte s'ouvrit et Yuki en sortit. Il regarda ses mains, puis le public avec une expression à la fois triomphale et surprise.

Annie se pencha vers Jalna et chuchota. « Il a toujours l'air émerveillé ! Et je marche à tous les coups, même si on a vu ce spectacle… combien de fois ?

— Quatre, déjà. » La main de Jalna caressa la nuque d'Annie, qui sourit avec indulgence à sa compagne. « Tesla et moi, on va avoir un petit *tête-à-tête** après, d'accord, mon amour ? »

Nile regarda le public, puis fit un clin d'œil. Ensuite, il entra dans la boîte sombre.

« Oh. Concernant ton robot ?

— Entre autres… »

Le bruit du métal raclant sur du métal, accompagné d'un cri. Celui-ci s'interrompit brusquement. Un bref instant, le théâtre resta immobile et silencieux. Puis Yuki se précipita vers la boîte alors que du sang commençait à dégouliner sur scène.

Magician's Nibling

30 ML DE RHUM
30 ML DE LILLET BLANC
30 ML D'APEROL
1 TRAIT D'ABSINTHE
1 ZESTE D'ORANGE

Nappez la coupe d'absinthe. Remuez les autres ingrédients à la cuillère avec des glaçons pendant quarante secondes. Décorez d'un zeste d'orange enflammé.

Poussées au maximum, les lumières du théâtre projetaient des ombres profondes sous les yeux de tous ceux que Wisor avait entraînés avec lui. Tesla était assise, concentrée sur son ATH. Elle essayait de ne pas regarder le rideau de la scène où Nile Silver avait trouvé la mort. Assassiné. Elle déglutit péniblement au souvenir de son hurlement interrompu.

Shal lui tenait la main, connecté à l'ATH de Tesla, puisqu'il n'avait encore qu'un accès local, de sorte qu'il entendait Fantine pendant que cette dernière fulminait. « … suite à ta demande, j'ai pu obtenir la photo de la compétition *Crane Robotics*. Détail intéressant et peu surprenant, l'un des enfants participant à ce concours avait une fausse carte d'identité. »

Elle montra la photo de groupe des concurrents, comprenant une version de Tesla plus émaciée, avec des lunettes de soleil, soutenue par une paire de béquilles. L'image s'agrandit sur un visage aux longs cheveux blonds ramenés en deux tresses. « Cet enfant n'existe nulle part ailleurs qu'ici – oh, bon sang, par le maillot de bain de Mathusalem ! Il vous reconduit dans le théâtre ? Hé ! Tête de lard grillée, au nom de saint Yves, pourquoi ramenez-vous mes clients sur la scène de crime ? Et ne vous avisez pas de prétendre que la mort de Nile Silver était accidentelle. »

Change la coupe de cheveux, imagine sa tête à seize ans… Tesla reconnut Ewen.

Sur l'écran, Fantine tapa ostensiblement sur les touches d'une calculatrice physique. « Je calcule la valeur nette de Tête de lard pour savoir combien de temps je dois le laisser vivre pour payer toutes les indemnités des procès que j'intente contre… »

Sa main posée sur celle de Tesla, Shal y regarda à deux fois, penché en avant pour mieux fixer l'écran. *::Je connais cette tête. Pourquoi est-ce que je la connais ? Ça date de quand ?::*

::Trois ans.::

Shal se frappa le genou. « Hé, Fantine… la connexion a sauté. »

Tesla baissa les yeux vers l'écran, où son avocate était figée, un œil à moitié fermé, la bouche repliée sur le côté. Elle tapota l'ordi, puis vérifia son ATH. « Je suis déconnectée.

— Enfer et damnation ! » Shal la poussa du coude et lui indiqua l'extrémité de la rangée. « En parlant du diable… »

Un agent de sécurité installait Ory sur un fauteuil. Le dos voûté, Ewen se glissa devant son père pour s'asseoir à côté de lui. Tesla regarda la photo, puis Ewen. Même personne. Elle enregistra la photo localement, puis consulta les métadonnées : *::Sur cette photo, Ewen s'appelle Eve Smith.::*

::Eve Smith… Eve… s'iel était…:: « Oh, oh ! » Shal lui saisit soudain le genou, puis désigna l'entrée du théâtre d'un hochement de tête.

Bob escortait Yuki, mais Yuki était déjà assis dans la rangée juste devant eux, avec Annie et Jalna. Mahjabin était dans la même rangée elle aussi, et de dos, on aurait pu les prendre pour des jumeaux, mais pas autant que l'homme que Bob amenait. Il portait la même tenue que Yuki et ses cheveux étaient ébouriffés.

Tesla ne fut pas la seule à le remarquer. Ewen le regardait ouvertement. « Ce sont des vrais jumeaux ? Paps… »

Ory passa le doigt sur ses lèvres. Ses mains étaient menottées devant lui et ses ongles étaient rongés, presque à vif. Il avait les yeux rouges et gonflés, comme s'il avait pleuré.

Tesla se pencha vers Shal : *::Des jumeaux. Très pratique pour être à deux endroits à la fois, hein ?::*

Il passa la main dans le dos de son épouse, puis lui embrassa l'oreille.

::Ce que j'aimerais savoir, c'est pourquoi aucun membre de la sécurité ne s'est intéressé à ce détail d'une pertinence choquante.::

::Tu penses que Maria le savait ?::

::Le vaisseau a un gros problème, si elle n'était pas au courant.:: Il balaya la pièce du regard. *::De plus, elle n'est pas… peu importe.::*

Maria Piper apparut, les traits comme figés dans la carbonite. Elle escortait Josie et Immanuel. Par les escaliers, elle leur fit rejoindre le petit groupe et, sur un geste de Wisor, les plaça juste derrière Tesla et Shal, dans la rangée où se trouvait Candy, la docteure.

Wisor effectua quelques allers-retours dans l'allée devant le petit groupe, pour mieux les compter. « Très bien… Merci de vous décaler pour laisser une place vide entre vous et votre voisin. Je ne veux aucun partage de réseau local pendant cette discussion. »

Tesla ne fut pas la seule à râler. Avant qu'elle s'éloigne un peu plus loin dans leur rangée, Shal lui serra la main et lui envoya un dernier ping. *::Ça va aller.::*

Wisor attendit qu'ils soient tous installés. Il leva les yeux vers l'angle de la salle, puis hocha la tête, avant de se retourner vers le groupe. « Il y a eu plusieurs morts sur mon vaisseau. Je n'aime pas ça. Je n'aime déjà pas ça s'il s'agit d'un accident, et ce que nous avons là, c'est une série de meurtres délibérés, commis par l'un ou l'une d'entre vous.

— Oh, là, là… » Shal leva si ostensiblement les yeux au ciel que Tesla aurait pu les entendre.

« Vous avez quelque chose à dire, monsieur Steward ? » Wisor s'avança dans l'allée pour mieux les dominer.

Shal se renfonça dans son siège, puis sourit au chef. « Je me demandais juste quel était votre film policier préféré. Je ne parle pas de votre livre préféré, je doute que ce soit votre médium favori. Ou peut-être la télévision ? C'est plus court… Sherlock, Columbo ou Metta ?

— Vous aimez bien faire le malin, pas vrai ? C'est toujours vous le plus intelligent.

— Ah oui… Dragnet. » De la main, Shal désigna la scène, comme si c'était lui qui contrôlait la situation, et non Wisor. « Continuez. Je suis curieux de vous voir procéder. »

Tesla leva la main. « Et moi je suis curieuse de savoir pourquoi je ne peux pas contacter mon avocate. »

Wisor lui sourit. « Je n'y suis pour rien, voyez-vous. Vos voisins disposent chacun d'un brouilleur intégré. »

Ewen redressa la tête, puis regarda Wisor et son père. Au premier rang, Mahjabin se tourna vers Wisor, les sourcils froncés. « C'est très peu probable. Mx Slootmaekers peut localiser Ewen, ce qui lui serait sûrement impossible avec un brouilleur intégré. »

Les pièces commençaient à s'emboîter, Tesla secoua la tête. « Si c'est vous qui créez le brouilleur, vous pouvez suivre sa signature.

— Oh. » Shal porta la main à son front. « Oh… »

Les yeux d'Ewen s'écarquillèrent, on aurait dit que certaines choses se mettaient en place dans sa propre tête. Comme, par exemple, la façon dont un brouilleur expliquerait pourquoi leur robot avait rencontré des problèmes de navigation pendant la compétition. Iel se mordilla les lèvres, comme s'il lui fallait toute sa volonté pour ne pas se poser trop de questions.

Wisor croisa les bras, puis jeta un coup d'œil à Ory, en bas de la rangée. « D'après Mme Crane, ici présente, on vous a vu en train de vous disputer avec Mme Saikawa et feu M. Silver.

— Sauf que deux autres cadavres et une tentative de meurtre n'ont aucun lien avec cette affaire… » Shal fixa le plafond. « Par ailleurs, Ory n'aurait jamais pris le risque de s'impliquer dans un assassinat.

— Vous semblez bien sûr de vous, monsieur Steward. Pourquoi ça ? »

Shal soupira, puis se pencha en avant pour regarder autour de Tesla, tout en essayant d'établir un contact visuel avec Ory. « Écoutez… vous avez conscience que ça va se savoir. Vous savez ce qui va se passer, parce que vous en avez peur depuis des années. Le silence n'aidera pas Ewen.

— Qu'est-ce que… » Les mots jaillirent d'Ewen, qui referma à nouveau la bouche, puis se tortilla sur son siège avec une énergie anxieuse.

« Vous m'avez vu dans *Cold Cases*, n'est-ce pas ? » Shal inclina la tête en s'adressant à Ewen, sa bouche se tordit en un sourire triste. « Nous avons parcouru les magazines spécialisés et nous avons choisi les affaires que j'étais à peu près sûr de pouvoir résoudre, ce qui me faisait paraître brillant. L'une d'entre elles concernait un enfant en bas âge, kidnappé quelques années auparavant. On ne l'a jamais retrouvé. Ils ont tout essayé, pourtant, y compris vieillir une photo pour mieux voir à quoi il ressemblerait à onze ans. Même les meilleures IA n'ont rien trouvé. Nulle part. Mais si nous avions tourné cette émission trois ans plus tard, j'aurais découvert ceci… » Shal leva son ordi et le montra à Ewen.

Les yeux de l'ado s'écarquillèrent encore plus.

Shal paraissait navré. Sa voix était basse et calme. « Vous déménagez souvent, n'est-ce pas ?

— Paps… Paps m'a dit qu'on repartirait de zéro sur Mars. »

Les larmes coulaient sur le visage d'Ory. « Ewen, s'il te plaît. Ne leur parle pas. Ne…

— Je ne comprends pas. Tu m'as toujours dit

que ma mère était une mère porteuse et qu'elle était morte.

— Arrête. » La voix d'Ory était rauque. « Je t'en prie. Ils vont te manipuler. Je suis ton père, je te protégerai. »

Shal pivota l'ordinateur de poche pour que Wisor puisse le voir. Confus, le chef de la sécurité plissa le front. « Donc, il tuait pour empêcher les autres de révéler son secret.

— Non. » Shal avait levé les yeux au ciel, mais presque en silence, cette fois. « Le fait est qu'Ory n'est pas directement impliqué, parce qu'il fera tout son possible pour éviter d'attirer l'attention. »

Wisor demanda : « Qu'en est-il de "ce n'est pas ce dont nous étions convenus ?" »

Yuki – ou son jumeau – s'était retourné, le bras sur le dossier du siège pour mieux regarder. « Nile faisait parfois passer des trucs en contrebande dans ses coffres magiques. Ils avaient peut-être un arrangement de ce type ?

— L'octopoïde bleu, peut-être. » Tesla jeta un bref coup d'œil à la scène, puis aux rideaux dissimulant la boîte qui avait mutilé Nile.

Wisor la dévisagea en plissant les yeux, puis tapota son menton d'un doigt hésitant. « L'agente Piper m'a dit que vous aviez également soulevé la question du robot médical et du robot disparu d'Haldan Kuznetsova. Quand a-t-il disparu ? Votre première cabine était juste à côté de la sienne. Quel autre expert en robotique avons-nous sur ce vaisseau ? »

Ce fut au tour de Tesla de lever les yeux au ciel. « Un, il n'est pas nécessaire d'être expert si la chose est bien programmée. Deux, nous sommes au moins trois dans cette pièce. Pourquoi ne posez-vous pas vos questions à Jalna ? Elle était dans les coulisses… »

Shal se racla la gorge. Il lui avait demandé de ne pas divulguer d'informations spontanément, mais à ce stade, lui couper la parole serait plus suspect que…

« Dans les coulisses ? » Wisor jeta un bref coup d'œil vers le haut, comme s'il vérifiait quelque chose sur son ATH. Il concentra son attention sur Jalna. « Que faisiez-vous dans les coulisses ? »

Annie se retourna sur son siège. « Tu étais dans les coulisses ? »

Elle secoua la tête. « Ce n'est rien.

— Vous m'avez soudoyé. » L'autre Yuki leva la main. « Elle m'a payé pour que je choisisse sa partenaire comme volontaire.

— Jalna ! Tu n'as pas fait ça. »

La grande femme passa au français sélénite, sourd et bref. Annie l'écouta, puis secoua la tête avant de soupirer.

Wisor hocha la tête comme s'il avait compris, puis s'approcha du couple. « Ah… oui. L'une d'entre vous, ou les deux étaient présentes à chacun des décès. Annie Smith, alias Annie Barnes, dans le couloir quand George Saikawa a été assassinée. Et sur scène, avec un accès direct à l'appareil qui a tué Nile Silver. »

Annie leva le menton. « J'étais sous l'œil du public du début à la fin. »

Wisor sourit. « J'ai vu *Ganymede Night*. Je sais de quoi vous êtes capable. »

La bouche ouverte, Annie bafouilla : « Il y a trente ans, avec quarante kilos de moins, et un montage pour cacher mes changements de position dans un film ! Une fiction !

— Donc vous étiez sur scène pendant que votre conjointe était dans les coulisses, d'après elle. » Wisor désigna Tesla du pouce, comme s'il n'avait jamais douté de ses déclarations jusque-là.

Jalna se réinstalla dans son siège et soutint le regard de Wisor avec calme. « Même si je suis prête à coopérer, je préférerais d'abord consulter mon avocat.

— Vous n'allez quand même pas croire que Jalna a quelque chose à voir avec tout ça ! » Annie ignora la tentative de sa conjointe de l'arrêter et se leva d'un bond. « Pourquoi ferait-elle un truc pareil ?

— En affaires, se débarrasser de ses rivaux est un sport très populaire. » Wisor compta sur ses doigts. « Kuznetsova et elle fabriquent tous les deux des octobots.

— Des octopoïdes », marmonna Ewen, presque en même temps que Tesla et Jalna.

« Et puis il y a Tesla Crane. La discréditer, elle et son mari, laisserait le champ libre à Mme Tafani pour devenir leader dans la robotique et… »

Annie s'esclaffa. « Comme si quelqu'un prenait Crane au sérieux en tant que développeuse depuis la catastrophe du SPAM. Vous savez combien de systèmes sont tombés en panne sur ce… »

Les étoiles et l'obscurité tournoient aux limites de sa vision. Les oreilles de Tesla bourdonnent. Elle a du mal à réfléchir, quelque chose lui écrase la colonne vertébrale. Elle ne perçoit presque rien, à part ses courtes respirations creuses entrecoupées d'une…

Tesla hoquette, puis lève les yeux, cherche quelque chose à quoi se raccrocher. *Je suis en sécurité.*

La grille du plafonnier. La courbe lisse et argentée du balcon. Wisor lui parlait, malgré ses oreilles bourdonnantes. Elle était à bord du *Lindgren*. Au-dessus du niveau martien s'étendait le balcon sélénite. Des éraflures sur le polyamide laminé. Des sièges en velours bleu.

Elle entendit quatre choses. Son propre souffle qui sifflait à ses oreilles. Wisor qui parlait. Le ronronnement des servos. La voix de Shal : « Tesla, tu es sur le *Lindgren*.

— Je sais. » Les servos vrombissaient. L'esprit de Tesla se concentra sur l'image de Rorschach fournie par les bosses et les éraflures du balcon du niveau martien. Certaines d'entre elles donnaient l'impression qu'un graveur avait tracé de longues lignes sur le flanc de la courbe. D'autres ressemblaient au dessin pointilliste d'une gamme de huit notes et…

Mais…

C'était pile le schéma de préhension standard d'un octobot. « Reconstituons le premier meurtre, voulez-vous ? Nous avons…

— Le deuxième. » Shal pencha la tête en arrière, suivant le regard de Tesla jusqu'au balcon sélénite.

« Pardon ? siffla Wisor.

— Le deuxième meurtre. Vous oubliez le corps dans le recycleur. » Shal agita les doigts en direction de Wisor pour détourner l'attention de Tesla. « Continuez. Ça m'intéresse vraiment de savoir comment nous avons tous pu accéder à une zone réservée avec un cadavre sur les bras. Et comment nous avons réussi à faire embarquer quelqu'un sans trafiquer le registre de bord… Oh. Bordel. Voilà pourquoi on a tué Nile Silver ! »

Quelque chose remua dans l'obscurité. Tesla n'avait pas besoin de le voir clairement pour identifier le mouvement. Un octopoïde rampait sur le balcon sélénite.

Shal se pencha en avant sur son siège. « Yuki, vous savez de quels conteneurs Nile Silver se servait pour la contrebande ?

— Non… mais je sais quelles caisses nous n'avions pas le droit de manipuler.

— L'une d'entre elles serait-elle assez grande pour contenir un être humain ?

— Ou un chien ? » Craignant de perdre la trace de l'octopoïde, Tesla ne se retourna pas pour voir leurs expressions. Mais quelqu'un capable de faire passer une personne dans une caisse pouvait aussi faire passer à peu près n'importe quoi. Partout ailleurs que sur Terre, un chien serait particulièrement exotique. Alors une westie pure race, Tesla mesurait bien que ce serait… très tentant.

Elle sentit Shal commencer à se lever. « Avec la permission du chef Wisor, bien sûr…

— Pourquoi… pourquoi ferait-il de la contrebande de cadavres ? »

L'octopoïde descendait les escaliers, il entrait et sortait de l'ombre. Ce n'était pas du tout normal. « Excusez-moi. » L'appareil était d'un violet foncé très à la mode, exactement la même teinte que l'acubot de Tesla. Elle saisit le siège de devant, s'en servant comme appui pour se pencher et se tordre avec précaution – et mieux voir.

Shal poursuivit : « Ce qui… ce qui est intéressant dans cette affaire d'enlèvement, c'est que la police a conclu à la mort de l'enfant. À un moment, les enquêteurs ont bien failli le retrouver, mais il y a eu un incendie. Et tout a brûlé, sauf quelques dents qui appartenaient sans l'ombre d'un doute à l'enfant. Sauf que les enfants perdent leurs dents de lait… »

C'était bien son acubot. « Shal ? Il y a un… »

Le robot projeta quelque chose vers la scène. Tesla agrippa Shal et le força à se baisser.

Le théâtre fut plongé dans le noir. Un objet passa en sifflant. Dans la rangée derrière eux, quelqu'un grogna, puis se tut.

Dangerous Words

20 ML DE CHARTREUSE VERTE
20 ML D'AMARETTO
20 ML DE JUS DE CITRON VERT
20 ML DE WHISKY RYE

Secouez au shaker avec des glaçons pendant quinze secondes. Filtrez dans une coupe.

Le poids de Shal fit basculer Tesla vers le sol, entre deux sièges. La pression de son corps s'opposa à la sienne un bref instant, de sorte qu'ils restèrent tous les deux en place. Les sécurités du RCPD étouffèrent les éraflures et les nœuds de douleur jaune-vert à l'endroit où son dos s'était tordu pendant sa chute.

Wisor cria. « Lumières ! Allumez les lumières ! »

Des faisceaux lumineux hésitants cisaillèrent les sièges alors que tout le monde allumait son ordinateur de poche en mode torche.

« Oh mon Dieu ! » s'écria Immanuel. « Candy ! Aidez-moi !

— Où est-ce que… ?

— Sur scène ! »

Shal recula, il repoussa Tesla tant bien que mal – lui infligeant une douleur supérieure à tout ce que les sécurités pouvaient maîtriser.

« Coriolis. » Elle lui saisit le bras à l'aveuglette, outrepassant les sécurités pour que la douleur disparaisse sous une couverture sourde. *::Balcon sélénite. Mon acubot.::*

« Merde ! » Il hésita, à moitié penché sur elle. *::Ça va aller pour…::*

::Oui. vas-y.::

Il grimaça, puis s'appuya sur l'accoudoir d'un siège pour se hisser. « Maria ! » Il pointa le doigt vers le haut. « Force de Coriolis. »

Et il s'élança, remontant l'allée en courant, le bras enroulé autour de ses côtes. Tesla se traîna hors de l'espace entre les rangées, mètre par mètre.

« Ewen ! Reviens ici. »

L'enfant apparut au-dessus d'elle, les mains crispées comme s'iel voulait faire quelque chose. « Vous avez besoin d'aide ? »

La zone du brouilleur impliquait que l'octopoïde ne pouvait pas être piloté par l'ado. Ni par Ory, en l'occurrence. Tesla tendit la main à Ewen. « Merci. Oui. »

Iel essaya de la remettre debout, mais iel était trop frêle pour faire plus que la stabiliser. Tesla en avait besoin. Iel se pencha, tâtonna sous les sièges et retrouva la canne. Elle s'en empara, puis s'appuya lourdement sur le pommeau.

Derrière elle, Candy se penchait sur Josie, affalée sur son siège. Immanuel maintenait sa torche au-dessus d'eux, ce qui soulignait le liquide rouge vif qui éclaboussait la barmaid. Plusieurs centaines d'épingles argentées scintillaient au milieu du sang, formant une véritable pelote sur le visage de Josie, son cou et sa poitrine. Même si Tesla savait de quoi il s'agissait, il fallut trop de temps à son cerveau pour comprendre que plusieurs centaines d'aiguilles d'acupuncture étaient plantées dans le corps de Josie – bien trop profondément. Ces aiguilles étaient incroyablement fines, mais si elles perçaient une artère ou un poumon, elles pouvaient tuer quelqu'un. Ce serait lent, oui, mais une mort lente restait tout aussi définitive qu'une mort rapide.

Dans l'allée, plusieurs personnes se précipitaient vers la scène. Et ça n'avait aucun sens. La force de Coriolis impliquait que tout objet lancé en ligne droite continuerait sa trajectoire alors que le vaisseau tournait autour de lui, donnant l'impression que l'objet tournoyait dans les airs.

Sur ce vaisseau, si quelqu'un avait réellement lancé les aiguilles depuis la scène, la force de Coriolis aurait déformé leur trajectoire. Elles auraient touché le mur gauche du théâtre. Alors qu'elles avaient touché Josie.

Non, une seconde. Josie occupait un siège juste derrière Tesla et Shal. Les aiguilles avaient fendu l'air à l'endroit où Shal se trouvait. Elles le visaient directement. Le pouls de Tesla tambourina dans ses oreilles et l'adrénaline secoua toutes les articulations de son corps.

On avait essayé d'éliminer Shal. Et elle venait de l'envoyer droit vers le balcon.

Elle ravala la terreur aigre qui remontait du fond de sa gorge et leva les yeux. Jamais elle ne pourrait le rattraper. Et elle n'en avait pas besoin. L'octopoïde n'avait aucune importance.

Ce qui comptait, c'était la personne qui le dirigeait.

De par sa construction, le vaisseau était une cage de Faraday, ce que la compagnie de croisière masquait en installant des amplificateurs de signal un peu partout. Mais les amplificateurs impliquaient toujours un léger décalage, et pour le genre de lancer de précision que l'octopoïde venait d'effectuer, l'opérateur était forcément proche.

Il n'y avait plus que deux personnes assises au premier rang. Dans l'obscurité, il était difficile de les reconnaître. La tête basse, on aurait dit qu'ils priaient, mais impossible de connaître la teneur de leur conversation sur leur propre réseau local.

« Ewen… tu veux bien retourner t'asseoir avec ton père ? »

Iel regarda au bout de l'allée, où l'éclairage d'urgence découpait la silhouette d'Ory. « C'est vraiment mon père ?

— Je… » Elle grimaça. « Je suis sincèrement désolée. Mais je dois savoir si quelqu'un était à portée de vos brouilleurs. Il faudrait que…

— Les conditions soient les mêmes qu'au moment où les lumières ont été coupées. » L'ado acquiesça, les épaules affaissées, puis se retourna vers la personne qui l'avait élevé… et certainement volé.

Appuyée sur sa canne, Tesla boita dans l'allée vers les personnes du premier rang, lançant une série constante de requêtes réseau pour voir à quel moment elle émergeait du champ du brouilleur.

Connexion indisponible.

Elle chercha à tâtons son ordi, mais ses doigts étaient trop engourdis pour trouver le bord de sa poche.

Connexion indisponible.

Au bout de la rangée, son pied gauche s'accrocha à la moquette et elle trébucha, avant de heurter un siège. Elle se rattrapa, puis baissa le RCPD d'un cran. Le bord de son champ de vision se teinta d'un violet verdâtre assorti à la souffrance envoyée par sa colonne vertébrale. Elle s'agrippa au rebord du siège, inspirant dans la lumière dorée du soleil… jusqu'à ce qu'elle puisse voir de nouveau.

L'auditorium était en proie au chaos et, dans l'éclairage d'urgence inégal, il était difficile de savoir où se trouvaient exactement les gens. Une voix calme résonna dans le théâtre.

« Delta, gamma, sept, sept, quatre. Delta, gamma, sept, sept, quatre. »

Wisor et la plupart des membres de son équipe étant déjà sur place, ça n'avait vraiment aucune utilité. Le chef de la sécurité s'était précipité sur scène avec Bob, laissant quelques membres subalternes tenter de rassembler les passagers restants. L'un d'eux était allé aider Candy. L'autre bloquait le bout de l'allée pour empêcher Ory de se lever. Ewen était apathique dans son siège.

Connexion indisponible.

Tesla voyait mieux les personnes au premier rang, désormais. Les jumeaux n'étaient plus là. Elle pivota, les cherchant dans la pénombre. Rien. Et il faisait trop sombre pour savoir qui restait assis. Elle traversa la première rangée en boitillant.

Connexion indisponible.

Tesla s'arrêta devant le couple, qui ne formait plus qu'une vague silhouette dans l'obscurité. Jalna leva la tête et ses yeux accrochèrent le faisceau jaune d'une lampe de secours. Mahjabin lui tenait la main. Annie n'était pas avec elle.

Connexion indisponible.

Le champ du brouilleur s'étendait apparemment assez loin pour les englober elles aussi. Tesla déglutit. « Où est Annie ? »

Jalna regarda le siège à côté d'elle et ses yeux s'écarquillèrent. « Je ne sais pas. Elle était juste là.

— Qu'a fait Annie après avoir arrêté son métier d'actrice ?

— Quoi ?

— Elle a pris sa retraite ou changé de domaine ? » Tesla jeta un coup d'œil vers les balcons sélénites, où Maria Piper courait sous une lampe de secours. Où était Shal ?

« Elle… elle a travaillé pour moi. » Jalna fronça les sourcils. « Pourquoi ? »

L'opérateur devait être… très proche. Où pouvait-on raisonnablement s'assurer de ne pas être interrompu tout en restant à proximité ? Dans les coulisses.

Sauf que si on souhaitait induire les autres en erreur, on ne ferait pas en sorte que les aiguilles donnent l'impression de provenir de sa véritable cachette. « Savez-vous où se trouvent les toilettes ? »

Mahjabin se tortilla sur son siège, pointant de sa main libre une porte au fond à droite du théâtre. « Juste à côté du hall d'entrée.

— Merci. » Tesla remonta le RCPD, laissant passer suffisamment de sensations pour ne pas trébucher sur ses propres pieds alors que chaque fibre de son dos lui envoyait des signaux de détresse. Elle remonta l'allée en s'aidant de sa canne et des dossiers des sièges.

Elle dépassa le bar et se dirigea droit vers la porte des coulisses. La plus grande partie du théâtre principal était masquée par un mur latéral qui s'incurvait autour de la dernière rangée de sièges, de sorte qu'elle n'avait pas une vue claire sur ce qui se passait dans le public. À l'arrière, les éclairages de secours projetaient des flaques jaunes qui créaient un chemin vers les sorties.

Connexion en cours…

Depuis l'auditorium, elle entendait des éclats de voix résonner de temps à autre. Elle entendit même Shal crier : « RAS. »

Connecté.

Sans les sièges, Tesla s'appuya contre le mur pour se stabiliser. Elle atteignit la porte du hall. Les toilettes se trouvaient juste à côté.

Avec une affichette « Hors service. »

Elle fit tourner la canne dans sa main, puis appela Fantine. « Je suis sur le point de faire quelque chose de très, très bête. Je sais, ça te surprend beaucoup. »

Elle inspira un grand coup et posa sa main libre sur la poignée de la porte. Qui bascula. Verrouillée.

Tesla grimaça, puis scruta les allées, en quête d'un membre de l'équipage susceptible d'avoir une clé. Le rideau se déploya sur la scène et elle crut entendre Bob crier, mais personne d'autre n'était visible. Pas même Wisor. Très bien, alors. Agenouillée, le dos droit, elle sortit de sa poche le kit de réparation de lunettes.

Elle n'avait pas le chargeur de batterie, mais il était à portée de main. Elle n'avait pas de chewing-gum, mais elle avait son bracelet de cheville. L'or est un sacré bon conducteur. En se penchant pour atteindre son bracelet, des éclairs jaillirent le long de sa jambe d'une manière qui laissait présager de nouvelles blessures. Bon. Elle régla le RCPD pour ne rien sentir. Elle dut surveiller ses mains pour décrocher son bracelet, mais elle y parvint. Respirant entre ses dents, elle baissa à nouveau le RCPD pour restaurer son toucher, puis se mit au travail. Ça ferait griller son ordi, mais ce serait rapide. Elle transféra l'appel sur son ATH. « Désolée de te causer tous ces problèmes. Mets Shal à l'abri et tiens-le à l'écart des ennuis, s'il te plaît. »

Elle posa l'ordinateur de poche au sol et enfonça le tournevis sous le bord du boîtier, dégageant la protection d'un coup sec. Une autre torsion fit sauter le couvercle de la serrure.

Une fois le bracelet en place, son doigt se posa sur le bouton d'alimentation. Avec une grimace, Tesla s'aida de la poignée de porte et de sa canne pour se remettre debout. Elle était bête, mais pas assez pour ouvrir la porte à genoux. Elle saisit sa canne d'une main et l'ordi de l'autre.

Mise en marche.

Des étincelles jaillirent. Elle ferma les yeux, les ténèbres tournoyèrent autour d'elle.

Elle était dans le théâtre. Celui ou celle qui avait essayé de tuer Shal se trouvait de l'autre côté de cette porte. Tesla repoussa discrètement le battant.

La lumière d'une lampe portative filtrait sous la cabine réservée aux personnes à mobilité réduite, au fond de la pièce. Elle entra dans les toilettes, sa jambe gauche crispée, coincée, comme un moteur en manque d'huile. Bon, tant pis pour la discrétion. On devait l'avoir entendue, de toute façon.

« Sortez. » Elle essaya d'insuffler à sa voix le ton légèrement hargneux qu'elle employait lors des réunions fusion-acquisition. « Vous êtes pris, c'est terminé. »

Dans la cabine, une chaussure en cuir crissa sur le carrelage. Un homme soupira. « Tesla, bébé… »

Son cœur s'arrêta. « Shal ? »

Il soupira à nouveau. « Oui…

— Mais tu… mais tu étais à côté de moi. » La sueur dégoulina le long de son dos. Elle était partie du principe que les aiguilles provenaient de l'octopoïde, mais c'était tellement plus simple de les lancer depuis une rangée.

« Je peux t'expliquer.

— Tu peux m'expliquer ? » La pièce tourna autour d'elle, son col parut se resserrer sur sa gorge. Tout le monde a des secrets. Tout le monde ment. « M'expliquer quoi ?

— Tout d'abord, sache que je t'aime. » Il soupira à nouveau. « Mais j'avais aussi un travail à finir.

— Oh mon Dieu ! » Tesla poussa la porte de la cabine.

Une main gantée de nitrile bleu vif l'attrapa et la repoussa contre le mur des toilettes, le visage collé au carrelage. Le RCPD s'efforça de contenir la douleur, mais des taches rouges et blanches saturèrent sa vision.

Quelque chose de froid appuya sur sa tempe, et Shal murmura : « Je t'aimais tellement. Je suis vraiment désolé. »

Clic.

Le RCPD s'éteignit. Des éclairs bleu violacé déchiquetèrent sa colonne vertébrale et ses côtes. Des ecchymoses, des muscles distendus, des couches et des couches de douleur illuminèrent des voies depuis longtemps éteintes. Tesla convulsa. Ses jambes se dérobèrent.

Connexion interrompue.

Elle s'effondra au sol, sentit ses genoux et ses avant-bras heurter le carrelage froid. Elle tenta de se relever, mais bascula sur le flanc.

Haldan Kuznetsova se pencha au-dessus d'elle.

« Oh, bordel ! » Il avait la même voix que Shal. « Je ne m'attendais pas à ce que la désactivation de vos systèmes sous-cutanés vous fasse tomber comme ça.

— Qu'est-ce que… » Pourquoi parlait-il comme Shal ?

Il éloigna la canne de l'endroit où elle l'avait laissée tomber. « Pourtant, votre avocate – que vous aviez en liaison directe, je suppose, comme vous faites toujours – devrait avoir entendu ma petite confession, alors c'est déjà ça. Qu'est-ce que je vais faire de vous, maintenant… »

Tesla appuya sa main contre le sol, un éclat de barre à mine lui donna la sensation de forer ses vertèbres. Elle tressaillit, chassa ses larmes. Putain de merde ! Pas question de rester allongée ici pendant que Haldan Kuznet…

Une seconde. Alors qu'elle avait du mal à s'en servir, son cerveau lui fit néanmoins remarquer que cet homme ne s'était pas souvenu qu'il possédait le *Lindgren*. Il ne savait pas non plus qu'on pouvait transformer une imprimante à matière en scanner. Il avait un octopoïde. Et tout cela répondait à l'inutile question de savoir qui était le cadavre dans le recycleur. « Vous n'êtes pas Haldan Kuznetsova. Qui êtes-vous ? »

Il sourit et lui fit une petite révérence. Sa voix se modifia, on aurait dit le chef Wisor. « Un très bon acteur avec une ressemblance troublante. Et même si c'est agréable de voir mon talent célébré un court instant, je ne m'étendrai pas sur ma tirade. » Il ouvrit son manteau, en sortit un couteau à steak. « Autant être cohérent. »

Apparent Cocktail

45 ML DE GIN
45 ML DE DUBONNET
1 TRAIT D'ABSINTHE

Remuez à la cuillère avec des glaçons pendant quarante secondes. Filtrez dans une coupe.

Haldan, ou quelle que soit son identité, modifia sa prise sur le manche en bois du couteau à steak. « Oups, votre conjoint est droitier, n'est-ce pas ? Il faut rester précis, pour la cohérence du personnage. »

Les spasmes de son dos lui envoyaient des ondes familières dans la jambe gauche. Tout n'était que douleur. Tesla avait vécu avec ça pendant des années avant d'obtenir le RCPD. Elle savait comment gérer. Elle prit de courtes inspirations, concentrée sur son corps pour ne pas partir en vrille.

Travailler avec les parties du corps qui fonctionnent. Compenser pour le reste. Tesla ramena sa jambe droite sous elle. Les dents serrées, elle s'agrippa à la barre d'accessibilité de la cabine, puis se hissa.

« Oh non, non, pas question. » Haldan abattit son couteau vers sa gorge.

Tesla lâcha la barre et se laissa tomber au sol. Elle était très, très douée pour tomber. Le couteau frappa le carrelage mural, puis dérapa sur la paroi. Haldan le brandit au-dessus de sa tête et pivota vers Tesla.

Cette dernière tendit sa jambe valide et lui heurta la cheville. Le choc ne le fit pas tomber, mais il chancela et se rattrapa au carrelage à l'aide de son coude.

Tout en se dégageant, elle roula sur le flanc et passa sous la cloison, vers la cabine voisine.

« Merde ! » Les chaussures d'Haldan quittèrent le box et filèrent dans la pièce principale. Tesla se redressa, puis ferma la serrure de la porte de sa cabine. Derrière elle, les toilettes jouaient leur joyeuse mélodie, les lumières dansaient alors que le couvercle s'ouvrait. Haldan se projeta contre la paroi de la cabine.

La porte métallique cliqueta dans son cadre. À genoux, Tesla s'y appuya. *La lumière dorée du soleil. Respirer malgré la douleur*. La porte ne tiendrait pas longtemps. Il pouvait passer par en dessous. Elle devait sortir d'ici.

Elle se laissa tomber au sol et roula jusqu'à la cabine suivante. Alors qu'elle s'agenouillait, le carillon des toilettes retentit. Des lumières s'allumèrent. Elle referma le verrou d'un coup sec tandis qu'Haldan filait vers la porte suivante.

Au loin, Gimlet aboya.

Tesla sursauta, presque en sanglotant. Elle se laissa à nouveau tomber au sol. Sous le rebord, Haldan fit un grand pas et ouvrit la porte de la cabine suivante d'un coup sec. Les toilettes émirent leur joyeux message de bienvenue.

Il s'agenouilla, puis se pencha pour la regarder sous la cloison.

Tesla lui flanqua un coup de pied en plein visage.

Le couteau tomba par terre. Elle s'en empara, puis roula sous la cloison pour s'éloigner de lui. Elle répéta l'opération jusqu'à retrouver la cabine d'origine, tout au bout. Les toilettes clamèrent leur joie à son arrivée, tandis qu'elle se redressait sur son genou droit et repoussait la porte avant de la fermer à clé.

Les éclairs de douleur s'enchaînaient sans relâche. *L'apaisante lumière du soleil doré.* Elle saisit la barre d'accessibilité, puis tira. Dur. Poussant de la jambe droite, elle traîna la gauche sous elle. *Inspirer par le nez, expirer par la bouche*. Debout, elle redressa sa jambe gauche et tenta de bloquer son genou.

Gimlet aboya de nouveau, plus près, comme si elle poursuivait un livreur.

Haldan frappa l'extérieur de la porte. « Salope ! » Sa voix n'était plus familière. Des gouttes de sang maculèrent le sol.

« On a vraiment besoin des insultes sexistes ? Je croyais que vous étiez un grand acteur. » Avec un peu de chance, le fait qu'elle puisse lui donner un coup de pied l'empêcherait de passer sous la porte, mais ce genre de serrure était très facile à crocheter. Elle se plaça sur le côté de la porte, prête à brandir le couteau. « Vous comptiez donc reprendre l'identité d'Haldan en déménageant sur Mars, là où il y a moins de monde. À quel moment le plan a foiré ? Quand George est montée à bord ou quand vous avez rencontré Ruth ? »

Il gloussa, et sa voix changea à nouveau, devenant celle de Ruth Fish. « J'ai bâclé mes recherches. » La voix changea encore, revenant à celle d'Haldan. « Je n'ai pas repéré son nom sur le registre, sinon j'aurais choisi un autre vaisseau.

— Et vous vous êtes poignardé vous-même ou… »

Il lui attrapa les chevilles et tira d'un coup sec. Tesla bascula, se fracassant l'épaule contre le siège des toilettes. Haldan la traîna sous la porte de la cabine. Tesla se tordit en tentant de le repousser. Il lui piétina le genou, projetant des étincelles rouges et blanches dans son champ de vision. Elle hurla, sanglota.

D'une main gantée de nitrile, il tenait la manette de son acubot. Il la brandit, visa sa tête. « Une dispute conjugale. Ça marche toujours. »

De l'autre côté de la porte des toilettes, Gimlet aboyait comme si un livreur approchait. *Soleil doré.* Tesla avait encore le couteau. Elle se dégagea, roula à moitié sur elle-même et le lui planta dans la cuisse.

Haldan beugla. Elle arracha le couteau alors qu'il basculait. Haldan tomba à la renverse, il lâcha la manette et colla sa main à la plaie béante, sur sa cuisse.

La porte extérieure des toilettes résonnait d'un martèlement sourd, ponctué d'aboiements frénétiques. Tesla s'agenouilla, le couteau à la main. Elle s'empara de la manette et l'éloigna avant qu'il puisse l'atteindre.

Tout en sanglotant, Haldan ignora sa blessure à la jambe et rampa jusqu'à la cabine la plus proche. Les toilettes chantèrent de plaisir.

Tesla secoua la tête, elle s'appuya contre le mur pour rester debout. « Ça ne marchera pas. Vous croyez pouvoir vous enfuir ? »

La porte des toilettes s'ouvrit d'un coup, une tornade blanche fit irruption dans la pièce. Une minuscule boule de poils, frétillante et bruyante, fila droit vers Tesla. Elle laissa tomber la manette et attrapa Gimlet. « Bébé, petite fille. J'étais si inquiète. »

Les frétillements, les léchouilles et les gémissements virevoltèrent autour d'elle, tandis que Gimlet tournait en tous sens, comme si elle essayait de se lover contre chaque partie de Tesla. Tout lui faisait mal, mais savoir Gimlet saine et sauve faisait passer la douleur au second plan.

Dans l'embrasure de la porte, Annie et les jumeaux Yuki la regardèrent fixement. Annie fit un pas dans les toilettes. « Oh, par tous les diables. Vous allez bien ?

— Attention, elle a un couteau ! » Dans la cabine voisine, les sanglots de l'assassin étaient rauques, presque sincères. Sa voix était redevenue celle d'Haldan. « Attention ! Elle a essayé… »

Au son de sa voix, Gimlet pivota vers la stalle et se mit à aboyer. Une longue vague roulante de jappements furieux, haineux.

« Bonne fille. » Tesla gratta la croupe de Gimlet et se tourna vers Annie, qui fixait le couteau dans sa main.

Le couteau ensanglanté. Celui avec lequel elle venait de poignarder Haldan.

Tesla déglutit, puis reposa la lame sur la manette. « Ce n'est pas ce que vous croyez.

— C'est exactement ce que vous croyez. Si vous n'étiez pas entrés, elle m'aurait tué. » Haldan ouvrit la porte et jeta un coup d'œil à l'extérieur. Du sang coulait d'une lèvre fendue. Ses yeux étaient rouges et gonflés, des sanglots lui secouaient la poitrine. Il sortit en titubant, le pantalon déchiré, taché de sang.

Ses mains étaient nues, ses paumes luisaient du sang qui lui souillait la jambe.

Annie regarda Tesla, puis Haldan et vice versa. Son visage afficha une incrédulité horrifiée. « Mais… mais vous aviez l'air si gentille. »

C'était un sacré bon acteur. Tesla devait bien lui reconnaître cela. Gimlet s'en moquait, elle.

« Awoooouwouwouwooou ! Awooooou ! Awooo-ooooooourwooouwoouwooou !

— Qu'elle ne me morde pas ! » Haldan tressaillit et rentra dans la cabine en vacillant.

Les toilettes chantèrent leur joyeuse mélodie et tirèrent la chasse. Bon sang. Il venait de faire disparaître ses gants en nitrile.

Tesla tenta de se lever, mais l'adrénaline qui lui avait permis de surmonter la douleur avait tout brûlé sur son passage. « Je l'ai surpris ici, avec la manette d'un robot octopoïde, dont il s'est servi pour projeter des aiguilles d'acupuncture dans le théâtre. Et c'est clair que ça ne peut pas être moi, j'étais en plein dans le champ d'un brouilleur.

— Gimlet ! » Shal se rattrapa au cadre de la porte, juste derrière les jumeaux Yuki. La sueur couvrait son visage et la maigre lumière grisait encore plus ses traits. « Tesla ? Oh, merde ! »

Annie s'écarta de lui. L'un des jumeaux se tourna vers le théâtre et mit ses mains en coupe. « Besoin d'aide ! »

Le bras enroulé autour des côtes, Shal entra dans la pièce, droit vers Tesla. Elle leva une main pour l'arrêter. « Scène de crime ! N'approche pas. »

Shal s'arrêta, se mit sur la pointe des pieds, comme si son élan risquait de le projeter plus avant dans la pièce. Sa mâchoire se crispa. « Tout d'abord, il te faut des soins médicaux ? »

Elle secoua la tête.

À l'intérieur de la cabine, Haldan poussa un rire haletant, horrifié. « Elle m'a poignardé, mais je refuse que vous m'aidiez. »

Shal tourna la tête, son regard passa de Tesla à la cabine, au couteau, à la manette, puis revint se poser sur Tesla. « Haldan ?

— C'est un acteur. Une usurpation d'identité. Pour moi, il a tué tous ceux qui risquaient de le trahir tout en essayant de se faire passer pour la victime.

— On m'a poignardé. Deux fois ! » Haldan haleta. « Oh, mon Dieu. L'autre fois. Quand les lumières se sont éteintes. C'était vos ciseaux ! C'est aussi vous qui m'avez poignardé à ce moment-là. »

Shal respirait difficilement et rapidement. Il s'humecta les lèvres et regarda Tesla. « Est-ce qu'il a essayé de te tuer ?

— Juste un peu.

— Rien à foutre, de la scène de crime. » Il entra dans la pièce, ouvrit la porte de la cabine et se campa sur ses pieds.

L'acteur glapit, et Tesla sut qu'il ne jouait plus la comédie.

Le poing de Shal s'écrasa sur la mâchoire d'Haldan. Son autre poing l'atteignit en plein ventre. Haldan s'effondra comme une poupée de chiffon.

Shal siffla, puis se plia en deux, les deux bras enroulés autour de ses côtes. Tesla se remit debout tant bien que mal, puis posa les mains sur le dos de Shal pour le calmer, le temps qu'il gère la douleur en respirant tranquillement. Gimlet passa devant lui et saisit la jambe du pantalon d'Haldan, tirant dessus en poussant des grognements brefs et furieux.

« Qu'est-ce qui se passe, bordel ? » Wisor pénétra dans la pièce, suivi par Bob la Montagne. Il regarda le sang, le couteau et l'homme effondré au sol, puis se redressa. « Shalmaneser Steward et Tesla Crane, vous êtes en état d'arrestation pour meurtre. »

Cognac Stinger

60 ML DE COGNAC
20 ML DE CRÈME DE MENTHE
MENTHE FRAÎCHE

Secouez le cognac et la crème de menthe au shaker avec des glaçons pendant quinze secondes. Filtrez dans une coupe. Décorez avec les feuilles de menthe.

Le coussin que Fantine avait exigé adoucissait à peine la dureté de la chaise métallique. Tesla maintenait les mains sur ses genoux, les passant sur la fourrure chaude de Gimlet pour oublier un peu la forme de sa colonne vertébrale. Elle ne pouvait pas sentir les vis qui la maintenaient en place, mais elle visualisait chaque tige en titane s'enfoncer dans l'os.

Respiration lente. Soleil doré. Les oreilles soyeuses de Gimlet.

Dieu merci – ou plus simplement Fantine merci d'avoir réussi à les convaincre de laisser Gimlet avec Tesla pour raisons médicales. Elle savait que Shal prendrait soin de lui-même, mais le fait d'être à nouveau séparée de Gimlet l'aurait brisée. Brisée davantage.

Sur l'ordinateur de poche que Leigh Osbourne de Monchaux avait posé sur la table à côté de sa manchette immaculée, Fantine fulminait. « … me fiche de savoir qu'il possède tout le système solaire. L'homme qui se fait passer pour Haldan Kuznetsova a mis en danger la vie de mes clients à plusieurs reprises. En traitant ma cliente comme une coupable, c'est comme si la compagnie de croisière se rendait complice de ses tentatives de meurtre. Vous voulez qu'il les ajoute tous les deux à la liste de ses victimes ? »

La bouche de Leigh Osbourne de Monchaux tressaillit. Il verrouilla son regard sur Tesla. « Quel que soit le propriétaire du vaisseau, des témoins portent des accusations très sérieuses contre vos clients. Les empreintes digitales de Mx Crane se trouvaient sur le couteau qui a poignardé Mx Kuznetsova. Elles étaient également sur la manette de l'octopoïde. Nous avons sa version des faits, mais nous avons aussi celle de Mx Kuznetsova.

— Ma cliente ne répondra qu'aux questions suivantes… »

Depuis sa place, à côté de celle de l'avocat, Wisor s'adossa à sa chaise. « L'une de ces accusations est étayée par des preuves matérielles. »

La volonté de Tesla faiblit, mais elle répliqua, sentant sa voix s'élever à chaque phrase : « Yuki a sorti ma chienne des coffres de Nile Silver ! L'un d'entre eux était assez grand pour une personne et contenait un appareil respiratoire. » Apparemment, les jumeaux avaient décidé d'être aussi coopératifs que possible, ils avaient ouvert les malles que Nile leur avait interdit de toucher.

« Cela nous dit seulement que Nile Silver faisait de la contrebande. »

Elle retint un gémissement. Il avait raison, mais uniquement dans la mesure où ils n'avaient aucune idée de la façon dont Silver avait fait passer Gimlet de leur chambre au théâtre. Ni pourquoi. La seule personne qui connaissait toutes les réponses, c'était l'acteur – et il se faisait toujours passer pour Haldan Kuznetsova.

« Elle répondra à la troisième question : l'état des toilettes quand elle y est entrée pour la première fois. »

Maria Piper revint dans la pièce. Elle posa une bouteille d'eau sur la table et un petit sachet contenant une seule pilule. « Oxyfeldone, prescription de votre avocate. Je ne l'ai pas quitté des yeux depuis l'imprimante à matière.

— Satisfaite, maître ? » Wisor leva les yeux au ciel. « Comme si elle pouvait repousser son "agresseur", comme elle l'affirme, avec tous ces prétendus problèmes de santé que vous ressassez.

— Ainsi que la question numéro sept : le souvenir de la chronologie des événements entre l'extinction des lumières du théâtre et l'arrivée d'Annie Barnes, alias Annie Smith. Note : l'accent est mis sur le timing uniquement pour permettre à votre enquête de relier l'ensemble aux activités des autres parties. »

Tesla était fatiguée. Elle avait mal. Et même si elle ne devait pas parler sans Fantine dans la pièce, il était difficile de penser à autre chose qu'aux muscles qui se nouaient en boules de plus en plus serrées.

Tesla gratta la pilule sur la table et la brandit. « Dites-moi pourquoi j'aurais désactivé mon propre RCPD si j'avais eu le moindre choix en la matière ?

— Stratagème de sympathie. » La bouche de Wisor se renfrogna. « Je vois ça tout le temps. Des gens qui font semblant d'être handicapés pour obtenir une meilleure chambre ou éviter une file d'attente.

— Waouh. Faire semblant. Handicapés ?» Elle se tourna vers Leigh Osbourne de Monchaux. « À l'occasion, j'aimerais qu'on discute de votre technologie de voyage dans le temps qui vous a permis d'embaucher un type de 1980. »

Il inclina la tête en signe de considération pincée. « Imperial System Ships croit en l'accessibilité des voyages et reconnaît que tous les handicaps ne sont pas visibles. Le chef Wisor voulait simplement spéculer sur un motif possible, et non exprimer le point de vue de la société sur les capacités individuelles des passagers.

— Voilà. Oui, c'est exactement ce que je voulais dire.

— Et pourtant, vous trouvez plus crédible que j'aie couru partout sur ce vaisseau pour tuer des gens de-ci de-là »

Wisor haussa les épaules. « Pas toute seule, en tout cas.

— Il ne travaillait pas seul, lui non plus. » Elle ouvrit la bouteille d'eau. « Vous travaillez tous pour lui. Son tour de passe-passe vocal… » Oh. Voilà pourquoi Shal ne se souvenait pas de son appel ! Elle ne l'avait pas appelé lui. C'était le faux Haldan qui avait répondu au téléphone. Était-il dans la pièce, ou avait-il simplement redirigé l'appel en abusant d'une commande prioritaire du propriétaire ?

Wisor grimaça, puis regarda Leigh Osbourne de Monchaux. « On a vraiment besoin de tout ce cirque ? On l'a prise en flagrant délit.

— Mon avocate possède un enregistrement de lui qui me parle avec la voix de Shal, pile au moment où le vrai Shal était avec Maria. » Tesla fit rouler la pilule familière entre ses doigts. Ça atténuerait la douleur, tant qu'elle se moquait des effets secondaires. Le RCPD, en revanche, agissait comme un interrupteur cérébral – c'était littéralement le cas, en fait – et lui permettait de passer plusieurs heures sans souffrir. Il lui permettait de dormir toute la nuit. Il lui permettait de fonctionner sans avoir à compter chaque putain de pas dans sa putain de journée.

« Maria dit le contraire, elle n'était pas avec votre mari à ce moment-là, parce qu'il lui a proposé de se séparer pour établir un "meilleur schéma de recherche" de ce prétendu octobot.

— Octopoïde. » Tesla goba la pilule et prit une gorgée d'eau.

« Répondez aux questions, comme le demande votre avocate. Pourquoi avoir emporté un couteau dans les toilettes du théâtre ? »

Ce n'était pas vraiment la question à laquelle Fantine l'avait autorisée à répondre, mais Tesla s'en fichait. « La zone de brouillage autour d'Ory et d'Ewen impliquait une chose, personne dans cette rangée n'aurait pu utiliser l'octopoïde…

— Je ne vous parle pas de l'octopoïde. »

Elle lui lança un regard noir et ne tenta même pas de cacher son dédain. « Je réponds à l'une des deux questions approuvées par mon avocate et j'explique la chronologie des événements. Mais si vous préférez que je me taise, ça me va. Par contre, je vais vous dire ce qui se passera ensuite, vous êtes prêt ? Nous débarquerons sur Mars et "Haldan" descendra du vaisseau. Le temps que la véritable enquête se mette en place, avec de véritables détectives qui connaissent leur métier, l'acteur aura vidé les comptes de Kuznetsova, avant de disparaître…

— Et votre avocate vous fera sortir de prison, sans aucune charge. C'est exact. » Wisor se pencha en avant, le visage empourpré. « Laissez-moi vous dire une chose, à mon tour, j'en ai assez que les riches comme vous croient toujours pouvoir s'en tirer comme ils l'entendent. Vous ne… »

Leigh Osbourne de Monchaux se racla la gorge. « Je suggère que nous en restions à des commentaires conformes à la politique de l'entreprise. Si tout ce que dit Mx Crane peut être utilisé contre elle, il en va de même pour nous. » D'un seul long ongle doré, il indiqua l'ordinateur de poche sur lequel Fantine crochetait en attendant les vingt minutes de décalage.

« D'accord, d'accord. » Wisor haussa les épaules, puis s'adossa à son siège. Il étendit ses jambes devant lui pour montrer sa décontraction. « Allez-y, parlez-moi de cet octobot. »

Sur ses genoux, Gimlet leva la tête et gronda. Tesla passa une main apaisante sur le dos de la petite chienne. « L'opérateur de l'octopoïde devait être à proximité pour éviter tout décalage. Je me suis souvenue qu'Annie avait mentionné les toilettes hors d'usage du studio de yoga. Nous y avions aussi trouvé un pied ventouse bleu. » Elle regarde Maria. « Y en avait-il un, quand vous avez vérifié ? »

Wisor agita la main en l'air. « Ne lui répondez pas. »

Derrière son dos, Maria croisa le regard de Tesla, puis lui adressa un petit signe de tête qui aurait pu n'être qu'un clin d'œil.

« Annie avait disparu du théâtre, alors j'ai pensé à vérifier les toilettes, croyant à tort que c'était elle, l'opératrice de l'octopoïde.

— Si vous étiez si sûre que le meurtrier était là, pourquoi n'avez-vous pas demandé à quelqu'un de vous accompagner ?» Wisor regarda l'écran. « Si toutefois on m'autorise à poser quelques questions complémentaires. »

Tesla aurait mieux fait d'attendre vingt minutes que Fantine lui donne le feu vert, mais elle était fatiguée, contrariée, et plus cela prenait de temps, plus elle resterait prostrée sur cette foutue chaise. Se pencher en arrière lui faisait mal. Se pencher en avant lui faisait mal. « À part le fait que je n'avais aucune raison de faire confiance à la sécurité du vaisseau, vous voulez dire ? Hum… Je me demande bien, tiens. J'ai contacté mon avocate pour assurer l'enregistrement de mon entrée, ce qui montrera que les événements correspondent à ma chronologie, jusqu'à ce qu'on désactive mes systèmes.

— Oui. Votre mari était dans les toilettes. J'ai entendu. »

Elle étira une épaule, tâchant de soulager un nœud. « Et maintenant, je couvre le fait qu'il m'a soi-disant attaquée, parce que… ? »

Wisor fit un geste de la main. « On voit ça tout le temps. Un couple se dispute, en vient aux mains, mais au moment où nous maîtrisons l'agresseur, la victime change d'avis. Soudain, c'est l'amouuuuuur.

— Ou… » Elle afficha un sourire de conseil d'administration en montrant les dents. « Ou… l'explication qui confirme tous les éléments, en lieu et place des trous béants laissés par votre théorie, est qu'on a affaire à une usurpation d'identité.

— Il y a des moyens plus simples de voler l'argent de quelqu'un.

— Pas si vous voulez le style de vie qui va avec la richesse. » Tesla fit basculer ses pieds sur leurs orteils pour essayer de changer son rapport avec la chaise. « Il y a des relations, des gens, un accès à certains milieux qu'on n'obtient pas seulement avec de l'argent. Je pourrais perdre toute ma fortune, on continuerait à me donner des choses grâce à mes relations. Je pourrais…

— Vous pourriez assassiner quelqu'un et les gens continueraient à vous aimer, ricana Wisor. Mais c'est déjà le cas, pas vrai ? Combien de personnes se trouvaient dans ce laboratoire ? Moins que ceux que vous avez tués ici. »

Leigh Osbourne de Monchaux aplatit sa main sur la table. « Je désapprouve les propos de mon collègue.

— Pour qui travaillez-vous ? » Wisor pivota sur sa chaise pour le dévisager.

« Pour notre entreprise. Pas pour vous. » Sa moustache en forme de crayon parfait se hérissa d'agacement. « Je préférerais limiter les possibilités de poursuites judiciaires. »

Tesla se pencha en avant, de sorte que le corps chaud de Gimlet se pressa contre son ventre. « Allons… qu'est-ce qu'Haldan foutait dans les toilettes ? Je n'aurais pas eu le temps d'aller dans sa chambre et de l'y traîner. Et même si j'y étais parvenue, pourquoi l'aurais-je amené aussi près de toute l'équipe de sécurité… Une seconde. » Elle scruta Bob la Montagne, qui se tenait dans le coin. « Vous surveilliez Haldan à l'infirmerie. Vous étiez aussi dans la cage d'escalier. Pourquoi l'avez-vous laissé seul ?

— Maria… » Il s'arrêta et secoua la tête. « Je ne suis pas censé répondre à vos questions. »

Maria s'éloigna du mur. « Attendez un peu. Maria quoi ? »

Bob demanda à Wisor la permission de parler, le chef de la sécurité secoua la tête. « Ce n'est pas Crane qui dirige ici. »

La bouche de Tesla s'arrondit en O. « Maria vous a appelé ?

— Non », répondit Maria.

Bob fronça les sourcils. « Si, vous m'avez appelé. Vous m'avez dit que le chef avait besoin de renfort.

— Je n'ai absolument pas fait ça. » Ses narines se dilatèrent et elle se tourna vers Tesla. « Par tous les diables. Il a écrit ce message lui-même. Voilà pourquoi je ne l'ai pas vu tout de suite, sur le miroir, quand on a vérifié sa chambre. »

Wisor frappa son poing sur la table. « Assez ! » Il se tourna vers l'avocat. « Piper s'est acoquinée avec Steward et Crane depuis qu'ils sont à bord. Pour ce que j'en sais, elle a très bien pu collaborer avec eux.

— Oh, pour… » Tesla se redressa sur sa chaise, sa colonne vertébrale n'apprécia pas du tout. Un court instant, sa vision devint blanche et elle tressaillit. Dans la pièce, Maria protestait et Leigh Osbourne de Monchaux tentait de rétablir le calme, pendant que Tesla se concentrait sur la visualisation de la lumière dorée du soleil qui se déversait en elle. Gimlet se lécha la patte tandis que son humaine respirait lentement. *Inspiration, deux, trois, quatre. Bloquer. Expiration, deux, trois, quatre. Bloquer.*

Un point de tension dans son dos se relâcha, comme si quelque chose s'était remis en place. Il lui devint un peu plus facile de penser. Tesla déglutit quand une idée se glissa pile à l'endroit où logeait la douleur.

« Hé ! » Elle regarda Wisor. « Haldan Kuznetsova vous a-t-il demandé d'aider Nile à cartographier les angles morts ? Avant de monter sur le vaisseau ? »

L'avocat haussa un sourcil. Il se tourna vers le chef.

Soudain renfrogné, Wisor s'empara de l'ordi, reléguant la fenêtre de Fantine dans un coin supérieur. Il y planta le doigt. « J'en ai assez de cette théorie à la con selon laquelle Kuznetsova serait un acteur. Regardez. » Il tourna l'écran qui affichait une photo prise à bord, montrant Haldan assis dans l'arboretum, entouré de plantes, l'air jovial, une coupe de champagne à la main.

« C'est bien le même homme qu'il y a deux ans. » L'autre moitié de l'écran montrait la couverture du *Solar Time, l'homme de l'année*, posant dans une forêt quelque part sur Terre, avec un vieux berger allemand. Le museau blanc du chien pointait vers Haldan, et le photographe l'avait saisi en train de rire alors que l'animal lui léchait le menton. « Vous prétendez que c'est un acteur depuis tout ce temps ? »

Le chef avait raison. Il s'agissait bien du même homme. Avec une différence essentielle, toutefois.

« Il aimait les chiens.

— Qu'est-ce…

— Faites l'essai, voyez s'il est allergique aux chiens. » Tesla resserra ses mains dans la fourrure blanche de Gimlet. « J'ai cru qu'il pleurait. Ses yeux ont commencé à briller quand il a débarqué dans notre suite. Il reniflait sans arrêt. Et il s'est montré très distant avec Gimlet. Impossible qu'une personne qui aime les chiens ne soit pas tombée raide dingue d'elle. Ou l'ait caressée, a minima. Il ne l'a jamais touchée. Pas une seule fois. Et il était furieux qu'on tienne à la chercher après sa disparition. Un authentique amateur de chiens aurait parfaitement compris. Un acteur peut simuler beaucoup de choses, mais s'il est allergique aux chiens… avant qu'il quitte le navire et disparaisse dans la nature, faites-lui donc passer un petit test d'allergie aux chiens. »

De l'autre côté de la pièce, Maria pinça les lèvres et regarda Gimlet, puis l'image sur l'écran. « Elle n'a pas tort, là…

— Sérieusement ? Vous comptez la disculper parce que vous appréciez cette…

— Il était foutrement temps qu'on lui fournisse un coussin ! » La voix de Fantine s'éleva dans l'ordinateur, et Wisor faillit le lâcher. « Et non, je ne suis pas contente, pas contente du tout ! Je suis aussi proche du bonheur que sainte Marguerite le jour de sa mort, sauf qu'être écrabouillée contre un rocher par une porte en chêne prend un peu moins de temps. »

Wisor jeta son stylet sur la table. « Dieu du ciel, je la hais. »

Piper inspira bruyamment et leva les yeux de son écran. Leigh Osbourne de Monchaux s'éclaircit la gorge, puis nota quelque chose sur son ordi en jetant un regard en biais au chef de la sécurité. « Vous avez conscience que mon estimée collègue vous entendra dans…

— Princesse ? Princesse ?! » La voix de Fantine augmentait les frais de justice de manière exponentielle dans la pièce. « Excellent. Hé, Leigh ! J'ajoute un peu de discrimination aux procès que nous vous intentons, en plus de ceux pour emprisonnement injustifié et pour la détresse émotionnelle que j'ai déjà rédigés. Désolée, les actes de ce gros sac de croûtes de fromage nous interdisent de jouer au golf avant que tout soit terminé. »

Leigh Osbourne de Monchaux plia son ordinateur et repoussa sa chaise. « Fantine, je vous battrai au golf à la première occasion. » Il se leva et rangea son ordi dans sa poche. « Maria, voulez-vous escorter Mx…

— Votre chef de la sécurité ne reconnaîtrait même pas une preuve si on la lui collait sous le nez. J'exige que vous mettiez fin à cette farce et que vous raccompagniez immédiatement mes clients dans leur suite. Si vous tenez à laisser un meurtrier se promener dans votre vaisseau, c'est votre affaire. Mon seul souci consiste à m'assurer que… Sainte Mère de Dieu ! Non, un aménagement pour raison médicale n'est pas du "chouchoutage". Comme si vos préjugés à l'égard de ma cliente n'étaient pas assez évidents. »

Leigh Osbourne de Monchaux prit l'ordinateur de Wisor et afficha la fenêtre de Fantine. Elle tenait son crochet comme un poignard, la pointe plantée dans le sous-main. « Fantine, le temps que vous receviez ceci, vos clients seront rentrés dans leur suite. Je vous présente mes excuses personnelles, ainsi que celles de toute la compagnie de croisière. »

Wisor se leva et le regarda avec stupéfaction. « Vous plaisantez ? À cause de cette histoire de chien ?

— Oui. Essentiellement. » Il inclina le menton tout en continuant à pianoter sur la tablette, utilisant son ongle doré comme stylet. « Ça m'a fait réfléchir, parce qu'elle a raison sur un point, toute personne qui n'est pas charmée par ce petit animal absurdement mignon est suspecte. Et, bien sûr, je viens de confirmer le message envoyé par l'agente Piper. C'est bien vous qui l'avez envoyé ? »

Maria acquiesça, s'éloignant de Wisor pour se rapprocher de Bob. « J'avais raison ? »

Bob la regarda et regarda Wisor, dont le visage était tout rouge. Le chef demanda : « À quel sujet ?

— Les salaires. Il y a eu une… augmentation significative. »

Piper détacha ses menottes de sa ceinture et se tourna vers Bob. « Présentez-moi vos poignets. »

Bob écarquilla les yeux. « Vous… vous parlez de moi ? » Wisor pâlit, puis devient rouge vif. « Quoi ?!

— Je croyais que c'était légitime. » Bob regarda le sol, puis croisa les bras sur son torse massif. « Eh ben… Je suis vraiment désolé. »

En observant Bob la Montagne, Tesla se remémora quelques détails.

« Je comprends comment il a pu vous faire croire que Maria allait venir vous remplacer…

— Mais pourquoi partir avant que j'arrive ? » Maria s'approcha de lui. « Bob, ne m'obligez pas à vous le demander deux fois.

— Oh, pitié. » Wisor fit un pas vers eux. « C'est Bob ! Bien sûr qu'il ne savait pas. »

Bob regarda son chef, puis Maria. Il soupira, pivota et s'élança vers Wisor. Son énorme poing charnu s'abattit sur le chef de la sécurité, entre les deux yeux. Ce dernier recula en titubant, puis heurta la table. Maria tendit la main vers Bob, qui la repoussa d'une pichenette sur la poitrine. Il tourna sur lui-même, s'avança une fois de plus vers le chef et le frappa au nez. Le craquement d'un os qui se brise résonna dans la pièce.

Gimlet bondit des genoux de Tesla, aboyant après tout le monde. Les poings de Bob étaient deux masses qui s'enfonçaient dans les côtes du chef. Wisor tomba à genoux dans un gémissement. Bob fit un pas vers lui et Gimlet s'emmêla dans ses chevilles.

Bob dansa, tâchant de ne pas marcher sur la petite chienne. Dans l'intervalle, Maria dégaina son taser et visa Bob. Le grand homme eut un spasme et s'écroula. Maria lui sauta dessus et lui épingla les mains dans le dos. Gimlet lui lécha le visage.

Bob se mit à rire.

Wisor s'essuya le sang sur son visage, puis s'effondra en sifflant. « Qu'est-ce qui te fait rire, putain ? Tu m'as cassé le nez.

— Vous m'avez toujours pris pour un idiot à cause de ma taille. » Le visage de Bob était collé au sol, mais il regardait le chef d'un œil noir. « Je me suis toujours dit que si je me faisais prendre, j'en profiterais pour vous casser le nez. Merci. C'est la chose la plus sympa que vous ayez jamais faite pour moi. »

Leigh Osbourne de Monchaux renifla, puis tira sur ses manches en adressant un signe de tête à Maria. « Merci pour votre rapidité d'esprit.

— Pas assez vive, manifestement. »

Tesla fixa Bob, qui riait toujours par terre, les mains menottées dans le dos. « Vous savez qu'il aurait fini par vous tuer.

— Nan. » Ses gloussements étaient franchement agaçants. « Il ne tuait que ceux qui pouvaient le démasquer. Tout ce que j'avais à faire, c'était de jouer les débiles et faire semblant qu'il était le véritable

Haldan. Un garde du corps loyal qui vous croit à cent pour cent ? Du bon boulot.

— Néanmoins. » La moustache de l'avocat s'aplatit de dégoût alors qu'il contemplait Bob. Il s'y attarda un moment avant de se tourner vers Tesla. « Permettez-moi de vous raccompagner dans votre suite, vous et Mx Steward. »

Wisor s'essuya le nez sur sa manche, laissant une trace aussi colorée que le fil de Fantine. « Je n'en ai pas fini avec eux.

— Oh si, vous avez tout à fait fini. » Leigh Osbourne de Monchaux se redressa. « J'ai demandé à la maison mère de vous relever de vos fonctions. » La bouche de Wisor s'ouvrit, le sang de son nez lui souilla les dents. « Que… je faisais mon travail !

— Avec une grande incompétence. Vous ferez part de vos griefs à l'entreprise. »

Tesla leva la main et sourit à l'ancien chef de la sécurité. « Je vous recommanderais bien une avocate, mais je n'arrive pas à m'imaginer un univers dans lequel vous pourriez vous l'offrir. »

Martini extra dry

60 ML DE GIN

Remuez à la cuillère avec des glaçons. Prononcez le mot « vermouth ». Filtrez dans un verre à martini.

Tesla était allongée sur le canapé, une pile de coussins soutenant son dos. En face d'elle, Shal occupait l'autre extrémité du canapé, ses jambes entrelacées avec les siennes. Elle passa son pouce sur la voûte plantaire de Shal et regarda ses orteils se recourber légèrement. L'espace d'un instant, ses yeux se fermèrent.

Gimlet était allongée au sol, rongeant un os que le vaisseau lui avait offert en guise d'excuse. Le grincement de ses dents sur l'os était à la fois profondément agaçant et étrangement réconfortant.

Passant ses mains sous le pyjama de Tesla, le long de son mollet, Shal fit jouer ses doigts sur les muscles tendus qu'il rencontra. Le RCPD était à nouveau actif, mais il y avait une différence substantielle entre la douleur atténuée et l'absence de douleur. Shal savait exactement où trouver ses points sensibles. « Donc, tu n'as jamais cru que c'était moi, hein ?

— Non, bien sûr que non.

— Parce que sur l'enregistrement, ça ne s'entend pas trop. » Il s'approcha de la table basse et versa un peu plus d'huile de massage dans sa paume. « Je ne t'en voudrais pas, si c'était le cas.

— Tu m'en voudrais à tous les coups. » Elle lui tira le petit orteil. « J'avoue que ça m'a pertur… »

Gimlet se leva d'un bond en aboyant et fila vers la porte. Un instant plus tard, la sonnette retentit.

Shal poussa un long soupir en contemplant les pots de fleurs posés dans l'angle de la pièce et le reste des fraises enrobées de chocolat.

« À ton avis ? Encore du champagne, comme ultime cadeau d'excuses ?

— Hum… Ils ne nous ont même pas offert une petite œuvre d'art en provenance de la promenaaaa-aaaade ! »

Gimlet continuait d'aboyer, mais plus en accord avec le joyeux gémissement de Tesla.

Shal s'esclaffa en se décollant du canapé. « Je m'en occupe. Je te parie que c'est le room-service. Des frites à la truffe.

— Oh, bien, ça ira parfaitement avec mon whisky. » Tesla ramassa le verre de Kadenokoji vingt et un ans d'âge qu'elle sirotait, puis se redressa sur le canapé. Elle glissa son autre main entre les coussins pour s'emparer du taser sur mesure qu'elle avait fabriqué et caché là. Juste au cas où.

Pas la peine d'accompagner Shal à la porte. Elle pouvait rester sur le canapé et savourer son whisky.

Dans le couloir, la voix de Shal se réchauffa. « Maria ! Entrez.

— Gimlet ! Qui est la plus belle ? C'est toi ? C'est toi ? Oui, je sais que tu es la créature la plus triste et la plus malheureuse de tout le système solaire. »

Depuis son canapé, Tesla entendait parfaitement les gémissements excités et les grognements de plaisir de Gimlet.

« Oh, bonjour, Shal, désolée, je…

— Non, non, pas de problème ! Je sais très bien où je me situe dans la hiérarchie. Venez nous rejoindre quand vous aurez fini votre petite réunion.

— Juste le temps de donner son cadeau à Gimlet. » On entendit du papier se froisser, puis la chienne revint en courant dans la pièce principale, une belette en tissu dans la gueule. Elle s'arrêta au milieu du tapis et la secoua férocement.

Shal entraîna Maria dans le salon. Elle tenait un sac en papier dans une main et arborait un nouveau badge de chef de la sécurité sur sa chemise. « Je ne vous dérange pas, j'espère ?

— Pas du tout. » Il déplaça une pile de chèques-cadeaux d'excuses pour lui faire de la place sur une chaise. « On se détendait juste un peu. Asseyez-vous. »

Maria repéra l'huile de massage sur la table, puis la montagne de coussins autour de Tesla. Les coins de sa bouche se retroussèrent en un sourire. « Non, merci. Vous êtes en train de batifoler, pas question de m'en mêler.

— Ça ira. » Tesla s'extirpa du canapé, s'arrêtant une fois campée sur ses pieds pour s'assurer que tout était bien aligné. Elle s'étira, appréciant de pouvoir bouger avec une douleur acceptable. « Et comme vous l'avez fait remarquer, Gimlet dépérit par manque d'attention. »

La chienne était sur le dos, sa queue trapue frappant le sol. Elle fixait Maria avec adoration.

« Oui, je vois ça. » Elle s'agenouilla à nouveau près du petit animal et posa le sac en papier par terre. Gimlet se jeta dessus pour le flairer, et Maria la repoussa doucement. « Toi, tu as déjà le tien. »

Tesla se dirigea vers le bar. « Je vous sers quelque chose à boire ?

— Honnêtement, non. » Elle se redressa d'un bond. « Je suis juste passée pour vous signaler que, oui, effectivement, notre ami est bien allergique aux chiens.

— Ah ! Je le savais. » Tesla jeta un coup d'œil aux nombreuses bouteilles d'alcools sur le bar. « Vous avez besoin d'un verre. Laissez-moi vous servir quelque chose.

— Quel est son vrai nom ? demanda Shal.

— Max Astaire. Avant de me servir un verre, vous feriez mieux d'ouvrir votre cadeau. » Elle tendit le sac en papier à Shal. « Avec les compliments de la compagnie, comprendre "pitié-ne-nous-poursuivez-pas-trop-en-justice".

— On sait d'où il vient ? » Il ouvrit le sac.

« Cincinnati, sur Terre. C'est surtout un acteur de théâtre connu pour "se fondre dans ses rôles". D'après les critiques, en tout cas. Il a rencontré Nile dans le milieu du spectacle. Astaire se croyait assez bon acteur pour tromper George Saikawa.

— Oh… C'était audacieux.

— En effet. Attendez, vous allez adorer la suite. Il se trouve qu'Astaire est un cousin d'Haldan, dont le grand-père a été déshérité par leur arrière-grand-mère commune. Il a bossé un peu et affiné la ressemblance pour la biométrie, mais… » Elle haussa les épaules. « Il est allergique aux chiens.

— Qu'est-il arrivé à celui qui était sur la couverture du magazine ? » Tesla eut soudain peur que le faux Haldan l'ait fait piquer.

« Mort de vieillesse à quinze ans, l'année dernière. » Shal leva les yeux du sac. « Maria, vous êtes officiellement ma préférée.

— Hé ! Et moi ? » Tesla traversa la pièce pour les rejoindre.

Maria secoua le doigt en direction de Shal. « Je vois qu'on s'amuse encore à fouiner avec son accès au réseau. »

Shal rougit presque. « Je veux dire… j'avais toujours tous les docs enregistrés depuis mon enquête sur lui, il y a dix ans. Il suffisait de relancer les recherches. C'est le chien qui a poussé Haldan à agir. Il ne voulait pas soumettre Rocky au lancement, il attendait sa mort avant de déménager. »

Tesla avait du mal à les suivre. « Donc… toute cette histoire, "Souvenez-vous du Main" ? Des conneries du début à la fin ? »

Maria saisit la belette en hochant la tête, puis la tendit à nouveau à Gimlet. « Ah oui. Nile et lui s'attendaient à ce que le corps se dissolve entièrement dans le recycleur et que personne n'en sache jamais rien. Quand on a commencé à en parler, il a paniqué et inventé une tout autre histoire.

— Attendez. Et le gamin disparu dans l'incendie ?

— L'improvisation est une sacrée drogue, apparemment. Il n'avait aucune idée que quelqu'un était mort, il a inventé une histoire quand on lui a sorti un nom. » Gimlet attrapa la tête de la belette et tira dessus, grognant méchamment tandis que Maria la tenait par la queue. « Attrape-la, Gimlet. Quelle férocité. »

Shal embrassa Tesla sur le front et jeta un coup d'œil à Maria. « Dites-moi si j'ai bien tout compris. Nile fait monter Astaire à bord avec son équipement de scène dans l'idée de remplacer Kuznetsova en cours de route, puis de profiter de la croisière pour faire passer Haldan pour le vrai. On imputerait tout changement de comportement à la mort de son assistante bien-aimée.

— En gros.

— L'homme qui a soudoyé Immanuel et celui qui s'est précipité dans l'escalier étaient… tous les deux Astaire ? Il essayait de nous piéger, Immanuel et moi ? »

Maria acquiesça : « C'était soit vous piéger, soit piéger Jalna et Annie. Il s'est décidé pour vous parce que, tenez-vous bien, Annie était célèbre et vous n'étiez qu'un couple banal. Il est très bavard, désormais. Leigh pense que maintenant qu'il est coincé, il veut vendre les droits de son histoire. Tue-la, Gimlet ! Tue-moi cette vilaine belette. Donc, dans sa nouvelle version, c'est un acteur qu'on a manipulé pour aider un magicien très dangereux qui avait une liaison avec la célèbre Tesla Crane, ce qui explique, bien sûr, pourquoi vous l'avez agressé.

— Waouh !

— Je sais. Je le laisse chanter autant qu'il veut. » Elle lâcha la belette pour que Gimlet puisse la secouer.

« Une idée de la raison pour laquelle il est allé dans les escaliers au lieu de rentrer dans sa chambre ? demanda Shal.

— Il ne l'a pas dit, mais j'ai une hypothèse. » Maria saisit l'autre extrémité de la belette de Gimlet et tira dessus. « Grrrr. Tu es si féroce. L'anneau terrien est immense, il faut une demi-heure pour en faire le tour, mais si on monte au niveau sélénite et qu'on redescend, c'est un assez bon raccourci. Ooh ! Qui a réussi à attraper la belette ? »

Gimlet courut en cercles étroits, secouant la peluche avec des grognements satisfaits.

« Un alibi ! » Tesla hocha la tête tandis que les pièces s'assemblaient. « Il a dit qu'il revenait du casino, qui se trouve à l'autre bout de l'anneau terrien.

— Oui. Hé, Shal ? Puisque vous êtes reconnecté au réseau, pourriez-vous m'éclairer sur Ewen Slootmaekers ? Je l'ai séparé d'Ory, mais je me sens très mal. »

Shal acquiesça en soupirant. « Oui, pas la peine de chercher. J'ai déjà retrouvé l'article que je me rappelais avoir lu. Le vrai nom d'Ory Slootmaekers est Philippe Olson. Pendant deux ans, il a eu une relation avec la mère d'Ewen, commencée environ trois mois avant la naissance de l'enfant. Il a demandé un droit de visite lors de leur séparation, mais sans statut légal… Il a toujours été le principal suspect et il a agi avec beaucoup, beaucoup de prudence. Il travaillait dans la cybersécurité, donc quand il a décidé de disparaître, il connaissait tous les outils pour se forger une nouvelle identité.

— Ah… » Maria acquiesça comme si cela débloquait quelque chose en elle. « Donc, ce qui n'était "pas ce dont nous étions convenus" concernait soit Nile qui leur donnait un accès aux zones réservées, soit lui qui fournissait une fausse identité à Astaire.

— Pas une fausse identité, sinon Astaire l'aurait tué… probablement avant George, à mon avis.» Shal soupira et se passa la main dans les boucles de ses cheveux. «J'ai les coordonnées de la mère d'Ewen. S'iel le souhaite.»

Tesla se racla la gorge. «Je lui ai peut-être proposé un stage.»

Maria haussa les sourcils. «Iel nage dans les nouvelles opportunités. Jalna lui en a proposé un, elle aussi.

— Je l'aurais fait moi aussi.» Shal apporta le sac en papier jusqu'au bar. «Mais pour ça, il aurait fallu que je ne sois pas à la retraite.»

Maria haussa les sourcils, ce qui montrait visiblement qu'elle voulait savoir ce qu'il entendait exactement par «à la retraite».

«Et sinon… cette contrebande que faisait Nile.» Shal tira une bouteille de gin Lunacy du sac. «C'est de là que vous sortez ce gin?

— Non, ce serait une interférence impardonnable avec une enquête criminelle.» Maria se remit debout. «Cependant, la commandante Valdísardottir m'a ouvert sa réserve personnelle et ajoute ses propres excuses à celles de la compagnie.»

Tesla sourit. «Eh bien, remerciez-la pour…»

La sonnette retentit et Gimlet se leva d'un bond, courant vers la porte pour repousser la personne qui se trouvait à l'extérieur. «Gimlet!» Tesla soupira, puis éleva la voix pour se faire entendre de sa chienne. «Je suis désolée. Elle n'a jamais aimé les livreurs, et toute cette histoire l'a rendue plus protectrice que jamais.»

Maria acquiesça et se dirigea vers la porte en fouillant dans sa poche. « Gimlet, une petite friandise ? »

La chienne abandonna ses efforts et vint s'asseoir aux pieds de Maria, en signe d'adoration dévouée, ses oreilles soyeuses formant des triangles parfaits.

L'agente lui tendit la friandise, regarda par le judas, puis ouvrit la porte. « Non, ils ne veulent pas de ballons. » Elle regarda à nouveau dans la pièce. « Je me trompe ?

— Pas le moins du monde. » Shal brandit la bouteille. « Ça me suffit tout à fait.

— Et rien de tout cela n'empêchera Fantine d'intenter un procès. » Tesla haussa les épaules en s'excusant. « Elle crochèterait mon âme dans un garrot et l'utiliserait pour étrangler mon propre corps si je l'empêchais de s'amuser. Dès qu'on essaie de nous la faire à l'envers, elle adore la bagarre.

— C'est bien noté. » Maria revint dans la pièce principale, pianotant sur son ordinateur de poche. « J'ai activé l'option "Ne pas déranger". Je suggérerai la bagarre à nos juristes. Amusez-vous bien. »

Elle referma la porte derrière elle et Gimlet la fixa un instant avec tristesse, avant de retourner en courant dans la pièce principale pour attaquer sa nouvelle belette. Shal soupira et prit Tesla par l'épaule, avant de la serrer contre lui sans lâcher la bouteille de gin. Il posa son menton sur son épaule et tourna la tête pour l'embrasser dans le cou.

« Alors, comment veux-tu passer le reste de la journée ? Et les six derniers jours de notre lune de miel ? Un petit karaoké ? »

Elle rit, puis lui plaqua les mains sur les fesses – d'abord pour ne pas trop appuyer sur ses côtes, mais surtout parce qu'il avait un cul magnifique.

« Tu plaisantes ? Je te dois encore une petite séance de sexe.

— Dans ce cas… » Il la conduisit jusqu'à leur chambre, devant le gigantesque lit martien, puis posa le gin Lunacy sur le buffet. « Ainsi, plus la peine de quitter le lit pour un petit martini postcoïtal.

— Et la glace ? » Elle arriva par-derrière et trouva le cordon de son pantalon de pyjama. « Le vermouth ?

— Bon sang. » Il se retourna entre ses bras, glissa ses mains sous le bord de son chemisier. « J'oublie toujours quelque chose. On pourrait apprendre à Gimlet à faire des cocktails ?

— Ça dépend de la quantité de poils de chien que tu souhaites comme garniture. » Elle leva les bras pour l'aider à ôter son chemisier.

Il s'arrêta en sifflant. « Non. Désolé.

— Tes côtes ?

— Ma côte. Au singulier. » Shal grimaça alors qu'il remettait le vêtement en place. « C'est juste certains mouvements.

— Heureusement, je peux me déshabiller toute seule… » Tesla remonta son chemisier et le fit passer par-dessus sa tête d'une manière qui fit merveilleusement ressortir ses seins et sa taille. Son dos lui faisait mal, mais rien d'anormal. Lorsqu'elle laissa tomber le chemisier par terre, Shal la regardait dans les yeux et souriait avec convoitise.

Elle réduisit la distance qui les séparait encore, glissant ses mains dans son dos et dans ses cheveux.

Son souffle était chaud dans son cou, et elle sentait chaque caresse de ses doigts.

Quand il lui avait proposé une croisière vers Mars pour leur lune de miel, elle avait d'abord été dubitative. Shal lui embrassa le cou, ses lèvres chaudes et douces parcoururent sa peau. « Et les martinis ?

— Je les suggère très… » Tesla Crane colla ses lèvres au cou de son époux, goûtant le sel doucereux de sa peau. « Très. » Elle lui mordit l'oreille. « Sales. »

REMERCIEMENTS

Comme toujours, j'ai tant de gens à remercier d'avoir contribué à produire ce roman. Il était censé sortir en 2021. Ah, ah, ah, ah… Mon éditrice, Claire Eddy, est restée parfaitement calme quand je lui ai avoué qu'il m'était difficile d'écrire en 2020 et 2021 : je n'étais certainement pas la seule autrice à avoir ce genre de conversation avec elle. Quand j'ai commencé la rédaction de ce livre, on n'y parlait pas de masques de courtoisie. J'ai un peu révisé le texte et je les ai intégrés dès les premières parties du roman parce que je ne parviens plus à imaginer un avenir dans lequel ces trucs ne font pas partie de nos vies. Ils ne seront peut-être pas permanents, mais toujours présents.

Seth Fishman, mon agent et indéfectible soutien, a beaucoup œuvré avec Claire pour repousser la sortie du roman et m'a recommandé de prendre mon temps. Ça n'a pas été facile pour moi. Mes assistantes, Christine Sandquist et Alyshondra Meacham, ont fait avancer les choses pour me laisser le temps de travailler sur le texte, même après avoir bêtement dit « oui » à des propositions comme l'organisation d'une grande convention. Christine m'a également servi de *sensitivity reader* sur les questions de genre et de traumatisme. Il se trouve que je suis fortement habituée aux genres binaires lorsque j'écris, même quand j'essaie de l'éviter – mais tout s'est bien passé au final. Jordan Kurella est aussi intervenu comme *sensitivity reader* sur les chiens d'assistance, son aide m'a été très précieuse. Pour celles et ceux qui écoutent le livre audio, Andrew Twiss est un ingénieur du son de génie, tout sonne impeccablement et j'ai presque l'impression de savoir parler français. Le français sélénite, en tout cas.

Les membres du *Lady Astronaut Club* sont un plus extraordinaire dans ma vie. Sans nos sessions de coworking, je ne sais pas si j'aurais continué à écrire pendant la pandémie. Je salue tout particulièrement Anne Delekta, Stephanie Franklin, C. L. Polk, Jen Coster, Kate Montgomery, Kendra Zzywyck, Leane Parsons, Meagan Voss, Nathan Beittenmiller, Rachel Gutin, Dede, Stephen Rider et Wen Wen.

Les *Whiskey Chicks* sont toujours présentes. Merci à Eileen Cook, Elizabeth Boyle, Susanna Kearsley, Kathy Chung, Nephele Tempest, Crystal Hunt et Liza Palmer. Vous faites de moi une meilleure autrice et une meilleure personne.

On m'a également aidée sur certains points spécifiques, ce qui est franchement cool. Stuart Pluen-Calvo a répondu à un appel sur Twitter pour m'aider à rendre le français sélénite non binaire. Ce n'était pas simple.

En parlant de langues difficiles, j'ai eu le plaisir d'assister à l'IceCon à Reykjavik dans l'un de ces minuscules interstices de normalité. Le dernier soir, on était en groupe et on a joué au Mad Libs, pour remplir tous les blancs que j'avais laissés. Hildur Knútsdottir et Júlíus Árnason Kaaber, entre autres, m'ont beaucoup aidé avec l'islandais. Il est intéressant de noter que l'islandais a toujours eu des patronymes binaires. Ainsi, la commandante Valdisardottir est littéralement la *dottir* de Valdis. Valdis est un nom de femme, ce qui est autorisé aujourd'hui. Et dans l'Islande contemporaine, les personnes non binaires peuvent utiliser « -bur » (enfant de) au lieu de « -dottir » ou « -son. », « fille de » ou « fils de ».

Je remercie Max Fagin, qui m'a conçu un étonnant calculateur de transit pour m'aider à déterminer le décalage au fur et à mesure que le vaisseau progressait, tout en réfléchissant au fonctionnement de ce vaisseau farfelu. Vous en apprendrez plus là-dessus un peu plus bas, dans la section « Aspects Scientifiques. »

J'ai écrit une partie de ce texte pendant une croisière avec la bande de *Writing Excuses.* On organise un atelier d'écriture chaque année, et depuis six ans, ça se passe sur un bateau de croisière. Merci donc à Brandon, Dan, Howard, Marshall, Dawn, Sandra, et surtout à Erin Roberts pour son expertise en matière de karaoké. Merci à tous les membres du *2021 WXR at Sea.* Ce groupe d'écrivains au R-Bar ? C'est vous. Shauna Hoffman et Lisa Harding m'ont fait découvrir le concept de croisière et ont illuminé ma vie. Un grand merci à Calphus McDonald, chef sur l'*Independence of the Seas* de la Royal Caribbean, qui m'a accordé une heure sur sa journée de travail pour m'expliquer le fonctionnement des cuisines sur un navire de croisière. Mes chattes, Elsie et feu Sadie, ont joué leur rôle de chattes sur mes notes éparses pendant que je travaillais sur l'intrigue. Sans elles, le passage du studio de yoga aurait trouvé sa place ailleurs dans le roman.

Et, bien sûr, merci à ma famille, qui m'encourage à disparaître pendant de longues périodes. Maman et papa, je vous aime tellement.

Robert, tu es le Nick de ma Nora.

ASPECTS SCIENTIFIQUES

Le *Lindgren* est un vaisseau tout à fait farfelu que personne n'aurait la mauvaise idée de construire en vrai. À part une compagnie de croisière, bien entendu. Depuis sept ans, j'organise justement des ateliers d'écriture avec le podcast *Writing Excuses* sur des navires de croisière. La compagnie Royal Caribbean, plus précisément. Nous avons organisé un atelier sur l'*Oasis of the Seas*, là encore un navire farfelu que personne n'oserait construire – il inclut un spectacle aquatique avec des plongeoirs hauts de trois étages. Les compagnies de croisière réalisent constamment de véritables villes flottantes, alors pourquoi pas une ville dans l'espace ? Et si vous promenez les populations sur trois puits de gravité différents, pourquoi ne pas satisfaire tout le monde ?

Le *Lindgren* est donc farfelu, mais il pourrait fonctionner en théorie. Max Fagin, un véritable ingénieur en fusées, m'a aidée à définir les paramètres du vaisseau pour les faire correspondre aux nécessités du roman. Le départ a lieu le mardi 30 avril 2075, il s'agit d'un transit de douze jours sous poussée constante, qui fournit une gravité constante à la colonne centrale du vaisseau. C'est la gravité lunaire (légèrement inférieure à la gravité lunaire, en fait, mais pas de beaucoup).

Dans le prolongement de cette colonne se trouvent deux anneaux centrifuges qui permettent aux passagers d'expérimenter la gravité martienne ou terrestre. Je triche beaucoup sur les distances entre les anneaux parce qu'elles sont d'environ cinquante mètres, soit à peu près onze étages. Mon théâtre n'a aucun sens, en fait. Il fonctionne, d'accord, mais qui regarderait depuis le niveau sélénite, à vingt-deux étages de la scène ? Partons du principe qu'il y a des écrans géants installés un peu plus haut. Ce vaisseau est farfelu, je vous l'ai déjà dit.

Quant au régulateur cérébral profond de la douleur utilisé par Tesla, il relève à peine de la science-fiction. Ma mère est atteinte de la maladie de Parkinson et dispose d'un stimulateur cérébral profond (SCP) pour l'aider à mieux contrôler ses symptômes. Il a fallu cinq interventions chirurgicales différentes pour l'installer, dont deux au niveau du cerveau. Avant, elle se déplaçait avec un déambulateur et son discours était confus. Quand le médecin a activé le SCP pour la première fois, les tremblements se sont tout simplement arrêtés !

Je n'ai jamais rien vu d'aussi incroyable de ma vie, c'était un vrai miracle scientifique.

Elle est sortie de l'hôpital sans assistance et ses propos lui ressemblaient à nouveau. L'ensemble est réglable, mais il faut utiliser un appareil encombrant en contact direct avec la peau pour effectuer les changements. Il existe des dispositifs de SCP expérimentaux pour contrôler la douleur, mais il se trouve que celle-ci est si spécifique et si personnelle qu'il est très complexe de réaliser une étude fiable sur ce type de gestion. Les scientifiques travaillent aussi sur des SCP capables de traiter divers problèmes de santé mentale, comme la dépression.

Tesla bénéficie d'une autre aide médicale, sa chienne d'assistance. Le personnage de Gimlet se base sur deux véritables chiens. Une vraie westie nommée Gimlet, qui appartient à mon amie Eileen Cook et est tellement mignonne que c'en est ridicule. Mais nous avons, nous aussi, un chien d'assistance qui s'appelle Captain. Il aide ma mère. C'est un labrador chocolat, un très bon garçon, mais aussi un vrai labrador. Un jour, il a mangé un épi de maïs et cinq clous. Quand on nous l'a confié, le centre de dressage nous a avertis : « C'est un chien, pas un robot. »

La façon dont il a amélioré l'existence de ma mère est, là encore, miraculeuse. Le problème avec la maladie de Parkinson, c'est que votre cerveau commence à fonctionner plus lentement et que vous vous bloquez. Avec un déambulateur, ma mère risquait davantage de tomber parce qu'elle se figeait d'un coup et ne pouvait pas atteindre le frein, de sorte que le déambulateur continuait d'avancer. Captain ne fait rien de tel. Il sent quand ma mère s'immobilise et il s'arrête. Il peut aussi l'inciter à se déplacer.

Les personnes atteintes de syndrome de stress post-traumatique qui disposent d'un chien d'assistance peuvent à nouveau profiter du monde extérieur parce que leur chien perçoit les signaux qui se produisent dans leur corps avant qu'elles s'en rendent compte. J'ai discuté avec des gens concernés et regardé des vidéos de chiens travaillant avec leurs humains. C'est souvent d'une beauté déchirante. Dans l'une d'elles, une personne souffrant d'une lésion cérébrale provoquant des évanouissements aléatoires s'entraînait à traverser la rue avec son chien. Celui-ci n'était pas d'accord, ce qui agaçait son humain. Qui, bien sûr, s'est évanoui. Le chien était pile au bon endroit pour le rattraper au moment où il s'est effondré et il est resté là jusqu'à ce qu'il reprenne conscience. S'ils avaient été au milieu de la rue quand c'est arrivé… Tout ça pour dire que les chiens d'assistance sont extraordinaires et peuvent faire bien plus que ce à quoi on s'attend. Ils sont très bien entraînés et nécessitent des soins, mais ils sont vraiment libérateurs pour leurs propriétaires.

Si vous en croisez un, aidez leur humain en adoptant la conduite qui suit.

1. N'établissez aucun contact visuel avec le chien.
2. Ne le touchez pas.
3. Ne lui parlez pas.

Le chien travaille, laissez-le se concentrer. C'est un animal, pas un robot.

Et enfin, pour le plaisir… le quiz du R-Bar est parfaitement jouable. Toutes les réponses sont soit dans le livre, soit dans le monde réel. Si vous trouvez, envoyez un e-mail à spareman@maryrobinettekowal.com pour obtenir un petit bonus.

LES COCKTAILS

D'emblée, je tiens à dire une chose : tout le monde a le droit de boire des cocktails et l'alcool n'est absolument pas obligatoire. Je m'intéresse aux cocktails parce que j'aime leurs différents arômes et que l'alcool affecte la façon dont ceux-ci s'évaporent ou se modifient dans votre bouche. C'est assez passionnant. Je suis moins enthousiaste à l'idée de me saouler, et le fait de prendre un cocktail sans alcool rend la soirée plus agréable. Je préfère l'expression « sans alcool » à « virgin » ou « mocktail », car ces deux derniers termes me semblent porter un jugement de valeur sur la boisson.

Culturellement, nous stigmatisons beaucoup les personnes qui ne boivent pas. Je préférerais que ce ne soit pas le cas. Saviez-vous que, en fonction de leur poids, les femmes ne peuvent métaboliser qu'un tiers de l'alcool ingéré par les hommes ? Par conséquent, tous les contextes où l'on s'attend à ce que les gens boivent placent les femmes dans une situation désavantageuse. Si vous êtes issue d'une culture qui ne boit pas ou si l'alcool ne vous réussit pas, c'est encore plus vrai.

J'espère que le fait de voir dans le livre des boissons sans alcool vous donnera des idées de cocktails amusantes. Mon secret, si le barman n'est pas un dieu de la mixologie, consiste à demander un simple tonic avec un trait d'amer et le jus d'un citron vert.

Mais j'aime aussi les boissons bien mélangées et riches en spiritueux, et je peux m'y attarder pendant des heures. C'est en partie pour ça que je préfère les boissons « filtrées », car je n'ai pas à m'inquiéter de la perte des saveurs à mesure que la glace fond.

Si vous êtes novice en matière de cocktails, voici quelques termes qui apparaissent dans le livre et qu'il peut être utile de connaître.

Servez sans les glaçons : remuez à la cuillère ou secouez le cocktail au shaker avec de la glace pour le refroidir, puis filtrez-le dans un verre de façon à éliminer tous les glaçons. Ainsi, le cocktail ne se dilue pas avec le temps.

Secouez sans glace : cette méthode permet d'émulsionner les ingrédients.

Secouez ou remuez à la cuillère : secouez au shaker si la boisson contient du jus de fruits pour l'émulsionner. Remuez pour à peu près tout le reste. Le fait de secouer permet de briser la glace et de la faire fondre plus rapidement, de sorte que la boisson sera légèrement plus diluée. Si le cocktail est très « chaud », vous pouvez ignorer la règle « secouez/remuez » ci-dessus et le passer tout simplement au shaker.

Écorce d'orange enflammée : au-dessus du cocktail, tenez l'écorce d'orange d'une main et une allumette de l'autre. Pressez l'écorce pour en exprimer les huiles essentielles dans le verre de manière qu'elles traversent la flamme et tombent à la surface du verre en produisant des étincelles.

Sel de Cayenne : vous pouvez en acheter, mais vous pouvez aussi confectionner votre propre mélange. Utilisez 1/4 de verre de sel casher et 1/4 de cuillère à café de piment de Cayenne.

Par ailleurs, pardonnez-moi, mais voici les cocktails que j'ai inventés pour ce roman :

Amal's Hospitality
Frisky Business
Orbital Decay
Reckless Generosity
Magician's Nibling
Dangerous Words

Si vous souhaitez créer vos propres cocktails, choisissez-en un dans cette liste et remplacez un ingrédient. Remplacez-en deux. Dangerous Words, par exemple, est un Last Word avec du whisky rye à la place du gin et de l'amaretto à la place du marasquin.

L'astuce, c'est que chaque cocktail contient une base, un modificateur et un accent. Parfois, tous ces éléments sont présents à parts égales. Mais vous tomberez souvent sur des cocktails structurés comme suit : huit parts de base, trois parts de modificateur, deux parts d'accent. Et ça fonctionne, quel que soit le degré d'alcool du cocktail. Parfois, vous ajusterez les parts en fonction de l'intensité d'un arôme particulier.

Les arômes sont amusants et préparer quelque chose de savoureux ne doit jamais vous intimider.

DE LA MÊME AUTRICE

Aux Éditions Gallimard

LADY ASTRONAUTE (Folio Science-Fiction n° 665)

Aux Éditions Denoël

VERS LES ÉTOILES (Folio Science-Fiction n° 714)

VERS MARS (Folio Science-Fiction n° 736)

SUR LA LUNE (Folio Science-Fiction n° 740)

L'HOMME SUPERFLU (Folio Science-Fiction n° 768)

Dans la même collection

661. Annalee Newitz	*Autonome*
662. Nicolas Texier	*Opération Sabines* (Monts et merveilles, I)
663. Ray Bradbury	*Le Pays d'octobre*
664. Patrick K. Dewdney	*L'enfant de poussière* (Le cycle de Syffe, I)
665. Mary Robinette Kowal	*Lady astronaute* (INÉDIT)
666. Lucie Pierrat-Pajot	*Les mystères de Larispem, II* (Les jeux du siècle)
667. Lionel Davoust	*La Messagère du Ciel* (Les dieux sauvages, I)
668. Thibaud Latil-Nicolas	*Chevauche-Brumes*
669. Nicolas Texier	*Opération Jabberwock* (Monts et merveilles, II)
670. Ernest Callenbach	*Écotopia*
671. Adam Roberts	*Jack Glass, l'histoire d'un meurtrier*
672. Élisabeth Vonarburg	*Chroniques du Pays des Mères*
673. Pierre Alferi	*Hors sol*
674. Alain Damasio	*Les Furtifs*
675. Michael Roch	*Le livre jaune*
676. Yoon Ha Lee	*Le stratagème du corbeau*
677. Ian McDonald	*Luna – Lune du loup* (Luna, II)
678. Gareth L. Powell	*Braises de guerre*
679. Christopher Priest	*Conséquences d'une disparition*
680. Lionel Davoust	*Le Verrou du Fleuve* (Les dieux sauvages, II)
681. Manon Fargetton	*Dix jours avant la fin du monde*
682. Katherine Arden	*La fille dans la tour*

683. Philippe Auribeau — *L'héritage de Richelieu*
684. Jean-Philippe Jaworski — *Chasse royale – Curée chaude* (Rois du monde, II-3)
685. George Orwell — *1984*
686. Adrian Tchaikovsky — *Chiens de guerre*
687. John Varley — *Blues pour Irontown*
688. Patrick K. Dewdney — *La peste et la vigne* (Le cycle de Syffe, II)
689. Ian McDonald — *Luna – Lune montante* (Luna III)
690. Lucie Pierrat-Pajot — *Les mystères de Larispem, III* (L'élixir ultime)
691. Katherine Arden — *L'hiver de la sorcière*
692. Jo Walton — *Pierre-de-vie*
693. Lionel Davoust — *La Fureur de la Terre* (Les dieux sauvages, III)
694. Philip K. Dick — *Radio libre Albemuth* (Prélude à la trilogie divine)
695. Estelle Faye — *Les révoltés de Bohen* (Le cycle de Bohen, II)
696. Fabien Cerutti — *Les secrets du premier coffre*
697. Philippe Testa — *L'obscur*
698. Jean-Philippe Jaworski — *Le sentiment du fer*
699. Thibaud Latil-Nicolas — *Les flots sombres* (Chevauche-brumes, II)
700. Aurélien Manya — *Trois cœurs battant la nuit*
701. Rozenn Illiano — *Le phare au corbeau*
702. Ted Chiang — *Expiration*
703. Laurent Genefort — *Colonies*
704. Adam Roberts — *La chose en soi*
705. Gareth L. Powell — *L'armada de Marbre* (Braises de guerre, II)
706. Sébastien Coville — *L'Empire s'effondre*
707. Lionel Davoust — *L'Héritage de l'Empire*, 1 (Les dieux sauvages, IV)

708. Lionel Davoust	*L'Héritage de l'Empire*, 2 (Les dieux sauvages, IV)
709. Jacqueline Carey	*La marque* (Kushiel, I)
710. Jacqueline Carey	*L'élue* (Kushiel, II)
711. Ken Liu	*Jardins de poussière*
712. Auriane Velten	*After®*
713. Grégoire Courtois	*Les agents*
714. Mary Robinette Kowal	*Vers les étoiles*
715. Geoffrey Le Guilcher	*La Pierre jaune*
716. Emmanuel Chastellière	*La piste des cendres*
717. Estelle Faye	*Un reflet de lune*
718. Jacqueline Carey	*L'avatar* (Kushiel, III)
719. Antonio Exposito	*Le quatrième Roi mage*
720. Élisabeth Vonarburg	*Le silence de la Cité*
721. Frank Herbert	*Nouvelles, I*
722. Frank Herbert	*Nouvelles, II*
723. Thibaud Latil-Nicolas	*L'appel des grands cors* (Chevauche-brumes, III)
724. Olav et Viat Koulikov	*Enquêtes d'un détective à vapeur*
725. Pascale Quiviger	*Le Royaume de Pierre d'Angle, I* (L'art du naufrage)
726. Adrian Tchaikovsky	*Dans les profondeurs du temps*
727. Sabrina Calvo	*Melmoth furieux*
728. Chris Brookmyre	*La ville dans le ciel*
729. Emmanuel Chastellière	*Célestopol 1922*
730. Patrick K. Dewdney	*Les chiens et la charrue* (Le cycle de Syffe, III)
731. Sébastien Coville	*Toucher la peau du ciel* (L'Empire s'effondre, II)

Tous les papiers utilisés pour les ouvrages des collections Folio sont certifiés et proviennent de forêts gérées durablement.

Composition Utibi.
Impression Novoprint
à Barcelone, le 21 août 2025.
Dépôt légal : août 2025.
magasin@gallimard.fr

ISBN 978-2-07-310290-4. / Imprimé en Espagne.

649967